三島由紀夫短篇小説

三島由紀夫研究 ⑮

〔責任編集〕
松本　徹
佐藤秀明
井上隆史
山中剛史

鼎書房

目次

特集　短篇小説

特集　短篇小説

「スタア」の世界——映画と三島由紀夫——

山内由紀人

1

短編集『スタア』が刊行されたのは、昭和三十六年一月のことである。「スタア」「憂国」「百万円煎餅」の三編が収録され、このうち表題作となった「スタア」は、「群像」の三十五年十一月号に発表された。この作品は、同年三月に公開された大映映画『からっ風野郎』（菊島隆三・安藤日出男脚本、増村保造監督）に主演した三島がその体験をもとに書いたもので、二十三歳の映画スターを主人公にした一人称小説である。

「スタア」には三島文学の核心にある、さまざまなテーマが提示されている。その一つは〝肉体〟という大きなテーマで、それが自ら俳優になることによって存在意識に新たな世界を開いたこと。そしてその肉体による存在意識が、六〇年代の思想形成に重大な影響を与えたこと。もう一つは『仮面の告白』（昭和二十四年七月）から『鏡子の家』（昭和三十四年九月）に至る、戦後十年の三島文学の世界が象徴的に描かれていること。当時の三島がこの小説に「憂国」以上に愛着を持っていたことは表題作としたことからも明らかで、異色の面白さを持った小説として注目される。

短編集『スタア』の「あとがき」にはこう書かれている。

「スタア」（昭和三十五年十一月号「群像」所載）は、同年二月から三月にかけて大映映画「からっ風野郎」に主演した経験から生れたものであるが、ことさら内幕物に仕立てることを避けて、一種の観念小説に仕立ててあるから、現実のスタアや撮影所の人たちの姿を思はせるところは何一つあるまい。

たしかに作品の主題は観念的ではあるが、「内幕物」としての面白さも十分にある。物語の舞台は、人気絶頂のスター「水野豊」が若いやくざを演じる映画の撮影現場である。作中では映画の筋書きも紹介される。三島はスターが生きる現実の時間に、映画の世界の「仮構の時間」を交錯させて、映画俳優という存在のふしぎな自意識を、「水野豊」=「僕」の語りによって巧みに描いている。「あとがき」はこう続いている。

　この小説がこんな風に観念的なものになつたのには、一つは私が知つたスタアといふ存在の特異性に依る。いつも目に見え、誰の近くにもをり、手で触れられるかのごとき存在でありながら、実は映画スタアほど、その存在形態において、考へ得るかぎりの、「抽象的な肉体」の持主はなからう。（傍点原文）

観客はスターを見るために映画館に足を運ぶ。スクリーンの物語の主人公を見ながら、実はスターそのものを見ている。この二重化された存在形態を、三島は「抽象的な肉体」と呼んだのである。たとえば私鉄の高架線沿いにある場末の盛り場のロケシーン。電車の通過音の中で空缶を蹴りながら、「ちえつ、紙屑だつて俺より器用にころがるよ」と台詞を喋るカット。

　僕は今完全に見られてゐる。僕の王権は、「見られる」といふことの中にあるのだ。そのことによつて僕は支配するので、さういふ形の支配に比べたら、見る人間の支配はすべて副次的なものだ。

俳優の「見られる」という自意識は、おそらくこの頃に三島がめざめた肉体の美意識から来ている。健康のためにボディビルに入門したのは、昭和三十年九月。それからおよそ五年後、三島の肉体は明らかに変貌しつつあった。肉体的自信が、三島を映画出演へと駆り立てたのである。「見られる」という存在形態には、肉体が不可欠だった。『からっ風野郎』のクランクイン前に、三島が「ぼくはオブジェになりたい」（「週刊公論」昭和三十四年十二月一日号）の中で、〝映画俳優オブジェ論〟を主張したのはそのためである。

この「見られる」ことに、「僕」はふしぎな存在感覚を味わう。スタジオのセット撮影で、突然に闖入してきた神経衰弱症状の新人女優、浅野ユリ。彼女は「水野豊」の相手役になることを念願していた。監督は彼女の突飛な行動に目をつけ、彼女が登場するシーンを考えた。しかしテストが始まると、彼女の肉体は硬直して使い物にならなかった。解雇された彼女は、スター女優の化粧部屋で服毒自殺を図る。医者の手当てを受ける彼女の自堕落な姿を見ながら、「僕」は思う。

　思へば目の前の服毒は死ではなくて、あの硬直したテストこそ彼女の死だつたのだ。（中略）銀のマニキュアを施した繊細な手が、皮膚の下の薄い肉のをののきをさだかに示した。そこから流れる一条の細い血、ますます高くなる呻《うめ》き、自然な叫び、喰ひしばつたこまかい清潔な歯、……ユリは見られてゐた！　完全に隈《くま》なく見られ、世にも恥知らずな表情をあらはに示して、……そしてふたたび、この明るい花々しい恥辱の中へ蘇つた。

この描写は、三島の映画俳優の肉体に対する信仰を象徴的に物語っている。「僕」の目は、映画のカメラそのものになっている。「僕」は彼女の顔、手、歯といった肉体の部分をクローズアップするように見つめる。「僕」はユリの自殺未遂事件をこう総括する。

　彼女の肉体は見られるための至上の状態にあつた。(中略)彼女は意識を抽《ぬ》きとつた純粋な存在、純粋な肉として、生命の裸かの動きを、そこにあからさまに示したのであるから。……

　肉体が映画的に存在すること。それがつまり肉体が「意識を抽きとつた純粋な存在、純粋な肉」となることである。三島が考える〝オブジェ〟とはこのことである。「つくづくあの時の彼女を見習ひたいと思ふ。あれこそは俳優のいつも夢みてゐる至福の状態なのだ」。三島は、「下手くそな大部屋女優」が自殺未遂で実現した俳優の肉体の至福を、シニカルに描いてみせたのである。

　三島は昭和四十年四月、「憂国」を自作自演で映画化し、映画は翌年四月に一般公開された。プログラムには、「『憂国』の謎」(「アートシアター」昭和四十一年四月)と題する一文が寄せられている。その中で、「私は俳優、殊に映画俳優といふもののふしぎに魅せられてゐた」と書いている。映画俳優へのあこがれは、少年期の変身願望として『仮面の告白』で語られている。三島は映画俳優が「ふしぎ」であるのは、その「自発性、意志性が薄くなるに従つて、存在性が増してくる」からだと言う。つまり映画俳優は「影の影、幻の幻」であることによって、「確乎とした存在」が保障されるというのである。「まづ彼が、目に見えるモノとしての存在感と『それらしさ』に充ちあふれてゐなければ、影の影、幻の幻としての、自律性を持ちえないのである」。小説家には「そこにモノを存在せしめるといふ意志の自発性」が必要とされるのに対し、映画俳優は存在そのものがすでに「モノ」なのである。三島が「スタア」で描いた「見られる」という、映画俳優の「特質」とはおそらくこのことなのである。

2

「僕」はスターが仮面であることを知ってしまった人間である。だから「僕」が生きる世界は嘘で、そこには素顔の「僕」が安らぐ場所はない。物語の冒頭、多くの見物人に囲まれた華やかなロケ現場が描かれるが、「僕」の心は疲弊しきっている。三島はまず二十三歳のスターの苦悩を描く。元気そうなのはドーランのおかげであること、若さが急速に衰えていること。「僕」はそのことを「知つてゐる」(傍点原文)のである。それを知りつつスターとして生きる覚悟をした「僕」には、「本当の世界」はもはや存在しない。「ヤクザが足を洗ふやうに、僕はすでにそんな世界ときつぱり手を切つた」のである。「僕」はファンを侮蔑する。「彼らは概して僕と同い年で、若くてぴちぴちしてゐて、貧乏と暇をもてあまし、手のつけやうのない精力過剰を誇示してゐた」。さらには「後援会のジャガイモ娘」を「何て醜い女の子」と言ってはばからない。三島が描くスターの内面は、荒廃し過激だ。そんな内面とは正反対に、ファンには愛想よく振る舞い、娯楽雑誌や週刊誌の取材にはいかにも読者が喜びそうな答えを用意する。そんな仮面の「僕」を救ったのは、付人の太田加代である。この加代の存在が、影のスターとして重要な役割を果たしている。いわばもう一人の主人公といってよく、三島は加代を醜貌の付人として描くことで、若く美しい「水野豊」と対比させている。

　毎日僕の化粧函と椅子を持つてついて廻つてゐるこの三十になるやならずの女は、四十歳より下に見られたことがない。ひつつめ髪にして、なりふり構はず、前歯に二本の銀歯を並べ、まことに巧みに魯鈍《ろどん》を装ひ、気のきかないことを看板にしてゐる加代は、僕の共犯であり、僕の虚偽の相棒なのだ。正直な話、僕は加代のはうが、僕よりよほど上手《うはて》の役者だと思つてゐる。

「僕」と加代は一心同体なのだ。二人にはもちろん性的関係があるが、ファンは何も知らず、二人を仕事上のパートナーとして見ている。「僕たち」は「笑ひ合ひ、世間を嘲り、世間を裏切る愉しみに熱中してゐる」。加代は「虚偽と自分の醜さ」に酔い、「ただ世間を瞞着《まんちゃく》する純粋な娯しみのために」「すべての精力をそれの擬装に使つてゐた」のである。加代の「僕を独占してゐる」という「飛切りの人の悪い喜び」には、加代の醜さが不可欠だった。そのことを加代はよく自覚している。だから「加代はますます聖女のやうに昂然と、自分の年齢《とし》と醜さを、世間と僕に向つて見せつけた」。加代はヒロインであり、「僕」の共演者であり、仮面のスターなのだ。「虚偽」に熱中する「僕ら」は、仮面の世界のヒーローとヒロインなのである。

三島は二人のゲームにも似た「虚偽」の愉しみをシニカルに描く。「醜さ」を装う加代に「嫉妬」という感情がないなら、「僕には、およそ嫌悪といふものがない」。「そんなものは本当の世界、僕の属してゐない世界の感覚にすぎなかつた」のである。「僕」が加代の裸足の踝《くるぶし》に接吻する場面。

　このとき僕は自分の虚偽の本質にしつかり接吻してゐるのを感じたのである。これこそ僕の生活の真髄であり、この感覚こそ、全く僕が選び僕が帰属する世界の究極の感覚で、しかも誰も味到したことのないものだつた。

これに続く加代の描写。

　加代はけたたましく笑つて足を引込めた。ふしぎと彼女は、僕のかういふ難解な感覚を正直にうけとることができるのだ。

　「王子様のお道楽ね」と加代は言つた。「私、あなたが六十歳になつても、私の可愛い綺麗な王子様と呼ぶでせう」

さらに「僕」の存在の「究極の感覚」は、たとえば監督の罵声を浴びて体験する、次のような孤独感となってあらわれる。

僕はいつもながら、かうした場合の俳優の孤独の只中にゐる。しかし僕の「役」は透明な膜のやうに僕を包み、僕をしつかり衛《まも》つてゐる。僕は堅固の城のなかにゐるのも同様だ。「役」は僕の精神と肉体の外郭を精妙になぞつて、エーテルのやうに漂つて、現実から僕を遮断してゐる。もし監督が激して、僕に殴りかかつたとしても、彼の拳は空虚なものの中を泳ぎ、決して「僕」を殴りつけることができないのを、僕は知つてゐる。この認識こそ、絶対に「本物の世界」の認識ではない。（傍点原文）

　三島は『からっ風野郎』で若いやくざの「役」を演じた。そして演じているうちに、だんだんと映画俳優の自意識にめざめていった。おそらくその時、映画の中の「役」と、「役」を演じる俳優にふしぎな二重の存在感覚を覚えたのである。「僕」は「本物の世界」に存在しない俳優だから、監督は「僕」を殴ることができない。すでに「水野豊」という仮面の存在であるから、二重の「役」に包まれて安全なのだ。だから「僕」は撮影中の映画の「仮構の時間」を愛する。俳優にとって、映画は存在が保障された世界なのだ。この小説で映画のストーリーが必要とされるのはそのためである。そのストーリーは次のように書かれている。刑務所を出たばかりの「僕」は、大事な兄貴分が殺されたことを知り、復讐を決意する。兄貴には洋裁店のお針子をしている妹がいた。「僕」はその妹に復讐の協力を求めるが、妹はやくざが嫌いで逆に軽蔑される。そのうち「僕」は彼女を愛するようになるが、復讐の手段のための贋《にせ》の愛情と疑う彼女に拒絶されてしまう。実は彼女もまた「僕」を愛していた。ついに仇を見つけた「僕」は、彼女に別れを告げに行くが冷たくあしらわれ、一人ドスを呑んで死地に赴く。そのあとを彼女が追って引き止める。

このように、やくざ映画の類型的な筋書であるが、「僕」は「この物語の含んでゐる永遠の凡庸さ」を愛している。

ヤクザ特有の死に関する単純な投げやりな見解、真情を隠して抵抗する可愛い女、それらは身についた卑俗と卑小の独特の詩を荷《にな》つてゐる。凡庸さを一寸《ちよつと》でも逸脱したら忽ち失はれるやうな詩が、かういふ物語の中にはこもつてゐる。

　のちに三島はやくざ映画の大ファンとなり、そのヒーローを演じた鶴田浩二を絶賛する。「鶴田浩二論—『総長賭博』と『飛車角と吉良常』のなかの」（「映画芸術」昭和四十四年三月号）は、映画評論家やマスコミからほとんど黙殺されていたやくざ映画に、はじめて芸術性を認めた映画評論である。さらに続く次のような文章は、三島がやくざ映画を愛する理由をよく物語っている。

この種の凡庸と卑俗の詩は、言葉の置き換へのゆるされない厳然たる存在だといふことに誰が気づくだらう。

人がかういふ詩の存在を許すのは、それらが紋切型で無力で蜉蝣《かげろふ》のやうに短命だと思つてゐるからだ。ところが永生を約束されてゐるのは実はこれのはうで、悪が尽きないやうに、それは尽きない。(中略)それは創造の影、独創の排泄物、天才の引きずつてゐる肉体だ。安つぽさだけの放つ、ブリキの屋根の恩寵《おんちよう》的な輝き。うすつぺらなものだけが持つことのできる悲劇の迅速さ。十把一からげの人間だけが見せる、あの緻密な念の入つた美しさと哀切さ。愚昧《ぐまい》な行動だけのかもし出す夕焼けのやうな俗悪な抒情。……すべてこれらのものに守られ、これらの規約に忠実に従つた、この種の物語を僕はとても愛する。

やがて三島自身が現実にこうした物語の主人公になっていくのである。

これに続く場面は、「僕」の女との別れのシーンのスタジオ撮影である。高浜監督の「スタート！」の声とカチンコの音に、「僕」は洋裁店を出る。この瞬間に「例の如く、ひどく醒《さ》めてゐて又深く夢みてゐるやうなあの仮構の時間がしんしんと流れ出」す。「僕」はセットの町の風景の中に埋没していくが、予期せぬふしぎな体験をする。セットは「紛れもない現実の風景」「僕の記憶の累積の中の風景」として映り、「僕」に「表面だけの作り物」であることを忘れさせたのである。「それは目前の一枚の額絵の中へ楽に体ごと入つてゆくやうなふしぎな感じ」だった。映画の世界が現実のものとなり、「僕」はそこに存在していたのだ。「僕」の「人生の時間」が「仮構の時間」と一つになる場面である。これと同じようなことが三島の人生においても起きる。昭和四十年代の三島は行動家になるに及んで、まるで時代を映画の世界に引き寄せるようにして生きていく。死の前年の昭和四十四年八月に公開された映画『人斬り』(橋本忍脚本、五社英雄監督)で演じた、田中新兵衛役がそのことを象徴している。『人斬り』は幕末の京都を舞台にした時代劇で、田中新兵衛は薩摩の人斬りと呼ばれた武士である。三島は現実に置かれた心情を役に投影させ、田中新兵衛になりきって熱演した。たしかな演技力によって、最後には迫真の切腹場面を演じた。

「僕」の映画のラスト・シーンは、上野の不忍池《しのばずのいけ》で撮影された。復讐を思いとどまった「僕」は、彼女から秘密を打ち明けられる。実は「僕」が刑務所に入ることになったのは、兄の密告によるものだというのである。彼女の真情を知り、やくざ稼業のばからしさにめざめた「僕」は、彼女を池のボートに乗せて漕ぎ出す。水面には小さなエンドマーク。同時に池の端で、「僕」の手配写真を見つめる二人の刑事のうしろ姿。エンドマークがさらに大きくなって、映画は終わる。「僕はこれを悪くない結末だと思ふ。幸福がつかのまだといふ哲学は、不幸な人間も幸福な人間もどちらも好い気持にさせる力を持つてゐる」。三島の作品に映画のシナリオが一本もないことが、残念に思われるほどの巧みな構成である。

3

『からっ風野郎』が撮影されたのは、昭和三十五年の二月八日から三月十四日までのおよそ四十日間のことである。その間、三島はそれまでの夜型の生活習慣を逆転させて、朝の七時に起床して多摩川の大映撮影所に通った。前年の十一月十四日には帝国ホテルで記者会見し、大映と俳優契約したことを発表した。戦後を代表する人気作家が突然に映画俳優としてデビューするというのだから、文壇も読者も驚き大きな関心を集めた。異色のニューフェイスの登場に、マスコミは映画が公開されるまで、撮影中の話題をふくめ次々と報道した。三島が演じたのは、刑務所から出所したばかりの二代目の若いやくざ。小さな縄張りを守るため、子分もなく二人の身内とともに敵対する一家と抗争し、無残に殺害されるまでを描いた青春ヤクザ映画である。根城である映画館で「もぎり」をしている堅気の娘とのロマンスが、もう一つの物語になっている。「スタア」で撮影中の映画のストーリーと、物語の骨格はほぼ同じである。三島はこのやくざ役のシナリオを大いに気に入って、自信たっぷりに撮影に入った。しかしクランクイン直後、三島の演技力をみた監督の増村はすぐにシナリオに手を入れ、主役のキャラクターも大幅に変更した。公開後の三島の談話がある。

> シナリオではヤクザの二代目朝比奈は剛健で利発な男になつてゐたのだが、間のびしたぼくの仕草やセリフではどうしてもその味が出せないのだ。そこで困り抜いた監督はさつそくぼくを間が抜けて、ケンクヮも気も弱いヤクザに作り変へてしまつた。作り変へてはじめてなんとか見られるようになつた。（「映画俳優オブジェ論」「京都新聞」昭和三十五年三月二十八日夕刊）

それでも撮影は簡単にはいかなかった。三島と増村は東大法学部の同級生だったが、増村は新人俳優の三島に厳しく接し、著名な作家であることなどお構いなく罵詈雑言を浴びせて、徹底的にしごいて演技指導をした。クランクアップ直前のラストシーンの撮影で、三島はエスカレーターで転倒して頭部を強打し、入院騒ぎまで起こした。それでも文句の一つも言わず、増村の指示に素直に従い撮影を終えた。一方そんな増村を、三島は小説家の眼で観察していた。「スタア」の「高浜監督」は増村がモデルであることは明らかで、たとえば演出中のこんなエピソードが語られる。「高浜監督はカット割りがこまかいはうだ。昨夜立ててきたコンテのほかにも、拾ひ屋みたいに、路上につまらないものを見つけると、それを早速に画面にとり入れる」、「高浜監督は、ベルの音と共に電話機が大写しであらはれるやうな古い手法を嫌悪してゐた」。また、増村を皮肉ったようなユーモラスな文章もある。「高浜監督はひどく不景気なＯＫを、ほとんど呟《つぶや》くやうにいふのだが、まはりの連中は、この呟くＯＫの内にも、多様なニュアンスのあることを知つてゐる」。撮影中の三島の気持ちがよくあらわれているのは、次のような文章だ。

一寸したセリフのトチリや、役者の不十分な表情のおかげで、その本番カットを放棄せざるをえないときの、高浜監督の大げさな苦悩の表情を、僕は眺めるのが面白かつた。それは彼が苦汁と共に、半端物の現実を、嚥《の》み下すときの表情だつた。現実を。つまりオシャカになつたフィルムを。

増村はイタリアの国立映画実験センターに留学し、ネオ・レアリズモを学び、それまでの日本映画にはない漸新な演出で注目された。映画論も書く理論派で、三島はそんな増村から密かに映画撮影の技術も学んでいた。その一つに「中抜き」という撮影方法がある。『憂国　映画版』（昭和四十一年四月）に収録された「製作意図及び経過」の中に、この「中抜き」についての説明がある。

中抜きとは、同じやうな照明の位置、同じやうなカメラの位置、同じやうな撮影のサイズのカットを先にとつておけば、それだけカメラを動かし、照明を動かし、役者を動かす手間が省けるので、時間の節約になるから用ひられる必要悪的技術である。

三島はさらに映画『憂国』の撮影は、「中抜き中抜きの濫用でいつた」と書いている。「スタア」にも「高浜監督は中抜きをよくやつた」という一文がある。馴れない俳優は「中抜き」で時間的な錯覚に陥ることがあるという。「僕らは同じ場所にゐながら、航時機《タイム・マシーン》に乗つて、たちまち未来へ飛び、又たちまち過去へ戻り、又未来へ戻つて、たえず前後する劇の時間を、自分の中で調節しなければならない」。三島はこの「中抜き」がとても新鮮な体験だったらしく、「僕」にこう語らせている。「能率増進と時間の経済のために執られるこの強引な手段は、馴れてしまふと無責任な面白味のあるものだ。たとへば今僕は、受けたばかりの傷の疼《うつ》きに苦しんでゐる。次のカットでは居ながらにして、傷はすつかり治つてゐる。又次のカットでは、新鮮な傷の痛みを再びありありと感じなければならないのだ」。映画の「仮構の時間」を自在に飛び移ることに馴れてしまった「僕」には、「現実の時間」は不合理で退屈なものに思えてしまう。三島はそんな映画の世界を楽しんだ。

『からっ風野郎』での体験は、映画俳優のふしぎさだけではなく、映画製作の面白さをも三島に教えた。だから「スタア」には撮影の技術的な場面が描かれ、それは映画『憂国』の製作に生かされていくのである。

4

三島はスターをこう定義する。

不在がスタアの特質なのだ。

「見られる」存在であるスターが、実は「見えない」存在であること。つまり「見られる」スターが「不在」であるという逆説を、三島は映画俳優の「特質」であるとした。二十四歳の誕生日を迎えた「僕」はうそぶく。「僕らは絶対に世間から見えないんだ。愉快ぢゃないか。僕らは安全なんだ。嘘ッ八の中でさ」。

存在しないことの不安は、「僕」の現実の時間の中で繰り返し象徴的に描かれる。銀座に買物に出かけた「僕」は、「僕」を見るために集まった群衆にまぎれて、カフス・ボタンを万引する「薄汚れた中年者」を目撃する。その時、撮影中の映画のワンシーンのような錯覚が起こり、「あの万引男は正に二十年後の僕なのだ！」というつよい思いに捉われる。「あの男が金目になりさうな宝石入りカフス・ボタンに手をのばした瞬間、現実がどこかで崖崩れを起し、僕とあの男が入れかはつたのだ」。

これとよく似た場面が、『仮面の告白』の結末にある。「私」は園子とダンスホールを訪れるが、半裸の粗野な若者の腕にある刺青を見て情欲に襲われる。その時、別れの時刻を知らせる園子の声に驚く。「この瞬間、私の中で何かが残酷な力で二つに引裂かれた。（中略）私といふ存在が何か一組のおそろしい『不在』と入れかはる刹那を見たやうな気がした」。「万引男」はこの「不在」のメタファーとして読むことができるだろう。「スタア」の最後では、さらに存在しないことの不安が「僕」を襲う。撮影所の床屋の椅子に座りながら、「僕」は考える。「加代は本当はどこにも存在してゐないのではなからうか？」。

> ……加代が存在しないとしたら、……もしそれがたしかなら、どうして僕がちやんと存在してゐる筈があらう。僕も存在してゐないのではなからうか？　さうすると、かうして今ここに、撮影所の朝、床屋の椅子でうつらうつらしてゐる男は誰なのだらう？

いつのまにか眠りに落ちた「僕」が加代の声に急にめざめる場面で、物語は結末を迎える。加代は「僕」の背後から、小倉愛次郎という俳優を紹介する。五十歳を超えても永遠の二枚目が売り物の大スターである。「僕」は鏡ごしにその姿を見る。「すばらしい美貌だつた。男の強さと柔らかさと、逞ましさと甘美なものと、厳しさと抒情と、すべてがその顔には備はつてゐた」。しかし「僕」には、「小倉愛次郎の罪過がくつきりと見え」た。その罪とは何か。「彼は神で、美の権化で、何をしようが罪にはならない存在だつたが、たつた一つの大罪を犯してゐた。すなはち年をとるといふ罪を」。なぜなら顔は荒廃し、「すでに美しい面《おもて》を据ゑる黒ずんだ台座のやうなものになつてゐた」からである。「僕」は「故しれぬ恐怖」にうたれる。それは、数十年後の自分の顔だつたからだ。しかし「鏡には、白くかがやく白布から抜きん出た僕の若々しい顔だけが映つてゐた」。この場面は小説の冒頭の、「若さが急速に黄昏《たそが》れて」「昔日の力を失つてゐる」「僕」の姿と重なる。鏡の中の「僕」の顔は、見せかけだけの贋物なのだ。二人のスターの顔が、鏡の中で重なる一瞬はまさに映画的である。鏡が仮面と同義であることは、「僕」が鏡の中に加代の存在を認めることで明らかである。「それは正《まさ》しく現実の加代、存在してゐる加代だつた」。その加代は最後にもう一度、「僕」の耳もとにこうささやく。

「あんたが六十歳になつても、私はあんたをきれいな王子様と呼ぶでせう」

この言葉が二度も繰り返されるのは、おそらく三島自身の生涯においても大きなテーマであったからだ。つまり青春の不死と肉体の不滅。三島は肉体が衰えることを恐れ、青春の肉体を永遠のものとすることを願った作家だった。それは、死の前年に発表された戯曲『癩王のテラス』（「海」昭和四十四年七月号）に明白である。「スタア」はその前触れとなった作品であり、三島の六〇年代の運命を象徴する物語といえるだろう。運命とは、肉体を絶対とする美学が、浪漫的回帰と一つになるというほどの意味である。「理由のわからない死にたい衝動」を打明けた「僕」に、加代はこう答える。

「スタアはあくまで見かけの問題よ。でもこの見かけが、世間の『本当の認識』の唯一つの型見本、唯一つの形にあらはれた見本だといふことを、向う様も十分御存知なんだわ。世間だつて、結局認識の源泉は私たちの進行してゐる虚偽の泉から汲んで来なければならないことを知つてゐるの。ただその泉には、絶対にみんなの安心する仮面がかぶせてなければ困るのよ。その仮面がスタアなんだわ。

でも一方、本物の世界はたえずスタアの死を望んでゐるわ。いつも同じ仮面では、泉を見破られる危険があるからだわ。新らしい仮面がいつも必要なんだわ」

この一節に「スタア」の主題が集約されているといってもいい。「見られる」ことが「見せかけ」の問題であり、「仮面」であること。そしてその本質が「不在」であること。これは三島文学の核心にある主題でもある。それはたとえば『太陽と鉄』（「批評」昭和四十年十一月〜四十三年六月）のこんな言葉にも象徴される。「自己をいかにあらはすか、といふことよりも、いかに隠すか、といふ方法によつて文学生活をはじめた」。その文脈から言えば、「スタア」は映画俳優を主人公にした、もう一つの『仮面の告白』として読むことができるだろう。

そして「スタア」の背後には、夭折を逸した三島の十代の青春の記憶が投影されている。そこには二十四歳の若さで急逝した、アメリカの映画俳優ジェームス・ディーンの存在があった。死の願望があることを告白した「僕」に、加代はディーンの名前をあげてこう答える。「あんたは二十四歳で、二枚目で、人気のどんどん上つてゐる映画スタアで、（中略）

……死ぬだけの条件はみんな揃つてるわ」。ディーンはサミュエル・フラー監督の『折れた銃剣』（一九五一年製作、日本未公開）の端役でデビューし、その後三本の映画にも端役で出演。エリア・カザン監督によって『エデンの東』（一九五五年公開）の主役に抜擢されて、一気にスターダムにのしあがった。つづけてニコラス・レイ監督『理由なき反抗』（同）、ジョージ・スティーヴンス監督『ジャイアンツ』（一九五六年公開）に主演し、人気を不動のものにした。しかし『ジャイアンツ』撮影終了後の一九五五年九月三十日、愛車を運転中に追突事故を起こして死去。人気絶頂期での突然の死は世界中のファンに大きな衝撃を与えたが、青春スターとして伝説化され、今なお時代を超えて愛され続けている。ディーンがスターの座にいたのはわずかに一年、三本の主演作を残したにすぎない。そんなディーンは、二十歳で病死したフランスの小説家レイモン・ラディゲとともに、三島の「夭折の星」になった。「夭折の資格はなかなか大変なものである。完全にその役割に叶つてゐることが第一の条件で、第二に偶然が、その役割を果たさせてくれなければならぬ。ジェームス・ディーンはその稀な成功の例であつた」（「夭折の資格に生きた男—ジェームス・ディーン現象」「映画の友」昭和三十一年十一月号）。
さらに映画俳優という職業に注目して、こう書いている。

　二十《はたち》やそこらの役者の技能などといふものはタカのしれたものであり、又彼の容貌にしても、アドニスやアンティノウスそこのけといふ程でもない。彼のもつてゐた多少衆にすぐれたセンシティヴネス、その動揺しやすい青年前期の典型的風貌、多少の神秘的性格、神経質な若い獣の身振、傷つけられたやうな腕のふりやう、暗いあどけない微笑……かういふものはもしその迅速な死がなければ、確実に忽《たちま》ちにして色褪《いろあ》せる筈のものであつた。まして彼の職業は、俳優、それも映画俳優、といふ難物的職業の最たるものであつた。個人芸術家のやうな徐々たる自己形成がどれだけ彼の未来に約束されてゐたらう。約束されてゐたのは、確実にやがて汚されるといふことだけであつた。

「スタア」の小倉愛次郎がたどる運命は、この文章によって予言されているといってもいい。三島は『からっ風野郎』に主演し、その「難物的職業」の意味を知ったのである。「個人芸術家」とは正反対の映画俳優は、夭折にもっともふさわしい職業だった。三島は、ティボーデがラディゲについて語った「人に愛される一歳仔《イアリング》の状態は、フランス第一の美人と謂《い》つた状態と同様、それは危険に生きる生き方である」という言葉を引用して、「ディーンはラディゲ以上に『フランス第一の美人』的であり、ラディゲの数万倍も危険な地位にあつた」と書いている。映画スターであるディーンの夭折は、ラディゲよりも「数万倍も」危険な魅力を秘めていたのである。

三島によれば、夭折とは「自分の生涯を詩に変へること」である。その意味からすれば、ディーンはその資格を十分に持った存在だった。「ディーンも亦《また》、自分の悲劇的な死に『宿命的な憧憬』を寄せてゐたにちがひない。そしてそれは完全に成功したのである」。この言葉はほとんど三島自身の、十代の頃の願望をあらわしている。「ラディゲと同じくらいの傑作を書いて」「自分もラディゲと同じ二十歳で死ぬにちがひないと」「確信してゐた時期があつた」。

これからおよそ十年後、筋肉の思想にめざめた三島はこう書いた。

十八歳のとき、私は夭折にあこがれながら、自分が夭折にふさわしくないことを感じてゐた。なぜなら私はドラマティックな死にふさわしい筋肉を欠いてゐたからである。そして私を戦後へ生きのびさせたものが、実にこのそぐはなさにあつたといふことは、私の浪曼的な矜《ほこ》りを深く傷つけた。（『太陽と鉄』）

四十歳を過ぎた三島は十代の青春の復活を夢見て、遅すぎた夭折を希求するのである。肉体はそのために準備された「浪漫的な矜り」を体現する肉体こそ、かつてディーンの夭折にみた「危険に生きる生き方」を可能にしたのである。三島は行動家としての死であるとともに、ディーンのような映画スターとしての死を望んだともいえるだろう。

（文芸評論家）

ミシマ万華鏡

祖父の地

松本 徹

三島由紀夫の祖先の地は、兵庫県加古川市志方町で、祖父平岡定太郎の誕生地であり、戦時下では三島の本籍地でもあった。そのため、徴兵検査を受け、入隊に赴いたのも、この地であった。

もっともこの地では、真偽さだかでないことがさまざまに取り沙汰されたことがあって、地元では一部に忌避する空気があり、いまもなお完全に払拭されていないようだが、昨年十一月十六日、玉乃緒地蔵尊とそこに建つ「三島由紀夫先生慰霊の碑」（前兵庫県知事坂井時忠筆・昭和六十一年建立）を整備し、のぼりを立て、法要を営んだ。当日は百二十人もの人々が参列したという。

これを切っ掛けに、地元では一層、三島及び平岡家を顕彰（定太郎、兄の万次郎ともそれに値する人だろう）する方針だと言う（神戸新聞、平成26年10月23日付、27年1月4日付記事）。

これに呼応して、「神戸新聞」では三島由紀夫生誕90年「定太郎と公威」を八回にわたり連載（1月4日～12日）、佐藤秀明、横尾忠則、松本徹にインタビューしているが、三島が育った東京の家には、この地の親族から書生やお手伝いが何人も来ており、深い繋がりを保持していたことが知られる。

また、定太郎が樺太庁長官に就任、お国帰りした際の盛大な歓迎振り、大正三年（一九一四）六月に、樺太庁長官を辞任した時には、「神戸新聞」が報じたことも紹介されていて、興味深い。

「剣」論——「思想」を生きる人——

佐藤秀明

1

短編小説「剣」は、大学の剣道部の夏合宿で、部員が規律を破って海水浴に行ったために、主将の国分次郎が自殺した話である。そのようにストーリーをまとめても構わないであろう。部員が規律を破って海に行ったことと、主将の国分次郎が自殺したことと、どのような関係があるのかはにわかには分からない。煽動した賀川が監督の木内の命で帰京し、合宿は無事終え、納会では次郎が挨拶をする。その後、次郎の姿が見えないので部員が探しに出ると、裏山で「死んでゐた」というのが結末である。最後に至って急転するこの小説に、死の予兆や予感はあったのか。死の理由が空白である。省略法によるこの空白をいかに充填するか。読者の最大の関心はここに向かうことになり、おそらくは残された登場人物も同じだったろうと想像される。しかしここでは、死の理由を解釈によって導くだけでなく、唐突な事件の起こり方、その叙述の仕方を問題にしたい。そこに、「剣」の主題の一つがあるだろうという見通しである。

ところで、三島由紀夫は『絹と明察』（講談社、昭和39・10）についてのインタビューで、次のように語っていた。

> この数年の作品は、すべて父親といふテーマ、つまり男性的権威の一番支配的なものであり、いつも息子から攻撃をうけ、滅びてゆくものを描かうとしたものです。「喜びの琴」も「剣」も、「午後の曳航」もさうだった[1]。

確かに、社員は家族だと言って酷使する封建的な経営者と組合を組織して対抗する若者を描く『絹と明察』をはじめとして、どの作品も「父」と「子」の対立を扱っている。「剣」では、数十人の剣道部員を引っ張っていく国分次郎が「父」となり、反逆する賀川や国分を尊敬する壬生が「子」となるだろう。だが、本論では、「父と子」の問題を、「思想の人」と「大衆」という問題に置き換えてみたいと思う。「思想の人」と「大衆」の問題は、この時期の三島由紀夫の主要な関心事であり、それを補助線としてこの作品に導入することで、次郎と賀川、次郎と壬生の関係を鮮明に浮かび上がらせることができると考えるからである。そしてそれが、次郎の生き方に表れるいわば第一の主題を描き出せるようにも思うのだ。

＊

すべては沈み黒ずんだ藍の、静けさを切り詰めたところに生まれるやうな動きである。

道場へ入るとただちに彼の姿が目につく。彼のからだのまはりにだけ一種の静けさがあつて、構へが少しも乱れないからである。

その構へは自然体を崩すことがなく、いつも美しい。どんな烈しい動きの只中にも、動かない彼がゐる。矢を放つたあとの弦《つる》のやうに、もとのはりつめて又自然な、のびやかな形に戻つてゐる。

国分次郎の内面が外面にすっかり現れ出たような描写である。外面と内面という便宜的な二分法に無効を宣言するかのような、戦慄的に整って美しい心身の集中が見て取れる[2]。この張り詰めた姿からすれば、剣以外のことはみな「下らないこと」になるのも仕方がないと納得させられる。竹刀を持つ国分次郎の描写はまだ続くが、これが成功しなければ、この小説が成り立たなかったことは言っておかねばならない。

剣を第一義とし、「強く正しい者になることが、少年時代からの彼の一等大切な課題」であった国分次郎は、剣の「思想」を生きる「思想の人」である。「思想の人」と言えば、通常知識人や政治活動家を思い浮かべるが、ここでは総称で「思想の人」と呼んでおこう。それに対して「感情の残滓《ざんし》」を剣道に持ち込む賀川は、純一に剣に打ち込む国分とは異なり、むしろ「生活」の側にいて国分を批判する。国分次郎が思う「下らないこと」に賀川は拘る。賀川は、エゴイズムや欲望が織りなす「生活」を生きる人であり、「大衆」の一人である。

吉本隆明は「丸山真男論[3]」において、「思想によって知識人であったもの」と「生活によって大衆であったもの」との「断絶」を問題にした。次郎と賀川は、無理なくこの図式に当て嵌まる。むろんこれは、極端なモデルにちがいない。実際には人は、「思想」を生き、また「生活」を生きる。あるいはまた、時代が下り消費社会に移るにしたがって、「思想」が「生活」化していったということもある。そう考えると、「思想」そのものに焦点を当ててみる意義は小さくない。知識人の思考や社会運動、芸術の「生活」化を見直すためにも、このモデルは必要だと思われる。吉本によれば、丸山真男は「知識人」の存在様式からしか「大衆」を見ていず、理念や制度から「大衆」を分析して、「大衆はそれ自体として生きている」ということを摑めずに「仮構のイメージ」で捉えてしまったと批判したのだが、国分次郎も、彼の「思想」からしか周囲を見ず、「それ自体として生きている」賀川の屈折した感情を軽視したのである。「思想」を厳しく自立させた結果である。

「思想」とは何か。それは簡潔にいえば、資本の論理すなわち金銭的かつ物質的に豊かな社会が実現すればそれでよいという生活主義にたいする「否」であり、人間が生きて死ぬという自然過程にたいして、それを超えようとする思考と言語の冒険である。

富岡幸一郎の『最後の思想　三島由紀夫と吉本隆明』からの引用である[4]。東西冷戦後の「生活主義」に対抗すべき「思想」を明快に定義したものだが、ここにも次郎の生き方を見ることができる。剣以外のすべてを「下らないこと」として耐える次郎の生き方は、人間の「自然過程」を「超えようとする」言語と行動の実践にほかならない。吉本隆明の「知識人」と「大衆」、富岡幸一郎の「思想」を考え合わせると、小説「剣」を分析するための重要な示唆を受け取ることができる。例えば「剣」には、睡眠薬を飲んで自殺した次郎の友人が、死の恐怖からか枇杷を食べ、枇杷の皮と種子を残したことが書かれている。厳粛な死と枇杷という「生活」の象徴との混交に次郎は違和感を抱く。自殺自体は認めても、生物的な欲求からは「できるだけ遠ざからうとした」次郎に、「生活」をも「思想」化しようとする姿勢を認めることができる。この自殺した友人をはじめ、空気銃を持った町の不良どもや、喫茶店で卑猥な悪戯を仕掛ける学生たちもまた、「生活」を生きる「大衆」の一員である。このように整理すると、次郎を慕う壬生や監督を務める木内の配置も明らかになってくるが、これは後述することにしよう。

「剣」は「新潮」の昭和三十八年十月号に発表され、同年十二月刊行の短編集『剣』（講談社）に収録された。三島由紀夫は、その一年余り後に発表した「文学的予言――昭和四十年代」（「毎日新聞」夕刊、昭和40・1・10）において、六〇年の安保闘争で「知識人と大衆とがまつたく遊離してしまつた」と述べる。安保の時期に、三島がこのような理解を持っていたかどうかは辿れない。もしかすると、「私は「擬制の終焉」から、はつきりと吉本氏のファンの一人になつたが」（「無題（吉本隆明著「模写と鏡」推薦文）」春秋社、昭和39・12）と書いていた「擬制の終焉」の影響があったのかもしれない。『民主主義の神話』（現代思潮社、一九六〇・一〇）に収録された「擬制の終焉」で、吉本隆明は、国会前で日本共産党員がデモの「ふたつの渦が合流するのをさまたげ」、「たたかいを阻止し」ていたと言う。日本共産党が「全学連主流派と、それを支援する無名の労働者・市民たち」を差し置いて、「主導」の形成を企てたことの告発であり批判である。それを三島のように、進歩的文化人や日共系文化人の大衆からの「遊離」だったと見ることはできる。その上で三島は、「もはや知識人の大衆への媚びは、お笑ひ草になるだけであらう」と言うのである。

さらに三島は、「文学的予言」で、能の「自然居士」を挙げ、居士が遊芸を尽くして人買いを感動させ子どもを救い出したことに触れ、「いはば遊芸が、人を感動させるといふそれ自体の原則に忠実にしたがふこと」から起こったことだと述べる。そして「そこに少しでも媚びが見えたら、観客とともに、人買ひも感動することはないだらう」と言い添える。何を言わんとするのかは、もはや明白であろう。居士は「思想の人」で、人買いは「大衆」だということだ。ならば「剣」は、「思想」に生きる国分次郎が、「生活」に生きる人たちに「媚び」なかったという小説なのか。『絹と明察』の駒沢善次郎が、組合を結成して自分に楯突く大槻に「媚び」ることなく死んでいったように。「文学的予言」では、「大衆」に「媚び」るなというメッセージは明確に打ち出されていた。それが小説「剣」ではどのように扱われていたのか。とりあえず、この問いは掲げておくだけにしよう。

三島由紀夫と吉本隆明は、最終的にはイデオロギーを異にするが、意外にも近いところにいたのである。[5] 先に引いた「丸山真男論」に対し、三島は「批評の傑作」と賞賛していた（前掲「無題（吉本隆明著「模写と鏡」推薦文）」）。古林尚との対談「三島由紀夫　最後の言葉」でも、『共同幻想論』を「筆者の意図とは逆の意味で非常におもしろく読んだ」と語っていた。しかし、「媚び」ということばから批評性を脱色し図式化すれば、三島は、大衆の側につく吉本隆明よりも、大衆と距離を置いた丸山真男に近いことになるのだが……。

2

では、小説「剣」を、「思想の人」と「大衆」との対立の観点から読み直してみよう。その前に、先に触れたように、「剣」という小説は、主題が二重底になっているのではないかという見通しは再度述べておきたい。「思想」に生きる人間の生き方を描く主題と、その生き方と無関係とは思えない死を、小説の最後で唐突に語ることから生じるもう一つの主題があるということだ。

次郎は主将としての挨拶をしたときに、「……したい」という心は捨て、「……すべきだ」という命令を自己に課す。これはカントの言う「仮言命法」に対する「定言命法」に当たる。「……したいならば、……せよ」という「仮言命法」に対し、「定言命法」は無条件に「……せよ」と自己に命ずる。カントの『実践理性批判』によれば、「余事をまったく顧みることなく、もっぱら意志そのものを規定することだけに終始して、その意志がなんらかの結果を生ぜしめるに十分であるか否かを問わない」というのが「定言命法」である。[6] しかも「定言命法」は、「すべての理性的存在者に例外なく妥当する」（カント）ものであるから、海へ行かずに一人居残った壬生の「憎悪」が、「広大な」「公的なもの」と感じられたのは的を射ていた。「……したい」という心が「生活」に、「定言命法」が「思想」に重なることは見て取れよう。

しかし、再度断っておかねばならないのは、次郎が全的に「思想」を生きているわけではないということである。当然のことではあるが、生きるとは「生活」に満たされることである。その場合、次郎は「微笑」をもって対処する。次郎の「微笑」の美しさを、賀川も壬生も認めているが、彼は「微笑」でやり過ごすのである。あるいは「怒りのやうなもの」で対処することもある。鳩を撃った空気銃の若者たちを見たときに次郎が感じたのは、「同じ動物の匂ひを嗅いだときの、怒りのやうなもの」で、その感情に委せて若者たちを撃退するのだが、それは若者たちに対してというより、次郎自身の生存に対する感情と見ることができる。どちらの場合も、次郎にとって「生活」は無縁ではありえず、絶えず「生活」は「思想」を侵犯しようと迫ることを表している。

　賀川の次郎へのわだかまりは、次郎のこういう「生活」への対処の仕方にある。風呂場での小さな出来事が思い出される。賀川は、次郎が一年生に背中を流させる順番を自分に譲るのではないかと怖れたが、次郎は賀川に気づきながら順番を譲ることはしなかった。譲ることで賀川の「矜《ほこ》りを傷つける」ことよりも、「傲慢に「見える」はう」を選んだと賀川は感じるが、そうだとしても次郎にとってはこれは「下らないこと」でしかない。しかし、「「友情」を信じて」いる賀川にとっては些事ではなかった。賀川は、次郎が「傲慢」だと「誤解」される方を選んで、「誤解に囲まれて生きるのは仕方がない」と思っていると捉え、それこそが「傲慢」だと怒りにかられる。些細な出来事の基部にある次郎の生き方への非難である。「生活」を重んじる人間と、「生活」を「下らないこと」だとする人間との決定的な擦れ違いがここにはある。次郎の生き方は、「大衆」の多くがそうであるように、賀川にしても理解の外にあった。

　したがって、禁じられた海へ部員を煽動したのは、賀川にしてみれば晴れやかな「友情のあかし」で、ケチな侵犯の快楽や復讐などではなかった。「とにかく貴様は、何ものかに愕《おどろ》かされ、おびやかされる必要があるんだ。貴様に今一等必要な教育はそれなんだ」と思う賀川は、「生活」の側から正確に次郎を理解していたと言ってよい。賀川にも、彼なりの正当性があったのである。

　次郎と賀川の間にいるのが、一年生の壬生である。壬生は次郎を慕い、次郎の所作を真似るほどに次郎を尊敬しているが、「俺はとてもあそこまでは行かないな」と思っている。次郎が自己に厳しい人間であることは分かっているが、そこまで徹底できない。人間は生死をくり返し「退屈ですね」と壬生がふと洩らしたとき、次郎から「唾棄するやう」な否定に遭ったのは、現在の一点を生きる次郎の「思想」が他の「思想」を許容しないことに気づいていなかったからだ。壬生の理解は、十分に次郎の「思想」に届いているとは言えない。

したがって、海への誘いを断固断り、一人正座をして待つ壬生のその後の心境の変化は、次郎への誤解から生じた裏切りにほかならないが、それは「とてもあそこまでは行かないな」と感じている壬生の不徹底さが生んだ裏切りだったのである。三好行雄は「壬生が最後に手に入れた行動の原理は、次郎のそれと正確に一致している」と解釈するが、[7] それが正しい解釈だとは思わない。もし、次郎が壬生の立場だったとしたら、次郎もまた壬生のように海へ行ったと嘘を吐くだろうか。答えは明白ではないか。本堂に残る壬生の「心と姿とはうらはらだつた」とあるように、すでに「心」は次郎を裏切っていたのである。ここに起こった壬生の内面の劇は、「大衆」を裏切るか「思想の人」を裏切るかの選択だったのだ。言い換えれば、「生活」を選ぶか「思想」を選ぶかの選択で、壬生は「思想」の選択を「世にも醜悪な偽善を演じること」と捉え、急遽海に行った「大衆」に紛れ込んだのである。そして、あらためて次郎から海へ行ったのかと問われたとき、不徹底だった彼は「壬生が壬生自身であるかどうかを求められて」いるのを感じ、「次郎から学んだ晴朗な決心」だけを踏襲するのである。壬生の主観では次郎を裏切った気持ちはなく、むしろ「自分の胸がはじめて次郎の胸にまともにぶつかり、自分の背丈がはじめて次郎の背丈と競うのが感じられた」ということになる。この悲劇は、壬生が次郎を感情的に賞賛するのみで、決断のよりどころが「思想」にあるか「生活」にあるかの論理を手に入れていなかったために生じたものだと言うことができる。

監督の木内は、「生活」に対して熟達した距離を置いている。経営する会社を弟に任せ、母校の剣道部に入れ込む木内は、「外部の社会」がスポーツのように美しくないことからくる「怨恨」を、「一種の詩」に育ててきたという。「一種の詩」とは、「怨恨」を代償とするスポーツの美化で、それは外界との和解の方法の一つにちがいない。三好行雄が「木内の怨恨は、木内が外部の社会をなお必要としていることの無二の証明である」と言うのは、鋭い指摘である。[8]「父と子」という場合、木内と次郎を想定するのが自然ではあるが、この二人は微妙にずれていて父子になりにくいのである。木内が次郎のロールモデルにならないことが、次郎の生き方をより鮮明にしていると言えよう。次郎が外界との和解の方法に関知しないからで、むしろ三十年後の壬生が、木内になる可能性を持っている。

「一種の詩」ということばは、国分次郎についての「詩の罠《わな》」ということばと呼応する。空気銃の不良どもを撃退したあと、次郎は傷ついた鳩に殺意を覚えるが、通りかかった用務員に事の顛末を賞められ、枯れた白百合で頬についた鳩の血を拭ってもらうという印象的な場面である。「——かうして彼はかずかずの詩の罠《わな》の中を、それと知らずに、悠々と通り抜けた」と語られる。鳩への殺意は生存への怒りであるが、それも未然に終わり用務員の目撃から免れた。「詩の罠《わな》」は、次郎の「思想」とは異なる現実に彼を引き寄せる。それは、次郎を現実に繋ぎ止めておく美的な誘惑とでも言ったらよいであろうか。

　このように見てくると、国分次郎はあらゆる場面で「生活」をすり抜け、「思想の人」として剣に集中する。「大衆」に「媚び」るところは一切ない。その死の理由も、次郎の「思想」の線上にあることだけは間違いあるまい。「強く正しい者になるか、自殺するか、二つに一つなのだ」とは、死の影など微塵も感じられぬ少年時代の回想の中で思われていた。その覚悟が挫折したとは考えられない。三好行雄は、次郎の死を「自壊」と評するが[9]、次郎固有の論理が死を導いたのは確かで、それはもっと積極的な意味を有していると考えられる。何にせよ、次郎は「生活」の論理に呑み込まれたのでも、「媚び」たのでもない。欲望やエゴイズムとは無縁なところで、死は選び取られた。次郎の死は、賀川の反抗や壬生の嘘をきっかけにしたが、――そうでなければ、死はありえなかった――次郎が「大衆」に接近したのではなかったのである。

　にもかかわらず、次郎はその死によって、賀川や壬生に応答したとは言えまいか。彼らの次郎への対応に、次郎は自己の生き方を貫くことで応えたという理解は成り立つであろう。

　しかし、より大きな問題は、小説の叙述の仕方にある。具体的には想像されないものの、きわめて大きく充満した物語内容を持つと思われる自殺までの次郎の内面が全く語られず、しかも「次郎は稽古着の腕に竹刀を抱へ、仰向きに倒れて死んでゐた」と語られただけで、物語言説が終了してしまうことである。それは作者のレベルで言えば、明らかに狙った小説的効果であり技法である。少し間違えば、因果関係の破綻として、小説の失敗を宣告されかねないところを、あえて十分な効果を測定して語らせた結果である。短編小説としての鮮やかな幕切れであり、この結末は強い遡及力を生み出し小説全体に波及して、読者の思考を巡らせるように強いる。

　国分次郎の死の原因を、読者もそして残された登場人物も探さなければならない。こうして死は、読者と登場人物に浸透し共有される。「喜びの琴」（「文芸」昭和39・2）の松村が、松村を慕い松村に裏切られた片桐に向かって「そんならこの傷はひどく祟るぞ」と言ったように、『絹と明察』の理知的な岡野が笑うべき人物だと思っていた駒沢の死に接し、「駒沢の死はきつと伝染る」と実感したように。そこにこそ、小説「剣」の第二の主題があると考えるのである。

　賀川や壬生の受けた衝撃は、テキストには何も書かれてはいないけれども、想像するに余りある。次郎は最期まで、「生活」を生きる「大衆」と接点を持とうとはしなかったが、死によって、自身を「大衆」に刻印したのである。接続を拒絶する生そして死が、逆説的に接続を強いて人々を揺さぶる。「遊芸」に専心することで、少しも「媚び」ることなく、「人買い」の気持ちを動かしたのである。そのようにして国分次郎は、「生活」を生きる人たちに「思想」を生きる自分を残した。

3

　国分次郎の死の理由は、彼の剣の「思想」に行き着くことになる。では、その剣とは何か。この問いに、作品は答えを用意していない。あまりに潔く死んだ国分次郎の生前の言動を再検討しても、彼の剣を別の語彙で論述し敷延することはできない。しかし、三島由紀夫は、「二・二六事件と私」(『英霊の声』河出書房新社、昭和41・6)というエッセイで次のように述べることになる。「かつて若かりし日の私が、それこそ頽廃の条件と考へてゐた永い倦怠が、まるで頽廃と反対のものへ向つて、しやにむに私を促すのに私はおどろいてゐた。(中略)私は剣道に凝り、竹刀の鳴動と、あのファナティックな懸声だけに、やうやう生甲斐を見出してゐた。そして短篇小説「剣」を書いた」と。「永い倦怠」が、「頽廃」とは反対の剣道の「ファナティックな懸声」に向かったというのは、分かりやすい説明ではない。しかし三島には、意気込んで苦手意識を克服する優等生的な癖があり、それを思えば全く肯けない筋道ではない。ここで確認しておきたいのは、小説「剣」が、「竹刀の鳴動と、あのファナティックな懸声」と結びついていることである。

> 嘘ではなく、そのかけ声(剣道のかけ声—引用者)が私は心から好きになつた。これはどういふ変化だらう。
>
> 思ふに、それは私が自分の精神の奥底にある「日本」の叫びを、自らみとめ、自らゆるすやうになつたからだと思はれる。この叫びには近代日本が自ら恥ぢ、必死に押し隠さうとしてゐるものが、あけすけに露呈されてゐる。それはもつとも暗い記憶と結びつき、流された鮮血と結びつき、日本の過去のもつとも正直な記憶に源してゐる。それは皮相な近代化の底にもひそんで流れてゐるところの、民族の深層意識の叫びである。このやうな怪物的日本は、鎖につながれ、久しく餌を与へられず、衰へて呻吟してゐるが、今なほ剣道の道場においてだけ、われわれの口を借りて叫ぶのである。[10]

　剣とは何かという問いの答えを、「日本」と言うことはできそうである。いや、ここまでは、三島文学に精通している人であれば、作者の導きに誘《いざな》われて辿ることが可能である。本節では、この「日本」が三島由紀夫にとってどのような意味を持ち、同時代の文化といかなる関係にあったかを記述し、まとめとしよう。

　剣道のかけ声が呼びさましたのは、「近代日本が自ら恥ぢ、必死に押し隠さうとしてゐるもの」だという。戯曲「恋の帆影」(「文学界」昭和39・10)に描かれたような外国人観光客向けの「日本」などではなく、近代化によって排除され抑圧されてきた「日本」である。排除と抑圧に努めてきたのは、

「生活主義」であり、それを担ったのは「大衆」にほかならない。しかし三島は、その暗い「日本」が、「皮相な近代化の底にもひそんで流れてゐる」と見ている。つまり、排除し抑圧した「大衆」自身がいまだに保持していると言うのである。吉本隆明も「丸山真男論」で「戦争期に、天皇制イデオロギーが吸着した大衆の存在様式の民俗的な部分は、いまも当時とは変化した形で、大衆自体がもっている」と述べ、今ある「大衆」の中の土着性に拘泥する。感がここにあることは、繰り返すまでもない。その上で三島は、「思想の人」は「大衆」に「媚び」てはならないと主張した。「知識人は書斎にかへり、文学者は文学にかへる時代になるであらう」(「文学的予言」)という昭和四十年代の文化的な予想は、「媚び」を忌避する宣言でもある。「剣」の国分次郎は、そのように生きた。そうすることが、逆に「大衆」を動かすことになるというのが、この小説の隠された主題であることはすでに述べたとおりである。

以上のことは、小説「剣」の作品内容の外側に創造されたコンテキストであり、プロデュースの方向である。表現者は誰でも自己の感性基盤を発見しなければならず、すぐれた表現者はそのコンテキストをも創造する。三十代半ばを過ぎた三島は、「永い倦怠」が「頽廃と反対のものへ向つて」促し、「生甲斐を見出し」たと述べているが、それが表現者としての新たな感性基盤となったのである。事後的に言えば、それは表現者の枠を破ることになるのだが。

三島が自己の内に発見し、吉本が着目していた「日本」の「暗い記憶」は、同時多発的に、と言えばおそらく正確ではなく、互いに刺激し合ってと言うべきか、六〇年代後半から七〇年代末までのアンダーグラウンド文化と通じるところがあった。寺山修司の天井桟敷や唐十郎の紅テント(状況劇場)、横尾忠則のポップアート、東映のヤクザ映画や大島渚のヌーベルバーグ、つげ義春の「月刊ガロ」の漫画や赤塚不二夫のギャグ漫画などが代表する反近代的で挑発的な文化に通じていた。それらは、八〇年代以降に主流となる明るい消費文化の出現以前に、暗く貧しい古層の「日本」を掘り起こしたものだった。反体制的なヒッピー文化と呼応して、それらは三島由紀夫の位置とは別の流れを作ったが、見て来たように、三島が早くにこの流れを予想していたことは確かである。しかし、『葉隠入門』や『文化防衛論』を書き、自衛隊に体験入隊し楯の会を結成して死んでいった三島由紀夫は、アンダーグラウンド文化に吸収されない圧倒的に独自な感性基盤を生きた。

「剣」は、「思想」の内容を描く小説ではなく、「思想」そのものと「思想」を生きる人とを描いた小説であるが、竹刀を持つ国分次郎の、暗ささえ感じさせる端正な姿からは、三島の感性基盤を明確にした「思想」小説の一面が浮かび上がる。

(近畿大学教授)

注1 「著者と一時間（「絹と明察」）」（「朝日新聞」昭和39・11・23）。
2 同様な印象を三好行雄が述べている（「附・「剣」について」『作品論の試み』至文堂、昭和42・6）。
3 吉本隆明「丸山真男論」（『丸山真男論』一橋新聞部、一九六三・四）。
4 富岡幸一郎『最後の思想　三島由紀夫と吉本隆明』（アーツアンドクラフツ、二〇一二・一一）。
5 三島と吉本の近さについては、宇野邦一「煉獄作法？」、高橋順一・芹沢俊介の対談「未完の吉本隆明」（どちらも「現代思想」二〇一二・六）でも触れられている。特に芹沢の「（三島が）さまざまな大手出版社に吉本さんとの対談を申し入れていた」という話は興味深い。
6 カント『実践理性批判』（波多野精一・宮本和吉・篠田英雄訳、岩波文庫、一九七九・一二）。この訳では「定言的命法」と訳している。
7 三好行雄「附・「剣」について」（注2に同じ）。
8 注7に同じ。
9 注7に同じ。
10 三島由紀夫「実感的スポーツ論」（「読売新聞」夕刊、昭和39・10・5、6、9、10、12）。

ミシマ万華鏡

山中剛史

昨年九月、朝倉克己『近江絹糸「人権争議」の真実』（サンライズ出版）が上梓された。『近江絹糸「人権争議」はなぜ起きたか』（同）の出版から二年ぶり二冊目の回顧録である。昨年は近江絹糸人権争議から六十年で、一部新聞などでも報じられたが、著者朝倉氏は、昭和二十九年六月の近江絹糸・人権争議を題材とした三島の長篇「絹と明察」の登場人物・大槻のモデルである。

『なぜ起きたか』収録の「三島由紀夫さんのこと」によれば、昭和三十八年九月、講談社大阪支店、天晨堂書店の細江敏氏らを介して三島を紹介された朝倉氏は、近江絹糸の絹紡工場や夏川嘉久次旧社長宅などの取材を案内、その後、彦根城玄宮園の八景亭にて朝倉氏自身への取材そして食事を共にしたという。近江絹糸の人権争議自体は、戦後労働運動史でも注目を浴び取材記事や研究書も少なくなく、三島もまた夏川社長の著書をはじめそれらを参考にしていたことは、島内景二「『絹と明察』の光と闇を明察する」（「電気通信大学紀要」平18・1）で知られるところであろう。拙稿「決定版全集逸文目録稿1」（本誌11号）でも三島自決時に「彦根日報」に紹介された関連書簡を紹介している。

新組合の中心的人物である朝倉氏が、会社側の圧迫や地下活動そして新組合結成へいたる闘いの日々を熱をもって語ると、三島は「まるで忠臣蔵の世界ですね」と感嘆したという。忠臣蔵と例えるのがいかにも三島らしい。

特集　短篇小説

三島由紀夫「月」論——雑誌「世界」とビート・ジェネレーション——

久保田裕子

一、雑誌「世界」の「創刊二百号記念」と「創作」欄

三島由紀夫の「月」は、一九六二年八月号の雑誌「世界」の「創作」欄に発表された。同号には「創刊二百号記念」として、「特集　戦後十七年と日本の将来」が掲載されている。「八・一五記念　私の戦後記録〔採録〕」には、「敗戦から十七年日本人はどういう道を歩いてきたか。これらの偽りなき報告は国民の生活史として貴い資料を提供している」という注記が付けられ、昭和二十一年一月号の創刊時を振り返り、雑誌の歴史を通して戦後という時代を回顧するという構成になっている。同号の「編集後記」では創刊号に発表された志賀直哉の「灰色の月」についての言及があり、「創刊当時には想像もつかなかったような状況の中にいる」戦後社会の現況と、過去の記憶を重ね合わせつつ編集されていたことがうかがえる。また河盛好蔵は同号に随筆「初志を貫くべし」を寄せ、「創作」欄について、「創刊以来数々の名作を生んだ、由緒ある欄」であるが、最近は「連載小説が多くて、一読三嘆というようなコクのある作品に乏しい」と、苦言を呈している。

ところで三島は「世界」の「創作」欄に「女方」（一九五七・一）を初めて寄稿し、その後「月」と同一人物が登場する続編「葡萄パン」（一九六三・一）を発表している。これらの作品は、歌舞伎と「ビート族」という同時代の政治状況から切り離された特殊な閉鎖的世界を描いているように見える。しかし「創刊二百号記念」に掲載されたことを考え合わせると、「月」という作品の背後にどのような同時代的状況を見出すことができるだろうか。

三島自身は、「月」と「葡萄パン」について、「新宿のモダン・ジャズの店に集まるいはゆる日本のビート族に興味を持ち、一年ばかりのあひだ、彼らと親密に交際して、取材し得たもの」であり、「ほとんど事実に基づく物語」（「あとがき」

『三島由紀夫短篇全集6』講談社、一九六五・八）と述懐し、自作の「解説」（『花ざかりの森・憂国』新潮文庫、一九六八・九）では、「「月」に扱つたビート族の世界の、疎外と人工的昂揚とリリカルな孤独」と評している。(1) 同時代評としては、「古臭い因習的なものに対する反抗」（寺田透「群像」「創作合評」一九六二・九）、三島自身の「絶望」（江藤淳「文芸時評」「朝日新聞朝刊」一九六二・七・三一）を見出す見解など、作者の自作解説と同じような文脈で評価されてきた。その中で田中美代子は、「三島文学の理想像の完結」（「月報2」『三島由紀夫短篇全集』講談社、一九七一・一）と指摘し、「月」「葡萄パン」の登場人物について、「細胞分裂した孤独な作者の分身」として評価している。このような見解を継承し、中元さおりは、「自らの世界を成立させる絶対的な存在を希求するピータアの姿は、晩年の「奔馬」においてより明確に、三島美学の堅固な構図へと結実」（「戦後〈ユース・サブカルチャーズ〉への一視点―三島由紀夫「月」「葡萄パン」論―」「近代文学試論」二〇〇九・一二）すると指摘している。

このように「月」は、作品と作者自身の問題意識を直接的に接合させる視点を通して論じられてきた。しかし先に挙げたように、作品の外部にあるメディア状況を考慮に入れ、一九六〇年代当時の言論状況に目を向けたとき、どのような問題が浮かび上がってくるのか。本論では、同時代の文学をめぐる状況を参照し、「月」を読み直すための視点をいくつか提示してみたい。

二、「月」を読む―月の表象と化身

「月」にはジャズ喫茶で出会ったハイミナーラ、ピータア、キー子が登場する。おそらく日本人であるが、三人の本名や出自は明かされず、睡眠薬から名付けられたハイミナーラの「本名は誰も知らない」。彼らにとってコカコーラ、ジン・パンなど、アメリカ的生活は日常化していて、日本の伝統的生活とは切断されている。彼ら三人は「友だちといへば友だちであり、さうでないといえばさうでなかった」ような曖昧な関係を結んでいる。キー子は二人と「一ぺんこつきりだけ寝たこと」があったが、「擽つたい儀式のやうなもので、明る日には忘れてしまつた」ように、性的に乱脈というよりも濃密な身体性を欠いた希薄な関係と言える。彼らは六本木、青山を舞台とした都市の浮薄な風俗の中で、「合成樹脂の、冷たい野蛮な、無関心な生存の状態」に置かれている点で共通し、「諸たちの立てた理論」、「諸たちの信奉する理論」への強烈な反感という点で結び付いている。一方で彼らは相互に微妙な差異を内包していて、例えばハイミナーラは、「民衆や社会、少くとも自分の思ひどほりになる集団が必要」と考えている点で、多数派の「諸たち」の存在感の大きさに自覚的である。

国籍不明の名で呼ばれるピータアは「七十七歳の少年」で

あり、「自分の少年期」を保ちつつ、あくまで社会的な成熟を忌避している。マニキュアされた「真白な美しい手」と「男らしい静脈」を持ち、国籍、年齢、ジェンダーも曖昧で、社会的に規定されたカテゴリーから逸脱している。その点で、堅固に構築された「固い世界」を自明なものとして信奉する「諸たち」とは、最も相反する存在である。深夜のツウィスト・パーティーが開かれる「ゴシックまがひの教会」の天井に見る天使の翼は、語り手によって「希薄で、透明で、ちつとも神聖ではなく、……つまり彼らの世界のもの」として定義付けられている。この語り手は超越的な視点から全ての人物の内面を透視し、作品の世界を俯瞰している。語り手は三人の視点に寄り添いながら、大礼拝堂の天井に天使たちが飛び交わす白い翼を描出するが、「神聖さは固い物質であり、彼らの漂つてゐる世界には属さ」ないことを強調し、「この世界に賦与しようと試みるつかのまの美」に過ぎないと断定している。一方で「贋の浮薄な観念が、時折かがやかす光芒」を追い求めるピータア自身も、「平凡な言葉をも非凡に聴かせ、つまらない冗談にも神秘を与へ」ること、言い換えれば、美が凡庸な贋物へと転落する危うい均衡の上に成り立っていることを明確に認識している。

ところでこのような現実と幻想との対峙は、「卒塔婆小町」（「群像」一九五二・一）にも登場する。詩人は老婆となった小町に美を見出し、その美に殉じて死ぬが、認識を通した世界の側の変容を希求する点で、ピータアは詩人の系譜に連なる人物であると言える。しかしピータアは「若い英雄的な死なんかまつぴらだし、自分に似合ひもしなかった」という自意識を持ち、自分の作り上げた一瞬の光芒のはかなさにも自覚的である。彼らは三人共、天使の羽が、「つかのまにそこかしこへ撒き散らす光りにすぎない」ことを「前以て、ちやんと」、いわば完全に知悉していて、自らが造りだす虚構性に冷静な視線を向けている。一方で「諸たち」は、自己を囲繞する世界の堅固さを疑うことなく、「グースカ眠つてゐる」図太さを持つが、本作の中で実際には登場しない不在の彼らが、ピータアを脅やかしている。

ところで月のモチーフは、『豊饒の海』においても繰り返し登場する。例えば『春の雪』（新潮社、一九六九・一）における松枝清顕の十五歳の折の未来を占う「御立待」のエピソードでは、盥の水に映る「天にかかる月の原像」が綾倉聡子の存在へと結び付けられ、さらに特権的な「この世界の秩序」として示唆されている。生まれ変わりという近代的理性とは背馳する原理を示唆する伏線となり、いわば「神聖」な「禁忌」の象徴として、『春の雪』と『暁の寺』（新潮社、一九七〇・七）に登場する月光姫へと繰り返し変奏され、聡子が出家する月修寺へとつながっていく。月の表象は『豊饒の海』の底流で生まれ変わりをめぐる物語構造を支え、作品世界を統合する強力な物語の推進力として展開されている。

「至高の禁」を侵犯する『春の雪』において、門跡の話として髑髏に溜まった水を飲んだ唐の元暁のエピソードが登場する。

自分の純潔の心象が世界を好き勝手に描いてゐただけだと知つたのちに、もう一度同じ女に、清らかな恋心を味はうことができるだらうか？　できたら、すばらしいと思はんかね？　自分の心の本質と世界の本質を、そこまで鞏固に結び合せることができたら、すばらしいと思はないか？　それは世界の秘密の鍵を、この手に握つたといふことぢやないだらうか？（『春の雪』四）

ここでは「心の本質と世界の本質」を一致させること、いわば認識を世界のありようと結びあわせることが観念的に語られている。この場面は後に唯識論へと展開していくと考えられるが、「月」においては、「神聖」さは儚い一瞬においてかろうじて成立し、またピータアたち自身がその危うい虚構性の成り立ちを知悉している点に特徴がある。

そしてハイミナーラは、「名ざした通りの物」になる「変貌の遊戯」を提案する。彼らの世界が「諸たち」の信じる世界のように固定的ではなく、言葉による名付けによって言語遂行的に作り上げられていることを示唆するものであろう。しかし彼らが変容する姿は、電気冷蔵庫、ハム、ジューサーの他、目薬や爪切りや孫の手といった卑近な日用品である。「その広告にはかう書いてあつたんだ。人間洗濯機、月賦販売、完全な絞り器つき、つてね」というハイミナーラの言葉は、一九六二年という高度経済成長期前夜にあって、彼らがアメリカ的消費生活の渦中にいたことを示唆している。ここでは名ざすということによって現実の自己を変容させるという言語遂行的なドラマは、決して「神聖」な領域へと到達することはない。したがってハイミナーラが促したような、「諸たち」の夢見る「ばかげた、低俗な、甘い、けがらはしい青春のイメーヂ」を自ら演じてみせるという背理は、通俗的な若者の恋愛を再現するところにあり、それが「一番いやらしいメタモルフォーゼ」になるという逆説へとつながる。

しかし「諸たち」の通俗性を徹底的に戯画化し、嘲笑しつつも、ハイミナーラもまた世間並の消費生活の外側に出ることはないため、「諸たちの理論」を根底から覆し、彼らと対峙する存在にはなりえない。「諸たち」の沈黙はその強固な存在感で、「二度と元の姿に戻らぬものに化身してしまひさうな」気分へと陥らせ、ピータアを圧迫する。

『春の雪』の元暁のエピソードのように、言葉による表象／代行という言語行為を通して何ものかへ化身する原動力について、三島は繰り返し作品の構造として織り込んできた。例えば「卒塔婆小町」において展開してきた老婆／小町へと転換する化身のモチーフは、「月」においては、一九六〇年代のアメリカ的資本主義世界の中で、聖性を剥奪された形で展開している。言うまでもなく短編と構造化された長編作品、あるいは小説と戯曲とを同一水準で比較することはできないが、「月」において、三島作品で繰り返し変奏されてきた、言葉をめぐる世界構築の方法という根源的問題が提示されていることの意味は重要である。言い換えれば本作に象徴される特権的な聖性へと到達することの困難は、そのまま『豊饒の海』の成り立ちについての根本的な批評へと反転していく可能性をはらんでいる。

三、一九六〇年代のビート・ジェネレーション

「月」が発表された一九六二年前後は、アメリカから輸入されたビート・ジェネレーションの風俗や文化が日本においても話題になった時代でもあり、一九六二年には『ビート詩集』（片桐ユヅル訳編、国文社、一九六二・一〇）が刊行され、さまざまな紹介記事が発表された。ゲイリー・スナイダーの「ビート・ジェネレーションに関するノート」（「中央公論」一九六〇・一）によれば、「性的不道徳、非行、麻薬の使用」を非難する「スクェア」に対して、「"hipster"とは麻薬とかジャズというようなものに理解を持つ人たち」であり、「個々の精神と肉体とともに出発する本当の革命に関心を寄せている」と定義されている。「月」においては「諾たち」が「スクェア」であるのに対し、ピータアたちは「ヒップスター」に該当する。

　ノーマン・メイラーはエッセイ"The White Negro"（1957）において、「ヒップスター」は「強制収容所や原子爆弾」（『ノーマン・メイラー全集5　ぼく自身のための広告』（山西英一訳、新潮社、一九六九・九）が生んだ戦後の社会現象として分析している。また三島自身もビート・ジェネレーションについて、「こんな連中がゐるおかげで、東京も、世界の東京になつた感じ」（「Four Rooms 日本のグリニッチ・ヴィレッヂ」「週刊文春」一九六二・七・三〇）とその世界的同時性について言及している他、「アメリカ版大私小説―N・メイラー作　山西英一訳「ぼく自身のための広告」（「朝日ジャーナル」一九六三・二・一七）の書評において、「アメリカ的コンフォーミズム」に対峙する彼らの姿に、「大衆社会化現象の進んでゆく日本」との共通課題を見出すと同時に、「巨大な、黙った、圧倒的なアメリカ社会の力」について指摘している。ここではメイラーへの批評を通して、無言の「諾たち」の存在感に脅かされるピータアたちの姿が重なる。さらに三島は「芸術断想　連載第4回　群像劇の宿命」（「芸術生活」一九六三・一一）において、エドワード・オールビーの『ヴァージニア・ウルフなんかこわくない』[2]について言及している。このエッセイにおいて、三島はアメリカ的な「コンフォーミズム」への反発が、「市民対芸術家の問題は、スクウェア対ビートニクといふ形」で表れると指摘している。しかし「月」においては、「スクウェア」の具体像が登場しないために両者の対立構造が成立せず、したがってビートニクの側も明確な像を結ぶことがで

きないという無力さが強調されている。

ところでビート・ジェネレーションとアメリカ文化との結び付きについて、小田実は「アメリカの匂い―さびしい逃亡者「ビート」」（『何でも見てやろう』河出書房新社、一九六一・二）において、「二十世紀文明」が「袋小路にまで行きついて出口を探している一つの極限のかたち」と述べている。日本にも浸潤しつつあるアメリカの文化現象としてとらえる見解であり、同様に三島とも親交のあったドナルド・リチイの「とにかくビート芸術の存在　ほんもの・にせもの」（「芸術新潮」一九六〇・九、虫明阿呂無訳）においては、アメリカ的中産階級の生活やコンフォーミズムへの批判として位置付けられている。

また彼らが熱狂したモダン・ジャズとビート・ジェネレーションとの結び付きについて、植草甚一は「アメリカ文学の新傾向」（「ジャズ・ファンと映画ファン」「映画評論」一九五九・六）の中で言及している。以上のように、同時代言説において形成されていた、アメリカ社会を象徴するビート・ジェネレーションにまつわるイメージを忠実に参照しながら「月」が書かれていたことがうかがえる。例えばジャズ喫茶で「黒人たちだけが、なまなましい光沢のある夜を、形づくることができた」（「月」）と称揚されるが、ピータアたちが憧れるのは現実の人間とは切り離された、あくまで観念的なイメージとしての存在である。黒人のビルはキャンプの軍属であるが、「頭の内側が薄い」、「チンケ」な存在と揶揄され、かつての〈占領軍〉へのコンプレックスは見られず、太平洋戦争・占領といった歴史の記憶は全く想起されることはない。

ところで「婦人公論」に掲載された女子大生の手記「ビート族と呼ばれても―強烈な刺戟を追い求める現代青春の一つの生態」（井川純子「婦人公論」一九六〇・九）では、「感覚だけを信じ、一対複数の関係……。これが事実とすれば、私は〝ビート族〟だ。」と宣言していて、あたかもキー子をめぐる性的関係を彷彿とさせるような内容である。手記では扇情的に性体験を告白する語り口の一方で、「しかし〝ビート族〟と安保反対を叫んで国会にデモをかける学生たちとが、いかにも正反対の種族のような書き方をしている。その記事に、私は疑いを感じた。」という記述も見られ、「ビート族」が既存の制度への疑問を内包し、「国会へデモをかける学生」との世代的共通性を持つという言説が展開している。同様に彼らの政治的側面を強調する記事としては、ルイス・フォイヤー（きき手・編集部）の「平和運動とビート族」（「思想の科学」第五次（六）一九六二・九）では、原爆実験停止協定に賛同する「今のアメリカの平和運動に、ビート的な要素がある」（編集部）という分析がされている。以上のように、「月」に登場する「ビート族」が、同時代の表象を忠実に敷衍しながら、彼らの政治的な側面が完全に排除されて描かれていることがわかる。

四、ビート・ジェネレーションと核兵器廃絶運動

　冒頭で述べたように、「月」が掲載された「世界」一九六二年八月号の冒頭には木村伊兵衛らの「この十七年―「世界」創刊のころ」と題したグラビア写真が掲載され、「焼跡」「闇市」「進駐」「引揚者」「新憲法施行の日」といったキャプションが付けられた写真が並び、敗戦を経た戦後の復興という時間軸が再構成されている。翌月号（一九六二・九）の「編集後記」には、「「世界」二百号は、たいへん好評で、部数も例月よりはるかに多く作成したにもかかわらず、数日で品切れ」という好評ぶりであった。三島が「月」を執筆する際に、雑誌の目次構成について事前に知っていたかは明らかではない。しかし若者の刹那的な姿を描いた作品が、「戦後記録」という戦争の記憶の記述と共に配置されたときに、異質なノイズとして受容されたことが推測できる。また本号には木下順二の戯曲「オットーと呼ばれる日本人」が掲載され、戦前―戦後の記憶が切断された「月」の異質さが一層、際立ったことが推察できる。

　ところで「月」が発表される前年、一九六一年九月一日の「朝日新聞」朝刊に掲載された「アメリカの〝退化〟―ビート族発生の背景」（邦正美）という紹介記事の横には、「ソ連の核実験再開声明をきいて」という記事が併置され、湯川秀樹と高見順の発言が掲載されている。高見は「人間としてのショック　すべては政治悪の犠牲に」という見出しの記事において、「第三次世界大戦はすでにもうはじまっている。そんな実感をすら与えるショックだ」という文章を寄稿している。フルシチョフの声明に対して、「〝全人類〟、そして〝人間〟という言葉」を持ち出して批判する高見は、「この地球に生きる人類のひとりとして」、「人類全体の破滅」を予見している。これらの記事は、ビート・ジェネレーションの登場が、東西冷戦期の核兵器増強時代と同時代の問題として提示されていたことを示唆している。

　三島は、「月」の執筆当時、『美しい星』（「新潮」一九六二・一～一二）を連載中で、一九六二年八月頃に擱筆している。(3)『美しい星』は、自らは宇宙人であると覚醒した大杉重一郎一家が、「核実験停止も軍縮もベルリン問題も」解決する「世界恒久平和」を訴え世間から孤立していくが、その契機となったのはソ連の核爆発実験であり、重一郎はフルシチョフに「人体に危険な程度の放射性物質」が拡散したことを警告する手紙を送る。以上のことを考え合わせると、『美しい星』と同時期に構想・執筆された「月」についても、新たな見解の可能性が浮上してくる。ピータアたちは政治には全く無関心であり、彼らは同時代の冷戦期の現況、非武装・反核といった政治的・社会的現象から全く切り離されているように見える。むしろ鮎川信夫が指摘したように、「既成社会の

価値体系と絶縁したところにビート族の本領」があり、「左翼的な政治主義とは無縁」（「ビート派の詩人たち」（「読売新聞朝刊」一九六八・一二・一七）という姿に近い。一方で片桐ユズルの「ビートにつづくもの」（「現代詩手帖」一九六七・三）では、ビート族の発生の根源にある朝鮮戦争とマッカーシズムの影響が指摘されていて、彼らの姿勢を社会的状況からの「「離脱」disengagement」と位置付けている。「諸の遺口」から逃走しようとするピータアたちもまた、市民的価値観に対する反感で結び付いているが、現実の制度を疑わない価値観に反抗・対抗するというよりは、そこからの逃走、離脱への志向を示していると言った方がよい。

しかし一九六二年に二十二歳という設定のハイミナーラは一九四〇年生まれであり、キー子は一九四三年生まれ、十七歳のピータアは一九四五年生まれ、つまり太平洋戦争終結の年に生まれたと推察できる。アメリカ的消費生活を享受している若者たちは、戦争や占領の記憶を全く欠いているという点において、まさに戦後社会の象徴的存在であった。そのように考えると、敗戦と戦後の復興を中心化し、その記憶をたどった雑誌「世界」における特集号において、「月」は戦争の記憶が失われた戦後社会の新たな側面を挑発的に提示したことになる。ここにおいて、描かれないことを通してその存在感を示唆するのは「諸たち」だけではなく、過去の記憶から断絶したピータアの姿そのものであったことがわかる。

ここで再び「月」というテキストの外部にある社会状況に目を向けてみたい。雑誌「世界」の同号には、パグウォッシュ科学者会議に出席した日本の科学者が呼びかけた「科学者京都会議の記録」として「声明」（一九六二年五月九日）が転載されている。京都会議では中心課題として「核兵器と軍縮」、「軍縮と経済」、「科学時代のモラル」、「世界平和と日本国憲法」が議論され、「全面完全軍縮の達成」が、「今日全人類が自らの運命をかけて行わなければならない歴史的大事業」として提唱されている。「科学者京都会議声明」には、湯川秀樹、朝永振一郎などの科学者の他、平塚らいてう、桑原武夫、大佛次郎、川端康成の名前も見え、科学者や文学者を包摂した議論が行われた。先に挙げた高見順の言葉と同様に、「声明」において、「全人類」の「世界平和」といった壮大な概念が、核兵器による「破滅」の可能性によって立ち上げられていく経緯の一端がうかがえる。

『美しい星』においても、自らを宇宙人であると認識する大杉重一郎は、核実験廃絶を訴えるが世間から孤立していく。言葉を通してしか、宇宙人としての自己証明を行う手だてのない重一郎の孤独は、ピータアの孤独と重なり合う。ピータアが曇天を背景に月を見たと言う最後の場面において、キー子とハイミナーラは「嘘つき」と三度も呼びかける。彼ら二人が月という「神聖」の象徴を手放すのに対して、ピータアだけは幻視した月の姿を追い求める可能性が暗示されている。

しかし全てを解説してきた語り手は、ピータアが登った階段の先に、月を見出したかどうかについては黙して語らない。

掲載誌「世界」の編集状況から浮かび上がる同時代の言説状況の中で、「月」に描かれた同時代の政治や社会に無関心な若者の姿が逆照射されていくが、そこには戦前—戦後の記憶の断絶といった表層的な事態が提示されているだけではない。時代状況という現実問題と深く相渉りながら、言葉を通して出来事をどのように描き出すかという、三島における表現の問題のあらわれを見出すことができる。


（福岡教育大学教授）

注1　昭和三十七年七月二十九日付のドナルド・キーン宛書簡では、「このごろ、東京新名所といふのは、modern jazz のバーで、グリニッヂ・ヴィレッヂの若い連中とよく似た連中が沢山出てきました。その連中のことを「月」といふ短篇に最近書いたりして、奇妙な友達が大分出来ました。しかし僕はビートニクスたるにはすでに老人」（『決定版三島由紀夫全集』第三八巻、二〇〇四・三）と記している。

2　Albee, Edward. Who's Afraid of Virginia Woolf? 1962. Harmondsworth: Penguin, 1965.

3　昭和三十七年九月九日付のドナルド・キーン宛書簡では、「「美しい星」も八月中に書いてしまひました。」（『決定版三島由紀夫全集』第三八巻、二〇〇四・三）という記述がある。

ミシマ万華鏡

山中剛史

昨年、大木ひさよ氏の論文「川端康成とノーベル文学賞：スウェーデンアカデミー所蔵の選考資料をめぐって」（「京都語文」平24・11）が発表された。これは受賞翌年の五十年後に発表される受賞理由を氏が現地に赴いて調査した成果であり、今回は一九六三年度分までが明らかとなった。

それによると、一九五八年から六三年までの間、谷崎潤一郎と西脇順三郎が共に五度、川端も六一年から三度ノミネートされている（ただし最終審査まで残ったのは谷崎が一度のみ）。三島はといえば、六三年度にノミネート。

文学賞は、各国の推薦状により集まった三百名以上のリストからノーベル委員会による選考を経て、二十名以下のリストを作成、それをアカデミー選考メンバーによる選考により数名に絞られた最終候補から決定される。

アカデミー選考メンバーは、日本文学については専門家の意見に従って選考を進めていたといい、大木氏が公開最新資料を調査した結果、その専門家として指名されていたのはドナルド・キーン、サイデンステッカーの両氏であることが判明した。両者共に三島の翻訳者として三島自身と親交があったわけだが、大木氏はキーン氏がなぜ三島ではなく川端を支持したのかは今後の研究課題とも記している。両氏の選考メンバーへのコメントも取材し、今後検討し発表される由。アカデミー賞については種々の証言がなされてきたが、今後の報告が楽しみである。

特集　短篇小説

「女性自身」と三島由紀夫——「雨のなかの噴水」の再掲をめぐって——

加藤邦彦

一

三島由紀夫に「雨のなかの噴水」という短篇がある。一九六三年十二月、講談社刊の『剣』に収録されている作品だ。「しゃれた都会的なコントやスケッチのような青春や恋愛を扱った短篇小説[1]」で、三島の作品系列の主流に属するものではない。この作品に対する本格的な論考が今までほとんどなかったのは、おそらくそのためであろう。しかし、佐藤秀明のいうように、『三島由紀夫短篇全集』第六巻（講談社、一九六五年八月）の表題作となっていることを考慮すると、この小説は「決して作者から軽く扱われた作品でな[2]」かった。とすれば、この作品に向き合うことは、三島由紀夫という作家を考える上で大いに意味があると思われる。

　では、この作品に作者の自負するところがあるとすれば、果たしてそれはどこにあったのか。そのことを考える上で参考になりそうなのが、作者による次の自作解説である。

> 「雨のなかの噴水」（一九六三年）の少年少女は（中略）ごくふつうの少年少女である。私にはかういふ可愛らしく見えるコントに対する好みがあり、その可愛らしさには残酷さと俗悪さと詩がまじつてゐる必要があり、そしていつもこの種のものの私の理想は、リラダンのあの意地悪な「ヴィルジニーとポオル」なのだ。（「短篇集「真夏の死」解説」）

「雨のなかの噴水」について、三島自身は「残酷さと俗悪さと詩がまじつ」た「可愛らしく見えるコント」と理解していたことが示されている。確かに中心人物、少年明男には「別れよう」という台詞を「人間のなかの人間、男のなかの男にだけ、口にすることをゆるされている秘符のような言葉」と思い込んでいる幼さ、かわいらしさがある。雅子の感情を無視した彼の思考は残酷かつ俗悪であり、「「いつかは」という夢を猛烈に繋いで来た」ロマンティシズムは詩的といえる。それらを作品に表現できたという自己認識が、この作品に対する三島の自負心を支えているだろう。

ところで、右に挙げられているヴィリエ・ド・リラダンの「ヴィルジニーとポール」は、『残酷物語』所収の作品だ。逢引する男女はまだ十五歳。しかし、互いに語り合う愛の言葉とは裏腹に、ふたりの頭にあるのは金銭のことばかり。表面的な言葉と内面的な意識の不一致、しかも金銭のことを気にしているのがみずから稼ぎのない幼いふたりというところに、この作品の面白さがある。

「雨のなかの噴水」のふたりのうち、「ヴィルジニーとポール」の登場人物により照応しているのは雅子のほうであろう。前者において、語り手は常に明男に寄り添っているため、彼の行動と意識がずれているという印象は少ない。一方の雅子は、明男から別れ話を切り出された結果、「すばらしい水圧で、無表情に涙を噴き出」す。ところがラスト、明男の別れようという台詞は聞こえなかった、涙は何となく出たものだといい、明男の持つ傘の柄に取り付く。別れを切り出された雅子の行動と意識には明らかにずれがある。そのずれは、「ヴィルジニーとポール」の登場人物たちの言葉と内面の不一致に通じるものであり、「雨のなかの噴水」に対する作者の自負をもっとも強く支えたものであるにちがいない。とすれば、この短篇の眼目は、明男のふるまいを無効化する雅子の態度にこそあるといえる。

独善的で自分勝手な男性のふるまいを相対化するかのような女性の態度。そのことは、この作品と掲載誌の関係について検討すると、より際立ってみえてくると思われる。

二

「雨のなかの噴水」は「新潮」一九六三年八月号に発表された。同号は創刊七〇〇号記念特大号で、誌面は「新潮」にゆかりのある作家たちの回想と「短編小説特集」より構成されている。後者には、錚々たるメンバー二十三名が執筆しており、そのうちのひとりに三島がいた。当時の三島の人気や新潮社との関わりを考えたら、当然の人選である。

興味深いのは、この小説がその後、「女性自身」一九六三年十一月十一日号に再掲されていることだ。「女性自身」は現在も出版されている光文社発行の週刊女性誌で、一九五八年十二月創刊。一九五六年二月に創刊された「週刊新潮」の成功を受け、五〇年代後半には週刊誌が次々と創刊されるが、まずいち早く続出をみたのが女性誌の分野だった。一九五七年には「週刊女性」が創刊。その翌年に創刊されたのが「女性自身」で、「女性セブン」「ヤングレディ」（ともに一九六三年創刊）がそれに次いでいる。

「女性自身」初代編集長は、当時三十九歳の黒崎勇。創刊号は発行部数四十四万八千部に対して返本率五十五パーセントと、散々たる売上げだったという[3]。その最大の原因は、皇室関係の記事を扱わなかったことにある。折しも、十一月二十七日に皇太子と正田美智子の婚約が発表され、日本中が「ミッチー・ブーム」に湧いていた時期である。創刊号で皇室関連の記事を扱わなかった理由について、「わたしの天の邪鬼によるものだった」[4]と黒崎は述べている。

そこで一転、黒崎は方針を変え、第二号以降の「女性自身」には皇室関係の記事が連発されていく。すると、「女性自身」の売上げは徐々に上がり、創刊三ヶ月後に初めて、七ヶ月後ぐらいからはコンスタントに黒字が出るようになった。[5]一九六一年には発行部数七十万部（返本率三パーセント）[6]、櫻井秀勲が編集長を引き継いだころには七十―八十万部ほど発行していたといわれている。[7]やや時代が下がるが、岡満男『婦人雑誌ジャーナリズム』に紹介されているＡＢＣ公査のデータによると、一九六六年の発行部数は「女性自身」が六十五・二万部で、先発した「週刊女性」の三十五・八万部を大きく引き離していた。[8]

二代目編集長、井上清の病気のため、当時副編集長だった櫻井秀勲が三代目編集長に抜擢されたのは一九六三年五月のこと。このとき櫻井はわずか三十一歳であった。この櫻井編集長時代の「女性自身」は世間にさまざまな話題を提供するとともに、部数を大きく伸ばした時期でもある。櫻井が編集長になってまもなく、「サリドマイド児」を取り上げた記事が人体実験ではないかと各紙から批判され、当時編集局長だった黒崎勇と担当編集者の児玉隆也が警視庁より事情聴取されるという事件があった。[9]それまで「ＢＧ（ビジネス・ガール）」と呼ばれていた女性たちを「ＯＬ（オフィス・レディ）」と「女性自身」が名づけたのも、同じ六三年の十二月のこと。一九六七年には表紙にミニスカート・ブームの世界的な立役者であるイギリスのモデル、ツイッギーを起用したことをきっかけに売れ行きが急上昇、発行部数は八十五万部となる。さらにこの年、「シリーズ人間」を開始すると発行部数は一〇〇部を突破し[10]、七〇年には一四七万部に達した。[11]

櫻井は松本清張と関わりが深かった。その縁で一九五九―六〇年、「女性自身」に清張の「波の塔」が連載されており、これによって同誌の発行部数は十万部増えたといわれている。[12]ただし、「女性自身」が文学に力を入れていたとはいいがたい。長尾三郎は、一九五六年創刊の「週刊新潮」において「小説が部数を伸ばす原動力となった」ことと比較しながら、創刊まもないころの「女性自身」は「まだそれほど小説には重きをおいていな」[13]かったと述べているが、この雑誌がその後においても文学や小説に重きを置いたことが果たしてあるのだろうか。確かに一九六三年後半だけをみても、十月十四日号において梶山季之「五年まえの女」が連載十六回目で最終回を迎えると、その翌二十一日号からはただちに広池秋子の自伝小説「宿命の手帖」が始まっているし、それらと並行して読切連載「女同士の会話」シリーズを幸田文と藤原審爾が交互に書き、全七回にわたっている。

にもかかわらず、「女性自身」において文学が中心になりえなかったのは、ひとつにはいわゆるビッグネームの執筆が少ないからであろう。おそらくそれは、光文社、そして女性誌そのものに対する作家のイメージのせいである。このころは「パーティーとか政治家の招宴ともなると、必ず男性誌が上位に座」り、「最後に女性誌へとつづく[14]」という時代であった。『点と線』や『眼の壁』を光文社より刊行したことで名を挙げた松本清張でさえ、「光文社で出していくと、文春から注文がこなくなるのではないかね[15]」と、心配していたという。

そんな「女性自身」の誌面にしばしば登場した人気作家が、三島由紀夫であった。

三

櫻井秀勲が三島由紀夫と知り合ったのは、「女性自身」の編集長になる一年前の一九六二年ごろ、何かの会合の折りだったという[16]。三島の「女性自身」初登場は、一九六二年四月二十三日号の「談話　美人ではないが男性は惹かれる[17]」。おそらく、櫻井と面識を得たことが機縁となって依頼されたものと思われる。三島自身による原稿執筆ではなく談話での登場は、三島が女性誌を低くみていたせいであろう。しばらくして、ふたたび櫻井から執筆依頼があった際、三島はいくつかの条件を出し、そのうちのひとつに「優秀な編集者を担当につけてほしい[18]」というものがあった。そこで三島の担当となったのが児玉隆也である。

児玉は、早稲田大学在学中より「女性自身」で記事を書き、一九六〇年の光文社入社後は「シリーズ人間」などを担当。その取材力には定評があり、六七年には二十九歳の若さで「女性自身」の副編集長および編集長代理兼室長を務めた。三島の勧誘によってボディービルを始めた児玉を三島は大いに信頼し、「サリドマイド児」の記事で児玉が窮地に立たされた際にも「あれはいい記事だったよ」と児玉を励ましたという。三島に紹介されて以後、「女性自身」に掲載される三島関連の記事や原稿はすべて児玉が担当した[19]。

先述のように、一九六三年後半の「女性自身」には、十月二十一日号から広池秋子の自伝小説「宿命の手帖」の連載が始まり、それと並行して幸田文、藤原審爾のリレー小説「女同士の会話」が掲載されていたが、後者が十月二十八日号で終了すると、それに代わる新シリーズが企画された。「珠玉短編小説シリーズ」がそれである。その第一回目として一九六三年十一月十一日号に掲載されたのが、もともとは「新潮」に発表された三島の「雨のなかの噴水」であった。

「珠玉短編小説シリーズ」は「名作といわれながら、短編であるために、全集の中にうずもれている小説」を「広く「女性自身」の愛読者に[20]」紹介するというもの。なぜ書き下ろしでなく、既発表作品の再掲だったのか。おそらくそれは、すでに確認したような、女性誌に対する作家のイメージのためであると思われる。作家の多くは、文学が専門でない女性誌より、文芸誌への執筆を優先させた。かといって、新たな書き手を発掘する力は「女性自身」編集部にはない。その点、三島については小説そのものはまだ書いてもらっていないものの、談話等ではすでに何度か「女性自身」に登場してもらっており、関係も良好であった。しかも、書き下ろしでなく既発表作品の再掲であれば、作家の苦労は少ない。このような経緯で企画されたのが「珠玉短編小説シリーズ」だったと考えられる。

さらにいえば、このシリーズそのものが、三島ありきで企画されたのではないだろうか。「雨のなかの噴水」掲載時のリード文に、「作品は、「女性自身」の読者五百名に試みたアンケート「私の希望する作家（他界した作家も含む）」を参考に選びました[21]」とある。このアンケートが実際に行われたかどうかは疑わしい。確かに「女性自身」誌上では毎号さまざまなアンケートや世論調査が行われていた。しかし、一九六三年後半の誌面を調査した限りでは、このアンケートはみあたらなかった。もっと以前に行われた可能性は当然あるが、仮にアンケートが行われていたとしても、結果通りにデータが公表されるとは限らない。さきに触れた「BG」を「OL」と呼ぶ改名も世論調査に基づいており、その結果は一九六三年十一月二十五日号で発表されているが、実際の回答では「OG（オフィス・ガール）」がもっとも多かったのに、編集部が操作して「OL」を一位にしたことを当時編集部員だった長尾三郎が証言している[22]。しかも、「珠玉短編小説シリーズ」に登場する作家の人選は読者アンケートを「参考」に行われたのであり、三島が投票結果の上位だったとは書かれていない。金井美恵子の小説を紹介しながら武内佳代が明らかにしているように、女性たちからしばしば嘲笑の対象となった三島である[23]。とすれば、シリーズ執筆者の人選は「女性自身」が行ったアンケート結果よりも、編集部の都合が優先された可能性が高い。

ちなみに、このシリーズ第二回目は松本清張「部分」（初出「小説中央公論」一九六〇年七月号）で、「女性自身」十一月十八日号に掲載されている[24]。その作品末尾に「（「短編小説シリーズ」次回は12月2日号）」という記述があるが、当該号をみても第三回目は掲載されていない。三島、清張という関わりの深い作家をすでに登場させてしまった「女性自身」編集部は、再掲とはいえ、同誌への執筆を許可してくれる作家をそれ以上発見できなかったのではないだろうか。

四

こうして「女性自身」に再掲された「雨のなかの噴水」だが、同誌への掲載目的で書かれたわけではないにもかかわらず、奇妙にもこの作品は同誌にふさわしい内容にみえる。

まずは作品の舞台について。明男は雅子に「丸ビルの喫茶店」で別れ話を切り出す。丸ビルとは一九二三年に東京駅丸の内駅舎前に建てられた丸ノ内ビルヂングのことで、低層階をショッピングモールとしていたオフィスビル。佐藤秀明が指摘するように、「丸の内オフィス街を代表する大型事務所建築」であるこのビルは「少年少女のデートの場所としては、あまり似つかわしいとは言えない」[25]。にもかかわらず、なぜここが別れ話をする場所として選ばれたのだろうか。おそらくそれは、明男の精一杯の背伸びのあらわれである。少年明男は、「人間のなかの人間、男のなかの男」だけが口にすることができる言葉を言いたがっていた。つまり、彼は早く「大人の仲間入り」をしたかったのである。その明男が「人生で最初の別れ話」をするにあたって選択した場所。そこはオフィス街の中心にあり、会社勤めの人々が客の大半を占めているであろう喫茶店だ。そこで話をすることで、自分がすでに一人前の大人であるかのように明男は振る舞いたかったのだろう。

竹谷富士雄「雨のなかの噴水」挿画

実は、「雨のなかの噴水」を読んでしばらくの間、わたしは明男と雅子が少年少女であることをほとんど忘れていた。それは、右の「丸ビルの喫茶店」で別れ話をするという設定によって、このふたりの年齢が少年少女と呼べる年齢でなく、もっと上、具体的には二十代前半ぐらいだといつのまにか錯覚してしまったせいである。そしておそらく「女性自身」の読者のなかにも、わたしと同様の勘違いをした者は少なからずいたと思われる。というのも、「女性自身」には竹谷富士雄による挿画が併載されており、そこに描かれている明男と雅子とおぼしき男女は、一見すると少年少女より少し上の年齢をイメージさせるからである（図版参照）。

しかも、その年齢は「女性自身」の読者層と重なる。一九六三年に行われた読者調査結果をまとめた『女性自身　読者のすべて』という冊子によると、同誌の読者年齢は二十―二十四歳が四十二・八パーセントともっとも多く、次いで二十五―二十九歳、十九歳以下となっている[26]。また、職業としては「会社ＯＬ」が三十四・九パーセントでもっとも多い[27]。つまり、「女性自身」の読者のうち、一番多かったのは二十―二十四歳の会社に勤める女性である。彼女たちは、明男から一方的に別れ話を切り出される雅子に、みずからの姿を重ねながらこの作品を読んだのではないか。

　さて、別れを切り出した明男は、涙を流す雅子を眺める「大人の客」たちの視線に耐え切れず、彼女を連れて店を出る。そして向かったのは「和田倉橋」を渡ったところにある「噴水公園」だ。和田倉橋は皇居の内濠にかかる橋で、噴水公園は皇太子成婚記念として一九六一年に造られたもの。別れ話をしたふたりが成婚記念の噴水塔にやってくるところに「皮肉な効果[28]」があることは、佐藤秀明の指摘する通りだ。この橋や噴水公園は、「女性自身」の読者にとって親しみやすい場所だったであろう。というのも、「女性自身」は「皇室自身[29]」と揶揄されるほど、皇室関係の記事やグラビアを頻繁に掲載していたからである。それらの記事が「女性自身」の発行部数を支えていたことはすでに述べた。三島はこの「皇居前広場の噴水」に「話の腹案が出来てからスケッチを採りに行つた」（「あとがき（三島由紀夫短篇全集1〜6）」）というが、あたかもこの短篇が最初から「女性自身」に掲載されることが決まっていたかのようなアイディアである。

　登場人物の名前にも注意したい。現代の読者なら、雅子という名前をみて真っ先に思い浮かべるのは現皇太子妃であろう。この作品が書かれたころ、そのことを知る者は当然誰ひとりいなかったが、明男についてはどうだろうか。当時、皇太子だった現天皇の名を明仁という。つまり、明男という名は皇太子と対比させられているのだ。もちろん、単なる偶然の可能性はあるが、そのことに気づけばこの作品の「皮肉な効果」はより増すことになる。ただし、皇室関係の記事に慣れ親しんでいた「女性自身」の読者でさえ、そのことにどれほど気づいたかはわからない。

　一方、明男と雅子の関係に眼を向けてみよう。明男は「人生で最初の別れ話」をするためだけに「しゃにむに一緒に寝る機会をつかまへ」、雅子と寝た。つまり、ふたりの間にはいわゆる婚前交渉があった。

　「女性自身」の読者に限らず、当時の女性たちには婚前交渉否定派が多かったようだ。たとえば「雨のなかの噴水」が掲載されている「女性自身」十一月十一日号の「百万人の欠点講座」では、「結婚前に、からだをあたえることは罪悪か。愛しているならあたえるのが本当か」という投稿者からの相談が行われている。これに対し、男性アートデザイナーは「そうなるのが自然だったら、自然にまかせるべきじゃないでしょうか」と答えるが、女性のカウンセラーは「あせって彼に許してはいけない。むしろはっきり断っておしまいなさい」と回答し、工場勤務の女性もそれに同調している。(30) つまり、回答者の女性たちは婚前交渉はしないほうがよいという考えを持ち、それを「女性自身」の読者たちに啓蒙的に語っていた。

ひるがえって「雨のなかの噴水」をみると、明男に体を許した雅子は今まさに彼から捨てられようとしていた。同じ号に掲載された人生相談を併せ読んだ女性読者たちは、なぜ交際相手に結婚前に体を許してはいけないか、その具体例としてこの小説を読んだのではないだろうか。ここからみいだされるのは、この小説が「女性自身」の読者たちに啓蒙的に読まれた可能性である。

ただし、そのような啓蒙的意図が編集部にあったとは思われない。というのも、「同性（女）が、同性（女）に呼びかける在来のタイプではなく、異性（男）が異性（女）に呼びかける雑誌にしよう」(31) と、「女性自身」編集部は男性で固められていたからである。そこにあるのは、啓蒙というより挑発だ。実際、「雨のなかの噴水」再掲時の編集長櫻井秀勲は「長い目で見て、男性社会で圧殺される女性であってはならないのではないか」と考え、そのために「性の開放」(32) をしばしば記事のテーマにした。読者である女性たちへの挑発が念頭に置かれていたならば、武内佳代が指摘する「ロマンチック・ラブ・イデオロギーへの痛烈な批判を滑り込ませていた」(33) 三島の作品、なかでも徹底的に男性側の視点から描かれている「雨のなかの噴水」は、「女性自身」にふさわしい。ここでは、三島が書こうとしたものと「女性自身」編集部の意図がぴたりと合致している。

そのことを踏まえて小説の結末部をみてみると、勝手に歩いていこうとする明男を引き止めた雅子は、明男の「別れよう」という台詞は聞こえなかったといい、涙を流した理由を「何となく涙が出ちゃったの。理由なんてないわ」と説明する。おそらく、この部分を読んだ女性たちは、男性の言いなりにならない雅子の態度に溜飲を下げたことだろう。佐藤秀明はこのラストに「少女の「可愛らしさ」のしたたかな奥行き」(34) を読み取っているが、わたしはここに男性中心のものの見方を相対化する女性の視点と自立的な態度を読み取りたい。その視線と態度こそ、まさしく「女性自身」編集部、そして三島由紀夫が同誌の読者である女性たちに向けた挑発に応えるものであったのではないか。

もともと「新潮」に発表された「雨のなかの噴水」からは、「女性自身」への再掲を視野に入れることで、女性たちに対する啓蒙的側面と挑発的側面が浮かび上がってくる。おそらく、その延長上に長篇小説『音楽』（「婦人公論」一九六四年一―十二月号）があるだろう。(35) とすれば、このような視座は一体どのようにして三島にもたらされたのか。あるいはそれが、

「雨のなかの噴水」以後どのように展開していくのか。そのことについては「女性自身」を含め、女性誌に掲載されたほかの三島の文章などを考慮しながら、別の機会にあらためて検討したい。

（梅光学院大学准教授）

注
1　川村湊「解説　さまざまなる「青春小説」」、『戦後短篇小説再発見』第一巻、講談社、二〇〇一年六月、二五八頁。
2　佐藤秀明「雨のなかの噴水」、『大学で読む現代の文学』双文社出版、一九九一年六月、三〇九頁。
3　高橋呉郎『週刊誌風雲録』文藝春秋、二〇〇六年一月、一九八―一九九頁参照。
4　黒崎勇『皆がNOならやってみろ』リヨン社、一九九〇年二月、七十八頁。
5　同右、七十五頁参照。
6　高橋呉郎、前掲書（3）、二〇一頁参照。
7　与那原恵「女性週刊誌」、「東京人」第二一巻第九号、都市出版、二〇〇六年八月、二十七頁、および本田健・櫻井秀勲『運のいい人、悪い人』きずな出版、二〇一三年三月、四十八頁参照。
8　岡満男『婦人雑誌ジャーナリズム』現代ジャーナリズム出版会、一九八一年二月、二一〇頁参照。
9　黒崎勇、前掲書（4）、九十七―一〇〇頁参照。
10　櫻井秀勲『本日発売』イースト・プレス、一九九三年六月、一四九頁参照。
11　櫻井秀勲「女性 堂々歩む時代到来」、「朝日新聞」二〇一〇年九月二十五日夕刊参照。
12　与那原恵、前掲文（7）、二十八頁参照。
13　長尾三郎『週刊誌血風録』講談社、二〇〇四年十二月、六十六頁。
14　櫻井秀勲『出版界・表通り裏通り』リブリオ出版、一九九五年十月、二十三頁。
15　同右、二十五頁。
16　本田健・櫻井秀勲『作家になれる人、なれない人』きずな出版、二〇一四年六月、三十一頁参照。
17　坂上遼『無念は力』情報センター出版局、二〇〇三年十一月、一六六頁参照。
18　同右、同頁。
19　同右、一六七―一六九頁参照。
20　「女性自身」第六巻第四三号、光文社、一九六三年十一月四日、一五七頁。
21　「女性自身」第六巻第四四号、光文社、一九六三年十一月十一日、一三六頁。
22　長尾三郎、前掲書（13）、二十八―三十頁参照。
23　武内佳代「〈幸福な結婚〉の時代―三島由紀夫『お嬢さん』『肉体の学校』と一九六〇年代前半の女性読者―」、「社会文学」第三六号、日本社会文学会、二〇一二年八月、四十四―四十五頁参照。
24　「女性自身」第六巻第四五号、光文社、一九六三年十一月十八日、一二九頁。
25　佐藤秀明、前掲文（2）、三〇七頁。
26　『女性自身　読者のすべて』光文社広告部、六頁参照。

27 同右、十二頁参照。
28 佐藤秀明、前掲文（2）、三〇八頁。
29 黒崎勇、前掲書（4）、九十、九十二頁。
30 「みんなで考えよう／百万人の欠点講座」、前掲書（21）、五十八―五十九頁。
31 黒崎勇、前掲書（4）、七十六頁。
32 櫻井秀勲、前掲書（10）、一一六頁。
33 武内佳代、前掲文（23）、五十四頁。
34 佐藤秀明、前掲文（2）、三一〇頁。
35 拙稿「冷感症の時代―三島由紀夫『音楽』と「婦人公論」―」、『三島由紀夫を読む』笠間書院、二〇一一年三月参照。

※三島由紀夫「雨のなかの噴水」は「女性自身」第六巻第四四号（光文社、一九六三年十一月十一日）を、その他の三島由紀夫の文章はすべて『決定版　三島由紀夫全集』全四二巻、補巻一、別巻一（新潮社、二〇〇〇年十一月―二〇〇六年四月）を本文とした。引用に際して、ルビは省略した。

山中湖文学館便り

原稿の寄贈

三島は少年時代、詩を盛んに作ったことが『詩を書く少年』によって知られている。その時、紹介するひとがあって川路柳虹を師として通い、添削を受けた。そのところを後年に明かしたのが、「川路柳虹先生の思い出」（決定版全集34巻所収）であるが、その原稿（四百字詰五枚）がこのほど当文学館に寄贈された。

それには詩人故笹原常与（本名村上隆彦・仏教大学教授）執筆の「（新資料）三島由紀夫『川路柳虹』」（仏教大学紀要「京都語文」平成10年10月）が添えられていて、この原稿執筆依頼から、三島の生存中に活字にならなかった事情が明らかにされている。

それによると、昭和四十一年頃、西條八十が新しい詩誌の刊行を計画、編集への協力を笹原に求めた。そこでプランを立てたが、その一つが小説家による詩人評で、三島由紀夫に伊東静雄について書いて貰うというものであった。そこで八十の娘三井ふたばこが三島を訪ね依頼すると、一週間たたぬうちに郵送してくれたのが、この原稿であった。ただし、伊東でなく、川路に変わっていた。

しかし、八十が病になり、入退院を繰り返し、昭和四十五年八月に没し、詩誌の刊行が宙に浮くとともに、十一月には、三島もこの世を去った。こうして原稿は笹原の許に残されたので、上の文を書き、三島の原稿を復刻して添えた。そして平成二十四年、笹原が亡くなると、夫人村上光代さんから、寄贈される運びとなった。記して感謝の一端としたい。

（松本　徹）

特集　短篇小説

「遠乗会」論——幻滅と優雅、ラディゲ・大岡昇平に比しつつ——

細谷　博

1

まずは私事から始めることをお許し願うが、青年期、私は三島文学を敬遠していたのだ。理由は二つあったが、両者は相通じてもいた。第一に、当時私は大江健三郎に夢中になっていたので、三島を受け付けなかったのである。全作を読破したと嘯く三島愛好者が傍にいたことも私の反発を助長した。第二に、私には、三島の作品はいかにも整然と造形され終わった、いわば美術品のごときものに過ぎないと見えたのだ。神保町の古書店に三島の稀覯本が麗々しく飾られた光景を私は軽蔑していた。あんなガラスケースに収まった美本なんぞに、自分の今を託すことは到底できない、と力んでいたのだ。自決のニュースも、三島が勝手に自身の完成を目指した行為に過ぎぬだろう、文学のそれか生のそれかは知らぬが、と素通りしたのである。

一方で、大江の文体創造の試みは私をとらえた。やっかいな閉塞感や屈折した心情を託しうる新たな声と思われたのだ。それに比べて、三島の世界はいかにも俗な既成社会の書割りの中で、あたかもそれらを悠々と超えうるかのように、観念に鎧われた自己陶酔者達が跋扈する舞台であり、作者のシナリオ通りに仕上げられたものに過ぎないと感じたのである。すなわち、作家が意図したとおりしか生まない作品は私には物足りなかったのだ。しかも、プロセニアムにはびっしりと世俗のもろもろが貼り付いていると見えたのである。

つまりそれは、当時の私が小説というものを誤解していたということであり、愚かしくも迂闊な話なのだが、現在の私はこの通り三島に引かれ、論じようとさえしているのだ。しかし一方で、今もなおどこかにその頃の思いが潜んでいるとも感じるのである。それは、小説が本来有する俗性に対する反発である。ただし今は、世俗をこそ描くはずの小説が内包しうる俗性への違和、その抵抗から妥協、さらには敗北までを見とどけるには、他でもない三島文学こそが相応しいのではないか、と考えるに至ったのだ。

2

「遠乗会」（一九五〇、昭25・8「別冊文芸春秋」）は、まさに、かつての私にはとうてい受け入れられぬだろうはずの上出来の短編である。

そこには、三島文学のいわば備品一式が並べられている。正しく必要範囲のひろがりを持たされた風景が置かれ、その前を、どこかで見たことがあるかと思わせるだけの個性を付与された人間達が動き廻る。さらには、彼らをねじ伏せ動かしていく必然なるものの力——プロットの歯車のような動きと、その噛み合わせの精粗が試されるのだ。

観念による巧みな陶酔と苦い覚醒があり、さらに、一段奥へと招く別種の光源が目を射る場——それがまずは、私の三島短編のイメージである。そして、「遠乗会」は、まさにその上出来の一編なのだ。そのシンプルにしてなお奥行をもつ仕立ては、完成度と美しさをもってみごとである。

それは、上流夫人の愚かしい思い込みと覚醒を描くのだが、むろんそこに誇張はありながらも、主人公・葛城夫人の人間像とそれを取り巻く世界の動きが如実にあらわれてくると感じさせるのだ。作者自身、「出来のよい」「純粋に軽騎兵的な作品」[1]として自選短編集に収めたことも納得できるのである。

葛城夫人はそこで、まずは次のように提示される。

　　葛城夫人のやうな気持のきれいな母親に、こんな苦労を背負はせた正史《まさぶみ》はわるい息子である。

この書き出しは、直ちに三島の愛読したラディゲの『ドルジェル伯の舞踏会』（一九二四）の冒頭を想起させるだろう。

　　ドルジェル伯爵夫人の心のやうな心の動き方は、果して、時代おくれだらうか？　〔堀口大学訳、以下同じ〕

共通するのは、両夫人の有する善良さである。『ドルジェル伯の舞踏会』では、いわくありげに疑問符を付して「清浄無垢な魂」（une âme pre）の「操作《はたらき》」が強調され、「遠乗会」では、「気持のきれいな母親」という素朴な断言が人目を引く。すなわち、双方ともに、そのナイーヴな心に対する関心をそそるのである。

続いて『ドルジェル伯の舞踏会』では、伯爵夫人マオ（マアオ…堀口訳）について、マルチニーク島に移住した名家の歴史から始めて、ナポレオン妃ジェゼフィーヌとの関わりにもふれ、母の愛薄くとも植民地の島で「野生の蔦」のように成長し、美しさと才気を身につけ、十八歳で三十歳のドルジェル伯爵と結婚してパリに住むに至った経緯が述べられるのに対して、「遠乗会」では、直ちに葛城侍従職夫人の現在の気苦労、すなわち息子のしでかした不祥事とその処置云々が語られるのだ。それは、長編と短編ゆえのあり得る差異としても、伯爵夫人マオの心の実相がその後さんざん待たされたあげくおもむろに明かされるのに対して、葛城夫人の愚かしい心理は冒頭から即刻分析の対象となるのである。その上でなお、各々の主人公の心の動静に対して犀利な解釈を施そうとする点は同様であり、「遠乗会」は『ドルジェル伯の舞踏会』を意識した作品と見えるのである。

さらに思い浮かぶのは、「遠乗会」と同じ年の一月から連載が開始された大岡昇平の『武蔵野夫人』（一九五〇、昭25・1〜9「群像」）である。『ドルジェル伯の舞踏会』の冒頭文を題辞として引き、まさにラディゲを意識しつつ、これもまたある清浄な魂の女の造形に挑んだ『武蔵野夫人』を、当然のことながら「遠乗会」の作者は十分に意識していたはずである。

3

『武蔵野夫人』は、主人公・道子と他の人物達を詰問するかのごとく突き詰めていく。その激しさは、作者の人間性に対する怒りをあらわすかとまで見えるのだ。そのあげく、道子は破滅するに至るが、その滅びの様もまた強い凝視に晒されるのである。さらには、細部にもことごとしい解釈が付されているのだ。例えば、次のごとくである。

おはまはあらゆる母親と同じく息子の異性に対する心の動きに敏感であった。これは彼女の妻としての生活が、そういう動きを抑えることにある結果である。

（『武蔵野夫人』第二章、復員者）

『武蔵野夫人』の〈語り手〉は、こんな脇役の女の、息子の性的衝動に対する敏感さまでを、せっかちに彼女自身の性生活の不満へと結びつけて解こうとするのだ。そんないわずもがなの心理まで言いつのり、決めつけなければすまない〈語り手〉の姿勢には、たちまち平和へと変じてしまった俗世に対する、復員者たる作者の違和がうずくかのようである。さらには、道子のモデルともされる坂本睦子[2]に対する強い思いもあるのではと思わせるのだ。そんな〈語り手〉の視線に晒され、さらに夫と愛人との間で追い詰められて、道子は夫の眼前での無残な死へと向かうのである。

『ドルジェル伯の舞踏会』の人妻マオも、青年フランソワに対する愛情を抑えようと必死で務めたあげく、無理解な夫の前で「石像」へと変ずるのだ。そこに充満するのも、次のごとき過剰なほどの分析的叙述である。

彼女〔マオ〕は嫉妬を感ずるのだつた。彼女は、この肖像〔ウインナ美人の写真〕が自分に不快な思ひ出を呼び起こさせるからだと解釈するのだつた、（と云ふわけは、彼女の無意識の詐《いつはり》のシステムが、不意に彼女のこの女に対する自分の反感の理由をあばき、この女がアンヌ〔夫〕に対してなした術策を彼女の心の中に浮き出させるのだつた。）彼女はすぐに落ち着いた、それさえがすでにそもそも、あるべからざる筈のことだつた。

こうした謎解きを強いるかのような執拗な造形は、作中世界をあたかも必然性で埋めつくそうとするかのように、否が応でも緊迫をたかめ、また同時に、それをいかにも特殊な貴種の心理として世俗から離れたものと見せもするのである。

では、葛城夫人の場合はどうか。後述するが、彼女もやはり最後には、彼女なりの変貌を見せるに至るのだ。すなわち、三作ともそこには意外性の顕示があり、彼女らの実相を見よ、と迫る姿勢があるといえるだろう。また三者には、ともに禁欲性のくびきが課されていることも共通するのである（ただし、葛城夫人のみは、禁欲の必要もないほどたわいもない「空想」の段階にあるのだが）。

その上で、叙述のあり方には各々にへだたりがある。『ドルジェル伯の舞踏会』が冷徹な分析を施し、『武蔵野夫人』が激しい突き詰めを行うのに対し、「遠乗会」では、どうか。

> 空想といふものは、一種専制的な秩序をもつてゐる。今では葛城夫人は、由利将軍の人格的な立派さ、道徳的な潔癖さ、なかんづく伝へられる素行上の物堅さが、すべて彼女に対する永いひめやかな愛の証《あかし》だと信じてゐた。彼女はすげなさを装つた恋人の自負と、教育者の自負とを併せ持つのであつた。

作者自ら言う「アフォリズム型」の特徴を見せながらも、愚かにも幼稚な愛の「空想」を保ちつづける女を、この〈語り手〉は決して見放してはいない。そのまるで女学生のような無邪気な「自負」を、あたかも貴重品であるかのように掬い取って示すのである。

4

マオの清浄さや島育ちの野生に当るものが、葛城夫人にあっては、その「少女らしさ」である。葛城夫人は、作品のはじめから「偏見」を指摘されているが、それは世間とのずれであり、常識の不足である。だが、さらに、夫人は少女時代の「驕慢」の反動から、結婚後はその「怜悧」さが影をひそめ、「子供つぽく」なり「純潔」になったというのである。いったい、かくもいびつに造形された人間像が、我々に何を見せるというのだろうのか。

> 外見上のあらゆる少女らしさが、少女の年齢をすぎてのち、はじめて十全にそなはる彼女のやうな性格、性格と謂つて適当でなければ彼女のやうな素質、それはあたかも花と葉とが決して相逢はない辛夷《こぶし》の樹のやうな悲劇的な素質である。葛城夫人のなかではいつも季節外れの部分が残されてゐた。そして五十に近い今、夫人は汚《けが》れを知らない子供のやうであつた。

すなわち、ここでいう「悲劇的な素質」とは、いつも現実から取り残される「季節外れ」の「性格」を指すのである。それは彼女の美しさについてもいわれる。夫人の「コケティッシュな表情」は、まるで「媚態に遠い」心のうごきと齟齬し、「彼女の表情は彼女の内面を公然と裏切りつづけて来た」とされるのだ。

それはいはば美がやうやく真実に一歩を譲りだした謙虚な諦念の美しさであり、これこそはまことの優雅であつた。

人物形象たる葛城夫人の核にあるのは、まさにこの「優雅」である。それは、少女のような「純潔」を含み、また「憎悪」を知らぬ「寛容」から成るのだという。ますます誇張された作り物臭い話であるが、それはつまり、四十八歳の有閑夫人の逆説的な退行や老いをあらわしているのだ、ともいえるだろう。しかも、彼女の裡には「母性愛」への「耽溺」や「享楽の本能」が疼いてもいるのだ。自身の不幸をもいとおしみ「享楽」したいとの衝動が、息子をたぶらかした太田原房子に対する彼女の好奇心をかきたて、そこに「髪ふり乱した熱情の疼痛」までをひそませたというのである。

何とも大げさで滑稽と見えるが、その「優雅」さは夫人の「脂気のすくない肌」のように「媚態に縁の遠いもの」であり、現実に対してはつねに無力を晒しているのだ。彼女は、房子を見て、「だが、私はもうこれでも四十八だ。ちよつと見ただけで人間のいいわるいの判断はつく。あれは罪のない、ただ少しばかりわがままな可愛らしいお嬢さんだ」と容易く判断し、「やつぱりみんないい人なんだわ。この世の中には悪い人なんてゐないんだわ」と、愚かしい結論を得てしまうのだ。その無力さは、何より「私は男と女のことはわからない」と認める夫人の「諦念」に裏打ちされているのである。

こうして時に「不安」を感じ、己れの無力を痛感もする女を、プロットはさらに残酷な覚醒へと導くのである。

5

夫人は、遠乗会で、かつて自分が求婚を断った相手である由利将軍と遭遇する。元将軍であった由利は、戦中に失脚したことによって却って戦争裁判の被告となることを免れ、戦後は古い道義心の「権化」として「骨董のやうに珍重」されているのだという。夫人は、今日まで、由利が自分に「恒久不変の愛情」を持ち続けていると勝手に信じ、空想の中で「享楽」して来たのだ。それが今、房子と由利のことを同時に考え、夫人は「逡巡」し、「不安」を感じはじめる。すなわち「男と女のこと」が彼女に迫るのである。そして最後に、夫人は由利と言葉を交わし、由利が彼女のことを全く忘れていると知って、無残な空想の崩壊を経験するのだ。

　「さうですね。若い息子や娘をもつた親御さんには今はこりやあ心配な時代だ。葛城さんのお若い時代はいかがでした?」

　「何もございません」

　と葛城夫人は言つた。

　由利将軍は彼女の馴れ馴れしい口調になほすこし訝《いぶか》りながら、まだ何も思い出さぬままに、あけすけにかう言つた。

　「好きになられて困つたことも、好きになつて困つたこともですか?」
「何もございません」
「さうですかねえ、私もそんなことがあつたかもしれないが、みんな忘れてしまつた」
「あたくしも」
「みんな忘れてしまつた」
由利将軍は馬鹿笑ひをした。笑ひは池のおもてに森閑と谺した。

これは、滑稽かつ残酷にして、なお美しい場面と言うべきではないか。さすがに自分の空想の愚かさに気づいた夫人は「己れに耐へて」、由利の質問に否定の返事を繰り返す。「憎悪の本能」が欠けた彼女にあっては、全てに「寛容」が対処するのだという。「何もございません」と繰り返す夫人は、かろうじてその地に踏み止まり、由利の残酷な「みんな忘れてしまつた」の繰り返しにも動ぜずに耐えるのである。

ここで「優雅」は、己れの愚かさと俗世の不完全とに直面し、なお必死に踏み止まることによって、その輝きを増すのである。それは、まるでたわいもない些末な小景でありながら、同時にまた、あの『天人五衰』末尾の恐るべき無の顕現をも想起させるのだ。

前述の如く、『ドルジェル伯の舞踏会』では、最後にマオが「石像〔une statue, 彫像…生島遼一訳〕」に変ずる。

マアオ〔マオ〕は、別の世界に坐つて、アンヌ〔夫伯爵〕を眺めてゐるのだつた。伯爵は、依然自分の世界に住んで、マアオの心の中に起つた変化には何も気付かなかつた、そして今までの熱意ある女に代つた石像のやうな女に呼びかけてゐるのだつた。

マオの変化と同様、葛城夫人の変化もその内部で一瞬のうちに生じたのである。マオの変貌が夫からは何も気付かれず終わったように、夫人のそれもまた、夫人自身の「寛容」の大きな力によって覆われ、ただ静かに佇立しているのみである。

むろん、『ドルジェル伯の舞踏会』で、青年に対する自身の思いに耐え、夫の無理解にも耐えたマオが、ついに「石像」に変じたほどの悲劇はここにはない。またそれは、『武蔵野夫人』の服毒自殺する道子が、「事故によらなければ悲劇は起こらない」と大上段に説く〈語り手〉によって、「二十世紀の悲劇」として断じられるのともおよそ異なり、さらには、『愛の渇き』(一九五〇、昭25・6)の悦子の自我発現による凶行ともはるかにへだたるのである。「遠乗会」の葛城夫人の変容は、いかにも小さく滑稽であり、なお、ひそやかで美しいのだ。それは、まさに世俗のただ中における卑小な幻滅なのである。

池の向こうから、会話する由利と夫人に向けられた房子の写真機がシャッター音を響かせるとき、夫人の恋は霧消し、作品の幻影もすべて消える。何より夫人には、恋愛の実体が欠けていたのである。したがって、むろん、マオほどの己れに対する恐れも悲しみも彼女には起こらず、道子のような憤りや情熱も与えられていない。全てが頼りなく、稚なく、卑小である。その上皮肉にも、たとえ対象は空想であっても、彼女には「耽溺」や「享楽」の能力だけはあったというのだ。

しかしながら、「五十に近い今、夫人は汚れを知らない子供のやう」だとした〈語り手〉は、ここでも夫人を笑ってはいないのである。作中では、ただ由利将軍の「馬鹿笑い」が「深閑と谺した」だけなのだ。この終景はまるで、ここにこそ〈何か〉があると指し示しているかのようではないか。

それは、この世に生きる者は、いかに俗世に打ちのめされ、また自らの愚かさに躓いたとしても、なおひたすらこの世を生きるしかないという、我々のよく知る悲劇である。周囲にはべったりとひろがる俗性が控えてゐる。それはもちろん、我々の裡にまでつづいているのだ。こうした目慣れた景色の中に、一点見出された（点綴された）美こそが、他でもない、「悲劇的な素質」がもたらした季節外れの「優雅」なのである。

この「一幅の水彩画」[3]には、三島文学の中にひそむ、たおやかな繊弱さが滲み、それはここで、いわば強靭に支えられた〈弱さ〉となっていると見えるのである。それを支えるのは、三島が「虚無の前に張られた一条の絹糸」と評した川端康成の「おそれげのなさ」にもつうじる、人の心の痴呆のごとき強靭さなのだ、と言っては言い過ぎだろうか。

少なくとも、それは、ラディゲの「硬い心」（コクトー）とはおよそ異なるものから発している、と私には見えるのである。

（南山大学教授）

注1　「解説」—『花ざかりの森・憂国』（一九六八昭43・9、新潮文庫）。「軽騎兵的作品」とは「アフォリズム型」ということであり、短編小説を言う。

2　青山二郎経営のバー「ウヰンザア」で働き、多くの文士に愛された。大岡昇平もその一人である。昭和三十三年四月に自殺。同年八月の大岡昇平の『花影』のモデルでもある。

3　1に同じ。

特集　短篇小説

『軽王子と衣通姫』論

原田香織

はじめに

『軽王子と衣通姫』の初出は『群像』昭和二十二年四月である。三島は木村徳三宛封書（昭和二十一年七月二十四日付）において「文筆以外で生計を立てること」や「軽王子と衣通姫のロマンツェは九月中にすまして、十月からは、できれば奇矯な小説にかゝりたい[1]」と当時の旺盛なる創作意欲を語る。前年に川端康成の紹介により文壇にデビューし、まさに戦後の混乱のなか過剰なる自負と不安と豊穣なる想像力とが三島自身の中に炸裂していた時期ともいえる。

『軽王子と衣通姫』は、古典的な典雅な文体による古代の天皇記を題材とした小説である。戦後の混乱期にこの種の題材をもとに作品を書くこと自体、所謂「時代錯誤」の観があるが、三島自身が同世代の悲劇を反映したという[2]。先行研究の指摘の通り作品の典拠は『古事記』下巻二にある允恭天皇記と『日本書紀』「雄朝津間稚子宿禰天皇　允恭天皇」の条の両方に拠るが[3]日本神話の系統に連なる。軽王子と衣通姫の挿話は『古事記』においても和歌の贈答を含み豊かな文学性を湛えており、浪漫性の高い条と評価される。三島作品は、允恭天皇記から表現性を膨らませ、細部は外国文学から影響を受けた浪漫主義的な傾向や描写の詳述を含んでおり、言ってみれば、作品自体が装われた日本古代の物語といえる。作品背後には三島「創作ノート[4]」に示された意図が隠されており、創作時には「軽王子と衣通姫」の題材は短編小説以外にも戯曲や能などの可能性も秘め、「軽王子序詩」などの存在やオペラ台本の存在も伝わることから（『読売新聞』昭和二十四・十二・九）、ジャンルを問わず三島にとって重要なテーマであったことがわかる。

『軽王子と衣通姫』の評価は、本多秋五が「芥川の歴史小説に伍して毫も遜色のない天晴れな作品[5]」ということで概ね首肯されるが、注目すべきは三島自身による晩年の再評価であり[6]、昭和四十六年二月刊行の新潮文庫『獅子・孔雀』（のちに『殉教』と改題）の冒頭に配置される。奇しくも三島事件のため、自身の解説は果たせなかったが天皇制度、神人分離の時代、[7]輪廻転生など三島文学の核となるべきテーマが夙に『軽王子と衣通姫』の作品内に定着しているといえる。

一

『軽王子と衣通姫』は愛の甘美と陶酔のうちに迎える死の物語であることは否めない。所謂エロスとタナトスが作品を覆い、死は限りなく美化される。作中「愛」と「死」という言葉は多出する。ここに敗戦後の日本と同化した視点が与えられている。

　構成は第一部・第二部から成る。第一部は「崩りまし雄朝津間稚子宿禰天皇の皇后」の稜へ向かう「喪」の場面から始まる。「喪」は作品全体を覆い、第二部で皇后が九十歳に及ぶ長寿を保ち棺に「青玉の首飾り」と共に納められる語りの結末部まで続く。

　物語は一貫して「允恭天皇記」という視点から逸脱することはなく、允恭天皇の死から始発し、その「喪」の中で禁忌の愛、王子の伊予流刑、反乱への挫折、心中といった事件が起こり、登場人物全員の「死」によって閉ざされる。

　作品内における「喪」の描写は、夜の闇に閉ざされた浪漫派の描写である。ドイツ浪漫派ノバーリスの『蒼い花』にもつながる夜の描写は、古典の世界では和歌の枕詞「ぬばたま」がまさに作品背後に統一イメージとして想起され、「喪」の場面は愛と死とをテーマに夜・闇・髪・夢に繋がる浪漫主義の象徴となる。皇后が闇夜に墓所の陵を見舞い、衣通姫が闇夜に皇后に別離を告げに行く場面は、まさに終戦後の先の見えない「喪」を暗示する。「喪」は鎮魂と死者への許し、生者の追悼の中にある。ここで皇后は衣通姫の豊かな髪を梳るが、その黒髪は天皇との甘美な浪漫性、官能的な愛の象徴でもあり、姉妹の皇后と衣通姫とは正妻と側室という設定のまま（当時の婚姻形態として倫理的な問題はないが）、本質的に后という高貴な血筋の者がもつ嫉妬、隠された憎悪が萌す。

　しかし后は天皇家の正室として誇らかに「わたくしは残る一生を、悦ばしい喪の裡に送りませう」と喪に服し死者と共に生きることを選択する。終戦後は剥奪された「生」としての「死」が横溢し、死者への悼みによりそう形で生があった。三島は「喪」と鎮魂の際やかな造形において戦後を示す。他方衣通姫の存在に充満するのがエロス的愛であり、愛は美的であるがゆえに揺らぎ流動しやすい点で対照的である。

　作中、王子の「死」は、衣通姫への美しさに対する好奇心から始動する。すなわち、

> 　愛の前には死のおそれはなく、その愛の叶はぬときは手も下さずに死ぬことができた。王子も亦、死が驟雨のやうにふりそそいでくるのを待つばかりである。どのみち徒らにわたしは死ぬ、と王子は考へた。死をおそれぬ

ものが何故罪をおそれるのか。[8]

とあり、この決心の後、軽王子は衣通姫と通じる。[9]「死」という言葉と登場人物の関係は、后にとって「死者の愛」「死後の相恋の形代」であり、衣通姫にとっては死の認識であり、さらに「死の淵へ」追いやられる二人がおり、軽王子は反乱ではなく自らの死を選択する等、死と生は反転しながら、それぞれの立場で「死」を生きる事が強調される。第一部では衣通姫を奪う軽王子は皇后の息子という血縁として衣通姫との禁忌の愛が絡むことで、この作品は王権侵犯[10]「天皇への犯しともいうべき禁忌の愛」が第一の条件となる。軽王子は父天皇の眼に「怨す色」をみるが、愛の無辺なる拡大は「近づきつ丶あつた」死の前兆でもあり、死を甘受すればこその許しでもある。

軽王子は「犯し」を実行する。略奪する立場ゆえに皇位継承権に反し、内なる世界へ埋没するとき愛の当事者は破滅へと緩やかに向かう。作中でいう「奢り」のうちに生きる若く晴れやかな男女が愛に惑溺しエロスの存在性を湛えるとき、美は絶対性をもち、滅亡への序曲として愛は純粋な喜びに染まり浪漫性は強まる。破滅と歓喜は表裏である。恋愛の名により弱者が強者を屈辱的に脅かし、権力構造は綻びるかに見える。だが結果的に禁忌を犯した弱者は傍系として美に埋没し「死」を選択せざるを得ない。愛を貫くゆえ「死」が唯一の「生」の存在証明となること、これが軽王子の役割でもあり性質となる。

いわゆる怪異現象が王権と結びつけられるのも、個としては生きられぬ時代性を示す。血縁として形成される家・族・運命の問題と繋がりつつ亡き天皇の幻影が現れる。第一部では王子が伊予への配流後、皇后が見た幻影には、陵の奥に故天皇が横たわりその上に長い髭が雲のように棚引くという場面があり、第二部では衣通姫が伊予へ向かう途上で、雲間に巨大な先皇の御顔がかかるのを目撃する場面がある。故天皇の支配が続くのは例えば『源氏物語』においても貴種流離譚のモチーフとして光源氏が須磨に退去の際、父帝の幻影を見る場面があり運命の変転が類似点として指摘できるが、この箇所は視覚的な効果が高く、天皇の支配者としての意志を象徴すると共に、王権の絶対性を示す。

怪異現象の内実は、神性が支配する絶対的権力の問題、つまりこの世ならぬ力の存在、運命的力の示唆である。作品に呪的に現れる故天皇の霊的な支配力は、死後もなお続く。古典文学における天皇制は、絶対的な権力をもつべく美化された完全なる神の意志の反映として機能するといっても過言ではなく、死者である雄朝津間稚子宿禰天皇が、天皇のもつ「王権」により生きる者をつき動かす。允恭天皇という体系に閉ざされた作品の構築といえる。

その中で皇位継承権は作品展開上の重要な軸となる。作品内で第一に天皇の没後、軽王子は母后から皇位継承について

「言葉も切に即位を奨められた」が正統的につながる直系としての立場を拒絶し、弟の穴穂王子が皇位についた結果、自身は伊予に配流となる。第二に后は伊予へと向かう衣通姫へ伝言を託す形で「穴穂王子よりも軽王子が、皇位に即くことをいかほど切に望んでゐましたか」と皇位継承に再度言及する。さらに第三に、託宣の形で、后の生霊が衣通姫に乗り移り、伊予にいる王子に「軽王子こそ天津日継しろしめせ。……穴穂天皇は……」「弑せられたまふであろう。……目弱王のかよわき手に」と皇位継承が提示される。王子は、直接・伝聞・生霊による怪異現象と三度ほど皇位継承を示され三度断ることになる。結果、神的意志への徹底した拒絶となる。しかし、不気味な形態での神的な意思、軽王子は怪異現象として后の生霊を捉え、その託宣に「巧緻な神のからくり」を見て心が冷め、託宣は「死の声」となり響き、「死」を選択することになる。

二

三島にとって神人分離と戦後の問題が形を変えて、晩年に立ち戻ってきたとき、古典回帰、神話回帰、天皇回帰の問題が表面化する。周知のとおり三島由紀夫が『日本文学小史』（『群像』昭和四十四年〈一九六九〉―昭和四十五年に連載）において、日本神話回帰、神と神的力の問題を扱うときに原初的かつ根源的な問題は、天皇のもつ絶対的な権力と、神としての血統に連なる言説にあろう。典拠でもある『古事記』の神話的世界は絶対的な神性が思いのまま自在に純粋な力を示し、国土統一というある種の暴力的《デモーニッシュ》とさえ言える力を含みつつ発揮される。三島は神話の持つ根源的機構に「力」を見、神が混沌としたエネルギーから天地創造をし、日本国家創造の際の爆発的な力を読みとる。

それは『日本文学小史』第二章『古事記』に明らかである。三島自身が『古事記』に初めて邂逅したのは小学生であり、「そこにあらはれる夥しい伏字が、子供の心に強い刻印を捺した」（『日本文学小史』）という。これは『現代日本文学全集 少年文学集』第三十三篇にある鈴木三重吉の『古事記』（昭和三年〈一九二八〉改造社刊行）と思しいが、三島にとっては極度に猥褻なものと神聖なものとが混在していたという。

> 教育勅語のスタティックな徳目を補ふやうな、それとあらはに言ふことのできない神々のデモーニッシュな力を、国家は望み、要請してゐたのかもしれない。古事記的な神々の力を最高度に発動させた日本は、しかし、当然その報いを受けた。そのあとに来たものは、ふたたび古事記的な、身を引裂かれるやうな「神人分離」の悲劇の再現だつたのである。[11]

これが三島にとっての戦後の認識であった。そして『古事記』『日本書紀』のもつ伝承は当然のことながら、日本神話であり国家創生譚を含むが、神話それ自体がエピソードとして独自に現れるのではなく、神話の言説をめぐる解釈や、あるいは神話的なるものの再編成がなされ、所謂神話が権威性の根拠という形でイデオロギーとして利用される。

第二次世界大戦の軍部より以前に、歴史的に日本神話が注目されるのは、皇統迭立問題が起こった中世の南北朝から室町時代にかけてである。三島が所謂「乱世」と呼ばれる画期の時代に注目したのは、時代の類似性であろう。[12]日本国の再編成として新たに世を創り出すときに、権威の根拠となるのは皇孫降臨という神の系譜に連なる天皇家である。終末思想、国土と神々の問題は三島が好んだ能においても確認でき、世阿弥の手により国土と日本創生の神々が語られ寺社縁起として立ち現われるのは室町時代の趨勢でもあり、権威の再編成の理論的根拠が神話にあるという伝統的考え方にある。

実際に中世は神話の再編の時代ともいえる。皇統をめぐり権力抗争が起こった時に、権威の拠り所として原初的な歴史に立ち戻る。そして何より三島は中世という時代に対して、滅亡の中の耽美性を見出したのであるまいか。能や中世をテーマにした一連の作品群は、三島文学の初期作品から一時代を形成している。

三島が注目した原初的な力—凶暴性と絶対性は神以外には持ちえない。ここには秩序や調和は必要とされない。神話的な世界で語られる事実のみが、真実へと変化するのである。記紀神話の中で『軽王子と衣通姫』の他に、三島を惹きつけたのは日本武尊伝承である。それは昭和十七年『青垣山の物語』[13]で試みられた。『青垣山の物語』は巻末が原稿欠損となっており未刊小説で、全体は「壱・弐・参・肆・伍・録・漆・捌・玖・拾」と十章から構成される。内容は『古事記』の日本武尊の東征と西征で、原典に従い最終部分までをほぼ書き終えているものの、白鳥伝説になった末尾が欠落しており、全体の推敲はなされていない。『青垣山の物語』は、まさに暴力的《デモーニッシュ》な力をもつ主人公が父天皇の命令によって東征し、愛の力、女性なるものの力と犠牲によって国土を統制しつつ、衰弱の中に死にいたり白鳥伝説となる。三島は『青垣山の物語』で何を試みたかったのか、神人分離の悲劇なのか。

『軽王子と衣通姫』第二部では衣通姫が伊予へ向かう途上で幾多の神々が確認される。ここで意識されるのは、まさに神人分離であり「夙に神の手をはなれながら、人としてのつつましい意志のあゆみは未だはじまらず、神に託されていた謐かな信仰が突然あやしいとどろきと繁吹をあげて自らの上へたぎり落ちて来たのであつた」と明確に描写される。三島は神をつぶさに描写していき、瀬戸内海の島々にすむ「その名を忘れられたあまたの神々」や、国土創生譚である国生みの二柱、伊弉諾・伊邪那美の男神と女神との婚姻譚などを描写するが、結局は神々の世界を離れて人の世の世界へと至る姫の様子を描く。

三

さらに、後半部においては愛の行く末の心中という「自死」の問題があり、その背後には明確に輪廻転生の問題が揺曳する。輪廻転生を題材として扱うことは、三島文学の集大成ともいえる『豊饒の海』のテーマが三島文学のどの時点から始まるかという点で重要である。「輪廻」は存在の生成と消滅という円環構造だけではなく、個としての存在の絶対性であり、それは魂が形を取るときに、時間と空間との枠組みから永遠に紡ぎだされる宇宙全体の生成と消滅の原理の問題として当然、関わってくる。それは三島が早くから意識していたテーマであり、『軽王子と衣通姫』の「創作ノート」において「永遠の人間の愛と美の象徴　神への、輪廻への永遠回帰―衣通姫」とあり、心中によって此岸から彼岸へと移動し、夜見（黄泉）の国へと魂は移動する。二人は輪廻の輪に入るが、同じ輪廻に連なるのか果たして両者の愛は続くか。「創作ノート」において、三島は以下のように記している。

> 衣通姫は死への共感を通して、美によつて飛躍す。輪廻の星へととびゆく。心中の〔「の」抹消〕によつて二人は永遠に別離し、両極へ飛び去る、そは輝かしき逢会に似たり。

無論、「創作ノート」の構想がそのまま小説に直に反映するとは限らないが、二人の結末には魂の永遠の「別離」が構想としてあった。つまり魂レベルの問題として、「心中」を通してその両者が死後の世界においてまで愛を貫き、共にいられる保証はどこにもない。三島は作品に何を描き切ったか。或は記紀神話における「心中」事件は擦り返られたのか。

衣通姫の場合には一方で「殉死」という捉え方も可能である。確かに、衣通姫は伊予へと向かったがそれは本来的には死ぬためではなく、王子への愛を貫くためである。しかし王子は愛に耽溺し脆弱化し、王権を捨てる。石木による姫への死の勧めは、皇位継承をめぐる反乱のためには必要な犠牲であり、権力をめぐる世俗的な外圧であり、衣通姫の場合に愛に「殉死」したとさえいえる。

しかも衣通姫と軽王子との愛の描写とは、若さゆえの歓喜と苦渋に満ちた地上的な愛である。このときの衣通姫の役割は、苦悩を与える形代としての機能を持つ。美のもつ純粋性ゆえに、天皇側室のときは姉后に苦悩と嫉妬を与え、それが軽王子との系にあるときは、ファムフェタール（Femme fatale）として描写される。所謂運命の女として機能し、軽王子を耽溺と脆弱な精神に閉ざし、政権よりも愛を選ばせ滅亡させてしまう。たとえば第二部において湯殿における衣通姫の女体描写と軽王子とのやり取りは、愛の官能性の描写、エロスであり、衣通姫の果たす役割は愛への誘惑と惑溺といえよう。最初の心中事件として官能の甘美の果ての陶酔的な死によってのみ瞬間的な愛を止め、名を留めることになる。

三島文学の主要テーマの一として描写される恋愛は、神的な縛られぬ心として、自在な或いは暴力的《デモーニッシュ》とさえいえる熱情的な力を示し、人と人との縁を結び変える。あたかも運命の糸が異なる結び目により、人生が別な回路へと移り新たな運命が展開するという形をとる。恋愛が生じる瞬間に、その力はあらゆる秩序を破り、混沌を作る。混沌とは創造の前段階である。つまり心的な状況は行動へ、行動は運命を変える力を発揮するかにみえるが、運命は歪んだままであり愛は最終的に、死を呼び起こす。

最終的に王子がみた「衣通姫の亡骸は月光が凝つて出来たもののやうに見えた。つややかな髪に守られた死の顔にも姫が自らに死を与えたその決心の美しさは消えやらず、神々しい犯しがたい夢を高貴な眉の間に刻んでいた」という。死の瞬間の陶酔、あるいは死せる者が苦しみから解放された甘美の瞬間から飛翔した至高性が描写される。しかし来世まで継続する愛や至高の愛は確認できるのか。

> 王子にとつて今の衣通姫は限りなく嫉ましい人と思はれた。今まで一人一人が別々にたのしむ倖せはありえなかつた。それなのに死せる姫は、何一つ拒みえぬものとてない豊かさの主であつた。

死の瞬間に姫の魂は王子の手の届かない次元に飛翔する。輪廻転生の思想とは、心身分離思想の二元論による魂の優位、独立性を説くが、輪廻はそれぞれの魂が根源的に存在した場所へ戻る。つまり日本神話の神々が宿る神の国ともいうべき場所に所属する魂群、日本の原初的な神という魂のグループがあり、衣通姫には回帰すべき場所がある。衣通姫の魂の回帰した場所へと、脆弱な王子の魂が果たしてたどり着くかどうかは描かれていない。

結末部において、姫の死の兆ともなる「白き鷹」を、石木は「吉兆」と捉え王子に反乱を勧めるが王子は自刃を選ぶ。鷹は古代日本においては、支配者の象徴、権威の象徴でもあり仁徳天皇の時代には鷹狩（『日本書紀』）が行事としてありその調教も行われている。[14] 白き鷹のイメージは、日本武尊伝説における白鳥伝説に通うが、白き鷹は心中事件の目撃者であり、軽王子の死を后に伝える伝令ともなる。この枠組みの中で二人の死は実行される。また「白」は、前半部で「喪」に覆われた后の愛のイメージとして付与される「春の沫雪」・「夏の白百合」・「雪の思ひ出」・「白栲」と美的で純粋な「白」の配置と呼応する。姫の亡骸も月光の白である。

しかし自刃の王子の血が白い鷹の片羽の翼に飛び散り、鷹の汚れた羽は母后に目撃され后は二人の死を感取する。白は神に属する色であり、鳥は魂で神の使いともなる。だが皇位を拒絶した王子の不浄の血痕で汚される。血の描写は忌まわしく不吉であり不浄である。これが神人分離の時代の象徴なのである。

允恭天皇の死から始まるこの物語は、神的力へと終結する。

心荒き穴穂王子こそが天皇を継ぐ。天皇には神的力が宿るからである。当然、皇太子は天皇ではなく天皇即位式という場面で初めて神が天皇に宿り、即位した瞬間に人から神へと変化する。即位式を経なければ天皇ではなく、物語中に石木が「あなたさまは天皇では在しまさなかつた」と予言する通りで、軽王子は自死を選んだ点で天皇とは程遠い存在となる。つまり天皇の系譜につらなる神の世界には永遠に帰着しえないのが王子といえよう。

以上、『軽王子と衣通姫』は、表層には恋愛・心中問題もみられるが、作品全体が允恭天皇への「喪」の世界で覆われ、天皇家の皇位継承問題が主要な軸となって展開している。さらに神としての天皇と国家統治の問題を絡ませつつ国家という器を自在に操れるか等の問題が描写される。また、「創作ノート」から作中に示される輪廻転生について、王子のために死に殉ずる衣通姫はその犠牲ゆえに永遠の命を得て神の国に属するといえるが、後追い自殺の王子の魂は、希薄な存在であり脆弱なる人物として造形されている。以上の点で『軽王子と衣通姫』は三島作品の主要テーマが託されており、天孫来臨という神話的世界へと連なる天皇制の問題、神人分離・皇位継承と王権、禁忌の愛、そこに絡むエロスとタナトス、そして輪廻転生へと発展する視線が示されている初期の重要な作品といえよう。

（東洋大学文学部教授）

注1　書簡・葉書の引用はすべて『決定版　三島由紀夫全集』第三十八巻（新潮社、二〇〇四年三月）に拠る。

2　昭和二十二年一月九日朝に、「軽王子と衣通姫」の原稿料二〇八九円八〇銭が講談社から入っている。また、高橋清次宛葉書（昭和二十二年三月二日付）では、

「軽王子と衣通姫」は僕自身は可成我々のジェネレイションの悲劇ともいふべきものを暗示したつもりなのですが、今の読者や批評家はどこまで読みとつてくれるでせう。

とあり、同時代的な三島の思いが反映している。

3　倉本昭「三島由紀夫『軽王子と衣通姫』について」（佐藤泰正編『三島由紀夫を読む』笠間書院、平成二十三年三月）。また小林和子三島由紀夫「軽王子と衣通姫」試論（「茨城女子短期大学紀要」第二十八集、平成十三年二月）。

4　創作ノート参照。本稿における「軽王子と衣通姫」創作ノートの引用は、すべて『決定版　三島由紀夫全集』第十六巻（新潮社、二〇〇二年三月）に拠る。ノートには「ホーフマンスタール「白鳥姫」、バトラー・イェーツ「ディヤドラ」、ギュスタアヴ・フロオベル「サン・タントワアヌス」、ギリシヤ悲劇数篇「アンティゴオネ」「波斯人」その他」と記載される。この『白鳥姫』はホフマンスタールではなくストリンドベリ、『デアドラ』は、一九〇七年発表のウィリアム・バトラー・イェイツの悲劇で、アイルランド神話に基づいている。この典拠が作品の随所に鏤められ、衣通姫の巧まれぬ媚態等の人物像に投影される。

5　本多秋五『物語戦後文学史』（昭和四十一年三月、新潮社）。

6　『軽王子と衣通姫』は「三島由紀夫自選短編集の一冊」

として三島自身の自注と解説等が加えられる予定であり、「古い自作を自分の手で面倒を見てやりたい」という意図による。ここに三島の作品に対する再評価がある。

7　小埜裕二「「軽王子と衣通姫」論—神人分離と戦後」（「イミタチオ」第十七号、平成三年六月）参照。

8　『軽王子と衣通姫』の引用は、すべて『決定版　三島由紀夫全集』第十六巻（新潮社、二〇〇二年三月）に拠る。

9　衣通姫の名は、軽王子との関係性を述べた『古事記』以上に、最初の勅撰和歌集で『古今和歌集』仮名序（紀貫之）に引用されることにより、有名になる。六歌仙の誉れ高き美女でもある小野小町の歌は「いにしへの衣通姫の流れ」という。美女の代表である。

10　王朝物語の正統的な「犯し」の系譜において、例えば『伊勢物語』の主人公在原業平と二条后の騒動や、恬子内親王との密通事件、『源氏物語』の光源氏と義母藤壺との密通事件などはそこに秘められた罪業と、愛の陶酔と甘美に引き換える宿命的な苦悩がある。ここには市井の若い男女の織りなす三者関係ではなく、王権と結びつく禁忌という呪縛が危険な美として描写される。

11　『日本文学小史』の引用は、すべて『決定版　三島由紀夫全集』第三十五巻（新潮社、二〇〇三年一〇月）に拠る。

12　例えば北畠親房の『神皇正統記』は南朝方の皇統の正統性を説いた論であるし、日本神話は「日本紀に曰く」という形で中世日本紀と呼ばれる一連の神話伝承が語られる。また神社の縁起として神々は土地土地に姿を現している。

13　『青垣山の物語』は、すべて『決定版　三島由紀夫全集』第十五巻（新潮社、二〇〇二年三月）に拠る。成立年次は昭和十七年二月十六日の東文彦宛書簡に「今日から「青垣山の物語」といふ日本武尊の物語をかきはじめてをります。これは題材が事実ゆゑ楽かと存じます」とあり、この年に書き継がれている。同年三月十五日には、「青垣山の物語」少々むづかしくなり困惑いたしました。どうにかつゞけようと考へてゐますが、春休み中に出来ればよいのですが」とあり、同年四月十四日「青垣山の物語、感性の一歩手前で又停滞。熟するまで気を長くして待つつもりです。この根くらべはどこまでつゞきますか。作品の方でそつぽを向かれては困ります」とある。

14　イエイツの『鷹の井戸』は能から着想を得て書いた作品であるが鷹の女が永遠の命の泉を司るという設定である。はやく『万葉集』巻十九には、「鷹」の歌がある。大伴家持（四一五五番）の歌であり、「矢形尾の　真白の鷹を屋戸に据ゑ　かき撫で見つつ　飼はくし好し」とある。矢形尾の真白い鷹を家において撫でたり見たりしながら飼うのも楽しいものという意味である。この歌が本歌となり、『堀川院百首』や『千載和歌集』四二一番にも取られた藤原仲実朝臣の歌は「鷹狩の心」を詠んだ「やかた尾のましろの鷹を引きすゑて宇陀の鳥立ちを狩りくらしつる」があり、また和歌では白い鷹と白雪との取合せとなる場合もある。鷹は日本古典文学において伝統的な景物で、鷹狩は王朝貴族にとっては「みやび」な催しとして、『伊勢物語』にも描写される。鷹の素材は日本王朝文学の王道である。

特集 短篇小説

「存在の無力」という「時代の悩み」――「幸福といふ病気の療法」論――

山﨑義光

一、「時代の悩み」を「抽象化」する企図

三島由紀夫は、小説とは何かを問いかけ、小説技術について自覚的に取り組み、それによって同時代の社会と密接に関わろうとし続けた小説家である。自然主義的・私小説的な小説観と距離をおき、芸術としての小説の自律性を追求した。その一方で、「親切な機械」『青の時代』『金閣寺』『宴のあと』『絹と明察』等の作品に顕著なように、同時代の事件をしばしば題材としている。だからといって、三島の小説はアクチュアルな同時代の事件を描いたという理由で読まれたのではない。逆にリアルな表象からはほど遠いと評された。しかし、決して時代のリアリティと無縁に小説を書き続けていたわけではない。

「私の文学」(『夕刊新大阪』昭23・3・15、16)という二十三歳の三島が書いたエッセイがある。戦前はもとより、戦後も短・中篇を発表していたが、はじめての本格的な長篇小説『盗賊』に悪戦苦闘した頃のエッセイである。冒頭、こう述べている。

私の文学の表現しようと企ててゐるものが「時代」とその意味とであるとここに書いたら、私の小説を読んだことのない人はなか〳〵殊勝な心掛けをもつた新人がゐると吹聴してくれるだらうし、私の小説を二三卒読してくれた人は呵々大笑して私の戸惑ひを笑ふだらうし、また、私の友人の幾人かはあいつもいよ〳〵時世におもねつた物言ひをおぼえやがつた、もう附合ふのは御免だといふであらう(27-34)

そして、「時代」と「悩み」について、次のように述べている。「日本の明治以来の文学で「時代」を扱ひ、時代の推移、時代思潮の対立、などをテーマにした小説は数しれぬほど」あり、「時代」を書くには、「政治的、社会的、経済的背景をぬきにして考へようとするのは誤まりであらう」としつつも、「「時代の悩み」だけを抽象化してとりだして見よう」

という「企図」について語っている。「「時代の悩み」はそれと時代をともにしたもののみが知りうるので、そして時代とともにもつとも早く滅びゆくものもこの種の悩み」であるが、「それだけにこの種の悩みは生き物であり、時代の本質はそこに宿るのだとも考へられる」という。そして、そういう「ある抽象化された純粋な、それだけに超時代的でもある一個の苦悩が、あたかも砂の中からえり出された砂金のやうに輝き出しては来ないだらうか。私にはさういふ砂金の存在、一羽の黒い不吉の蝶の存在が、何ものにもまして、確固として信じられる気持がするのである」と述べる。そして、次のようにこのエッセイを結んでいる。

さういふ抽象性、――いささか私の独断に従へば時代といふものの本質であるかもしれぬこの抽象性――を基礎にして、純粋小説を考へることにより、いままでの純粋小説の主張が時代といふものに常に投げねばならなかつた訣別の辞とことかはつて、文学、また小説が純粋であればあるほど時代の全き投影、時代のもつとも正確な投影であるといふ主張を成立たせることができるのではないか。私はこの独断にみちた主張を証明しうるだけの作品を書きたいとねがはぬ日はない。ねがはくば私の今後の作品の上に、一羽の黒き不吉な蝶よ、たえずその行方定めぬ飛翔の影を落してあれ。(27-37)

これからいよいよ本格的な創作にとりくもうとする若々しささえ感じられるこのエッセイで述べられた「企図」は、『豊饒の海』にいたるまで一貫して追求されていたのではなかったか。「政治的、社会的、経済的背景」を抜きにするわけではないが、単に「時代」の諸相をもっともらしく写し出すことによってではなく、「文学」において「時代の悩み」を「抽象化」することが、三島の小説の方法だった。ここでは、そのような小説の一つとして、「幸福といふ病気の療法」を取り上げてみたい。

二、「幸福といふ病気の療法」

「幸福といふ病気の療法」は、「私の文学」の翌年、一九四九(昭24)年一月号の『文芸』に発表された短篇小説である。一読して、若書きらしい生硬さと、妙な理屈っぽさが目につくテクストである。

小埜裕二[1]は、この小説を含む昭和二十年代の短篇群を「三島の内面喪失」「道徳律喪失」という観点から論じた。それらは、「芸術家が芸術作品を創るときに生じる危険を比喩的に描いたもの」でもある。「シニシズムや若さの韜晦や作品創作は三島にとって、現実から目を背けるための意図的なものであ」り、それにより「内面は喪失され」たという。それに対して本稿では、三島の「内面」を問題とするのではなく、形象化された人物の「時代」性を浮き彫りにしたい。それによって、単なる同時代の社会的背景の反映ではなく、時代の典型的要素をまとって人物が形象化されながら、「「時代」とその意味」（「時代の悩み」）が書き込まれたテクストとして論じたい。その意味で、「現実から目を背け」たどころか、むしろ「現実」を透視しようとしたテクストだといえよう。

冒頭「医師として、私はこの珍奇な疾患の症状と療法について、今次の学会に報告する義務があると信じ、幸ひその義務の履行される機会が与へられたことを、光栄に存ずる次第だ」とはじまる。「医師」による症例報告の対象として「井田繁」という患者について語られる。この男は、次のように紹介される。

さて、患者の井田繁氏は、本年三十五歳の会社員であつて、学生時代は若干運動競技にも親しんだやうであるが、現在は全く興味を喪失してゐる。趣味は読書を第一に、散歩、映画見物等、小市民的享楽に尽きてゐる。中肉中背、服装はわりかた注意を払ふはうである。しかし注意を払ひすぎた服装は本当のお洒落ではないと断言する程度にはお洒落である。薄い・気兼ねがちな髭が鼻下に蓄へられてゐる。若干の虚栄心、若干の模倣心理、きはめて自信に乏しい、しかも変質的に執拗な自己主張、事大主義と同時にそのインテリゲンチャ風のわざとらしく拙劣な「誠実さ」の韜晦、……これらのものを彼の穏和な口髭が物語つてゐる。（中略）

東京生れ、家庭は妻と一男一女、父母その他の係累なし、勤め先は某財閥の商事会社であつたが、財閥解体後彼の部局がそのまま薬品部門の独立の会社となり、それと同時に販売部の課長に昇進した。妻の実家はこの財閥と縁続きに当り、東京の自宅が戦災に会ふと翌年には早速新築家屋が竣工を見たほどに、経済的条件は良好である。（17-350）

この男は、戦後「財閥解体後」にあって「経済的条件」に恵まれ、「妻と一男一女」の「幸福」な家庭をもつ「会社員」である。「幸福」の諸要素を適度に備えた人物として描出されている。そうであるがゆえに、何事につけ強い興味関心をもつこともなく、散漫な「小市民的享楽」といじましい自意識を抱えながら、心の底に次のような「存在の無力」を懐胎している。

何かしら存在の無力が生れながらに彼の心に巣喰つてゐる。要するに、結婚も、長男の誕生も、その健やかな生ひ立ちも、社会的な地位の向上も、何一つ彼を全的に慰めてくれるものはなかつたが、ただそれらのどれもが自分を慰めるに足るまいといふ妙に人の悪い遊戯的な予測の成就だけが、いつも彼を前へ押し、その上彼を（可成満足する程度に）慰めることができた。それは無邪気な野心家の、向上のための苦しみとふしぎに酷似し、彼にまだ消えやらぬ若さにとつて、健康上の好影響をすら与へつづけた。この点から云つても、井田繁は怠け者の天性を持つて生れたのではない。
かういふ人間にとつて、この世に愕くべきものが何一つなかつたとしたところで何の不思議があらう。（17-351）

この男は「結婚も、長男の誕生も、その健やかな生ひ立ちも、社会的な地位の向上も」といった「小市民的」な幸福の諸要素を備えている。しかしながら、それらの何もかもが無価値で「この世に愕くべきものが何一つなかつた」という「存在の無力」を感じている。その反動として彼の心に巣くうのが、恵まれた「幸福」の諸要素を全的に否定し、差異化する「俺は不幸だ」という「情緒」である。「存在の無力」は、逆にどんなことも「自分を慰めるに足るまいといふ妙に人の悪い遊戯的な予測の成就だけ」が、彼を「慰めることができた」という逆説を生む。他人から見た「幸福」の条件には「彼を全的に慰めてくれる」ほどの意味は欠けており、そうした類型的な現実の条件すべてを「慰めるに足るまい」と相対化してしまう超越論的な意識をかかえた人物なのである。

この逆説的な「俺は不幸だ」という「情緒」を核として、自意識の「複雑なからくり」が「生活」に対する「熱情」として動きだす。すなわち、「自分の不幸には、その理由の排除によつて幸福がもたらされるかもしれないような相対的な理由が決して存在しないといふことの我儘な矜りと、もしかしてそれが存在するかもしれないといふ強迫的な疑惑との、たえず堂々めぐりをしてゐる複雑なからくりが、彼の生活の熱情の正体なのである」。「矜り」と「疑惑」をめぐる「複雑なからくり」が、「生活」を「不幸をゆるさないほど完全なもの」にしようとさせる「熱情の正体」である。

理由のある不幸（これこそ不幸の唯一の定義ではあるまいか？）は、彼の目には言ふに足りないものと見えた。自分が経済的な条件に歩があるだけ、上野の地下道なんかに住んでゐる乞食よりも、不幸になる天分がずつと豊かに賦与へられてゐるやうな気がした。なぜなら彼等の不幸の理由は大半が貧困に帰せられるが、井田にはこの理由が欠けてゐるために、もう一段本質的な不幸が可能なのである。彼の本質的でない全生活が不幸をゆるさないほど完全なものになれば、そのとき彼の不幸ははじめて完成を見る筈だつた。まづ生活から磨きをかけねばならぬ。あらゆる微細な点までそれが不幸にふさはしからぬものにならねばならぬ。（17-352～353）

生活の幸福は、不幸の情緒との絶対的な差異の関係におかれる。結婚や子どもの誕生と成長、社会的地位の向上といった「本質的でない全生活」を「幸福」に装うことで、物質的世俗的なものに還元されない「本質的な不幸」を保持することができる。

それゆえ、この不幸は「理由のある不幸」であってはならない。なぜならば、「理由のある不幸」とは、「貧困」といった「不幸の理由」たる「経済的条件」を克服することで、そのことの相対的な差異によって小さな「幸福」感をもたらすが、結局は「存在の無力」に堕してしまうからである。それに対して、いかなる条件にも左右されない〝理由のない不幸〟（「本質的な不幸」）こそが絶対的な不幸である。それゆえ、「俺は不幸だ」という「情緒」を絶対的なものとして保持するためには、相対的な不幸は排除しなければならない。これが井田に「健康な状態」（17-356）をもたらす。

井田が「熱情」を注ぐのは、相対的な不幸の要因を排除し「幸福」な生活をつくり上げることである。それによって、絶対的な「不幸」の「情緒」を保持しようとする。しかし、現実生活の中に相対的な不幸の要素がなくなることは、「生活」が「磨き」をかけた「幸福」になることに他ならない。そこへ、ふいに「俺は幸福だ」という反転がおとずれる。「病気」の発症はここからである。ある朝おとずれた「俺は幸福だ」という呟きは、彼の「生活の熱情」に危機をもたらす。

> 考へても見るがよい。
>
> 「俺は幸福だ」――
>
> この呪文ほど、井田氏にとつて死を思はせるものはなかつた筈である。なぜなら彼の生をおしすゝめつゝある生活の熱情の凡ては、不幸にふさはしからぬ生活を完成して、不幸をできうるかぎり純粋無垢なものにしようとする熱情なのであるが、その究極目的の不幸が得体のしれぬ「幸福」に置き換へれられては、生活の熱情も衰へざるをえず、従つて又彼の生きる力も、道を失ふことになるからである。（17-362）

矜りを傷つけられた彼は、完全な不幸でなくとも、不完全な不幸、理由のある不幸でもかまわないから「もう一度天下晴れて、「俺は不幸だ」と感じることの、あの甘い満足をわがものにしたかつた」（17-363）と考えるようになる。そして「あらゆる不完全な不幸が試みられ」る。しかし、「借金、女、裏切り、酒、子供の病気、……どれもこれも幸福そのものだつた！」（17-365）。井田が医師のもとをおとずれたのは、「もう今日明日のうちに、人を殺しさうに思へたから」（17-366）であるという。

これは、完全な不幸の「情緒」を味わうために、生活から不幸の「理由」を排除しようとしてきたことと、ちょうど正反対のことをしはじめた姿である。すなわち、生活のなかの「不完全な不幸」に磨きをかけることで、こんどは「俺は幸福だ」という「呪文」を無力化し、もう一度「俺は不幸だ」という「情緒」を回復させようとすることである。「幸福」と「不幸」という差異において「矜り」と「疑惑」が葛藤する自己認識の「複雑なからくり」が、「生活の熱情」を突き動かす。しかし、生活の意味は、つねに安定することなく、反転して止まることがない。

最後に医師は、「しかも患者は井田氏一人にとどまらぬ傾向にある。遠からぬ将来にこれが社会問題化するであらうことを私は断言する」と語る。

三、戦後体制と「幸福といふ病気」

この小説が書かれた一九四〇年代から、その後の五〇年代は、政治的には五五年体制が、そして家族の戦後体制が整い、経済成長を基盤とする大衆社会化に向かう時期にあたる。「井田」は戦後・大衆社会化という時代の一つの典型として形象化されることを通じて、「時代の悩み」が「抽象化」されている。ここでは、「井田」に形象化された「幸福」のかたちと「存在の無力」との関わりで、時代背景との関連を確認しておきたい。

上野昂志[2]は、一九四六（昭21）年から四九（昭24）年にかけて「次から次へと雨後の筍のように出てくるカストリ雑誌」に着目しながら戦後の世相の変化を論じた。戦後早い時期の「カストリ雑誌」には、戦争後の世相を反映して軍人の妻と姦通といった性の表現が見られるが、その後、とくに表紙絵に外国人女性ふうの裸女が使われるようになったという。しかしそれも、「四九年を境にまたがらっと変わ」る。「まず裸体が少なくなって女性の顔だけの絵が多くなると同時に、その女性たちがみんな日本人になるのだ。その一方で、雑誌の名も、『夫婦生活』とか『結婚生活』とか『新夫婦』といったものが主流になるのである」。上野は、こうしたカストリ雑誌の変遷に着目しながら、「いわば、闇市的な猥雑でアナーキーな欲望が、「夫婦」や「家庭」という小さな枠組に収まっていった」と指摘し、この時代の世相の変化をたどっている。

この間、一九四七（昭22）年は、新憲法の発布につづき、十月に不敬罪、姦通罪の廃止を含む改正刑法の公布、十二月には家制度の廃止を含む改正民法公布、四八年七月には人工妊娠中絶容認を含む優生保護法が公布される。戦時下まで法的に規定された家父長制的家族制度にかかわる制度の改変が行われる。〝家〟から戦後の新しい〝家庭〟への家族の理想像の変容が、法的整備によって枠づけられる。

「カストリ雑誌」の変遷にみられるように、戦後の混乱期は、「幸福といふ病気の療法」が発表された一九四九（昭24）年ころを境に変化をみせはじめる。五〇年に始まる朝鮮戦争は五三年に休戦協定が結ばれるが、このときの特需景気が復興の契機となる。一般大衆の生活においては、五三年二月にＮＨＫのテレビ放送が始まり急速に普及、社会意識の編成にも重要な役割を果たすことになる。住環境も五六年に日本住宅公団が入居者募集を開始し、のちに〝団地族〟と呼ばれる家族の型が生じることになる。五〇年代後半以降、いわゆる「三種の神器」（洗濯機・冷蔵庫・掃除機）の生活家電が普及、豊かな家庭生活の物的基盤が整っていく。また一方で、五六年五月には、売春防止法が公布される（翌年四月施行）。これらは総じて、高度経済成長によって飛躍的に生活が豊かになる兆候が現れてきたことを示しており、「家族の戦後体制」[3]の制度的物質的基礎が整いはじめたことを示している。

政治的には、朝鮮戦争中の五二年にサンフランシスコ平和条約が公布され、国内では朝鮮戦争後の五四年六月に、警察法、防衛庁設置法、自衛隊法が可決される。これによって治安・防衛体制も再編され冷戦体制に組み込まれる。国会では五五年十月の左右社会党統一、十一月の自由民主党結成によって五五年体制が確立する。そして、五六年の経済白書に「もはや戦後ではない」と記される。戦後の混乱・低迷から脱却し、戦後体制が確立する時期である。

「井田繁」は、こうした制度的物質的な基礎が指し示す新たな時代の先駆的都市生活者、幸福な家庭を典型的に体現する人物として形象化されているといえるだろう。

こうして整った戦後体制に経済成長を迎えて大衆消費社会への移行が加速する。それによって、新たな問題が指摘されはじめる。加藤秀俊は、戦後社会の変動がもたらした特徴を「社会ぜんたいとしての目標が何もなくなってきている」意識として捉え、「無目標社会の論理」（『中央公論』一九六三・四）を論じた。工業社会においては目的従属的な生産性に価値がおかれたのに対し、「工業化がすでに達成されてしまった」社会においては、目標と手段の序列は問題ではなくなり、消費にかかわる、「山にのぼるために山にのぼる」といった「自己完結的な論理」に価値がおかれるようになると指摘し、平和で豊かな社会のレジャーや余暇を積極的に肯定した。また、さらに後のことになるが、こうした社会の変化と価値観の変容にともなって生じる意識を、井上俊は「「死にがい」の喪失」[4]として論じた。「人間は、ほかの動物とちがって「意味の世界」をもつので、常に自分の存在や行為になんらかの「意味」を付与せずにはいられない。死に直面する（あるいはさせられる）とき、多くの人びとは、なんらかの形でその死に「意味」をみいだそうと努める。うまく「意味」が発見できれば、彼はそれなりに「死にがい」をもつことができる」。だが、戦争を体験した「戦中派」に対し、戦後の「戦無派」は「死にがいの喪失」した世代である。

死が、世界―内―存在を構造化し意味を賦与する契機であるとすれば、「死にがいの喪失」による〝意味の喪失〟感は、平和で豊かな大衆社会が到来するなかで、意味を限定し賦与する社会的契機が失われたために広がった戦後の「無目標社会」の意識だと言える。それによって、何ごとにつけ、他でもありうる可能性（偶発性・不確定性）が意識され、無意味感無気力感（アパシー）が瀰漫していくことになる。戦無派的「死にがいの喪失」は、戦後という社会変容を背景として強く現れたが、こうした〝意味の喪失〟は、近代社会の成熟とともに社会の複雑性が増大し不透明化するなかで、実存の小さな物語がより大きな目的をもった物語に還元されることなく浮遊する大衆消費社会的な現象であると言えるだろう。

こうした社会変動を、三島は戦後いち早く感じ取っていたといえる。「井田繁」の「存在の無力」はこのような〝意味の喪失〟感に通じるものだといえよう。

小阪修平は、[5] 戦後市民社会に対する三島のスタンスを小説のうちに探り、三島が心理小説を出発点としていることに注目して、『盗賊』をとりあげながら、「心理の綾にたいする敏感さが、さまざまな心理に通俗的な類型を見る眼と一致している」ことを指摘している。

そして重要なのは、三島にとって、戦後の生が類型として描写されるような、心理の交錯以上のものではなかったということだ。三島の文学は戦後の俗悪な現実を拒否して、浪漫派的な資質にもとづく美をもとめた文学というふうに解説されることがある。だが三島は美という自分の観念の世界に閉じこもっていたのではない。たとえ拒否というかたちでくりかえされるにしろ、初期の三島の小説における執拗な「現実」という主題の登場、そして、光クラブ事件、金閣寺放火事件といった「社会的」な事件への関心の強さをかんがえ合わせるならば、三島は生をもとめるからこそ、類型的で生の意味を欠いている「現実」から、美というかたちで告げられる生をどのように救いだせるのかを、つまり無意味な現実のなかで、どのように逆説的な「現実」をもとめることができるかということを主題としていったのだと解釈すべきである。

小阪の指摘するように、三島の小説の多くは、生の目的をもたない登場人物が、「無意味な現実のなかで、どのように逆説的な「現実」をもとめることができるか」を描いていると捉えることができる。そうしたテーマをいち早くえがいた小説の一つとして「幸福といふ病気の療法」は位置づけられるだろう。

四、おわりに

「井田」は、戦後社会が制度的物質的に理想像を枠づけた「幸福」の条件を体現する人物でありながら、それゆえにもたらされた「存在の無力」に発する「病気」の症例として形象化されていた。その意味で「幸福といふ病気の療法」は、「抽象化」された「時代の悩み」を形象化したテクストである。

三島は、[6]「幸福といふ病気の療法」を含むこの時期の短篇小説を、「戦後の実験期の作品群」であり、「さまざまなエスキースを試みたもの」だと述べている。とくに、「幸福といふ病気の療法」と「毒薬の社会的効用について」には、『美しい星』や『金閣寺』の「萌芽が見られる筈である」と述べている。「幸福といふ病気の療法」には、『美しい星』との類似を読める。これといった「意想外の」事もない「幸福」な家庭という土壌から「存在の無力」感が生じる。世間的にみて「幸福」だが価値を感じられない生活に対して、「幸福」に絶対的な差異を与える〝理由のない不幸〟（絶対的な不幸）の「情緒」によって「生活の熱情」をもつ。こうした「からくり」は、同様の無力が宇宙人としての自覚を生み出し生動する『美しい星』と通底する。このような抽象化されたモチーフは、多くの三島の小説の登場人物たちに分有されているだろう。

一方、この小説は、「妻と一男一女」の家庭をもつ「会社員」という戦後大衆消費社会において平均化された都市生活者の身体を形象化していた。そこに着眼するならば、戦前から戦後につながるサラリーマン小説[7]の系譜のなかの特異点として位置づけることもできるだろう。三島の「文学」者としての営為を、戦後体制、大衆社会化が急速に浸透する一九五〇―六〇年代という「時代」との交わりと、それへの逆説的な批評的関係のなかに置くことで、どのような「意味」が透視されていたかという視座から再考が可能なのではないか。

（秋田大学准教授）

注1 小埜裕二「人間たらんとする欲望 昭和二〇年代の三島由紀夫」（『金沢大学国語国文』14、一九八九・二）
2 上野昂志『戦後再考』（朝日新聞社、一九九五・七）
3 落合恵美子『21世紀家族へ［新版］』（有斐閣選書、一九九七・一二）
4 井上俊「「死にがい」の喪失」（『思想の科学』一九七〇・八／『死にがいの喪失』筑摩書房、一九七三・四）
5 小阪修平『非在の海 三島由紀夫と戦後社会のニヒリズム』（河出書房新社、一九八八・一一）第二章、69-70頁
6 「あとがき」（『三島由紀夫短篇全集2』講談社、一九六五・四／全集33-406）
7 鈴木貴宇「研究動向サラリーマン」（『昭和文学研究』61、二〇一〇・九）

※本文は『決定版三島由紀夫全集』（新潮社）を用い、引用に際して巻数と頁数を「0-00」の形式で付した。

特集　短篇小説

「真夏の死」論――〈喧騒〉と〈静寂〉を内包する季節――

沖川麻由子

序

「真夏の死」は、「新潮」（第四十九巻第十月特大号）に昭和二十七年十月に掲載された短篇小説である。翌二十八年二月に創元社より刊行された短篇集に表題作として収録されて以降、複数の表題を飾っており、発表当時から高い評価が与えられてきた。[1]

三島は同作執筆前に、自身初となる外遊[2]を行っている。晩年にはその時期を「私の遍歴時代[3]」と称してまとめている。それによると「二十歳で早くも、時代おくれ」という「一種の危機」に駆られており「ともかく日本を離れて、自分を打開し、新しい自分を発見して来たいという気持」ちであったことが赤裸々に綴られている。[4]朝日新聞の特別通信員としてアメリカやブラジル、ヨーロッパやギリシャなどの「太陽の国々」を回ったことは、三島文学において大きな影響を与え、帰国して、「真夏の死」を執筆し終えた後、「自分の仕事の一時期が完全にをはつて、次の時期がはじまるのを私は感じてゐ」[5]ると述べている。これらのことからして、「真夏の死」は、三島文学の昭和二十年代後半、とりわけ短編作品における代表作といっても過言ではないだろう。

三島は「真夏の死」の方法として、「普通の小説の逆構成を考えた」と述べている。それは物語の筋道について、「最後の一行からはじまつて、冒頭の破局を結末とすべき」ところを「わざわざ逆様に立ててみせた」というものであった。このような構成が採用された理由についても、作者が「解説」において「或る苛酷な怖しい宿命を、永い時間をかけて、ようやく日常生活のこまかい網目の中へ融解し去ることに成功したとき、人間は再び宿命に飢へはじめる」[6]という作品のモチーフのためであることを自ら語っている。

ここで一つの問いが生まれる。何故三島は「死」を「夏」、しかも「真夏」という季節に描いたのか、ということである。作品の冒頭と末尾をはじめ、その大部分を彩る「夏」は、エピグラムにもあるように、「死」という概念との密接な関係が強調されている。

冒頭で起こった身内の「死」という〈事件〉が、終末部で抽象的な形を取って主人公の内に再来するに至るまでにどのように濾過されていったのか。そこに「真夏」という季節が如何なる意味をもち得ていたのか。その問題を本論では作者の言う「日常生活のこまかい網目」を具体的に追いながら考えてみる。

一

まず「死」と「生」の関係が作中でどのように描かれているかについて確認していく。

冒頭では、主人公生田朝子の子どもである清雄と啓子と、義妹にあたる安枝という三名の「死」が置かれている。二人の幼い兄妹の死因は、「海」に連れ去られたことによる溺死である。一方で安枝はというと、二人の子どもを追い、「海」に入ろうとして波に胸を打たれたことによる「心臓麻痺」で命を落とす。

A海岸で起こった安枝と子どもたち二人の「死」は、生者たちの間で騒がれる、「多忙な」〈事件〉であった。

「心臓麻痺」のために転倒した安枝に応急処置をとるべく、「永楽荘の番頭」が「村の少年」に呼びにやられる。安枝の身体を「二人の若者」が運び出す。側で泣く克雄をまた別の一人が背負う。その後も、彼女に人工呼吸を施す人や、「藁やほぐした蜜柑箱」に火をつけようと焦燥する者たちなど、安枝の周囲に大勢の人間が集まり、その〈事件〉を解決しようと奔走するのである。それは、清雄と啓子の「死」を被覆してしまうほどの〈喧騒〉さを持っていた。

子ども達の場合もまた同様である。夜を徹して「数米おきに焚火」が焚かれる。「若者たち」が三十分おきに屍を捜しに海に潜る。

生田夫妻は一日のうちに三人の身内を亡くすという悲劇に見舞われてしまう。そんな悲劇に遭遇しながらも、「まことにやさしくいたはり合ひ」ながら〈事件〉と向き合っていく。

夫である勝が、身内に起こった悲劇を知った時には既に事件の殆んどが終わっていた。東京の自宅で聞き知った彼の感情は「焦慮」や「怒り」でうずまいており、「自分ほど不幸な人間はあるまい」と考えている。また、「自分一人が置き去りにされてゐる」ことに対する「奇妙な不満」さえ抱き、まだ半信半疑ながらも〈事件〉現場へと向かうさいは「刑事の心持」に近く、「好奇心」に駆られている。A海岸へと向かう勝は普段の自身と「別誂え」の人間となっていたが、道中の彼の身上はまさしく〈多忙〉であった。「ふだん疎遠にしてゐる不幸の、仕返し」をうけた彼は、返って日常的な行動を取る。咄嗟に交通手段を選択し、「事件といふものは金がかかるもの」であるために相当な現金を用意するのである。

彼は一家の主としての「責任」者であると同時に、この〈事件〉に対する「審判人」という生者の代表、「生」に強く根を張った人間として描かれている。彼から見えるのは「因襲を超越して」いる〈事件〉を「因襲に従つて」対処し、「多額の心附や挨拶廻り」など具体的な形で、「死」をひとつの出来事として処理する生者の姿である。

「責任」を感じているのは、A海岸に同行していた朝子も同様である。安枝一人に三人の子守を任せていた朝子は、勝に「あたくしが悪かつた」と繰り返し詫びている。だが、彼女のこの「しつこい責任」は「空虚」であり、葬儀の席では「誰がいちばん可哀想だと思ふの」と自身の気持ちを両親に吐露している。

水難事故は繰り返し〈事件〉と表記される。「死は一種の事務的な手続」として「多忙」な生者たちに対処されていく。ここでは「死」はあくまで「生」の一部に組み込まれた〈事件〉として描かれているのである。

二

生田朝子は、物語序盤で「午睡」をしていた。「生は時には人を睡らせる。よく生きる人」というのは「時には決然と眠ることのできる人」であり、冒頭の朝子はまさに「生」の側に横たわる人間であった。そんな彼女を「死」の側へと誘ったのが、〈事件〉である。身内三人の水難事故という悲劇は彼女のそれまでの「日常」を大きく変動してしまうこととなる。

それまでの朝子の「日常」は、悲劇的な不幸とは無縁のものであった。「東京の良家の娘」であり、裕福な家庭に嫁ぎ、清雄、啓子、克雄という子宝に恵まれた「三児の母」でありながら「とてもさうは見えない」ような「やつれのない」、若く美しい女性として描写されている。そんな不幸とは無縁な若い母親に訪れた突然の「死」の報復に、彼女は「眠れるべきものが眠れな」くなる。[7]「自殺も狂気も」ほど遠く、夫と「まことにやさしくいたはり合ひ」ながら多忙な葬儀をこなしていった。「狂はんばかりの悲しみ」と「気持の張り」を両立させながら、時には里の親に自身の待遇の不満を吐露したり、時には夫の胸で「しつこい責任感」の言葉を口にしたりしながら、この変貌した「日常」を過ごしている。この時の朝子の心情は悲しみや不満など様々な感情を抱いており、「多忙」である。そんな二転三転する彼女の心情の奥に唯一、変わらずあり続けるのは「死の恐怖」である。「自殺も狂気も」ほど遠く、「卑怯に堕ちた勇気」、「無気力に堕ちた情熱」を伴いながら変貌した「日常」を過ごさせているのである。

しかし、「死」の側に囚われたとはいえ、朝子は生きている。やがて、彼女の「日常」には「忘却」が訪れる。彼女にとってそれはやはり「眠り」とともに自覚されるようになる。

そのとき朝子ははつとしたことがある。なぜこんなに愉しい気持で目をさましたかがわかつたのである。今朝はじめて、死んだ子供たちの夢を見なかつた。毎晩欠かさずに見てゐたのに、昨夜はそれらしい夢がなかつた。

こうして「寝すごし」た朝から彼女は日増しに濃くなっていく「忘却」に抵抗しようとする。彼女の繰り返される「忘却」への抵抗と悲嘆は、「死の恐怖」として現われているといえよう。「停車線に車輪を並べてゐるトラックや乗用車の群を」まるで「敵視するやうに見」たり、「無傷であつたが自動車事故を起したこと」のある勝の車には乗らなかったりと、朝子は事件以来、「死」を極端なまでに意識し、避けている。

あるときミシン針を指にさした。痛みのあとに、血がためらひがちにふくらみ出て、赤い滴を結んだ。朝子は怖れた。この痛みが死に繋がつてゐるやうな気がしたのである。／次には感傷的な気持になつて、たとへかういふ小さな奇禍が死を招いても、子供たちの後を追へるといふ神だのみから、ますます熱心にミシンを踏んだが、安全な機械はその後一度も指を刺さず、まして彼女を殺してくれさうにもなかつた。

また一方では、右記の引用箇所のように、朝子は日常の些細な怪我においても「この痛みが死に繋がつてゐるやうな気」に陥っている。自身の指に浮かび上がる血に「怖れ」とともに「子供たちの後を追へる」という感傷的な気分になるが、語りによって冷ややかに述べられているように「安全な機械」であるミシンは「彼女を殺して」はくれない。些細な怪我から、事件以前ならばおそらく安易に直結し得なかったであろう「死」への連想が彼女を襲う。また、事件が起こった年の晩夏に克雄とともにデパートの屋上に赴く場面がある。ここで彼女は「可也強い海風」を受け、「金網を透かす都会の眺望の彼方」に貨物船のある「海」を眺めている。この時、朝子は猿を「しみじみと」見つめている。猿は「大そう臭く、「額に皺を寄せ」、その「小さな老成た頭の横に赤い血管の透いた汚れた小さな耳」と生々しく描写されている。彼女はこの時まさに猿という「生」と対峙しているとえいよう。更に「噴水の縁を得意に廻る少年に『落ちればいい！ 池に落ちて溺れればいい！』と溺死という自身の亡くなった子どもたちの「死」をイメージさせるようなことを願ってしまう。

このように朝子は、それまで意識しなかった「死」を生活の節々で考えるようになる。

「忘却」が色濃くなると、朝子は無意識に「何かを待つてゐ」るようになる。

一家は気も狂はなければ、自殺者も出さなかつた。病気にさへ罹らずにすんだ。あれだけの悲惨事がほとんど影響を及ぼさず、何も起こらずにすんだことはほぼ確実であつた。すると朝子は退屈した。何事かを待つやうになつたのである。

「待つ」という朝子の描写は、作中においてしばしば繰り返される。そのうち「勝は妻のこのしつこい責任感が何を意味するかを知つてゐた。彼女の待つてゐるものは或る種の刑罰である。」という箇所を除いては「何か」や「何事か」というようにその具体的な正体は描かれていない。「あれだけの非惨事」が「影響を及ぼさず」に「忘却」されだずと、朝子は「退屈」から「何事かを待つやうに」なっていく。ここでの「退屈」とは、〈事件〉を「忘却」していくことによって、以前のような平穏な「日常」、つまり「生」に戻ろうとすることであろう。夫である勝にはその傾向が強く読み取れる。だが、朝子は〈事件〉によって感じた「死の強いた一瞬の感動」にあてられてからというもの、最早「日常」には帰れなくなっている。それまで無縁であった「死」によって齎された「多忙な」毎日や子どもを失った不幸な母親という立場、そして「死の恐怖」を前提とした、生きているという実感を経験した彼女は、再び訪れようとしている平穏な毎日を「退屈」としてしか感ぜられなくなっているのである。〈事件〉の後、勝と提琴演奏を聴きに行く場面がある。そこで彼女は久しぶりに着飾っており、「公会堂の廊下のいたるところでその姿は人目に立」った。かつての彼女であれば「これだけの視線を集めれば、満ち足りた気持で家へかえつ」ていたが、いくら人目に美しく見られていても、彼女は「それで足りるといふことがな」くなっている。このように朝子は〈事件〉以前と同様の出来事では満たされなくなっている。演奏会以後、理由を見繕っては享楽に狂い出すが、享楽による快楽は一時的な非日常を彼女に齎すといえる。そして何より享楽の後に訪れる「うつつを抜かしてゐる」自身に対する「罪」の意識が朝子にあの悲劇で感じた「恐怖」を繰り返させているのである。このように「日常」に帰ることを拒み、平穏を「退屈」と感じ出した朝子は「何か」を「待つ」ようになる。

同時代評より以降[8]、朝子の「待つ」ている「何か」とは生き残った子どもたちの「死」であるとして論じられてきた。しかし、ここで朝子が「待つて」いるものは具体的な誰かの「死」ではなく、抽象的な「死」という観念そのものではないだろうか。先にも述べたとおり、朝子は極端なまでに「死」を避けている。〈事件〉という未曽有の出来事との邂逅によって脅かされた彼女の「日常」は、「忘却」が訪れはしたものの、完全に修復されることは叶わず、朝子自身が何よりそれを「退屈」と感じてしまっている。彼女は「言語を絶した死の恐怖」、「死の強ひた一瞬の感動」という「死」そのものの本質を非日常に求めるようになったのである。

「真夏の死」には、初出と初収録以下で数か所の異同が確認できる。なかでも物語最終部には現在広く分布しているものと異なる二行があった[9]。

この烈しい海景の前に、四人の家族がまつたく無禦、無抵抗であることを感じた。

これはのちに三島が「蛇足」として削除した。ここでは「四人の家族」と勝もまた、朝子の「待つてゐる」、「死」の予感のなかに含まれていることとなり、三島自身が「説明にも堕し、全篇の主題を不鮮明ならしめる危惧」を抱いていたのはその点であろう。再び訪れた永楽荘の庭に、朝子は安枝の屍の幻想を見るが、何も知らない勝にはわからない。勝は「生」の側へ佇み、一方、朝子は「死」の側に引き寄せられていることがいえる。

三

三島作品にとって「夏」と「海」という事項は大きな役割を担っている。「真夏の死」以前の作品である短編「果実」[10]では女主人公二人のアトリエへ「夏休みの最初の日」に赤ん坊が現われる。彼女らは赤ん坊を望んでいたため、大変喜び、「生きてるわ！　生きてるわ！」と泣き立つ赤ん坊の鼓動を聞いてはその「生」を感じている。だが、その期間は短く「晩夏」には赤ん坊は亡くなってしまう。赤ん坊を失った彼女らは「黙りこくつてその日その日」を過ごし、ついには自死してしまう。また、作者が学習院時代に執筆したとされる詩集「笹舟」[11]に「海辺のあそび」、「鷗」という二つの詩が連作されている。どちらも改題前には題の下に「（夏）」とつけられており、前者にはまるで清雄たちを想起させる幼い子どもの海辺の遊びを詠っている。後者には「私の坊やがさらはれた／大波小波にさらはれた」と朝子の心境の叫びを代弁するような詩を書いている。これからも三島が早い時期から「夏」という季節に「生」と「死」のイメージを付与させていたことが窺える。それは終戦や「夏」の国々を見て回った外遊を経てさらに強化されたといえよう。「夏」という季節は「生であり活力であり、健康」と「頽廃であり腐敗であり、死」である。「真夏の死」[12]において、これらは〈喧騒〉と〈静寂〉でもって描かれているのではないだろうか。

ここで改めて、「真夏」の「海」の描写について考えてみたい。

子ども二人が無事でないことを知ったのちの朝子に、「海」は次のように見えている。

> 行きかけて朝子は振向いた。海は静かである。かなり陸に近い海面に、銀白色に跳躍する光りがある。魚が跳ねてゐるのである。跳ねてゐる魚は、何か烈しい歓喜に酔ひしれてゐるやうに思はれる。朝子は自分の不幸が不当な気がした。

二人の子どもの命を飲み込んだままの「海」はその非道さとは裏腹に「静かで」ある。[13]これは子どもたちの「死」が周囲の大人たちに気付かれなかったように「死」そのものの〈静寂〉さを表している。

> 積乱雲が夥しく湧いてゐる。そのいかめしい静けさは

限りなく、あたりのざわめきも波のひびきも、雲のかがやく荘厳な沈黙の中に吸ひとられてしまふやうに思はれる。／夏はたけなはである。烈しい太陽光線にはほとんど憤怒があつた。

右の引用は、安枝が「死」の間際に見たA海岸の描写である。ここに「いかめしい静けさ」というその本来であれば背反する〈喧騒〉と〈静寂〉が合一して表現されている。「あたりのざわめき」や「波のひびき」といった〈喧騒〉は「雲のかがやく荘厳な沈黙の中に吸ひとられてしまう」というように描かれている。また、二年後に再びA海岸を訪れた朝子の見た景色は冒頭で安枝の見た景色と酷似している。

沖には今日も夥しい夏雲がある。雲は雲の上に累積してゐる。これほどの重い光りに満ちた荘厳な質量が、空中に浮んでゐるのが異様に思はれる。（中略）海はその雲の真下から、こちらへ向つて、ほとんど偏在してゐる。海は陸地よりもはるかに普遍的で、入江も海をとらへてゐるといふ印象を与へない。殊にここの湾口はひろいので、海が正面からすべてを犯してゐるやうに見えるのである。／波がもち上る。崩れようとする。崩れる。その轟きは、夏の日光の苛烈な静寂と同じものである。それはほとんど音ではない。耳をつんざく沈黙とでも言ふべき、名残の漣が寄せては退いてゐる。

「その轟きは、夏の日光の苛烈な静寂と同じ」、「耳をつんざく沈黙」という〈静寂〉と〈喧騒〉の関係がここにも見て取れる。「生」が〈喧騒〉であり、「死」は〈静寂〉である。これらが象徴的に描写されるのが「真夏」の「海」なのである。〈事件〉が朝子のそれまでの「日常」を脅かした時、「死」は「生」の一部としてしか描かれず、勝を中心とする生者の側へと「忘却」をもって朝子も誘導されつつあったが、結局、彼女は「死」の側に魅了されたままであった。「真夏」のA海岸で「死」の恐怖を味わってから、朝子にとって「夏」そのものが忌まわしいもの、「死と糜爛の聯想」を伴うようになる。朝子のそれまでの平穏な「日常」は「夏」に起こった事件を契機に変化しており、「冬の季節の寂しさ」に対して本来「恋しく」なるはずの暑い季節が彼女にとっては悲劇の代名詞とでも言いかえられる程のものとなる。その「真夏」という季節に彼女の生活は捕らえられたままである。

〈事件〉から数年し、再びA海岸に向かう朝子の心情は描写されておらず、彼女の口数も途端に少なくなる。「責任」や「悲壮感」などの様々な感情、いうなれば俗世的な感情は消えている。かつて、子どもたちの「死」が〈事件〉という生者たちの〈喧騒〉によって覆い隠されてしまったのとは逆に、長い時を経て、彼女は〈静寂〉な「死」の本質と対峙するに至ったのである。

『お前は今、一体何を待つてゐるのだい』／勝はさう気軽に訊かうと思つた。しかしその言葉が口から出ない。

その瞬間、訊かないでも、妻が何を待つてゐるか、彼にはわかるやうな気がしたのである。／勝は悚然として、つないでゐた克雄の手を強く握つた。

「真夏」の「海」と対峙する朝子が「死」そのものの本質に迫っていることを察知した勝は「悄然」と克雄の手を握る。更には、それまで「死」を「生」の一部としてしか認識していなかった彼でさえも、朝子を媒体として「死」の本性に触れようとしている。これまで「生」の一部として描かれていた〈静寂〉な「死」が「真夏」のA海岸の描写と同様に〈喧騒〉を包みかえす巨大なものとしてこの時、現前したのである。「真夏」はこうした「生」と「死」の逆説的な関係が象徴的に描き出された季節なのである。

結

本稿では、「真夏の死」における「夏」という季節と「死」の関係性についてみてきた。物語冒頭に置かれた三人の水難事故は、生者たちの〈喧騒〉によって覆い隠されてしまう。この時、「死」は「生」の一部の〈事件〉として「事務的」に処理されている。

だが、朝子は〈事件〉を契機に、「死」の側へと足を踏み入れてしまった。〈事件〉によって「不幸」とは無縁であった彼女の「日常」は変貌する。朝子は、それまで意識しなかった「死」を生活のあらゆる場面で感じるようになる。更には、自身を「日常」へ引き戻そうとする「忘却」に抵抗している。月日が流れ、事故に対する「忘却」の色が濃くなると「退屈」に感じ、「何か」を「待つ」ようになる。ここで彼女が「待つ」ているのは、「真夏」のA海岸で感じた「言語を絶した死の恐怖」、「死の強ひた一瞬の感動」という「死」の本質である。

「真夏」という季節には〈喧騒〉な「生」と、〈静寂〉な「死」が象徴的に描かれている。悲劇から「夏」という季節に捕らえられたままの朝子が再びA海岸に訪れたさい、「生」の一部として描かれていた「死」が大きく現前したのである。

（立命館大学大学院研修生）

注1　同時代評では、外村繁（「生死ということ」「東京新聞」東京新聞社、昭和二十七年十月一日）が、「文章も以前のような繁雑さも少く、私には好感の持てる作品であつた。が、後半些か冗漫に感じられた」と述べ、中野武彦は「三島由紀夫著『眞夏の死』」（「近代文学」近代文学社　昭和二十八年七月）の中で「改めて三島の才能に感服した。」と評価している。

2　周知のとおり、昭和二十六年の十二月二十五日から翌年五月八日まで、三島由紀夫は自身初となる世界一周旅行を経験している。父である平岡梓氏の旧友の嘉治隆一氏の力添えで朝日新聞特別通信員として横浜港から、プレジデント・ウィルソン号で旅立った。

3　三島由紀夫「私の遍歴時代」『決定版　三島由紀夫全集』

第三二巻、新潮社、平成十五年七月（初出「東京新聞」昭和三十八年一月十日～五月二十三日連載）によると、「十七歳から二十六歳までの十年間」が「遍歴時代」だとし「この十年間の記憶が比較的鮮明なのは、それだけ心に残るデコボコが豊富だつた」と振り返っている。

4・5　注3に同じ。

6　三島由紀夫「解説」『真夏の死』新潮社、昭和四十五年七月。

7　栗栖真人（「『真夏の死』」「語文」第四十五号、日本大学国文学会、昭和五十三年九月）は、朝子に「年嵩の一人」をはじめ、幾人かが「おやすみにならなくちやいけませんん」と諭すが、「人々の言う言葉は、日常生活に同化せよ、という意味を暗示している」と論じている。

8　大岡昇平・高橋義孝・平野謙「創作合評」「群像」講談社、昭和二十七年十一月のなかで大岡が「これは死を待つていうことだと思いますがね。三島さんとしてはむしろ才氣を消した割合おとなしい小説だと思いました。最初にああいう事件から始まるのに、あんまりもたもたしてるんで、こいつはまた不意に殺しちやうのかなと思つたら、さすがにそうは書いてなくて、「何事かを待つてゐる」ということで、なるほどうまいもんだと思つたんですがね。」と述べている。

9　初出にのみ確認でき、初収録単行本以下では削除されている。三島は「あとがき」（『三島由紀夫作品集』第四巻、新潮社、昭和二十八年十一月）で「雑誌発表の原稿には、末尾にさらに不必要な二行があつたが、私はのちにこれを蛇足と認め、蛇足ばかりではなく説明にも堕し、全篇の主題を不鮮明ならしめる危惧を感じたので、その二行を削除しようとした。が、この時すでに文藝家協會の「創作代表選集」の編纂も成り、その他の年鑑的選集にも、改訂が間に合はない仕儀に立ち到つたので、創元社版単行本「眞夏の死」で、はじめてその不要な二行を削つた。以後削除済のものを以て、定稿としたいと思ふ」と削除の理由を述べている。

10　三島由紀夫「果実」『決定版　三島由紀夫全集』第十八巻、平成十四年五月（初出「新潮」昭和二十五年一月号）。

11　三島由紀夫『決定版　三島由紀夫全集』第三十七巻、平成十六年一月。同全集解題によると「笹舟」と題されたノートに年代の記述はなく、同誌に掲載されている誌に昭和十二年一月と記されているため、近い時期に書かれたとされている。

12　三島由紀夫「小説家の休暇」『決定版　三島由紀夫全集』第二十八巻、平成十五年三月（初出「小説家の休暇」講談社　昭和三十年十一月）。

13　林純子「三島由紀夫『真夏の死』論（上）」（「湘南文学」第十九号、東海大学日本文学会、昭和六十年三月。）においてこの場面における「海」の静けさと魚の跳躍とを「ここに海のもつ不気味な静けさ、静のイメージと、〈跳躍する光り〉＝〈魚〉の動のイメージが重ね合わせられている」と論じている。

附記　本文の引用は『決定版　三島由紀夫全集』第十八巻（新潮社、平成十四年五月）に拠った。引用に際し、ルビは省いた。

特集　短篇小説

「私小説」とゆらぐ語り手——三島由紀夫「詩を書く少年」論——

稲田大貴

一、問題の所在

「詩を書く少年」は、昭和二十九年八月の「文學界」に発表された。本作について三島は、「いはば私小説である」であると語っている。[1] そして、学習院の先輩である坊城俊民が作中の「R」について、「『詩を書く少年』の先輩Rは、私である。[2]」と明言していることから、事実に基づいて自身の少年期を描いた自伝的小説として読まれてきた。それゆえに、「詩を書く少年」に関する先行研究を概観してみると、作家論として三島を論じる際に引かれることが多い。「詩を書く少年」であった十五歳の三島に、文学的出発とその営為を見出す研究[3]が多くなされ、個別の作品として論じられたことは殆どない。

「私小説」について、鈴木登美は、次のように述べる。

> 読者が当のテクストの作中人物と語り手と作者の同一性を期待し信じることが、そのテクストを究極的に私小説にする。私小説はひとつの読みのモードとして定義するのが最も妥当である。それは、私小説とは単一の声による作者の「自己」の「直接的」表現であり、そこに書かれた言葉は「透明」であると想定する、読みのモードである（いま挙げた諸特性は、これまでは私小説の「内在的」特徴と見なされてきたものである）。（『語られた自己―日本近代の私小説言説』大内和子・雲和子訳、岩波書店、平成十二年一月）

鈴木は、「私小説」と見なされる「内在的」特徴を、読者による読みのコードの一つに転換、すなわち読者側の問題として捉え直している。三島が本作を「私小説」と言うとき、自身の体験を小説として書いた、という以上の意味はないだろう。それは「私小説」＝自伝的小説ということである。「詩を書く少年」は確かに、そのように読むように仕向けてられており、鈴木の言うような「私小説」という「読みのモード」によって読まれてきた。本論ではそのモードと、「詩を書く少年」というテクストとの間にある違和感について考えてみたいと思う。
「私小説」として読んだとき、作中に書かれる十五歳の少年、これは三島自身である。しかし作中にはもう一人、三島がいる。二十九歳と思しき、語り手の三島である。しかし本作の語り手が十五歳の「少年（彼）」と同一ではないことは明らかである。

『僕もいつか詩を書かないやうになるかもしれない』

と少年は生れてはじめて思つた。
しかし自分が詩人ではなかつたことに彼が気が附くまでにはまだ距離があった。（「詩を書く少年」『決定版三島由紀夫全集19』以下、『全集（巻号）』と記す。三〇〇頁）

この表現は十五歳の少年の位相からは決して発せられえないものであり、語り手は物語の時制よりも未来に位置してなければならない。そして三島自身が「私小説」と位置付けるからには語り手は三島自身であり、未来の少年自身でもあるだろう。この引用では、十五歳の少年はこの段階では自らを「詩人」であると思い、後年、「詩人ではなかつた」ことに気付く。作中に描かれるのは、あくまで「詩を書かないやうになるかもしれない」予感である。ただし三島は次のように述べている。

「詩を書く少年」（昭和二十九年）も、半ば自伝的な作品であり、学習院中等科時代の鼻持ちならぬ少年の自分を、わざと甘く、ナルシシズムに溺れて書いた。その少年のナルシシズムと、先輩のナルシシズムの親和と、見せかけの友情と、乖離。そこに先輩のナルシシズムの滑稽さを如実に見た少年は、同時に自分の無意識のナルシシズムの滑稽さを発見して、自意識に目ざめる。それは少年が、自分は詩人ではなかつたといふことを発見する契機となる。（「あとがき」『三島由紀夫短篇全集5』講談社、昭和四十年七月、『全集33』）

Rが人妻との恋愛を語る中で見出される、ナルシシズムの滑稽さが、少年のそれを映し出し、詩を書かなくなる予感が齎される。それは確かに一つの「契機」だったのだろう。しかし、実際に三島が詩を書かなくなるのは二十一歳の時とされ[4]、時間的隔たりがある。この時間的なズレは興味深いが、本論では深く立ち入らない。問題は作品中における、「詩を書かないやうになるかもしれない」ことと、「詩人ではなかつた」こととの間に横たわる差異である。
詩を書いていた少年期の三島に焦点化するとき、現在時制に位置する語り手は見落とされがちである。しかし物語の現在にある少年は自身を「詩人」と認識し、語り手は「詩人ではなかつた」という認識に立っている。このように見たとき、語り手の存在を看過することはできない。描かれる少年と語り手、そして作者、その中において「私」とはどのようにあるのだろうか。本論は、語り手の位相を明らかにしながら、語り手と少年の認識のズレを浮彫にする。その作業を通じて、本作を「私小説」として読むことで浮かび上がる違和について考えてみたい。

二、現実と虚構

本作は三島自身が語るように「私小説」である。しかし、その設定には小さな虚構が混ぜ込まれている。

「五年も先輩のRという文芸部委員長が、彼を構つてくれた。」（「詩を書く少年」二九〇頁）「かういふ習慣に二十歳の青年と十五歳の少年はすこしも飽きなかつた。」（「詩を書く少年」二九〇頁）作中において、少年とRの年齢差は五歳とされる。しかし、三島は大正十四（一九二五）年一月十四日生まれ。坊城は大正六（一九一七）年三月二十九日の生まれであり、その年齢差は八つである。つまり三島が十五歳、学習院中等科三年のとき、坊城はすでに東京帝大の学生となっていなければならない。この現実とのズレをどのように考えるべきだろうか。

作中でRは自身の恋愛を少年に告白する。坊城は、小説「舞」（『末裔』昭和二十四年二月）にその恋愛を描いている。この作品の執筆は昭和十六、七年頃になされたと坊城は著書で述べており、作品中の物語時間は昭和十五年夏から十六年夏の設定である。[5] 坊城は「舞」について、「事実に基づいて」書いた、「論争の余地なきリアリズム」と語っており、[6] 時間設定は事実と考えられる。つまり人妻との恋愛は昭和十五年から十六年、坊城が東京帝大を卒業する頃の出来事である。三島にとって「詩人ではない」ことを知る契機となったこの出来事が起こったとき、坊城はすでに学習院を離れていたのである。[7]

おそらくこれは三島のミスなどではなく、意図的なものである。物語に、外部との関わりを描かず「学習院」の中に収めたかったのであろう。時空間を限定することで、出来事を強調する意図があったと推測される。自身の詩に関する出来事を書くのであれば、師事した川路柳虹、私淑した伊東静雄、詩友であった林富士馬が登場してもおかしくはない。しかし、坊城の恋愛に見た「滑稽な夾雑物」が、少年に「詩を書かないやうになるかもしれない」という思いを抱かせたことを強調するためには、学習院という限られた内部において、坊城との関係のみを描き出すことが効果的である。それにはまた、短篇と言う形式がふさわしかったのである。

三、語り手の位相

ここまで年齢設定という小さな虚構について書いてきたのは、語り手＝作者＝三島ではない、ということを明確にしておきたかったからである。本作が「私小説」という枠組を持つ以上、二十九歳の三島が、十五歳時を回想したものと見做されることは必然である。確かに自伝的ではあるものの、この小さな虚構は、本作があくまで「小説」であることを示している。

作者の意図の内に語り手があり、語り手はそれに従い、語りをなす。では「詩を書く少年」の創作意図とは何か。三島は本作について、三度の自作解題を書いている。先に引用した「あとがき」では、自身のナルシシズムの滑稽さを発見することによって自意識に目ざめ、詩人でなかったことに気付く契機が描かれていると述べる。長くなるが他の二つを引用する。

集全体の題にした「詩を書く少年」は、いはば私小説である。自分が贋物の詩人である、或ひは詩人として贋物であるといふ意識に目ざめるまで、私ほど幸福だつた少年はあるまい。その目ざめから以後、私は小説家たるべき陰惨な行程を辿るのであるが、あのやうな幸福感を定着したいといふ思ひがたまたまこの小品の形をとつた。これを書き、読み返して、私は文句を言はせぬあの幸福感は何に由来してゐたのかを考へる。それは一旦私を見捨て、又私から見捨てられたものであるが、三十一歳の今日、少年期の幸福感は再び神秘な意味を帯び始めたやうに思はれる。（「おくがき」『詩を書く少年』角川小説新書、昭和三十一年六月『全集29』）

『詩を書く少年』には、少年時代の私と言葉（観念）との関係が語られており、私の文学の出発点の、わがままな、しかし宿命的な成立ちが語られている。ここには、一人の批評家的な目を持った冷たい性格の少年が登場するが、この少年の自信は自分でも知らないところから生れており、しかもそこには自分ではまだ蓋をあけたことのない地獄がのぞいているのだ。彼を襲う詩の幸福は、結局、彼が詩人ではなかったという結論をもたらすだけだが、この蹉跌は少年を突然「二度と幸福の訪れない領域」へと突き出すのである。（「『花ざかりの森・憂国』解説」『花ざかりの森・憂国』新潮文庫、昭和四十三年九月『全集35』）

先の引用を含め、時代を経るに従い、少しずつその解釈が変容している。初めは詩を書いていた時の「幸福感」に重きが置かれ、その後は自意識の変化、それがもたらした「二度と幸福の訪れない領域」に焦点が移ってゆく。ここには三島自身の立ち位置が表れている。初めの昭和三十一年の「おくがき」では、描かれる十五歳の自身をそれほど突き放してはおらず、少年の近くにあるように思われる。しかし昭和四十年、四十三年では、非常に冷徹な眼差しを向け、少年よりも語り手の位置に寄り添っている。ここには詩を書いていた時代の幸福の比重が下がっていることが読みとれる。

これらを総合すれば、詩を書くことの幸福と、自意識に目覚める中で詩人として贋物であったことに気付き、「二度と幸福の訪れない領域」へと弾き出される経緯を描くことが、作者の意図として認められる。しかし先にも述べたが、少年は「詩を書かなくなるかもしれない」と思うのみで、贋物の詩人、「詩人ではなかつた」という意識には及んでおらず、それは語り手の時制からの言葉である。そして、この結末部において未来を語ることで語り手の存在が強く前景化する。ここで一つの問いが生じる。「詩を書く少年」というテクスト全体において、語り手はどのように物語っているのだろうか。すでに十五歳という詩を書いていた時代を終え、「自分が詩人ではなかつたこと」に気付いた語り手は、詩を書くことをどのように語っているのか。

四、物語の再構成について

「詩を書く少年」の語り手は基本的に少年に寄り添う。三人称の語りで少年の内面をも描写しうる絶対的な視点に立っている。しかし結末部のように、語り手が前景化する箇所も見受けられる。

詩が少年を精神的な怠け者にする傾向が始まってゐた。もつと精神的に勤勉だつたら、もつと熱心に自殺を考へたであらう。（「詩を書く少年」二八九頁）

僕が何らかの醜さに目ざめることがあるだらうか？少年はさういふことを考へてみもしなければ、予感してもみもしなかった。（中略）美しいものだともいひ、醜いものだともいふ青春もまだ彼には遠かつた。自分のなかに発見する醜さはみんな忘れてしまつた。（「詩を書く少年」二九一頁）

一つ目の引用「考へたであろう。」とは、少年は「熱心に自殺を」考えておらず、二つ目の引用に至っては「考へてみもしなければ、予感してもみもしなかった」のであり、その思考は少年にはなかった。つまりこれらの箇所は、少年には認知しえない、語り手の認識による語りである。本作にはこのような箇所が数か所見られ、明らかに語り手が物語に介在している。このことは、少年＝語り手＝作者という構造を持つ「私小説」と見做されてきたがゆえに、看過されてきた。

それは三島自身の自作解題においても同様である。

こうした語り手の前景化は、本作を読む上で非常に重要な問題である。「詩人ではなかつた」ことを知った語り手は、詩を書く少年の「幸福」を描くことができるのだろうか。三島の言葉を借りれば「二度と幸福の訪れない領域」にある語り手は、「甘く、ナルシシズムに溺れて書」くことができたのだろうか。野島秀勝は三島の自作解題を踏まえ、次のように述べる。

というのも、どうやら三島は『詩を書く少年』において、自己の贋詩人性の告白よりも、むしろその幸福を語っているように僕には思われるからである。（『日本回帰のドン・キホーテ』）

三島がその意図を持っていたのは明白である。しかし作品中においてその意図は実現しているのか、疑問が残る。一方、高橋睦郎は次のように述べている。

「詩を書く少年」の中には、十五歳の三島氏の言葉への過信が、いささか自嘲的に語られている。なるほど、言葉さえ信じていれば、語彙の多少は別として、この程度の「詩」なら「まつたく楽に、次から次へ、すらすらとでき」ようし、その結果として「いつか詩を書かなくなる」ことはじゅうぶん考えられる。ついでに「自分が詩人ではなかつたことに彼が気が付く」のも時間の問題だと言おうか。(「「詩を書く少年」その後」)

ここで高橋は本作中の、「自嘲的」な風合いを指摘する。この「自嘲的」な語りと「幸福」を語ることの間には断絶がある。詩を書くことの幸福を自嘲的に語るとき、それはもはや「幸福」を語ってはいないだろう。

以上、二つの見解を踏まえたうえで、「詩を書く少年」の表現を見てみたい。

詩はまつたく楽に、次から次へ、すらすらと出来た。学習院の校名入りの三十頁の雑記帳はすぐに尽きた。どうしてしがこんなに日に二つも三つもできるのだらうと少年は訝つた。(「詩を書く少年」二八五頁)

かれはまた何の感動もなしに「祈禱」とか、「呪詛」とか「侮蔑」とかいふ言葉を使つた。(「詩を書く少年」二八八頁)

美しいものを作る人間が人間が醜いなどといふことはありえない、と少年は頑固に考へたが、その裏のもう一つのもつと重要な命題は、つひぞ頭に浮かばなかつた。すなはち、美しい人間がその上美しいものを作つたりする必要があるか、といふ命題である。

必要？　こんな言葉をきかれたら、少年は笑つたにちがひない。なぜなら彼の詩は、必要に従つて生れるのではなかつた。それらは全く自然に、こちらが拒んでも、詩のはうから彼の手を動かして、紙上に字を書かせるのだつた。必要といふからには、何か欠乏の前提がなければならない。それはなかつた。いくら考へてみてもなかつた。第一彼は詩の源泉をみんな天才といふ便利な一語で片附けてゐたし、一方、自分に意識されない深い欠乏といふものは信じることもできず、もし信じても、それを欠乏などといふ言葉で表はすよりも、天才と呼んだはうが彼は好きだつたから。(「詩を書く少年」二九一頁)

詩を書くことについて書かれたこれらの文章は、読者をつまずかせる。それは詩を書くものとしての「過信」が表れているからである。少年期の過剰な自信を「甘く、ナルシシズムに溺れて書」いたようなこれらの表現は、「幸福」には程遠く、むしろ読者はその過信を苦笑するほかないだろう。しかしそれを語っている語り手は、「詩人ではなかつた」ことを知っている。つまりこれは少年期の過信とともにある「幸福」の描写ではなく、それを自嘲的に語ったものと解釈すべきであろう。

その上で、特に三つ目の引用に注目したい。ここでは語り手が前景化しており、語り手は少年に思い浮かんでいない命題を提示し、架空の応答を示す。この箇所は、語り手が少年の詩人性に対して疑問を投げかけているのである。過去の自分自身に対して、かつては存在しない言葉を投げかける。少年は「笑」い、「天才といふ便利な一語」をもって応答する。ここにもやはり少年の過信が滲み出ており、それを浮き上がらせるような語りがなされているのである。

このように見ると語り手は決して、かつての自分、十五歳の少年に寄り添っていない。原体験としての自身の詩を書いていた過去は、「自嘲的」に語られる。それを可能にするのはその時代を終え、「全てを知っている」語り手である。

しかし、詩を思う「幸福」が明確に描かれている箇所も存在する。

少年が恍惚となると、いつも目の前に比喩的な世界が現出した。毛虫たちは桜の葉をレエスに変へ、擲たれた小石は、明るい樫をこえて、海を見に行つた。(後略)

(「詩を書く少年」二八六頁)

試験に思ひどほりの問題が出て、いそいで書いた答案を、ろくに読みかへしもせずに教壇へもつてゆき、(中略)国家掲揚台の旗竿のいただきに、金の珠がきらきらと光つてゐるのを見る。するとえもいはれぬ幸福感に襲われる(中略)しかし今日は自分の心の祭日であつて、あの珠のきらめきが自分を祝福してくれるのだと思ふ。少年の心のやすやすと肉体を抜け出して詩について考へる。この瞬間の恍惚感。(後略)(「詩を書く少年」二八七頁)

これらの描写では「詩」を思うときの恍惚感が表現され、語り手は少年と同一化しており、「自嘲的」なニュアンスは感じられない。自身十五歳の「詩」について、自嘲的に描く場面と、その「幸福」を描く場面とが混在しているわけだが、語り手が前景化するときには自嘲的に語られ、同一化するときには「幸福」が描かれる傾向がある。自嘲的に語る箇所では、「詩人ではなかつた」ことを知る立場から、少年に寄り添わず、再構成された語りを展開し、「幸福」を語る箇所では、十五歳当時に回帰したかのように語る。このように、「詩を書く少年」における語り手の位相はゆらぎを孕んでいる。

五、結論

最後にこれまでの考察をまとめつつ、結論を導きたい。

「詩を書く少年」は、主に三島の少年期の「詩」から文学的営為を探る題材として扱われてきたが、作品そのものを読む試みは殆どなされなかった。それは本作が三島の「私小説」＝自伝的小説という「読みのモード」によって読まれてきたことに由来する。しかし作中の語り手は、未来の少年自身でありながら、少年との距離をも感じさせる存在である。

本論はその点に着目した。「私小説」に混ぜ込まれた小さな虚構（先輩R、すなわち坊城の年齢が現実と異なること）を指摘し、あくまでも小説であることと、作者と語り手が同一ではなく、「詩人ではなかつた」ことを知っている語り手が前景化していることを示した。この語り手によって物語は再構成され、詩を書いていた時代が、「自嘲的」に描かれていることを提示すると同時に、語り手が少年に同一化している箇所は「幸福」が描かれており、語りの位相がゆらいでいることを明らかにした。

本作が三島自身の経験を書いた「私小説」であることは疑いない。しかし原体験としてのそれが語られるとき、作者としての三島の位相については注意が払われるべきであろう。「詩人ではなかつた」ことを知り、「二度と幸福の訪れない領域」から自嘲的に語り、また別の箇所では少年に同一化し、「幸福」を語る語り手のゆらぎ。そこにこそ、本作における「私」＝作者が潜んでいる。しかし、それを三島に還元するかは、読者の姿勢に委ねられる。（北九州市立文学館学芸員）

注1　三島由紀夫「おくがき」（『詩を書く少年』角川小説新書、昭和三十一年六月、『全集29』）。
2　坊城俊民『焔の幻影　回想　三島由紀夫』（角川書店、昭和四十六年十一月）
3　「詩を書く少年」を参照しつつ、三島を論じたものとして、高橋睦郎「「詩を書く少年」その後」（「國文學　解釈と教材の研究」學燈社、昭和四十五年五月）、野島秀勝『日本回帰のドン・キホーテ』（冬樹社、昭和四十六年四月）、小川和佑『三島由紀夫少年詩』（潮出版社、昭和四十八年九月）、佐藤秀明「〈現実が許容しない詩〉と三島由紀夫の小説」（『三島由紀夫論集Ⅱ　三島由紀夫の表現』（勉誠出版、平成十三年三月））、高橋和幸『三島由紀夫の詩と劇』（和泉書院、平成十九年三月）等が挙げられる。
4　三島由紀夫「師弟」（「青春」昭和二十三年四月、『全集27』）
5　三島は東文彦宛書簡（昭和十六年三月十九日付）に「舞」を読んだことを書いている。しかし「舞」の物語内時間はこの日付よりも先に進んでおり、おそらく三島が読んだのは単行本に収録されているものとは異なるものと推測される。
6　前掲『焔の幻影　回想　三島由紀夫』
7　ただし坊城は「三島は、『舞』が、事実にもとづいて書かれたものであることを百も知っている」（前掲『焔の幻影　回想　三島由紀夫』）と述べており、自身の恋愛を三島に語ったことは事実であろう。
※　なお本論における作品本文、並びに三島の文章の引用は全て『決定版　三島由紀夫全集』（新潮社、平成十二年十一月—平成十八年四月）に拠り、引用に際しては初版情報と『全集（巻号）』と記した。特に必要と思われる場合を除き、ルビ、傍点等は省略した。

特集　短篇小説

二つの「リドル・ストーリー」
——三島由紀夫「橋づくし」と村上春樹「バースデイ・ガール」——

大木志門

1、「橋づくし」と金沢の「七つ橋渡り」

本題に入る前に私事から始めることをお許しいただきたいが、三島由紀夫の「橋づくし」（昭和三一［一九五六］・一二「文藝春秋」）を読むと、三十代前半の五年あまりを過ごした金沢の浅野川畔の風景を思い浮かべずにはおれない。もちろん本作は東京の銀座・築地を舞台にしているが、登場する四人の女性が行う、七つの橋を無言で渡り終えれば願いがかなうという願掛けは、今も浅野川で見られる風習「七つ橋渡り」とよく似ているからだ。私はその七つの橋のうちの「梅ノ橋」（「梅の橋」とも）の袂にあった職場に通い、その一つ上流の「天神橋」と下流の「浅野川大橋」近傍の二カ所に仮寓していた。自身は参加したことこそないが、地域では公民館によって定例行事化されており、季節の話題としてよく地元メディアで報じられたので、この風習を身近に感じていたのである。たとえば地元新聞では次のように紹介されている。

七つ橋渡り：七つの橋を春秋の彼岸中日などに渡る民間習俗。新しい白い下着をつけ、終了後にその下着を洗い、和紙に包んで水引をかけてしまっておくと、家族に「下の世話」をかけずに生涯を送れるとの伝承がある。無言で歩き、橋を渡っている最中は振り向かないなどの決まりごとがある。渡る橋の選び方は人によって多少異なる。(1)

この金沢の風習と「橋づくし」の類似についてはすでにダニエル・ストラック氏の指摘がある。(2) 同氏は金沢の「橋めぐり」の風習が、「橋づくし」に登場する願掛けと「完全に一致」する唯一のものとして、「三島の着想を刺激したものと考えることも可能」と論じている。そこで紹介される「橋めぐり」とは次のようなものである。

橋めぐり：浅野川の天神橋から中島大橋の間には、浅

> 野川大橋・中の橋・梅の橋など7つ《ママ》の橋がある。春と秋のお彼岸の夜に、同じ橋を二度渡らないですべてを巡ると、無病息災に過ごせるという風習がある。知り合いにあっても口をきかない無言の行で、巡り終えた後、下着を洗い、タンスの奥にしまっておく。今でも多くの女性が実践している[3]。

　これは前掲の「七つ橋渡り」と同じ風習を指し、さらに同論では地域に近い金沢市尾張町の女性の証言として「必ず一筆書きのようにして回ること、同じ橋は通らない」「人と出会っても口をきいてはいけない、話をしたら願い事は叶わなくなる」と、「橋づくし」と共通する決まり事を紹介している。民間習俗であるためヴァリエーションが存在するのだろうが、私が聞いたところでも現在の金沢では三島が描いたような「現世利益」を求める願掛けよりも、家族に「下の世話」をかけないといった、来るべき死出の旅への準備という意味合いが強いようであった。

　この願掛けの現世利益／死の準備の分裂が気にかかり調べてみたところ、加賀象嵌の職工で米澤弘安（一八八七―一九七二）という人物が十九歳から八十六歳まで半世紀以上にわたり書き続けた日記[4]を題材に、金沢の明治から昭和の習俗を扱った礪波和年氏の『百年のあとさき「米澤弘安日記」の金沢』（平成二六年、北國新聞社）に、次のような大正期の「七つ橋渡り」が紹介されていることを知った。

> 弘坊百日咳平癒祈りの為母は、天神橋[5]より中嶋橋七橋を渡らる（后）（大正一二・八・二四付）

　この「母」とは日記の筆者・米澤弘安の祖母で、彼の長男・弘正の百日咳治癒を願い、同日午後に「七つ橋渡り」をしたというのである。現世利益型の願掛けであり、こちらが元々の風習に近い形であったのだろう。もっとも、この時は真昼に七つの橋を巡っており、夜中である必要や他人と口をきかないことが要件であるかどうかは不明である。

　なお礪波氏は、現在の「七つ橋渡り」に関わる橋梁は、ほとんどが明治二十三年から四十三年の間に架設されたことから、この風習が現在の場所で見られるようになったのはさほど古くなく、早くとも明治の終わり以降、おそらく大正以降に開始されたものと推測している[6]。またこのうち梅ノ橋は昭和二十八年の浅野川氾濫で流失し、再建されるのはようやく昭和五十三年であり、また「七つ橋渡り」が民俗学系の文献に採取されるようになるのは同年代以降であることから、現在の「七つ橋渡り」は梅ノ橋再建以降にあらためて発見され、次第に形式化された可能性が高いとも記している。その後、平成十年に浅野川右岸の馬場小学校校下で公民館主催の事業として「七つ橋渡り」が開始されることで風習はいわば「公式化」され、現在では犀川流域にも伝播して様々な橋で行われるようになったようだ。

　以上のことと、三島の母・倭文重が加賀藩の儒学者の家系であることから、金沢の文学好きの間では「橋づくし」は三島が母から聞いた「七つ橋渡り」の風習を下敷きにしたのではという話題が出ることがある。しかし岩下尚史氏によれば、三島が昭和二十九年頃からしばらく交際した赤坂の料亭「若林」の娘・後藤（旧姓・豊田）貞子の話から着想を得て「橋づくし」を書き、また主人公格の満佐子のモデルはこの貞子としている。(7) また風習は東京の花柳界のものではなく、貞子が大阪から来た初老の女中から聞いたとのこと。よって三島が赤坂で聞き、同地には橋が少ないため築地に舞台を移したというという「七つの橋」の願掛けは、（前掲ストラック論が示唆するような）北陸の風習であった可能性は極めて薄いということになる。橋を用いた願掛けの風習自体は全国各地で採取されており、それが最も色濃く残るのが現在の金沢の「七つ橋渡り」と考えておくのが妥当なのであろう。

以上は本稿の主題とは離れるが、「橋づくし」の題材論との関わりとして注釈的に記しておく。

2、二つの「リドル・ストーリー」

その「橋づくし」は、三島の短編の中でも評価が高く、作者の構成意識が強く看取される作品であることから、これまで様々な観点で論じられてきた。私がそこに付け加え得ることは多くないが、ここで問題としてみたいのは、本作の「リドル・ストーリー」としての側面である。端的に言えば「謎物語」（riddle story）、「読者に委ねて結末を書いていない小説のこと」(8) であり、特に推理小説で用いられることが多い、提示された作中の謎を開示せずに終わる作品を指す用語だ。

「橋づくし」は前述のように、銀座築地の七つの橋を舞台にして、陰暦八月十五日の満月の夜に四人の女性が願掛けに挑む物語であった。金銭を望む年増芸者の小弓、いい旦那を望む若い芸者のかな子、「俳優のR」との結婚を望む高級料亭の娘・満佐子に、満佐子の家の女中・みながお供として参加するが、無事に願掛けを成就できたのは最も意外なみなという結末が描かれる。この物語が読者の興味を牽引するのは、第一には誰が無事に全ての橋を渡りきるかであり、第二には最終的に満佐子の競合者となるみなを駆動する欲望（願い）の正体であろう。第一の結果は前述の通りだが、第二の問題は最後まで明かされない。作品末で「一体何を願ったのよ。言ひなさいよ。もういいぢやないの」と再三問う満佐子に対し「不得要領に薄笑ひをうかべるだけ」のみなに、「憎らしいわね。みなつて本当に憎らしい」と感ずるのは満佐子だけでなく、謎解きをはぐらかされた読者の声でもあるだろう。

少々唐突なようだが、この観点から「橋づくし」と対比させてみたいのは、村上春樹の短編「バースデイ・ガール」である。彼の編訳による海外短編小説アンソロジー『バースデイ・ストーリーズ』（中央公論新社、平成十四年）に発表され、(9) 現在の国語教科書（教育出版『伝え合う言葉　中学国語3』）にも採用されていることから、国語教育分野でも問題にされることの多い作品である。本作が「橋づくし」と関連するのは、同じく作中の謎が未解決に終わる、すなわち「リドル・ストーリー」であることだ。

この昭和と平成を代表する、しかし直接は関係の薄い二作家を対比する妥当性については後述するが、取り急ぎ「バースデイ・ガール」の概要を紹介する。本作は語り手の「僕」が古い知人である「彼女」の「二十歳の誕生日」の思い出を聞くという構成をとっている。その日、彼女はイタリア料理店でアルバイトをしていたが、フロア・マネージャーの急病でかわりに「オーナー」に料理を運ぶ役目を引き受け、始めて謎めいたその老人と対面する。彼女がオーナーに、今日が二十歳の誕生日であることを告げると、オーナーは誕生日のお祝いに一つだけ願い事を叶えてくれると不思議なことを言い、彼女はそれに従い何かを願う。その話を聞いた僕は、その願い事ははたして叶ったのか、またそれを願ったことに後悔はないかと彼女に尋ねる。対して彼女は自分だったらどんな願い事をしたかを僕に尋ねるという物語である。

すなわち彼女がオーナーに願った中身が本作の謎ということになる。もちろん村上春樹という作者は、作品にしばしばあえて核心的なことを描かない「黙説法」的作家と言われており[10]、本作の物語の「空白」自体はとりたてて珍しい事態ではない。また彼がこのとき特に「橋づくし」を意識して執筆した可能性も低いであろう[11]。しかし、だとしても、いずれも若い女性の「願い」を不在の焦点に設定したこと、また後述のようにその「願い」をめぐる構造に共通点があること、さらに双方とも歴史のある決定的な転換点を迎えた（と作家が感じた）直後の作品であることは、それが偶然だとしても興味を惹かれる所以である。

3、「空白」と「反復」の物語

その村上春樹「バースデイ・ガール」の先行研究（前述の理由から教材研究が多い）では、テクストの要所が「彼女」の願いにあるのは疑いないとしても、作者が故意に隠蔽している以上、内実を無理に特定する必要はなく、むしろ書かれていないことを逆手にとり生徒たちに願いの内容を思考させることが推奨されてきた[12]。たしかに年頃の生徒たちに未来の自分を想像させながら、自分だったら何を願うかを考えさせることは意味がある教育だろう。

しかし、近年の論である可児洋介氏の「村上春樹『バースデイ・ガール』における語りの機能―邪悪な『物語』を拒む倫理的責任について」[13]は、「空白」の中身は実はテクストの内部から特定可能だと論じた。同論は「彼女」がオーナーとの対話において、彼の言葉を心内でくり返し反復する（させられる）ことに着眼し、また「彼女」と「僕」の対話から本作を「反復」が支配する物語（これも春樹作品の常套であるが）

と定義し、次のように「願い」を特定してみせる。

「彼女」は老人（注・オーナー）に自らの欲望を先取りして与えられているかのような錯覚に半ば陥りながら、先刻の「老人」の台詞を口に出して反復したに相違ないのである。すなわち「私の人生が実りのある豊かなものであるように。なにものもそこに暗い影を落とすことのないように」と。

この解答は、望みを聞いたオーナーが彼女に言う「君のような年頃の女の子にしては、一風変わった願いのように思える」という台詞（美貌や富を求めないことへの意外感）や、その願いは叶ったのかという「僕」の問いに、「彼女」が「イエスであり、ノオ」と答え、願いが成就したかの判断は「時間が重要な役割を果たすことになる」と言うヒントからも妥当である。現在は結婚して不自由のない中産階級の生活にある「彼女」が、華やかでなくとも安定した人生を望んだと考えれば、それが叶ったと言えるが、最終的な判断は人生の終盤にならねば不可能だからだ。そして、テクスト内の言葉から選び出すならこれが考え得る唯一の解答となるだろう。

対して、「橋づくし」の満佐子が「どうせろくな望みを抱いてゐない」と侮蔑気味に推察するみなの願いは、インターネットなどを見るかぎり一般読者には盛んに詮索されているが、先行研究ではさほど正面から論じられていないようである。竹田日出夫氏は「もしかすると、米井を何時かわがものにしようというような、大それた願をかけたのかも知れないし、あるいは全くこのような馬鹿げた迷信を侮蔑し、一から十までの数でも数えつづけていたのかも知れない」[14]と推理し、八木恵子氏は「かな子が望んだ『いい旦那』というような曖昧なものではなく、満佐子の願『Rとの結婚』のように、より具体性を持ったもので、橋渡りを遂行する行為の持続に見合った執着のある一貫した『願』ということになる」[15]と論じ、留学生の日本語教材として「バースデイ・ガール」のように、その願いを想像させる学習を提唱している。

しかし多くの論は「みなの願の中身がわからないことは、みなに願いがあって隠されているのではない。彼女はただ阻むものとして出ているのである」（高橋広満氏[16]）、「『彼女の願事』は内容が明かされないばかりか、願事自体が存在するかどうかすら不明である」（斎藤雅美氏[17]）、「作者がみなの願望の内容を明示しなかった理由は、彼女を神秘的な存在にするためである。三人の軽蔑の対象であったみなの願望の本質が分らないため、満佐子は次第にみなを驚異的な競争相手と考えるようになる」（ダニエル・ストラック氏[18]）など、願いの中身は存在せず、むしろそこに意味を見出す方向に推移している。

これらは書かれていないことには沈黙すべきという一つの正しい倫理的態度であるだろう。しかし本論では、テクストに従うことで読み取れる解答の可能性を示したいと考えている。もちろん、エピグラフの「名残の橋づくし」をはじめ複数の趣向を織り込み、それらへの幾重もの批評的ずらしを駆使した豊穣なテクストを、「謎解き」というある意味「通俗」な問題に押し込めることに異論はあるだろうが、あえてテクストを形式的に読む結果として見えてくるものを問題としたいのである。

この本作のあからさまな「謎」について、現在もっとも魅力的な推理は、田中美代子氏の読解と思われる。同氏は三島の「数学的質問」[19]という有名な自作解説から「ax＝0」という方程式を提示した上で、aに人数をxにみなの存在を代入し、それがゼロになる、すなわち全てが反故になるような解答を三島は目指したとして次のように述べている。

つまり、彼女の願い事は、他の三人の尋常な願い事、男、金、功名心……などなどを、みんなチャラにすることだったのだ。それこそ、作中で確実に叶えられた、ただ一つの願いであろう。（「０氏の自画像」平成十四・六「決定版　三島由紀夫全集　第19巻月報」）

これだとたしかに、三人の願掛けが失敗し、みなの願掛けのみが成功したことに整合性が見出せ、見事なブラック・ユーモアとして物語は完成する。そして満佐子曰く「無感覚な空洞」である絶対的なゼロ記号としてのみなの存在も鮮明に浮かび上がるだろう。しかし、この優れたショートショートの結末のような読解は、終わりから見れば辻褄が合うが、物語に沿って読むと若干の疑念を感じずにはおれない。というのは、田中氏の読みではみなの願いは満佐子が最後の橋で挫折した時点で成就することになるので、その後みなは橋を渡りきる必然性がなくなるのではないか。そして私もみなの存在を一種のゼロ記号と解釈することはやぶさかでないが、この解答はまだ「空洞」としてのみなを現世的・人間的に理解しすぎているように感ずるのだ。

4、みなの「空白」をめぐって

この三島が「橋づくし」に仕掛けた謎を解明するヒントは、半世紀近く後に書かれた「リドル・ストーリー」である「バースデイ・ガール」にあるのではないか。それは先述の、両作品における「謎」をめぐる物語構造の類似に存する。

本作の願掛けの旅立ちの場面が、年増芸者・小弓の「又小弓は腹が空いた」という記述、彼女の座敷へ出る際の「奇癖」から始発することは象徴的である。小弓はなぜか長年この生理現象に悩まされており、この日も「又」それに襲われるが、満佐子の気遣いに救われる。一方、かな子の不幸の象徴は踊りの良い役が回ってこないことであり、この日も米井に到着するや「又、唐子の一役きり」だったことを満佐子にこぼす。すなわち本作の脇を固める二人の登場人物は、「又」と繰り返し訪れる不幸に憑依された存在なのである。対して主役級の満佐子は「大学では、プルウストの小説についてレポオトを出し」ているとされており、このフランス人作家の名は「近代教育」の象徴であるとともに、高橋広満氏も重視するように[20]『失われた時を求めて』という過去を回想する文学の象徴でもある。実際満佐子は後の場面で、俳優のRが米井を訪問した際の「ものを言つたとき、自分の耳にかかつたその息」の「夏草のいきれのやうに、若い旺んな息だつた」ことを恍惚と思い出すのである。すなわち本作は、「バースデイ・ガール」と同様、何かを繰り返すこと=反復に関わる物語なのではないか。

一行は小弓を先頭に「一人が鈴蘭灯の下で、ふり向いて、又手をあはせ、三人がこれに習」いながら橋を渡ってゆくのだが、そもそも七つの橋を決まった作法に従い渡ることによって願いが成就するという、願掛けという行為それ自体が反復の比喩となっている。そのような物語世界で、まずかな子が「忘れてゐると思ふそばから又痛みが兆してくる」腹痛に襲われ、続けて小弓が「同じ抑揚のままつづ」く「そこにはゐない人を呼ぶかのやう」な「呼びかけ」の反復に脱落させられるのは極めて自然なことである。

ではその中でみなはいかに描かれているか。出発の際、みなは満佐子から、願掛けの作法を言い含められても「本当にわかつてゐるのかゐないのか不明」で、満佐子が重ねて言う「どうせあんたもついて来るんだから、何か願ひ事をしなさいよ。何か考へといた？」との問いにも「はい」とだけ「もそもそとした笑ひ方」で答える。しかし一見太々しい態度はむしろその逆であり、みなは主人の家の娘である満佐子に徹底して従順なのである。みなは満佐子の「小弓さんが先達だから、あとについて行けばまちがひがないわ」との命令に従い続け、橋では「殊勝に、口をとぢて手を合はせ」る。満佐子から見ると「あひかはらず猿真似をして」いるだけの、その主体性なき模倣と反復が彼女の行動原理の全てなのである。

そして、物語の例の皮肉な結末はそれゆえに導かれるのだ。最後の備前橋を渡る際に、満佐子を投身自殺者と誤解した警官に見とがめられた時、「満佐子は答へることができない」ので「みなが満佐子に代つて答へるべきだといふことを、みなに知らせてやらなければならない」と「しきりに注意を喚起した」が「みなも頑なに口をつぐみつづけ」る。これを満佐子は「最初の言ひつけを守るつもりなのか、それとも自分の願ひ事を守るつもりなのか」と推測するが、前者の言いつけを守り、また満佐子を模倣して沈黙を守った結果と解釈すべきではないか。果たして満佐子は警官には後から説明するしかないと「その手をふり払つて、いきなり駆け出した」が、「みなも同時に橋の上へ駆け出した」という。これも満佐子の行為を忠実に模倣（猿真似）したと考えれば説明がつく。野口武彦氏は「願かけの邪魔をするどころか、あまりにも忠実に満佐子の言ひつけを守ってとうとう望みを達する」と物語を要約しているが[21]、文字通り「忠実に」満佐子をコピーすることで、みなは勝利者となったのである。

では、みなの願いとは結句何であったと考えるべきか。満佐子は「何か見当のつかない願事」、「かな子や小弓の内に見透かされたあの透明な願望とはちがつてゐる」と表現し畏怖するが、たしかにみなの願いは彼女たちの「公明正大」で「人間らしい」願望とは異質であろう。なぜなら、それは他者の願望を機械的に反復しただけの願いだったろうからである。すなわち、他の全ての行為と同様に、主人である満佐子の願いを「猿真似」したのではないか。具体的には、俳優Rとの恋愛成就を願った満佐子と同じ願いということになるのだろうが、より正確にはみなが「Rとの恋愛成就」することを願ったというよりも、自分も満佐子と「同じ願い」を願ったと考えるべきであろう。

この同語反復の奇妙な願いは、願掛けである以上実現可能性とは無関係であり（もっとも満佐子の場合の実現性も怪しいのだが、少なくとも現実的な願いではある）、それが形式的で空疎であるゆえに不気味で非人間的ですらある。よって満佐子が沈黙を守るみなに感じた「最初の言ひつけを守るつもりなのか、それとも自分の願ひ事を守るつもりなのか」という先の二つの可能性は実は矛盾しないのだが、その後もみなが願いの中身を明かさないのも当然と言えば当然なのである。なぜなら彼女には願望の内容が重要なのではなく、願望を模倣／反復すること自体が目的だったからだ。

以上が素人探偵である私のひとまずの見解だが、これを本作の謎の唯一解だと強弁するつもりは毛頭ない。しかし、テクストから導き出し得る一定の蓋然性を有した解答であり、また、みなの内面の空白をあえて「読まない」立場とは別の立脚点より、彼女の特異な存在を「空白」そのものとして読む可能性としてここに提示するものである。

5、二つの「以後」、二つの「歴史」

三島由起夫の「橋づくし」が発表された昭和三十一年（一九五六）は、周知の通り「もはや戦後ではない」という言葉が流行した年である。三島にとってより重要だったのは昭和二十年の敗戦であろうが、本作はその決定的な転換を経てさらに戦後の日本社会が成立した二重の変動の直後に書かれた。

対して村上春樹「バースデイ・ガール」も、しばしば彼の作品史で言及される平成七年（一九九五）の阪神淡路大震災とオウム事件を経た作風の転換、春樹自身の表現なら「デタッチメント」から「コミットメント」[22]への転回以後の短編ということになる。さらに前年の「9・11」以後に書かれた最初の作品であり、わが国の戦後社会の底が抜け「現実」がせり上がってきた一九九五年を経て、世界的な歴史変動（おそらくは悪い方向への）に対応して書かれたのが、春樹の物語であった。これらは偶然ではあるが、必ずしも偶然とは言いきれない側面を含むのではないか。すなわち二人の作家の中で「時間」と「願い」をめぐる問いが生じたということだ。[23]

三島は「橋づくし」発表の年、「歴史」とは常に後世より再話／再構成されるというオルテガの史観に反論し、「戦争体験」を経て「われわれは偶然生き残つて、歴史の外に取り残された」と書いている(24)。また同じ時期に戦後の日本を「西欧的絶望の仲間入り」をした存在(25)としている。これ自体は良くある文明批評にすぎないのかも知れないが、少なくとも三島はこの時点で「歴史の外」すなわち「橋づくし」のみなの視点から戦後の日本を見つめていた。みなは多くの先行論が言うように一種の共同体の「異人」(26)であり、満佐子ら戦後社会の申し子である華やかな女性たちは、深沢七郎の小説から抜け出してきたような土俗的なみなを馬鹿にするが、願掛けにおいて決定的に敗北させられる。このアイロニーに三島の戦後社会に対する否定を見るのはおそらく正しい。同時に敗戦よりも見えづらいが、しかし敗戦がもたらした歴史の決定的な「終わりの始まり」への視点を看取するべきであろう。戦後の日本は一つの「歴史」を明るい日差しの下で歩んでいるように見えるが、そこには常に別の「歴史」が裏面に張り付き、可能世界のように伏在している。そしてそれはみなのごとく「嘲るように自分をつけてくる」のだ。

（山梨大学准教授）

注1　「『七つ橋渡り』人気／金沢・浅野川／無病息災祈る風習／3公民館が初実施へ」（二〇〇七・九・一「北國新聞」）の記事に付された注釈より。

2　「三島の『橋づくし』―反近代の近代的表現として」（二〇〇三「近代文学論集」）、のち『近代文学の橋 風景描写における隠喩的解釈の可能性』収録（二〇一四、九州大学出版会）

3　橋本確文堂企画出版室編『北陸の河川』（一九九六、同社刊）。引用は前掲ストラック氏論文より。

4　その翻刻は『米澤弘安日記』として刊行されている（二〇〇〇、金沢市教育委員会）。

5　注4の翻刻では「天神様」とあるが、誤植であることを礪波氏は日記原本との照合で確認している。

6　同書では、春秋の彼岸ごろに氏神の祭を行う「社日」の前夜に石製の鳥居を七つ潜れば幸いが訪れるという、明治の初め頃流行した「鳥居潜り」との関係を指摘している他、第二次大戦中に、出征した家族が無事に帰還するようにと、こちらは七つ橋でなく「戻り橋」（中の橋あるいは梅ノ橋）にお百度参りをした例が紹介されている。

7　『見出された恋「金閣寺」への船出』（二〇〇八、雄山閣）および『ヒタメン 三島由紀夫が女に逢う時…』（二〇一一、同）

8　葉山響「解説」（米澤穂信『追想五断章』、二〇一二、集英社文庫）。同書は全編リドル・ストーリーの趣向で書かれた短編集で、同解説では日本近代文学の代表例として芥川龍之介「藪の中」を挙げている。

9　現在は新書版『バースデイ・ストーリーズ』（二〇〇六、中央公論新社）ほか、短編集『めくらやなぎと眠る女』

（二〇〇九、新潮社）にも収録。

10　渡部直己『不敬文学論序説』（一九九九、太田出版）。もちろんこれは批判的言辞で、端的に言えば思わせぶりな作風ということだ。

11　なお村上春樹は『若い読者のための短編小説案内』（一九九七、文藝春秋）で、「僕はいわゆる自然主義的な小説、あるいは私小説はほぼ駄目でした。三島由紀夫も太宰治も駄目でした」と記している。

12　たとえば佐野正俊「村上春樹「バースデイ・ガール」の教材研究のために」（二〇一〇・八「日本文学」）

13　二〇一二「学習院大学人文科学論集」

14　「三島由紀夫『橋づくし』」（二〇〇〇「武蔵野日本文学」）

15　「橋づくし―日本事情として読む三島由紀夫と中央区築地界隈」（二〇〇〇・九「広島大学留学生教育」）

16　「〈模倣〉のゆくえ―三島由紀夫「橋づくし」の場合」（一九九八・一「日本文学」）

17　「三島由紀夫と深沢七郎」（二〇〇九・三「大妻国文」）

18　前掲論文。

19　三島は本作を「数学的質問」に関わり、それも「初等数学」であるとしている（「『橋づくし』について」一九五九・四「西川会プログラム」）。

20　前掲論文。

21　「『橋づくし』」（一九六九・六「国文学」）

22　『村上春樹、河合隼雄に会いにいく』（一九九六、岩波書店）での発言より。

23　前掲の可児論文は作中のオーナーが作り出し「彼女」を誘惑する「物語」を、オウム真理教の麻原彰晃的なものと解釈し、それを差異化することで対抗する「僕」の語りに春樹テクストの政治性を看取している。この読解の当否も含め、「バースデイ・ガール」にはここで言及できなかった重要な問題がいくつか存在するが、これらは稿をあらためて論じたい。

24　「歴史の外に自分をたづねて」（一九五六・二「中央公論」）

25　「亀は兎に追ひつくか?」（一九五六・九「中央公論」）

26　野寄勉「三島由紀夫『橋づくし』を読む―贅なる他愛なさ」（一九九八・一一「芸術至上主義文芸」）

特集　短篇小説

「女方」におけるクィアな身体

有元伸子

はじめに

「女方」（『世界』一九五七年一月→『橋づくし』文藝春秋新社、一九五八年）は、三島中期の代表作「金閣寺」の翌年に書かれた短編小説で、ほぼ劇場の楽屋を舞台とする、いわゆる「バックステージもの」である。増山は、優れた女方である佐野川万菊の芸に傾倒するあまり、大学の国文科を卒業後に歌舞伎の作者部屋に入った。舞台裏を知って幻滅することで、万菊の魅惑の呪縛から逃れたいと思ったからであったが、幻滅はなかなか訪れない。だが、新作舞台に起用された新劇の若手演出家・川崎に万菊が恋をし、なかだちを頼まれた増山は初めて幻滅を知る。と同時に、嫉妬の感情もわきおこるのだった。――

三島由紀夫の人と文学にとって、歌舞伎はきわめて重要なファクターである。三島は、祖母に連れられて一三歳で初めて歌舞伎を見て以来、克明なノートをとりながら芝居を見、浄瑠璃を読み耽るなど、十代半ばからの一〇年間を歌舞伎に夢中になって過ごした。晩年の講演記録「悪の華　歌舞伎」[1]には見巧者である三島の歌舞伎への親愛感が横溢している。録音では、自在に役者の声色を真似ながら台詞を引用し、《文学としての戯曲》ではなく《演劇としての歌舞伎》を語り、《くさやの干物》のような《なんともいへず不思議な味》に魅了されたと述べる。何でも言葉で裁断しがちな三島にしては珍しく、この講演では、《歌舞伎に私が感じてきた魅惑といふものは》《なかなか口で説明しきることができない。色彩と音楽と光とそして官能的魅惑と。かういふものの混然としたものを人に説明できないんです》と、《言葉では言ひ表せない》とか《ちょっと一口に言へないやうな不思議な》といったフレーズが繰り返される。言葉に表出し得る以前の感覚として魅了されているのだと、歌舞伎へのぬきがたい愛着が語られるのである。そして、歌舞伎は、非常に美しく毒々しい花であり、《何か容易ならぬエロチックなものが、この中にある》とも述べる。

三島が十代から二十代はじめにかけて夢中になった役者は七代目澤村宗十郎であったが、その死後に見出したのが中村芝翫、のちに戦後を代表する名女方と呼ばれることになる大成駒・六代目中村歌右衛門（一九一七～二〇〇一年）であった。三島歌舞伎六作のうち、最後の「椿説弓張月」以外の五作は、歌右衛門にあてて書かれた。一九五九年には、三島は、豪華版の写真集『六世中村歌右衛門』を編集し、写真を選び、識者に執筆依頼をするなど、大きな労力を費やし、自らも「六世中村歌右衛門序説」を書いて、《反時代的《ウンツァイトゲメース》》な俳優である歌右衛門を称揚した[2]。「女方」の万菊も歌右衛門がモデルだとされる。

歌舞伎が包摂するエロスや猥雑性は一九六〇～七〇年代のアングラ演劇にも大きな影響を与えたが、その中核に位置するのが、女方という異形であった。三島も、歌舞伎は女方の芸だと述べている。本稿では、「女方」に描かれた歌舞伎の女方の身体を、ジェンダーとセクシュアリティの観点から考察していきたい。

一、「常が大事」——女方の《魔的》な力の源泉

増山は、佐野川万菊の舞台には、《魔的な瞬間》があるという。たとえば「妹背山」で、万菊扮するお三輪が疑着の相をあらわす件りでは、増山は、観客の上に《魔的な影》がよぎり《暗い泉のやうなものの迸る》のを感じて戦慄する。《それはあきらかに万菊の肉体から発してゐる力だが、同時に万菊の肉体を超えてゐる力でもある》。増山は、こうした《魔的》な力の源泉を、万菊の楽屋でのあり方に見ていく。

> 常が大事。……さうだ、万菊の日常も、女の言葉と女の身のこなしが貫ぬいてゐた。舞台の女方の役のほてりが、同じ仮構の延長である日常の女らしさの中へ、徐々に融け消えてゆく汀のやうな時、その時、もし万菊の日常が男であつたら、汀は断絶して、夢と現実とは一枚の殺風景なドアで仕切られることになつたであらう。仮構の日常が仮構の舞台を支へてゐる。それこそ女方といふものだと増山は考へた。女方こそ、夢と現実との不倫の交はりから生れた子なのである。（二）

万菊は、元禄期の女方・芳沢あやめの覚書「あやめぐさ」の《女方は色がもとなり》、《平生女子《をなご》にて暮さねば、上手の女方とはいはれがたし》の教えをひたすら守り、たとえば《「女方は楽屋にても、女方といふ心を持つべし。弁当なども人の見ぬかたへ向きて用意すべし」》の通りに行動するなど、男の身体でありながら、日常でも《女の言葉と女の身のこなし》で暮す。そうして積み重ねた《仮構の日常が仮構の舞台を支》えるのである。

渡辺保は、「あやめぐさ」の教えを、《舞台という虚構の論理に合せて（ということは必ずしも現実の女性そのものに合せてとい

うことではない）、自分の身体を改造する》ことであり、役者にとって楽屋とは《変身のための籠りの場所》だと指摘する。[3]

歌舞伎の女方の芸は、現実の女性のリアルな模倣ではない。河竹登志夫は、シェークスピアのヒロインが声変わり前の少年俳優によって演じられる例をあげて、西洋での男性による女性表現は《現実の女性の模倣的表現》・《リアルな「再現」》を旨とするが、日本の演劇は《様式的な「示現」の芸術》であることに本質的な違いがあると述べる。[4] そうした「示現」の美たる《女方の魅力は、男の肉体を否定せずして女性美を表現しようという、至難な芸の精進から生まれる》とされるのである。

三島も、エッセイ「女の色気と男の色気」で、《明治時代には女の色気は主として歌舞伎の女形《をやま》から学ばれたものであった。歌舞伎の女形は、女性美の一つのお手本と考へられて》いたと書く。[5] 女を模倣している筈の女方が現実の女たちにとっての《女性美のお手本》たりうるのは、女方が模倣しているのが現実の女ではなく、あるべき女像・抽象的でどこにもありはしない幻想の女像だからだ。女方とは、日常におけるたゆまぬ行為の積み重ねにより作り上げていく、河竹の言う《様式的な「示現」の芸術》なのである。

役者である万菊は、一つの役を終えると、鏡の前でその役のほてりが消えていくのを見る。しかし、また翌日には、同じ女の役が身体のなかに戻ってくる。三島は、演劇とは《一回的なもの《アインマーリヒ》》の繰り返しだと言うが（「芸術断想」[6]）、いわば、身体は器のようなものであり、楽屋での日常において「女」として行為され様式化され続けた身体に、舞台上で役柄が入り込むことが繰り返されていくのである。

「女方」に描かれるこのような万菊のありようは、ジェンダーとは《身体をくりかえし様式化していくことであり、きわめて厳密な規制的枠組みのなかでくりかえされる一連の行為》であって、《パフォーマティヴ》なものであるとするJ・バトラーの説明に合致する。[7] バトラーは、ドラァグ・クイーンのようなジェンダー・パロディによって明らかになるのは、《ジェンダーがみずからを形成するときに真似る元のアイデンティティが、起源なき模倣だということ》であると言う。男の肉体を持つ万菊は、楽屋という日常の場でも女として行為しつづけるが、女方が行為し続ける女とは、現実の女の模倣ではなく、女の様式なのであり、そこに結果として女性美が生れる。だが、それにしても、万菊の肉体からひらめく《魔的な影》の魅惑とは、日常のたゆまぬ鍛練のみに由来するのだろうか。

二、女方のクィアな身体と欲望

男の裸体に肩まで白粉でぬりつぶしながら訪問客に女らしい挨拶をする、といった楽屋での万菊の姿に、増山は全く幻滅を誘われないものの、作品には《女方が気味がわるいと云つて歌舞伎を毛嫌ひする一部の人》の存在も話題にのぼる。セックス（身体的性別）と異なるジェンダーを演じる女方は、男でも女でもない中途半端でハイブリッドな存在として、男女の二分法を自然だと信じ込んでいる人々の固定観念をゆさぶる。《気味がわるい》とは、まさにクィア＝異形の者＝変態だということだ。

実際、近代化（欧化）を進める明治の演劇改良会の活動以来、歌舞伎の女方は不自然だから女性は女優が演じるべきだという「女形廃止論」は繰り返し唱えられてきた。明治から大正期にかけての女方についての議論や女方と性欲学との関係については、光石亜由美が詳細にまとめている[8]。照明技術の進歩もあいまって、観客の間に、《見える》性と役者の身体の性差が一致することを、「自然」と考えるジェンダーの視線》が培われるとともに、性欲学の広がりにより、男でありながら女に扮する外見上の「異質さ」・「不自然」なものを「変態」と呼ぶような差別意識が形成された。さらに、戦後、三島の「女方」発表前後にも、女方を時代錯誤なグロテスクなものとする武智鉄二の『女形不要論』（一九五六年）を発端として「女形論争」が起きていたことを、松田ひとみが指摘する[9]。

増山が歌舞伎の作者部屋の人となったのは、《人ぎきに舞台裏の幻滅をも知つてゐて》《そこに身を沈めて、この身一つに本物の幻滅を味はひたい》と思ったからであった。増山が《人ぎき》に知っていたという《舞台裏の幻滅》とは何か。具体的には書かれてはいないが、男の身体に女の扮装をする変身の舞台裏を目撃してしまうことも当然含まれるだろうし、三島の講演録「悪の華　歌舞伎」では、歌舞伎社会の因習や矛盾——門閥制度や競争、権力悪、へつらいなど——があげられていた。だが、舞台裏を覗き続ける増山に、幻滅はなかなか訪れない。日常をも女方として律し続けることによって生み出される万菊の至芸が、舞台裏の醜さを超越させたからである。

ところが、最終場面で、新劇の演出家・川崎と出かける万菊を見て、増山の少年時代から決して《崩れることのなかつた幻影》が崩壊する。同時に、増山は《あらたに、嫉妬に襲はれてゐる自分》をも知覚し、《その感情がどこへ向つて自分を連れてゆくのかを》怖れる。すなわち、女方のジェンダー越境や歌舞伎の因習については寛容だった増山が、万菊が男性に向ける性的欲望によって幻影を壊された上に、底知れぬ嫉妬を呼び覚まされたというのである。ここで問題となっているのは、セクシュアリティである[10]。

西鶴の『男色大鑑』全八巻のうち後半の四巻は歌舞伎若衆を取り上げていることからも知られるように、江戸時代には、女方役者が芝居のあとで《色子》として性関係を持つなど、歌舞伎と男色とは深く結びついていた[11]。万菊がバイブルとする「あやめぐさ」を記した初世・芳沢あやめも色子出身であった[12]。明治の演劇改良以後、歌舞伎はそうしたセクシュアリティを抹消しようとしたわけだが、戦後の「変態雑誌」（あぶ雑誌）には女方に関わる表象が散見され、女方が「変態」として遇されていることが見てとれる[13]。こうした変態雑誌のなかで、明らかに歌右衛門を諷している記事があった[14]。妻の弟と性的関係を結ぶ「変態」として描かれるのである。三島に近かった堂本正樹は、三島がセクシュアリティの側面からも歌右衛門に惹かれていたことをほのめかしているが[15]、同時代において歌右衛門は徴づけられた存在であった。

小説「女方」は、そうしたイコンとしての歌右衛門をモデルとして、表の世界・女方の芸道において最大限に評価するとともに、《女方は色がもとなり》とされる芸の魅惑の源泉である《魔的な瞬間》・《暗い泉》がセクシュアリティによっても生み出されている可能性があること、そのクィア性を示すのである。三島が講演録「悪の華　歌舞伎」において、言葉では形容しがたいと繰り返しつつも説明しようとする歌舞伎の魅力の源泉にある《エロティシズム》がここには描かれている。「悪の華　歌舞伎」の結末部では、《江戸時代から戦前まで、歌舞伎と廓は、似たやうなもので悪所だつた》と述べ、《人間の悪の固りみたいなものが、美しい華を咲かせたのが歌舞伎である》と、《官能的な悪》をもはらむ歌舞伎の《道徳を超越した不思議な魅惑》を強調する。

もともと、増山は、万菊の楽屋に行くときには、自身が《異性》であること、《自分が男であることを、妙に新鮮に、なまなましく》感じていた。レビューの女の子たちの楽屋を訪ねるときには感じられない《妙な違和感》が、性別越境する女方の楽屋からは感じられたのである。とはいえ、《舞台の万菊に魅せられたのは、増山は男であるから、あくまで女性美に魅せられたのであることはまちがひない》と、当初の増山は異性愛を当然視していた（ヘテロノーマティヴ）。だが、作品結末部において、万菊が自分以外の男と相合傘で劇場をあとにしたとき、増山は強烈な《嫉妬》の情を自覚する。ハレである舞台に対して楽屋はケに位置する場ではあるが、あくまでも表舞台に立つための準備の空間であった。劇場自体を離れた外の日常世界にあって、万菊がいかに女方としての姿を見せるのか、自分には決して見せてはくれない万菊の「真の」姿を欲して増山は感情を昂らせる。

舞台と日常との間にある楽屋にあって役者の変身を見続けた者にしてなお、蜘蛛の巣にからめ捕られるように魅了される女方の存在。「女方」は、女方という錯綜した身体性とヘテロな規範へのラディカルな侵犯性をもつクィアな存在の魅惑を、存分に描いた小説なのである。

おわりに――「扮装狂」から「女方」へ

三島由紀夫のセクシュアリティ／ジェンダー認識の原点は「仮面の告白」に描かれている。《お前は人間ならぬ何か奇妙に悲しい生物だ》だとか《人交はりのならない身》といった、規範から外れていると自覚する人間の手記の形態をとった「仮面の告白」は、第一章において、奇術師・松旭斎天勝に憧れ、《天勝になりたい》と同一化を願って扮装をする〈私〉の姿が記述される。私は歓びに顔をほてらせながら、母の着物や帯を使って女装する。そもそも天勝が《黙示録の大淫婦めいた衣裳》であるし、〈私〉がぐるぐるとまきつけた頭巾が《「宝島」に出てくる海賊の頭巾に似てゐるやうに》童話的で、これは現実の女性を写すというよりは、女性を誇張して演じてみせる「ドラァグ・クィーン」のような扮装であった。〈私〉は、自分の扮装が多くの目にさらされていること、自分が演じていることに意識を集中させるものの、その扮装は周囲の手によってはぎ取られてしまう。

ところで、一九九九年の三島由紀夫文学館の開館、二〇〇〇年からの決定版三島全集の刊行によって、それまで未発表だった資料が公開された。「仮面の告白」のこの部分と密接に関わるのは、昭和一九年八月一日の日付がある習作「扮装狂」である。「扮装狂」には扮装に関わる要素が多く書かれ、結末も歌舞伎の沢村宗十郎への偏愛の表明で閉じられる。久保田裕子が指摘するように、「仮面の告白」からは「扮装狂」の歌舞伎の要素が完全に排除された。[16] 異性装を芸能の典型として高めた歌舞伎の要素を排除し、同性愛や死・血への嗜好といった「変態」性欲の一つとして異性装を編成したのである。[17] しかし、異性装への欲求の源流に歌舞伎があることの意味は重いだろう。

渡辺保は『女形の運命』において、歌右衛門が女形を自分の運命として受け入れていると述べる。[18] それは、過去の生き方を理想とすることであり、男の身体という自己の現実を捨てて、江戸期の「あやめぐさ」を手本に女方という虚構の生を生きるということだ。「扮装狂」で夢見られながら「仮面の告白」の〈私〉がとりえなかった道を、運命として受け入れ、芸術的に昇華したのが歌右衛門であった。「女方」は、ヘテロノーマティヴをゆるがす歌舞伎の女方のクィア性と性的なエネルギーの蠱惑を描いた作品なのである。

（広島大学教授）

注1 「新潮」一九八八年一月。一九七〇年七月に国立劇場歌舞伎俳優養成所で行われた特別講演の記録で、『決定版三島由紀全集 四一』所収のCDにより音声でも聴くことができる。

2 後年の歌右衛門は、写真集について、《あの時は毎日家に来て下さって、写真も全部選んで下すってね。あれは私への形見ですね。すばらしい巻頭言でした》と述べている（「三島さんの思い出」『演劇界』一九八七年一一月）。

3 『岩波講座歌舞伎・文楽5　歌舞伎の身体論』「I歌舞伎の身体」岩波書店、一九九八年

4 「女方、示現の芸術」『演劇界』二〇〇〇年一月臨時増刊

5 『an. an』創刊号、一九七〇年三月二〇日
6 『目─ある芸術断想』集英社、一九六五年八月
7 『ジェンダー・トラブル』竹村和子訳、青土社、一九九〇＝一九九九年
8 「女形・自然主義・性欲学─《視覚》とジェンダーをめぐっての一考察」『名古屋近代文学研究』二〇、二〇〇三年三月。また、三橋順子も女装の観点から江戸の創成期から戦後にいたる歌舞伎の女形のジェンダーとセクシュアリティの変遷を考察している（『女装と日本人』講談社現代新書、二〇〇八年）。
9 「三島由紀夫試論─『女方』をめぐって」（『国文』七五、一九九一年七月）。藤木直実も、この論争と三島の「女方」執筆の関係に触れている（「ふたりの女形─森鷗外「女がた」と三島由紀夫「女方」」『鷗外』九一、二〇一二年七月）。
10 早く、阿部知二が、《これは青春の小説、やつぱり同性愛の小説だよ》と述べている（阿部知二・丹羽文雄・高見順「創作合評」『群像』一九五七年二月）。
11 暉峻康隆は、《少なくとも元禄期までの歌舞伎界においては、若女方・若衆方など、若くて美貌の歌舞伎若衆は、早朝から夕刻までは舞台を勤め、夜は茶屋で客の求めに応じて男色の相手をする、というのがしきたりであった》と解説する（『日本古典文学全集67　井原西鶴集2』小学館、一九九六年）。
12 三橋順子『女装と日本人』による（注8）。同書には、明治の演劇改良運動期に、若手女形と色子との人的交流を絶つなど、《江戸歌舞伎が持っていた性的ないかがわしい部分》が切り捨てられたことが指摘されている。
13 吉川喜美夫「古女形道」（『演劇評論』九、一九五六年七月）、伊藤晴雨「女形秘話─廓巨役者」（『人間探求』一九五一年七月）、森獵人「カブキの肉体　女形─カブキ的女装の心理と生理」（『人間探求』一九五二年四月）など。なお、雑誌『演劇評論』は女装愛好者の秘密結社・演劇研究会の機関誌で、「研究」を隠れ蓑にして警察の摘発を回避しようとしていた。これらの雑誌調査に際して、戦後日本〈トランスジェンダー〉社会史研究会（代表・矢島正見）の『異性装・同性愛書誌目録』（中央大学社会科学研究所、二〇〇四年）を活用し、同研究会所蔵の資料を閲覧させていただいた。記して深謝申し上げる。
14 木村貞彦「女形と変態生活」（『あまとりあ』一九五一年四月）。鳴駒屋竹村紫紅（本名・文雄）は、《若手ながら歌舞伎劇界の大御所竹村雅楽エ門の御曹子》であり、《所謂『おかま』だと噂され出した》。《ともすれば妻の存在も恐れた風に、一人あつけらほんと物思ひに耽つたり、子供のように縫ぐるみの犬や熊を澤山蒐集して嬉んでいる》とされる。歌右衛門の本名は藤雄、屋号は成駒屋で、当時は中村芝翫と称していた。動物好きで、熊の縫いぐるみを多数蒐集していることは有名である。
15 『回想回転扉の三島由紀夫』（文春新書、二〇〇五年。初出は『文学界』二〇〇〇年一一月）において、歌右衛門に初めて会った三島が、興奮して、《「君、歌右衛門は近くで見ても凛として美しいよ。あれが若い時男衆と駆け落ちし

たと思うと、つくづくそいつが空おそろしい」》と語ったと紹介し、《福助時代の歌右衛門が、男衆と手に手を取って北海道まで逃げた若き日の逸話は、つねにこの名女形の背後に揺曳する妖しい影だった。》と付記する。福助は一九三八年四月二七日に元番頭とともに失踪したが、二九日には新聞に載り(「中村福助・謎の失踪/新興行を控へ歌舞伎座狼狽/解雇の番頭に同情か/女形の悲劇」『朝日新聞』)、東北を経由して北海道で発見される五月五日まで新聞紙上を賑わせた。

16 「『仮面の告白』―セクシュアリティ言説とその逸脱」(『三島由紀夫研究』三、二〇〇六年一二月)。久保田は、《ここには歌舞伎の女形は伝統的なものとして問題化されず、西欧的文脈の中に配置されたときに異性装を〈異常〉とみなす眼差しが見出せる。》と言う。

17 村上隆則・石田仁は、クィアスタディーズの戦後の展開を、「変態雑誌」を丁寧にみながら論じている(「戦後日本の雑誌メディアにおける「男を愛する男」と「女性化した男」の表象史」矢島正見編著『戦後日本女装・同性愛研究』中央大学出版部、二〇〇六年)。村上・石田は、戦後すぐは、「男を愛する男」と「女性化する/した男」、「サディズム/マゾヒズム」も、「変態性欲」として隣接関係にあったことを述べている。その後、一九五〇年代後半から、丸山(美輪)明宏に代表される「シスターボーイ」の登場などにより異性装が注目をあびるなどの経過を経て、八〇～九〇年代に本質的な「同性愛者」と「トランスジェンダー」という性的マイノリティーに切り分けられ、生物学的性別・性自認・性的指向の三つの軸からなる「性的な多様性」が見出されるようになるという。

18 紀伊国屋書店、一九七四年→岩波現代文庫、二〇〇二年

特集　短篇小説

占領下の無秩序への化身——『鍵のかかる部屋』——

松本　徹

三島由紀夫は、昭和二十二年（一九四七）十二月二十四日、大蔵省事務官に任官、銀行局国民貯蓄課に配属された。本庁舎は占領軍によって接収されていたため、四谷駅前の焼け残った小学校の木造校舎であった。

総理大臣は、前年六月に就任した片山哲であった。その就任直前の五月三日に、新憲法が施行されていたから、官吏として学習、習得しなくてはならなかった。

ただし、この憲法の制定は、敗戦とともに進駐したアメリカ軍を中心とした連合軍総司令部（ＧＨＱ、Ggeneral Headquarters）が、アメリカ政府の方針に従い、日本国を徹底的に武装解除、財閥を解体、農地制度を改変し、教育制度を変え、天皇の神格を否定するなど、政治・経済・社会の成り立ちを根本から組み替えるための施策の一環として、行ったのであった。当時は極東国際軍事裁判の開廷している最中で、終戦から一年二ヶ月半、ＧＨＱが指示を出してから九ヶ月という短期間での施行であった。

こうした成立事情を法学部の学生として三島は承知していた上に、官吏とてその詳細なり、施行の意味、影響、結果を実地に知って行くことになった。

その片山内閣は、占領軍の厳しい干渉もあって一向に安定せず、翌二十三年二月には総辞職、三月十日に芦田均内閣が成立した。ただし、六月には昭和電工疑獄事件がおこり、この内閣も十月には総辞職することになる。

その総辞職を待たずに、三島は小説家として生きていく決意を固め、九月二日に大蔵省に辞表を出した。任官してから八ヶ月と数日、正式の退職はその二十日後であつた。この早々の退職には、占領下の官吏であることへの徒労感なり、暗澹たる思いも働いたのではなかろうか。

在職期間中は日記をつけていた。それを使い、当時の政治情勢や経済状況を織り込んで、退職して六年後に書いたのが短篇『鍵のかかる部屋』（昭和29年7月、新潮）である。

「けふ、社会党内閣が瓦解した」と書き出され、その前日に片山首相がマッカーサーを訪ね、懇談したことも書き込まれている。そして、主人公児玉一雄は、前年秋に大学を卒業、財務省（三島による仮称）に入り、銀行局国民貯蓄課に配属されていると、実際の三島と同じ身分に設定されている。大臣の演説の原稿を書いたり、貯蓄宣伝のためのポスターの審査に加わるなど、担当事務官として実際に携わったことであったが、この主人公もそれらをおこなう。そして、同僚たちと、首班指名が芦田均か吉田茂か、話題にするのだ。

こんなふうに自らの体験の実際に即して、昭和二十三年二月から四月いっぱいまでの時期を背景にして、ある女性との係わりを軸に、奇怪な血だらけの夢なども織り込み、ひとりの若者の精神の危機的様相を描く。

その危機だが、国民貯蓄課の課員として、貯蓄を進めるべく仕事をして行くこと自体によるところが大きい。なにしろ世間では破滅的インフレが到来すると盛んに言われてをり、現に進行中であった。参考までのこの時期の物価の変動を、週刊朝日編『値段の風俗史』から四品だけ摘出してみると、

白　米（十キロ）　昭和二〇年一二月・六円、二一年三月・一九円五〇銭、一一月・三六円三五銭、二二年七月・九九円七〇銭、一一月・一四九円四五銭、二五年・四四五円。

豆　腐（一丁）　昭和二〇年・二〇銭、二二年・一円、二三年・八円、二五年・一二円。

弁当箱（一個）　昭和二一年・七円八〇銭、二三年一月・一〇円五〇銭、一〇月・四四円一〇銭。

鉛　筆（一本）　昭和二〇年・二〇銭、二一年二月・五〇銭、九月八〇銭、二二年・二円、二三年・五円、二五年・一〇円。

これだけでも一目瞭然であろう。短期間に三倍、四倍、物によっては八倍にもなっている。インフレは急激に進行中であったのだ。その最中、貯蓄するとはどういうことか。壊滅的被害を一方的に蒙る結果になるのが自明である。それにも拘わらず、国家の指示に基づいて、国民に対して貯蓄を勧める役割を忠実に務めなくてはならなかったのである。

その主人公の夜の夢に、この都市のあちこちに開設された「誓約の酒場」なるものが出て来る。いつの間にか本人はその会員になっていて、深夜、街を彷徨っていくと、焼け跡のような家があり、床には酒ビンが割れ、血のような酒が流れている。夜中の一時に開店し、集まって来るのはサディストたちである。いずれも穏やかな身なりの、会社員ふう、銀行員ふう、研究者ふう、商人ふうの男たちである。彼らは、少女の血を絞って精製した「血酒」を飲みながら、さまざまな工夫を凝らして女たちを苛み、傷つけ、血を流させ、殺す夢想を語る。

『仮面の告白』などに見られる性的嗜虐的傾向、なんであれ過激に走らずにおれない若い作者の感性が、ここには認められよう。ただし、それ以上に留意すべきは、この酒場が「政令×号に基づき、都内各所に開設」されたとされている

点だろう。「政府がサーディズムに法令の保護を加へ」ているとも記されている。奇怪な、夢魔的政府が出現し、いつの間にか主人公はその官吏になっていた、ということになる。

そこには、当時の中央官庁の事務官を初め、銀行員、富裕な商人たちの所業に対する寓意が込められている、と見てよかろう。すなわち、国の指示の下、貯蓄を勧めることによって、多くの人々を経済的破綻へと追い込むべく努めているのだ。血税という言葉があるが、それどころではない。貯蓄された金は、インフレによって見る間に価値を落として行く。とんでもないサディストたちによる組織的行為に等しい……。

このような営為に従事する自分を、ひとは受け入れることができるだろうか。

昼間、同僚たちと混乱した社会状況を話題にして、こういう会話を交わす。

「君は革命が起ると思ふか?」と一雄は同僚にたづねた。

「起らないだらう」

「何故」

「だつて司令部があるもの」

「破局的インフレーションは来るかしらね」

「来ないだらう。その前にGHQが何とかするよ。第一、さうしなけりや司令部が損じやないか」

新任間もない事務官同士とはいえ、このような無責任な姿勢を採るよりほかないのである。一応、政府があり国会があり、選挙も行われているのだが、すべての権限を占領軍司令部に奪われていて、国民に対しては加虐的行為に等しいことを、それと承知しながらも、行うよりほかない。

「前略、生存してをります、敬具」とあるだけの葉書を友人から受け取るが、その直後、友人は自殺、葬儀にでた挿話が出てくるが、突き詰めれば、自らの人生を放棄するよりほかないのである。それでいて、なおも生きようとするなら、どうすればよいのか。

一つは政治的、社会的な混乱状況、無秩序状態を常態と心得て、それに抵抗するのをやめ、如何なることに対しても責任を取ることをせず、その場限りの行動に終始するのを基本姿勢とすることだろう。責任は占領軍がとればよく、インフレの進行中であれ、指示が出ている以上は貯蓄奨励の活動に従事すればよい。

しかし、主人公はこうした対応を取り切れず、「一人ぼつちだ」と感じる。そこからこういうことを企てる、「外界の無秩序にさからつて、内心の無秩序を純粋化して、ほとんどそいつに化身してしまはう」と。

深刻な負の事態に向き合い、どうにもならなくなった際に、三島はしばしば逆の対応に出る。この場合もそうで、自らの意志も責任を持つことが許されず、一方的に無秩序へ、人間的頽廃へとひたすら流れて行くよりほかない状況において、その無秩序そのものと競い合い、己が心のうちをより徹底して無秩序にし、自ら無秩序を具現してみせよう。外界の無秩序を、自らの無秩序でもって圧倒しよう、と考えるのである。

この企てを遂行するのに、恰好な場と相棒がいた、とすることによって、この小説は成立する。ダンスホールで知った女に招かれるまま、家を訪ねると、結婚していて夫も小学生の女の子も女中もいる、なに不足ない暮らしをしているのだが、夫は午前一時——「誓約の酒場」が開く時間で、それと関係があるかどうか——にならないと帰らない。その夫不在の一家にひどく歓待されるのだが、やがて女の子と女中が部屋から出て行くと、女は扉に鍵をかけ、恣な行為へと誘う。そうしてこの世の秩序に反する男と女の行為に耽る。そうしてともに無秩序にと化身する一時を過ごす……。

しかし、その女が主人公の胸の上で衝心を起こし、そのまま死ぬ。それから一月後、その家を訪ねると、少女と女中が迎えてくれ、女の遺影に手を合わせていると、少女が部屋に鍵をかけ、女がしたようにレコードを掛け、踊りに誘う。座ると膝の上にあがって来て、接吻を強請る。それ以来、主人公は少女を引き裂く行為に自分が出るのではないかと恐怖する。そして「誓約の酒場」では、九つの女の子を引き裂き、血を流して死なせました、と語る。

この小学校二年の少女は、主人公が審査に加わった貯金勧誘のポスターを提出していた。芝生に面した明るいテラスに、椅子だけ三脚、それぞれ新聞と眼鏡、編み物、絵本と人形を置いて、父母と娘の幸せそうな家庭を暗示する図案であった。このアイデアが審査主任の画家の注意を引き、三等に入ったが、少女の家庭が如何なるものか、承知しているだけに、引っ掛かるものがあり、本人に問いただすと、アメリカの本にあったのを先生に勧められるまま、意味もわからずに描いたとの返事であった。

アメリカの幸福な家庭像——それがそのまま占領下の日本の夢となって、貯蓄を誘う……、主人公にとっては遣り切れないことであった。このポスターこそ、引き裂きたいと思ったろう。

そして、彼はこう考える、「世界と無秩序はそのむかう側にあり、冒涜されたがつてゐる小さな肉が目の前にあつた。この肉をつきぬければ、彼の前に世界はひろがるだらう。あるいは彼は、自適した、自在な、無秩序の住人になるだらう」。

四月の快晴の日、その家を訪ねると、少女は病気で休んでいた。そして、主人公の腕のなかで、体を固くするのに、初めて女にするような接吻をして、自らドアの鍵をかけようとする。と、女中がやって来て、少女は初潮を迎えたことと、亡くなった女のではなく自分の子だと明かす。主人公は「もう会はないほうがいい」と言って部屋を出ると、少女が内側から鍵を閉める音を背に聞く。が、女中は追って来て、「もうおかへりになるんですか。それはいけません」と言いつのる。

＊

さきに引いた『短篇全集』の「あとがき」で、「私の窮屈な文体を思い切り崩してみたいと思つて書いた」といっているとおり、意図的に少々投げやり、無造作な書き方がされているものの、無秩序の極まりへと踏み込んで行く恐ろしさが、徐々に立ち上がってくる。「物語はフィクションであり、破局的インフレの進行といふ状況は、別の、精神的破局の進行の比喩である」とも書いているが、そのとおり、「破局的インフレの進行」が、主人公の破局への接近の足取りとなってくるのである。それに従い、上に触れたように幾つも張られた伏線が、後半になると効果を挙げて来て、多様な意味を獲得するのが認められる。

そして、それが占領下にある日本に生きる者たちの、精神的破局になって来る……。

上に触れた「あとがき」には、この小説を執筆、発表した昭和二十九年頃は、「泰平ムードが固まらず、世間がまだ偏狭な道徳観に身を鎧は」ず、「妙に世間がエロティシズムに対して寛大な時期」であった、とも書かれている。実際にそうであったかどうか、確認が難しいが、その二年前の昭和二十七年四月二十八日にサンフランシスコ条約が発効、占領体制の下からようやく解放された。その解放感が、こうした空気を生み出したのかもしれない。街頭テレビが人を集め、電気洗濯機が普及しだすのもこの頃からで、伊藤整『女性に関する十二章』が昭和二十八年には人気を呼んだ。

三島自身は、その日本が独立した日を、初めての海外旅行のギリシアで迎え、帰国すると、『真夏の死』を起稿、『禁色』第二部の連載を始め、その完結を前に、最初の集成『三島由紀夫作品集』全六巻（新潮社刊）を刊行、各巻末に自ら解説を加えた。

こうして自らの活動に一区切りをつけたのだが、そこで三島は、これまでの自分の歩みを振り返り、大蔵省に入り、一人前の社会人として歩み出しながら、作家の道を選び、辿ってきた今までの、占領下とほぼ重なる期間が、如何なるものであったか、改めて考えたのであろう。

そこから生まれた最初の作品は、サンフランシスコ条約発効からまる一年後に発表した短篇『江口初女覚書』（昭和28年4月、別冊文芸春秋）である。男好きのする容貌と、人を人と思わぬ鉄面皮と悪知恵と嘘でもって、占領期を生き抜いた女の足取りを、梗概といってもよいかたちで綴っている。七年近くにも及んだ占領の全期間を通覧するために、敢えてこういう書き方をしたのであろう。

その彼女は、こういう認識を持つ、「占領時代は屈辱の時代である。虚偽の時代である。面従背反と、肉体的および精神的買淫と、策謀と譎詐の時代である」。そのうえで、彼女は「本能的に自分がかういふ時代のために生まれて来たことを感じ」て、粗末な骨董店を開き、時代が呼びに来るのを待った。そうして見込みとおり占領軍の軍人たちを初め、金もうけを企む男たちと係わりをもつ展開になったのだ。

しかし、講和条約が締結され、占領時代が終わろうとする時期、嘘がバレて追い詰められ、若い学生と熱海に行き、心中しようとする。そこにこういう文章が来る、

虚偽の時代はまだ終つてゐない。初子はうしろから自分を引きずつてゐる虚偽の強大な力を感じた。

そして、何の当てもなく帰京する車中で、こんな歌を詠んで男に示す、「世の中の荒波いかにひどくとも　心をこめて乗り切らんとぞ思ふ」。

『鍵のかかる部屋』の主人公は、無秩序に化身しようとしたが、『江口初女覚書』の主人公は、虚偽に化身、この世を押し渡り、占領期が終わっても生きとおそうとしているのである。その点で、この二作は双生児といってよかろう。

そして、この「無秩序」と「虚偽」が、占領期と、それ以降の日本の在り方に対する、三島の基本的な認識であった。自決する年の夏、『果たし得てゐない約束――私の中の二十五年』（昭和45年7月7日、産経新聞）で、二十五年前に憎んだものは、アメリカの占領と共に終わると思っていたが、いまや日本中に完全に浸透してしまったと言い、その「偽善と詐術」を厳しく指弾する。

＊

この後、三島は、『鍵のかかる部屋』を踏まえて大作『鏡子の家』を書く。児玉一雄は、エリートサラリーマンの杉本清一郎となると言ってよかろう。しかし、そこでは占領下の無秩序、虚偽に代えて、消えようとしている焼け跡を前面に押し出した。占領下という事態を引き剥がし、その底に横たわる事態からの出発を、密かに考えたのかもしれない。

そして、ニューヨークの財界のエリートたちの頽廃ぶりに及ぶ。

この『鏡子の家』の完結近くなると、越路吹雪のための戯曲『女は占領されない』（昭和34年10月、聲、9月2日から芸術座で公演）を構想、『鏡子の家』を脱稿すると、執筆にかかるが、再び、占領下も『鍵のかかる部屋』で扱ったと同時期である。

こちらでは、GHQの政治局次長ケーディス大佐をモデルにした男が、越路吹雪の演じる夫人に恋する相手役として登場する。そして、恋愛模様を軸とした華やかな娯楽劇の枠組みにおいてだが、占領体制側の内部へと踏み込む。

当時、反安保運動が高まりを見せ始め、反米の風潮が強くなっていた。しかし、この舞台に対してその方面からの反応はなかった。時代と向き合うと、このような無反応とも、向き合わなくてはならなかったのである。

（文芸評論家）

特集 短篇小説

戦争の記憶の行方——「足の星座」から「英霊の声」へ——

中元さおり

1

戦後における戦争体験の位置づけや意味は、一定だったわけではなく、時代とともに変化してきた。敗戦直後の生々しい記憶から出発し、占領期を経て大きく経済復興をとげていく時代、また冷戦からバブル経済などの時代の波に合わせ、「戦争体験はさまざまに流用され、また、さまざまな思考を紡いできた[1]」。特に犠牲となった多くの戦没者をいかに位置づけ、また社会が共有する記憶としてどのように意味付けていくかは、戦後七十年を迎えようとする現代でも困難な問題を抱えている。

戦争体験が過去の記憶として歴史化されていった契機としては、昭和三十八年に八月十五日が「終戦記念日」に定例化されたことが大きい。初めての全国戦没者追悼式が開催され、追悼とともに経済発展による繁栄が誓われた[2]。これをきっかけとして、「戦争の評価の問題は完全に封印した上で、戦没者の「強き願い」に応えるために、「祖国の平和と繁栄」を実現しなければならないという、経済主義的色彩の濃い歴史認識[3]」が打ち出されることとなった。つまり、「経済成長によって戦争の記憶を消し去ろう[4]」という思いが広く共有される時代であったといえる。また、靖国神社で戦友会主催の慰霊祭が増え始めるのも昭和三十五年以降のことである[5]。

このように戦争体験が追悼という形で過去のものとなり、経済発展への新たな歩みによって上書きされていく時代に「英霊の声」(『文芸』昭和四十一年六月)は書かれた。戦死した特攻隊員たちだけでなく、二・二六事件の青年将校たちまでもが霊界から召還され、戦後社会の繁栄を呪詛する「英霊の声」は、当時の戦争体験をめぐる状況とは異なる方向を示していた。日本社会が現在と未来に向けて邁進していくなか、「英霊の声」は過去の記憶として固く封印された死者たちの声を呼び起こしているのである。「英霊の声」については、これまで「憂国」(『小説中央公論』昭和三十六年一月)と「十日の菊」（『文学界』昭和三十六年十二月）を含めた〈二・二六事件三部作〉という枠組や、「英霊の声」後に書かれた戯曲「朱雀家の滅亡」（『文芸』昭和四十二年十月）や評論「文化防衛論」（『中央公論』昭和四十三年七月）などの流れのなかで主に捉えられてきた。昭和天皇批判や二・二六事件の青年将校、特攻隊員たちへの熱を帯びた接近は、晩年の三島を考えるうえで重要な課題ではあるが、戦争の記憶を社会全体がどのように扱おうとしていたかという時代背景のなかで改めてその位置づけを試みてみたい。そこで、本稿ではまずその一端として、「英霊の声」の十年前に書かれた短篇小説「足の星座」を手がかりに、戦後社会のなかで戦争の記憶がいかに扱われ、当時の状況がどのように関係しているかを考察していく。

2

「足の星座」は、雑誌『オール読物』昭和三十一年七月号に掲載された短篇小説である。中間小説誌に掲載されたこの作品は、一人の女性歌手を主人公にした復讐劇のコントであり、エンターテインメント性を意識した小品である。これまでの三島研究でほとんど触れられることはなかったが、戦争の記憶という問題について当時の時代背景をたくみに取り入れながらも、戦後社会への批判精神が鋭く展開されており、興味深い作品である。

「足の星座」では、かつての人気女性歌手がパトロンを利用し、再起をねらう逆転劇が展開される。観光会社の社長である藤原富太郎とその妻は、レジャー施設建設とともに、私財をなげうって戦没者を慰霊するための巨大観音像を建立する。また、その観音像の足元には〈日本の星座〉と名付けられたスターの手型と足型を展示するモニュメントも併設される。その完成祝賀式の司会を任されるのが、元人気歌手で藤原の愛人でもあった御室けい子である。巨大観音像が実は慰霊のためだけでなく、観光資源として客を呼び込むために建てられたことを知ったけい子は、この秘密を暴露しない代わりに、大勢の観客の前で〈日本の星座〉の記念すべきスター第一号として足型手型をとることを要求し、藤原はその要求を受けいれる。

ところで、この作品でとりわけ目をひくのは、全国の英霊の位牌を納めた巨大な観音像という慰霊モニュメントの存在である。この観音像は、太平洋戦争で亡くなった藤原夫妻の一人息子のためだけでなく、同じように命を落としたすべての英霊たちを合同で慰霊するために建立された。この観音像建造の経緯について、藤原はけい子に次のように説明している。

コンクリートの大観音像はだね、私の悲願だつたんだよ。ヒグワン。わかるね。悲しい願ひだ。今度は丁度、啓一の十年忌に当るので、私財をなげうつて、これを建てることになつた。もちろん利害の問題ぢやないよ。土地を物色し、一流中の一流の彫刻家に依頼し……ここ一年はその準備に明け暮れて、肝腎の事業のはうははふりつぱなしだつたが、結局私の生涯を通じて、本当に残る仕事はこれなんだと思ふよ。それでだね、観音様の胎内には、全国の遺族の賛同によつてだね、太平洋戦争の英霊の位牌が一柱もあまさず納められるんだが、その中には啓一の一柱も入つてゐるわけさ

藤原夫妻にとって慰霊モニュメントの建造は、息子への慰霊という個別の死を、すべての英霊の鎮魂という全体の死へと拡大し、戦争の記憶を個人的なレベルから社会全体の記憶として残そうという意味があるものだろう。それを証左するように、慰霊モニュメントの祝賀式には、全国各地から遺族の代表が招待され、来賓として建設大臣も出席している。また、総理大臣からも祝辞が届き、公的なモニュメントとしての存在が強調される。

「足の星座」で象徴的に描かれている巨大観音像の戦没者慰霊モニュメントというモチーフは、当時全国的に戦没者の慰霊碑の建立が盛んだった事情を背景としている。昭和二十六年にサンフランシスコ講和条約が調印され、翌二十七年に占領状態から脱すると、戦没者の慰霊祭や追悼式の開催とともに、慰霊碑の建立がピークを迎えた⑹。アメリカによる占領下では、敗戦国として戦没兵士への顕彰行為は原則的には認められていなかったが⑺、占領期の終了にともない、封じ込められてきた戦争の記憶を回顧し、新たな意味を見いだそうとする社会の気分が広く共有されていたといえるだろう。

また、この時期には、出版界では「戦記もの」のブームがおこっている。戦争の生々しい証言でもなく、また戦後派文学に見られるような内省的で実存的な態度でもない、「勇壮で華々しい読み物としての「戦記もの」を求めている⑻」読者が多くなったと言われる。十年ほど前の戦争体験が、歴史のなかの勇ましい出来事として語られることを読者が要求していたことがわかる⑼。つまり、「戦争の記憶の商品化⑽」がなされた時代へと変化したといえる。

さらに、「足の星座」には、占領期を脱した当時の空気は、東京郊外でレジャー施設建設予定地を藤原が視察した場面にもあらわれている。「基地になるわけではないから、測量さわぎもなく、遊び場所を失つた子供たちが、ときどきいやがらせに、鉄条網のあちこちを壊すぐらゐですんだ」という記述からは、昭和二十九年に自衛隊が正式に発足し再軍備の問題がとりざたされた時代の雰囲気を物語っている。昭和三十一年度の『経済白書』で「もはや戦後ではない」と言われたように、本格的な復興に向けて新たに歩み出した時代の一端が写しとられているのだ。

3

藤原夫妻による巨大観音像の建造は、戦没者慰霊のための

「悲願」の社会貢献事業であるが、その反面、次のような裏事情をもつことを、藤原の妻はけい子に明かす。

あれこそ、私と宅との永年のプランなのよ。よくつて。全国の遺族は大体二百万世帯なんですよ。その御位牌がみなあの観音様の中へ入つてるのよ。よく考えてごらんなさい。今まで家《うち》のバスは、東京見物の目的だけだつたわけでせう。それがこれから、失くなつた夫や息子や兄弟に会ひに来る人が、二百万人以上ふえるわけなんですよ。それで今度から、一般の東京見物コースのほかに、『観音コース』といふのが出来て、これがふつうより百円高くて、お線香代も入つてゐるわけなの。ところが、実際は一人当り二十円の運賃で運べるんだけれど、その八十円で観音様を償却して行くわけよ。八十円に二百万を掛けてごらんなさい。どう？　一億六千万円でせう。一年の命日だけで、うまく行くと償却できるんですよ。それから先、命日は毎年でせう。そのためには宣伝も相当かかるけれど、とにかく、大事業なのよ、けい子さん。これで安心できて？

戦争体験がモニュメント化され過去として記録されていくとともに、経済活動に利用されていく状態がここにある。戦後十年を経て、家族の死というかたちでは戦争の記憶はまだまだ実感をともなうものでありながらも、一方では、死者を慰霊碑のなかに封じこめ、敗戦を過去の出来事として処理していこうとしているのだ。さらに、その戦争の記憶すらもこれからの経済復興に利用としようというしたたかな人間の姿が浮き彫りにされる。慰霊という精神的な行為を経済的価値にすり替え、観光ツーリズムのなかに取り込んでいこうというものである。ここには、もはや多くの戦没者への想いや敗戦に対する痛みはない。戦争の生々しい記憶を、経済的な繁栄によって上書きしていこうとしているのだ。「もはや戦後ではない」という言葉ににじむ、戦争の記憶への訣別と、経済的繁栄へと方向転換していこうとする時代の様相が、藤原夫妻を通して描かれている。また、それは藤原の経営する「新日本観光株式会社」という社名にも明らかである。

藤原は車窓から東京を訪れた地方からの修学旅行生を眺め、「ねえ、日本の将来もたのもしいぢやないか。わしが事業をはじめたころは、修学旅行の生徒といふと、みんなしなびて、青白くて、もやしのやうな顔をしてをつた。それが今ではあの通り。ごらんよ。あの丸々と肥つた、林檎のやうな真赤なほつぺたが、どの窓からも……」と、経済発展を遂げていこうとする日本の将来に期待を寄せる。拝金主義的な藤原の目がながめる風景は、朝鮮戦争特需によって復興の足がかりを得て自信を回復していく日本の姿である。しかし、一方でこの情景について「バスの窓といふ窓からは洟たれ小僧が顔を出し、口をあけ、焦点の定まらないやうな目をして、生れてはじめて見る大都会の喧騒に打ちひしがれてゐた」という皮肉に満ちた語り手の解説が対置され、藤原を揶揄する態度がうかがえる。藤原が信じている日本のたのもしい将来に対する疑念は、昭和三十一年当時の三島の戦後社会への懐疑的な視線と重なるものだろう。

4

さらに、「足の星座」に登場するもう一つのモニュメントについても触れておきたい。巨大観音像の真下に設置されたそのモニュメントは〈日本の星座〉と呼ばれ、これから活躍する有名人が名を刻んでいき、「一流の人物の名声を残すための、ここがメッカになる筈」のものである。言うまでもなく、アメリカのハリウッドの様式を真似たものだが、このモニュメントは過去の記憶を刻むものではなく、これから将来にわたって記録されていくという意味において、巨大観音像の慰霊モニュメントとは対照的である。そもそも、遊園地という享楽的なレジャー施設の風景に馴染むのは、〈日本の星座〉の方だろう。英霊たちは過去の記憶として巨大観音像の胎内に封印され、異物として遊園地にそびえ立っているのである。〈過去〉を象徴する日本と、〈未来〉を象徴するモニュメントを覆うアメリカの影。占領期を脱して、本格的な復興に向けて動き出した時代の縮図がこの遊園地にはある。

〈日本の星座〉というハリウッド式のモニュメントに名を刻むには、スターとして成功することが条件である。人気の凋落した歌手のけい子に対して、藤原は「いつかきつと、観音様があなたの手型足型をお受け入れになるときが来る。それまでじつと待つんだね」となだめる。このモニュメントは一流スターが「観音の前に手と足をついて、人間が恭順な姿勢で、その芸術を捧げるといふ意味」をもつ。一見、英霊たちを奉る行為にも思えるが、富と名声を手にしたものだけがその行為を行う資格があるという点に注目したい。というのも、経済的な繁栄こそが英霊たちの霊を慰めるのだという意識をみることができるからだ。戦争に生き残った者たちが戦後をどのように生きていくかという問題は、経済復興を押し進める契機となり、「多くの場合、このすまないという気持ちは、死んだ戦友に代わって、祖国の再建のために努力しようという方向に変わっていった。この祖国の再建のためという一種のナショナリズムは、高度成長期の労働エートスを、大きく特徴づけていた[11]」のである。そこには、経済発展による再建こそが慰霊になるという思考が共有されていく時代の空気がある。それは、一人息子を亡くしながらも、経済的利潤を追い求めていく藤原夫妻の姿そのものであり、経済成長によって戦争の記憶を消し去りたいという思いでもある。

また、藤原の妻の描かれ方も気になる。彼女は、病気により夫と関係をもつことができなくなった代わりに、進んで夫の浮気を援助し、新居の家具調度のために「奉加帳」をもってまわったことで財界でも有名になった。このような彼女に対して周りは「国母陛下」という渾名をつけている。さらに、彼女は作品内で何度も「巨大な、おどろくべき富太郎夫人」と語られ、強調されているように、巨大観音像は拝金主義的な社長夫人の姿に重ねられている。英霊たちは夫人を髣髴とさせる巨大観音像―つまり母親の〈胎内〉に閉じ込められるのだ。英霊たちを〈胎内〉に納めた巨大な母親は、赤子たる英霊たちを慰めるために、経済発展という新たな歴史を紡ごうとするという不気味なイメージが浮かびあがる。

戦争の記憶をモニュメント化して過去のものとして封じ込め、戦後の経済発展に情熱を傾ける夫婦の姿には、戦後の天皇への揶揄的な三島の視線が感じられる。もちろん、「英霊の声」のようなあからさまな天皇批判の言葉はないが、後年に三島が繰り広げる戦後批判、特に天皇への批判の兆しがあらわれているのではないだろうか。拝金主義の妻は「国母陛下」と揶揄され、また、戦死した息子に対する夫婦の追悼も、経済的繁栄への思いにかき消されていく。戦後日本の歩みを象徴するようなこの夫婦像は、「英霊の声」における人間宣言をした戦後の天皇像への呪詛の言葉につながっていく。

5

「足の星座」に描かれているのは、記憶の物語である。終戦から十年を経て、戦死した息子たちの霊はモニュメントというかたちで残され、それは過去の記憶として固定化されていく。そして、経済的な繁栄が戦争の記憶を上書きしていく過程がとらえられている。モニュメントとは、記憶の装置である。英霊たちがモニュメントになったことで、戦争の記憶の生々しさは消え去り、また、慰霊という行為ですら観光資源として経済のなかに組み込まれていくこととなる。経済的繁栄こそが死者たちの意志を継ぐものだという時代の様相が「足の星座」には反映されているのである。

また、固有名詞をもった個人の死から、〈英霊たち〉という集団の死へと統合されていく様子も描かれている。固有名をもった死者から、〈英霊たち〉という集合名へという意識は「英霊の声」における「われら」という言葉につながっていくものだろう。

「英霊の声」では、戦後の日本にもはや「神」がいないという呪詛がくり返されるが、その十年前に書かれた「足の星座」では、経済発展を新たな「神」とする時代が到来したことが皮肉な視線で描かれている。しかし、「足の星座」で閉じ込められた死者たちの声は「英霊の声」で、降霊術によって封印を解かれ召喚され、「裏切られた者たち」の声としてその怨嗟の嘆きが一気に溢れ出す。封印を解かれた「裏切られた者たち」は、特攻隊員だけでなく、歴史をさかのぼり二・二六事件の青年将校たちまでもが含まれることとなるのだ。「足の星座」で封印された死者たちの声が、「英霊の声」で書き記されたのではないだろうか。

「足の星座」では、死者が観音像に封印され閉じ込められていく過程が描かれていた。それは、戦争の記憶すらも観光として消費していくような時代の到来である。このような戦後社会への皮肉な視線は、「英霊の声」における「御仁徳の下、平和は世にみちみち　人ら泰平のゆるき微笑みに顔見交はし」「いつはりの人間主義をたつきの糧となし」てきた社会への痛烈な批判として激化していくこととなるが、「英霊の声」の時代における戦争の記憶の問題と作品との関わりについては、今後改めて検討していきたい。

（大学非常勤講師）

注1　福間良明『「戦争体験」の戦後史』（中公新書、平成二十一年三月）

2　昭和三十八年八月十五日の全国戦没者追悼式で、当時の池田勇人首相は「謹みて戦没者の御冥福を祈り、諸氏が後世に託した祖国の平和と繁栄について全力を傾注することをここに誓うものであります」（『日本遺族通信』第一五三号、一九六四年三月）と述べている。

3　吉田裕『兵士たちの戦後史』（岩波書店、平成二十三年七月）

4　森茂起『トラウマの発見』（講談社、平成十七年一月）

5　注3に同じ

6　注3に同じ

7　長志珠絵『占領期・占領空間と戦争の記憶』（有志舎、平成二十五年六月）

8　注3に同じ

9　「足の星座」が掲載された『オール讀物』でも、昭和二十七年を境に戦記ものの小説や記事が目立つようになる。

10　中村秀之「〈二等兵〉を表象する」『岩波講座　近代日本の文化史9　冷戦体制と資本の文化』（小森陽一ほか編、岩波書店、平成十四年十二月）

11　間宏『経済大国を作り上げた思想―高度成長期の労働エートス』（文眞堂、平成八年七月）

特集　短篇小説

「帽子の花」論——アメリカの「光」と「影」——

九内悠水子

1．はじめに

　昭和三七年一月の「群像」に発表された短編「帽子の花」は三島のサンフランシスコ滞在経験を基に作られた短編小説[1]である。「世界の破滅」を確信する語り手〈私〉が、白昼のサンフランシスコで「世界の終り」に立ち会うというこの小説は、破滅への憧憬と、それが夢破れ退屈な日常へ回帰するさまが描かれていることから、これまで、「帽子の花」前後に成立した『鏡子の家』（昭和34・9、新潮社）や『美しい星』（昭37・1〜11「新潮」）などとの関連性が指摘されてきた。例えば野口武彦[2]は「あたかも隠し絵のように世界の終末の地獄絵図をその内部にひそめている一見平穏無事の世界」（傍点ママ）を描いた『鏡子の家』が『帽子の花』へと繋がるという見解を示している。また松本徹[3]は、三島が「ただここに生きてゐるだけの人間の『生活』を見出した」ことを重要視する。何れの指摘も「帽子の花」が三島中期の長編小説を分析する上で非常に重要な意味合いを持つ作品であるとみなしており、示唆に富む。しかしながら他方で、それらを理解するための補助的意味合いの中で解釈されるに留まり、単独で論じられることは殆どなかったと言える。

　このような中で有元伸子[4]が提起した、眺め見る〈私〉と「火山の休暇」などの〈菊田次郎もの〉との関連性や、映像論手法といった視点は、そういった膠着した「読み」を新たな地平へ導くものとして非常に刺激的である。一方で、「帽子の花」の語り手〈私〉は異国の街並みを、人々を、無意識的に「眺め」ており、取材という目的を持ち意識的に物事を見ようとする〈作家〉菊田次郎の態度とはやや異なるようにも思われる。次郎は能動的に「見る」のだが、〈私〉は目に入るものを「眺め」るという、ある意味受動的な姿勢を取るからである。また、「眺め」るという観点からは南相旭[5]が、「帽子の花」に描かれた重罪の犯人を収容するアルカトラス島の描写は、「アメリカの『平和な生活』」が、「ローマのコロセウムのように、『暴力』が『眺め眺められる』という関係を強引に削除した上で」成立していることを表象するものであるとの指摘を行っている。しかしながら、「眺め眺められる」関係、あるいはそれが「『絵』として眺められる」といった構図は提示されているものの、その関係性の詳細や「絵」の内実にまでは踏み込んではおらず、その点においてはまだ再考の余地があると思われる。

〈私〉は何を、どのように「眺め」たのか、またそのことが三島由紀夫の持つどのような問題性と関わるのか、今少し考えてみたい。

2. アメリカの「光」と「影」

「帽子の花」は、セント・フランシス・ホテルに滞在する語り手〈私〉が、まばゆい日光の下、ユニオン・スクェア周辺へ買い物がてらの散歩に出かける場面から始まる。以下、散歩をする〈私〉が自由に、何の気なしに「眺め」るものの描写が続くのだが、それらは、セント・フランシス・ホテルであったり、メイシー百貨店であったり、モダンな白いアイ・マグニンのビルであったりする。また、小公園の青銅の女神像であったり、遊歩道のベンチに坐って編み物をする母親や、鳩を追い回す子供たち、そしてその光景を微笑ましげに眺める立派な身なりの中年夫婦であったりする。

ユニオン・スクェアの小公園にある青銅の女神像は、一九八九年の米西戦争の戦勝記念に建てられたものである。この戦いの結果、スペインは植民地のほとんどを失い、南アメリカ及び太平洋諸島の覇権はアメリカ合衆国に移ることになった。国力は増大し、世界のアメリカとして君臨していくきっかけとなった戦争である。公園で日光を浴びて輝く女神像は、戦勝国として、繁栄を続けるアメリカの姿そのものであったと言えよう。また、歴代のアメリカ大統領や国賓、著名人等を顧客に持つ一流ホテル、そして高級デパートは、まさに経済の発展を象徴するものであったし、ベンチに坐る市民たちはそのような繁栄の恩恵を受け、平和を享受していたのであった。

ところがそういった〈私〉の自由な「眺め」は、突如として制限されることとなる。「世界の滅亡は、知らぬ間に、何の物音もなく、こうして瞬時にやつて来」、「すべてが停止して」しまうのだ。人々が動かなくなったのはもちろんのこと、「眺め」ていた〈私〉も身体停止状態に陥る。自動車の警笛やケーブルカアの鈴音といった聴覚情報も消滅した。ただ視線のみが、固定されたままであるがかろうじて保たれている状態である。

そのような中〈私〉は、「世界は目の前で終局に立ちいたり、しかも私はその場に居合わせた」ことに幸福感を覚えていた。またその幸福感を「ここに停止し、死んでゐるすべての人たち」も共有しているに違いないと思い込む。しかしこの幸福感も長くは続かなかった。やがて〈私〉は、「死んでゐない人間がゐた」ことに、つまり「世界は終」ってなどいないことに気づくからである。

そして、〈私〉の目は、動いている、汚れた身なりの「乞食」の男女に囚われてしまうのだが、このことは、〈私〉の眺めの変化を表している。〈私〉が当初見ていたのはアメリカの繁栄、平和、即ち「光」の部分であった。しかるに、ここにきてネガティブな、いわば「影」の部分が俄にクローズアップされてくるのである。

私は子供のころ、細緻によく出来た西洋館の玩具の家を持つてゐた。それを日向と影の堺に置いて眺めるのが好きだつた。すると、日光が家に複雑な影を与へ、裏庭は影に包まれてゐるのに、前庭の植木はひとつひとつ克明な影を日向に宿した。（中略）この景色にふりそそいでゐるのは正しく本物の日光だつたから、私はそのおかげで玩具の家が急に現実感を得るさまを嬉しく眺めた。

しかしよくよく見てゐるうちに、この玩具の家は死の気配を帯びてきた。

この回想をきっかけに、私の眼前にあったユニオン・スクエアは「死の相貌」を帯び始める。アメリカの「光」と「影」が反転する瞬間をきわめて象徴的に示した箇所といえるだろう。「帽子の花」では、「快晴の日光」、「氾濫する日光」、「日光を浴びて輝いてゐる」、「まばゆい日光」と、冒頭部において「光」が重ねて強調されている。しかしながら、見かけほど穏やかではないサンフランシスコ湾の描写に表象されるように、アメリカは「光」の裏に、多くの「影」を宿していたのである。

（前略）サンフランシスコ湾は見かけほど穏やかではなく、荒々しい灰色のうねりに充ちてゐる。重罪の犯人を収容するアルカトラス島周辺の波のうねりは、脱獄の途方もない困難を悟らせる。潮流は金門橋のあたりから、重い不安な底流を伴つて、たえず湾を攪拌してゐるのである。——

しかしさういふことは、ここの日向のベンチに坐つてゐる人たちとは何の関はりもないことだ。（中略）生活とは？　どんな忙しいあひだにも、かうしてひとときは、輝やかしい日光のもとで、沈滞と無為を装ひ、さうしてそれを固執することだ。

〈私〉の目に映る、五十すぎの男や六十格好の女は、まさしくアメリカの「影」の部分である。「乞食」と表現されている男女は、ソフト帽、ネクタイ、ステッキ、靴あるいは、外套にワンピース、ハイヒールに花の付いた帽子といった一部の隙もない格好をしているが、それらはみな薄汚れている。「編物をしてゐる母親」とその子供、「中年の立派な身なりの夫婦」とはあきらかに対照的と言えるだろう。子供のほほえましい姿に「微笑」を誘われた中年夫婦に対して、五十すぎの男は「悪意に充ち」た「ヒステリカルな馬の目」であたりを見回す。彼らは明らかに、資本主義の繁栄からはじき出されおり、その怒りを隠そうとはしない。

このようなアメリカの「影」の部分は、実は、「世界が終」わる以前から〈私〉の眼前に現れていた。

ベンチばかりか、芝生の周辺の石垣にまで人がぎつしり腰かけてゐる。丁度午休みの時刻で、オフィスへ帰るまではまだ間があるのである。通りすがりに、さういふ中の一人の、肥つたイタリイ系らしい男が、大声で、

「ダグ・ハムマーショルドが……」

と人に話してゐる声がきこえたが、昨日報ぜられたこの国連の事務総長の、奇怪な飛行機事故による死のニュースも、旅人の目や耳には、軽い響きをしか残してゐなかつた。

ハマーショルド[6]は第2代目の国連事務総長である。在任中はイスラエルとアラブ諸国の停戦合意支持や、スエズ危機の平和的解決の支援、コンゴ動乱調停などに尽力したが、三島がサンフランシスコ滞在中の一九六一年九月一八日、飛行機墜落事故にて亡くなっている。四度目のコンゴ訪問のさなかであった。動乱において活動家の軍事支援を行い、コンゴの共産主義化をめざしていたとされるソビエト連邦はかねてから、ハマーショルドが総長を務めることを快く思っていなかった。ゆえに、墜落事故については意図的なものではないかとの疑いが当初より持たれていたという。しかしながら、アメリカの平和を揺るがすようなこの事件も、作中では「旅人の目や耳には、軽い響きをしか残してゐなかつた」と簡単に片付けられてしまっている。ここではまだ〈私〉は、アメリカの「影」の部分を捉えてはいない。繁栄の一方で「影」は確実に存在していたが、〈私〉の目は、サンフランシスコの「日光」の下、幸せそうな絵を作る人々に向けられ、「影」の部分は看過されているのである。

3．サンフランシスコ

この作品の舞台となったサンフランシスコは、太平洋戦争終結を明文化した講和条約が締結された地である。一九五一年九月八日吉田茂の手によってこの条約に署名がなされ、日本は事実上占領状態を解かれることになった[7]わけだが、三島はこの四ヶ月後、サンフランシスコの地に立った[8]。『アポロの杯』（「北米紀行」昭和27・4「群像」）ではこの時の模様を次のように記している。

対岸はバークレイ、リッチモンドの地である。中央に加洲大学の白い塔が瞭然と見える。このとき風景は、思ひがけない異常な美観を呈してゐた。湾の中央部まで雨雲が佇んでをり、その彼方は日が当たつてゐるので、対岸の市街全体が、白昼でありながら、月光を浴びたやうにきらめいてゐたのである。といふよりは、それらの市

街の一軒一軒が、太陽の光線をうけてはじめて光りを放つ死んだ星のやうに、夜の灯火も及ばない異常な白い花やかな反射光を一せいに放つてゐた。それはいはばかれら自身の存在以上、能力以上の光に照らされてゐる無力な恍惚感を湛へてをり、われわれが日光を浴びてゐるとき気がつかないでゐる自然や市街の表情、森や白壁や、岸壁や、石塀や、塔や、急坂や、教会や、住宅地の窓でさへも、おのづとうかべてゐるかもしれない、かうした天体と全く同じ表情を、雨と晴との微妙な同時の交錯のおかげで、私はぬすみ見ることができたのである。

この時三島はすでに、サンフランシスコの「光」とその裏にある「影」の部分を感覚的ながら捉えていたと言えよう。そして奇しくもそのほぼ一〇年後、三島は同じ地に再び立ち、その後「帽子の花」を執筆した。戦後の日本は、アメリカのあとを追うように経済を発展させていく。日本が条約締結以後も、軍事・政治・経済・文化といった面で、アメリカのいわば精神的な占領下に置かれ続けたことは否定しようのない事実である。置かれたというよりむしろ日本国民自らが率先してアメリカの精神的占領下で安住しようとしたことを三島は許すことができなかった。戦後日本のスタート地点とも言うべきサンフランシスコを物語の「場」として選択し、そこにアメリカの「光」と「影」を浮かび上がらせていくことで、三島はそれに追随しようとする日本を、そしてそのことへの警鐘を鳴らしたのだと思われる。資本主義の繁栄がもたらす「精神的空白」[9]を三島が憂いていたことは彼の様々な文章に示されている通りである。

4. 語り手〈私〉が表象するもの

アメリカの「光」の部分を、セント・フランシス・ホテルやメイシー百貨店、編み物をする母親や立派な身なりの中年夫婦といった「市民の平和な生活」に託す一方で、「影」はサンフランシスコ湾の荒々しい灰色のうねりや「乞食」の男女によって描き出されている。では、そのような中における語り手〈私〉の位置はどこに定められているのだろうか。

〈私〉は「眺め」る人である。三島作品には「眺め」る人、すなわち『仮面の告白』の「私」、『金閣寺』の「溝口」、『豊饒の海』の「本多」といったような認識者が度々登場するが、「帽子の花」における語り手〈私〉はそれらの認識者とは少し違うようだ。例えば、溝口や本多など「眺める」人と、他者（=「眺め」られる人）との間にある深い断絶、ことに「眺める」人の持つ疎外感といったものが〈私〉からは感じられない。いやむしろ〈私〉は「眺め」る人でありながら、他者、すなわち「眺め」られる人とあたかも融合しているかのような感覚に浸っている。「世界の終り」の風景を前に、「私の心は満ち足り」「云はうやうのない幸福」を感じ、そしてそれは「おそらく私一人の感情ではなく、ここに停止し、死んでゐるすべての人たちの胸のなかに、同時に浮んだ感情」に違いないとまで言うのだ。〈私〉は日本から来た旅行者である。そんな〈私〉が他国の、ここではアメリカの「市民」と一瞬ではあるが幸福感を共有したように思ったというのは一種の比喩であろう。語り手〈私〉にはアメリカを追随しようとしている日本人の姿が仮託されている。アメリカのあとを追うということは、繁栄と引き替えに、「汚れたけばけばしさ」に充ちた「難攻不落」の「生活」も引き受けることでもあるのだ。〈私〉はそれをさながら白昼夢のような形で目撃するのである。

5. おわりに

山内由紀人は「三島の六〇年代もまた『政治への絶望』」からはじまった。『鏡子の家』を上梓した翌年に、六〇年安保を迎えたことも偶然すぎる偶然だった。敗戦後からアメリカによる占領意識をつよくもっていた三島にとっても、六〇年安保は一つの転機だった。[10]」との見解を示す。「政治への絶望」、危機感にあって「青年」の行動力、理想への激情と挺身に三島は希望を見出していくと指摘するのである。サンフランシスコ[11]に向かう機上で三島が読んでいたのは林房雄の「青年」(昭和7・8~8・9「中央公論」)であった[12]。

一九六一年秋、サンフランシスコへゆく機上で、私は「青年」を再読し、初読にまさる感銘を得た。こんな散文的な飛行機旅行も、「青年」の波濤のやうな浪曼的心情のおかげで、むかしの青年たちの熱い憧れに彩られ、めづらしくもない渡米の旅も、澎湃たる野心と夢の、全生命的な達成であるやうに空想された。(中略)

明治維新のやうな時代はおそらく空前絶後である。青年の力と教養、肉体と知性が、凝つて一丸となつて迅速な建設と秩序を生みだした時代。……本当に「青年の時代」と呼びうるやうな時代。……こんな時代に比べれば、第二次大戦後の十七年間などは、青年の活力がもつとも非効率的に使はれた時代としか云ひやうがない。幻滅からはじまつて別の幻滅にをはるこんな一時代のはてに、私が「青年」の再読に熱血をそそられたのも故なしとしない。

未来を託すべき若者までも「精神的」に荒廃してしまうことは三島にとって大きな問題だった。そういった彼の恐れは、サンフランシスコの若者の姿などにも表出されている。「私の隣りでペイパーバックの小説を読んでゐる若い男」は、「青年紳士然としてゐるけれど、しきりに洋服の塵を気に」している。彼は自分のことにしか興味がない。また、「若い痩せた」「近所のオフィスのタイピスト」の娘は「世界の全ての事物に無関心を装つて」いる。繁栄がもたらす「精神的空白」はまさに彼らによって体現されていると言ってよいだろう。

「帽子の花」は一九六〇年代以降の三島が抱える様々な問題が極めて意欲的に盛り込まれた作品である。語り手〈私〉が眺めたアメリカの「光」「影」を通して、アメリカのあとをひたすらに追随する日本の姿を浮かび上がらせているわけだが、その問題提起は残念なことに真剣に受け止められることはなかったのであった。

（比治山大学講師）

注1　この作品が成立する約四か月前の一九六一年九月一五日から二九日にかけて、三島は『ホリデイ』誌の招きで渡米し、サンフランシスコに滞在している。また滞在時の模様は「『ホリデイ』誌に招かれて」（昭36・10・16『毎日新聞（夕刊）』）というこのエッセイの中に記されており、気候や風景描写などが作中に忠実に取り込まれていることが分かる。

2　野口武彦『三島由紀夫の世界』（昭和43・12、講談社）

3　松本徹『三島由紀夫論―失墜を拒んだイカロス―』（昭和48・12、朝日出版）

4　有元伸子「帽子の花」（『三島由紀夫研究事典』平成12・11、勉誠出版）

5　南相旭『三島由紀夫における「アメリカ」』（平成26・5、彩流社）。南も『美しい星』との関連の中でこの作品を捉えている。

6　ブライアン・アークハート・セルゲイ・フルシチョフ他著（光橋翠訳）「世界平和への冒険旅行　ダグ・ハマーショルドと国連の未来」（平成25・7、新評論）

7　一九五一年九月八日署名、一九五二年四月二八日発効。

8　朝日新聞特別通信員として昭和二六年一二月二五日横浜を出発、ホノルルを経てサンフランシスコに寄港している。

9　三島は、林房雄との対談（「対話・日本人論」昭和41・10、番町書房）において「工業化の果てに、精神的空白なり荒廃がくるというのは、どこの国でも同じ現象だと思います」との発言をしている。

10　山内由紀人『三島由紀夫 vs. 司馬遼太郎　戦後精神と近代』（平成23・7、河出書房）

11　一九六一年九月のサンフランシスコ行きを指す。

12　三島由紀夫「林房雄論」（昭和38・2「新潮」）

特集 短篇小説

マスコミ時代の貴種流離譚——三島由紀夫「スタア」論——

山中剛史

1、「芸術家対生」という構図

三島由紀夫が最晩年に編み没後刊行された自選短篇集『獅子・殉教』(新潮文庫、昭46・2)解説で、高橋睦郎は三島が残したメモを引用紹介している。それによれば、「スタア」(「群像」昭35・11)は、〈現代的貴種流離[1]〉と作者によって脚注が付されていた。高橋は、同自選集が三島による〈異類テーマ〉のセレクションであることに触れつつ、〈プラトーン流にいえばイデア界より来りイデア界へ戻る貴種の、この卑しい地上における影としての流離の相を、三島氏は異類という負の概念で呼び、そのことによって異類という概念じたいを正の概念に転じたのではあるまいか〉と記している[2]。

それまで作者は「スタア」について、映画「からっ風野郎」(昭35・4封切)出演によって得た経験から発想された、映画俳優という得意な肉体を描いた観念小説であると言及するくらいで多くは語らず[3]、本作のテーマを貴種流離であると語ることは一切なかった。もちろん、最晩年にいたって改めて一言で作品の本質を掬い取った言葉に過ぎないかもしれない。ただし、現代的貴種流離譚であるとして改めて「スタア」を読む時、こと映画スターといったモチーフに限定することなく本作の基底にある作者の問題意識を考えていくことが出来るように思われる。石原慎太郎との対談「新人の季節」(昭31・4)で三島が述べたように、自分のような芸術家はこの社会において〈エトランジェ〉、まれびとであるほかないのだとする三島を想起すれば、「スタア」での現代的貴種流離という言葉の意味は、正に当時三島が小説家として抱えていた問題意識と符合してこよう。つまり先取りしていってしまえば、現代における芸術家のあり方という、自身のあり方への問い、昭和三十年代における三島特有の芸術家としての危機表明である[4]。

実人生と虚構の二重性を常に強いられるスター俳優の独特な生のあり方は、高橋がいみじくもプラトンに比して語ったように、イデアと影の関係としても捉えることが出来よう。「スタア」においてそれは本物の世界／虚偽の世界として作中語られている。更にまた、本物／贋物を実人生／演技としれみれば、俳優と演技の関係そして芸術家と芸術作品との関係にも敷衍することが出来、それは同時に三島が当時述べていたザイン／シャイネン（芸術家としてあることと芸術家として見えること）といった二重性の問題にそのまま繋がる。

本物／贋物、イデア／影、実人生／演技、そしてまたザイン／シャイネン……こうした三島の二元論的把握の大元には、トーマス・マンによる芸術家対市民という問題があったことは改めて述べるまでもない[5]。端的にいえば、かつて三島が「小説家の休暇」（昭30・11）で表明したところの、〈小説固有の問題とは、芸術対人生、芸術家対生、の問題〉という問題意識である。「禁色」であれ、「金閣寺」であれ、あるいはまた「卒塔婆小町」や「班女」といった戯曲にせよ、昭和三十年前後の三島作品において〈芸術対人生、芸術家対生、の問題〉は種々の形で追求されていたと見てよいだろうし、それら作品はまた三島の芸術（家）論的な色彩を濃厚に帯びている。

三島が「からっ風野郎」に主演し、「スタア」を執筆した昭和三十年代前半は、小説家は〈現代の英雄[6]〉となり、芸能人や人気スポーツ選手とならんで小説家が次々とタレント化していった時代である。昭和三十一年の「週刊新潮」創刊をはじめとする週刊誌ブームと、昭和三十四年の皇太子ご成婚パレードを機に急激に普及していったテレビなど、そうしたマスメディアが一般化することによって強大化していったことを背景として、文壇の崩壊が叫ばれ、文学的評価とは別軸によって作動するマスメディアによって石原慎太郎や原田康子ら新人作家達によるベストセラーが話題となり、それらは流行と連動する形で社会現象として受容されていた[7]。〈小説家といふものは、人間があつてその上作品があるのだから二重の誤解の上に立ち、読者はいろいろな像を描く〉（「作家と結婚」昭33・7）わけだが、流行作家は有無をもいわせずマスコミの前面に立たされ、そこで小説家としての己を演じなければならなくなったのである。同時代の三島はといえば、作品執筆の傍ら、映画に主演するばかりか主題歌を歌ってレコード発売し、テレビに出演しラジオのパーソナリティを務め、各種グラビアを飾り、スター作家の代表選手として、作家のタレント化の最前線を疾走していた。

あれこれの仮面を使い分けるがごとく「三島由紀夫」という虚像がマスメディアに氾濫していくなかで、実像たる三島自身が自己喪失ともいうべき危機的な事態に直面していたことについては、かつて論じたことがある。そこでは、小説家としての顔をマスコミに露出すればするほど、それを意識しそれとして操作する本当の私ともいうべきものがくくり出されて来ざるを得ない。ザイン（存在すること）とシャイネン（「三島由紀夫」であるように見えること）の乖離は三島に存在感の希薄さとして迫り、いわば肉体を通した存在の充溢感を希求させることとなる。それはボディビルに始まり、細江英公による写真集『薔薇刑』を端緒として、三島の文学以外の活動、その肉体を前面に打ち出した被写体としての活動へと結実していったことを見たのであった。(8)

このようなアングルから改めて考えてみれば、スター作家三島の自己喪失は、「スタア」でのスター俳優水野豊の自己喪失にそのまま通じており、いやむしろ、三島はそうした自身の危機意識を映画俳優というマスメディア時代を象徴する人物を借りて作品化したのではないかと思えてくる。(9) 本稿では、そうしたマスメディア時代における芸術対生の問題に直面した三島の作品的展開の一つとして「スタア」を捉える。

本作成立の直接のきっかけは「からっ風野郎」であったが、そもそも三島の俳優への興味は映画出演以前から兆していたものであり、それまで三島が発表していた俳優論との連続性の中に改めて「スタア」を位置づけることで、本作をひとつの俳優論としての角度から捉え直すことが出来るだろう。それまでの俳優論と比較しながら、それがどのように芸術家対生という問題意識に接続されるものか。晩年に貴種流離と「スタア」を位置づけたその背景には、三島自身の芸術家としての自己意識が昭和三十年代から変容した側面があったのではないか。これらの問題を念頭にしつつ改めて「スタア」を検討していきたい。

2、虚偽という「見かけ」

「スタア」における特質としては、先述したように映画俳優における世界の二重性がある。作中でそれは本当の世界／虚偽といいあらわされているが、まずはそれら両方の関係と主人公水野豊の位置を確認しておこう。冒頭、ロケ撮影を遠巻きにするファンを前にした豊の認識は、次のようなものである。

> 彼らがなりたいと思つてゐるもの、彼らの「原型」は僕である。僕はいつもそう思つて、附人のさし出す手鏡の中を覗くことにしてゐる。そこには元気な青年の顔が映つてゐる。しかし元気そうなのは、本当のところドーランのおかげだ。（中略）しかしドーランの下の顔は、粉をはたくまでもなく、粉つぽくて光沢のないことを僕は知つてゐる。（中略）
>
> さういふ認識は、みんな「本当の世界」からやつて来る。だからさういふ認識は存在する必要がないし、従つて存在しないのだ。

スターとは、他者による脚本、演出で創り出される仮構の「役」を演じることによって実際の私と「役」の私との二重性を生きている、というのではない。まずスターはスターであるそのことを演じなければならない。スターは常に既に仮面を生きなければならないが、それが素面の上の仮面に過ぎないことを認識する私がここにはある。素面あっての仮面であるならば、幾らでもその仮面は着脱、付け替えは自在に操作出来よう。だが銀幕上でも撮影現場でも常にスターはスターである限り、水野豊は「水野豊」という仮面を着脱自在に操作することは出来ない。水野豊は「水野豊」であるという自己意識においてこそ存在しているのであって、その意味で既に仮面は肉付きの仮面なのである。

先に触れたように、それが仮面であると意識することから必然的にその裏にある「本当の素面」がくくり出され、素面が仮面を選んだというよりも、仮面であると認識することからあたかも素面が元からあって仮面を後から選んだような格好になり、今度はそのスターという仮面を素面としてあれこれの「役」の仮面を付け替えていくという具合で、素面とスターという仮面、スター俳優という素面と役柄という仮面と、豊は実のところこうしたいわば二重の生を生きていくほかはない。豊は、常にそう振る舞い誰もがそう見るところの仮面は虚偽であると〈知つてゐる〉。素面こそが「本当の世界」の認識であるが、スターは仮面無しには存在できない。「役」を演じる前にスターを演じなければならない限りにおいて、常に水野の意識は素面とその上に皆に見られる仮面とに引き裂かれていることが前提となる。

他方、〈醜さ〉と〈愚鈍〉を演じる限りにおいて、加代も現実を舞台とする俳優であり、虚偽の世界の住人である。水野と加代は、〈本物の世界を呪い、嘲笑し、虚偽を信仰〉している限りにおいて、この二重の生の同志であり、加代は水野の存在感の飢渇を正確に見抜いている。スターのすなわち仮面と演技の日々による空虚感に〈死にたい衝動〉に突き動かされそうになる水野を、加代はあたかも虚偽の世界のベアトリーチェのごとく導く。見かけだけの仮面の生活を強いられ、素面の存在が希薄になればなるほど、生の実感は遠のき、現実は全て現実感を失ったニセモノめいたものになっていく。[10]ニセモノの世界の中では仮面しかリアリティーを感じることが出来ないわけで、スターの日常のなかで素面が常に疎外される幽霊のような存在となれば〈死にたい衝動〉が生じるのも道理であろう。空虚な「見かけ」だけの人形に過ぎないと認識しつつも、それが完全であり水野本体そのものとして常に既に外部に認識されている限り、その「見かけ」だけの人形に対して常にジャスティファイされない不完全さしか私には残らず、私は私であることの無意味さに直面するばかりであり、そうした存在の無意味に人は耐えられないからだ。そんな豊を諫めて、加代は本物の世界／虚偽の世界の関係について次のように説明する。

あんたがだうして生きてるか、といへば、それは簡単なことだわ。あんたの『見かけ』が、一から十まで、本当の世界の認識に忠実で、向うの注文に叶つてゐるからだわ。それと引き代へに、向う様は、決して誰にも見せない私たちの秘密を、私たちの熱心な虚偽を、虚偽の信仰をしぶしぶ許してゐるんだわ。それといふのも、向う様だつて、一等純粋な本物らしさの外見は、こういふ悪い信仰からしか生れないことを知つてゐるからだわ。

　スタアはあくまで見かけの問題よ。でもこの見かけが、世間の『本当の認識』の唯一つの型見本、唯一つの形にあらはれた見本だといふことを、向う様も十分御存知なんだわ。世間だつて、結局認識の源泉は私たちの信仰してゐる虚偽の泉から汲んで来なければならないことを知つてゐるの。ただその泉には、絶対にみんなの安心する仮面がかぶせてなければ困るのよ。その仮面がスタアなんだわ。


　加代の論理には、それが虚偽であるにもかかわらず、その見かけこそ〈世間の『本当の認識』の唯一つの型見本、唯一つの形にあらはれた見本〉であるという逆説がある。先に高橋によるイデアと影の例えを引用したが、プラトンのイデア説において、真実在のイデアは「見かけ」によって影たる存在から想起されるほかはない[11]。影でしかない虚偽の「見かけ」は、しかしこの地上での〈唯一の型見本〉なのである。この場合、「見かけ」の奥に本質があるというのではなく、どう見えるかという表面性こそが問われるのである。だから「見かけ」には現れない実際やら内面やらといったものは問われることはない[12]し、あってはならないものである。あくまでフィクションであり虚偽でしかない仮面は、しかし、あたかも実際の生花よりも造花の方が時に本物らしく美しいように、本物以上に本物らしく、あり得べき典型を具現化する。だが、実際の本物には「本物らしさ」などは不必要である筈だ。不特定多数による理想化、偶像化の視線を一身に受けるスターという職業にとって、それに応えることは常に既に「見かけ」という本物らしさの虚偽を抱え、「見かけ」を見かけとして意識していなければならない。豊が〈正に「見られる」といふ僕らの特質が、僕らを世間から弾き出し、世外の人にしてしまふ原因〉と述べる所以である。

　こうした論理はそのまま、三島の述べるところのザインとシャイネンという論理に通じているだろう。先にも触れた実在と「見かけ」という問題である。そもそも三島は、ザインとシャイネンという問題を舞台俳優における問題として考えていた。

3、ザインとシャイネン

三島は、「スタア」までに幾つか俳優について論じている。今取り敢えず舞台評や個々の俳優論、その様式に関わる歌舞伎俳優についてのものを除いて、「小説家の休暇」（七月十日の項）、「楽屋で書かれた演劇論」（昭32・11）、そして「からっ風野郎」出演前の「僕はオブジェになりたい」（昭34・12）を取り上げたい。そのどれもが同じく俳優を語りつつも（最後の一つは映画俳優に限ってだが）、この三つの論を並べてみると微妙な語り口の違いがあることに気がつく。三島は「小説家の休暇」の時点から、俳優という芸術家における精神と肉体のあり方に芸術家一般に通じる問題を見出していたが、「楽屋で書かれた演劇論」になると、ただそれがそうあるというだけでなく、小説家としてある己の問題として俳優を考えるようになり、映画出演のオファーをきっかけにそれは小説家である三島のオブジェへの渇望として提示される「僕はオブジェになりたい」になっていく。先んじて述べれば、三島の俳優論とは同時に自己のあり方を問うものでもあったのである。

「小説家の休暇」では、〈俳優における肉体の宿命は、あらゆる芸術家における精神の宿命〉であると両者に相似を見て、俳優芸術とは、〈彼の精神は、彼の内部を他人にゆずりわたし、外側へすつかり出て来て、彼の肉体と一体になつてしまふのではないか〉として、常にその精神が可視的な肉体に具現化されるところの俳優を〈客体へ身を投げた主体〉と定義する。

　俳優の理想は、俳優何某を見せることではなくて、まさに役の人物その人が、舞台の上を闊歩してゐるやうに見えることであらう。その芸術表現は、「かく見えること」にとどまらず、「かく存在すること」にまで達しなければならず、そこではじめて俳優の作品が生れ、「演ずること」は、「創造すること」に一致する。

浪漫主義以降の文学において主体と客体が乖離し、〈主体は表現の動機を告白にしか求めることができず、客体を媒体にした自由な表現の道筋がとざされてしまつた〉ことを問題視する三島は、自らの肉体を素材とする俳優芸術にこそ、健全な芸術のあり方を見る。それというのも、〈俳優芸術が根本的に批評の方法に立ち、しかもそれを創造へもつてゆくために、堅固な人間的規模をもつ自分の肉体といふものを踏台にしてゐるといふ点に、あらゆる批評の不毛からの、脱却の示唆を見た〉からであった。

　こうした俳優論は、主客の分離した近代人たる三島が、芸術表現の方法論的観点から理想をそこに見るに止まっているといってよい。「客体に身を投げた主体」は確かに精神と肉体の分離以前のあり得べき芸術家の姿かもしれない。しかしそれを理想とすること自体が、既にそれが永遠に届かぬ理想に過ぎないことを反証してしまっている。

　加えて、俳優芸術は〈彼の内部を他人にゆずりわたし〉た、戯曲及び舞台という全体の中の部分である。理想は理想として、それを芸術家全般と同日に論じるには無理があろう。

が、その後の「楽屋で書かれた演劇論」においてはそれが微妙に変化を見せ始める。更に一歩踏み込んだ形で問題が整理され、俳優のあり方とはそのまま芸術家一般のものであるとして、ザインとシャイネンという二元論から考察されるのである。〈人間の自己疎外の果てに、人間自身が亡霊に化する〉ヴィリエ・ド・リラダンの短篇小説「人間たらんとする欲望」を引き合いに出しながら、三島は俳優を〈人生と芸術との境目が、ともすればあいまいになる危険な職業〉とし、それは〈俳優のみならず、小説家にも詩人にも劇作家にもひそむ危険である。リラダンの小説は、芸術家一般の宿命を諷刺してゐるのだ〉として、生と芸術の混同は俳優固有の問題のみならず、芸術家一般の問題であるとその射程に己をも含みつつ、三島は次のように語る。

> シャイネン（の如く見える）の世界の蠱惑からのがれて、何度でも、ザイン（存在する）の世界、見られることなしに存在するだけで充足してゐる世界へ還つて来なければならぬ。さるにしても、シャイネンの世界の蠱惑は、社会生活の魅惑の大半を占めてゐる。社会生活も生《なま》の生と相渉る部分は実に少ない。（中略）観客は或る「らしさ」を求めて劇場に集まり、俳優は或る「らしさ」の具現に精神を傾ける。そして社会生活の「らしさ」は、大抵好ひ加減な妥協に終るから、観客は真の典型としての「らしさ」を舞台の上に望み、このつかのまの光りと音楽の中に発見するのである。しかし悲しいかな、幕の下りると同時に、舞台の上の典型の「らしさ」は死に、俳優も観客も、不完全な「らしさ」の世界にとりのこされる。

「小説家の休暇」に見られた、俳優という芸術家の方法論や表現媒体といった問題から、ここにいたり課題として鮮明にフォーカスされるのは、俳優の持つ二重性、その「らしさ」＝シャイネンという存在構造であった。〈不完全な「らしさ」の世界にとりのこされる〉ことへの対処として三島は、俳優は舞台を終えたら急いで「物の世界」へ行って〈一散に女を抱きに走ればよい〉のであって、見られることを官能の条件としてしまう俳優という芸術家は〈生《なま》の生への激しい飢渇〉を癒して人間を取り戻すべきだと主張する。そして芸術家の真の故郷こそ、〈官能が昇華されずに、官能がそれ自体の中に自足してゐるやうな世界〉すなわちザインだから、というのである。

こうしたザインとシャイネンの二元論は、この一年半以上後に発表された「作家と結婚」において、俳優の問題ではなく三島自身の問題としてまた改めて言及される。

> 人間は精神だけがあるのではなくて、肉体がなぜあるのかといふと、神様が人間はなかばシャイネンの存在だとしてゐるといふことを暗示してゐると思ふ。ザイン（存在）だけのものになつたら、シャイネンがほんとうに要らない人間になる。それならもう社会生活も放棄し、人間生活も放棄したはうがいい。どんなに誠実さうな人間でも、シャイネンの世界に生きてゐる。だから僕が一番嫌ひなのは、芸術家らしく見へるといふことだ。芸術家といふものは、本来シャイネンの世界の人間じやない

のだから。芸術家らしいシャイネンといふものは意味がない。それは贋物の芸術家にきまつてゐる。

肉体は存在それ自体はザインでもあり官能の源泉でもあろうが、その可視的な物体性によってまたは社会に生きる以上他者に見られるシャイネンでもあることは不可避である。換言すれば、芸術家であることはまた、社会において芸術家であることでもある。「作家と結婚」では右の引用箇所の前に太宰治と坂口安吾を例に出しているのだが、生活に文学的観念を持ち込むこと、〈太宰や安吾のやうに外側からもそれが見えてくるといふことは、いかにもいやだ〉と述べていた。つまりは、実生活をそのまま作品に描いたように、というよりはむしろ作品をそのまま生きているように「見える」小説家のあり方、そしてまたそのようにあるシャイネンを文学的価値として意識的にせよ無意識的にせよ実践しているような、すなわち、例えば数多の伝説がまとわりついたような私小説作家や無頼派作家的な作家のあり方そのものに距離感を感じているのである。なぜなら、そもそも「本物らしさ」は本物には必要のないものであるからである。自らの私小説を「素面の告白」ではなく「仮面の告白」とした作家の潔癖さ、作品のみならず作者のあり方そのものをも含んだ自然主義以来の近代文学への三島の批評的な距離がここにあろう。

三島からすれば、文壇から距離を置き、文壇バーやらあるいはゴルフやらといった小説家の趣味からも離れ、太宰やら安吾やらのような〈芸術家らしく見える〉ことからは批評的意識を以て距離を置いて、生活と芸術とを画然と分けることが理想的な自己の小説家としてのあり方になろうか。とはいえ昭和三十年代というマスコミ時代において最先端を走る小説家に、よもやそれは不可能であった。三島由紀夫の結婚も、家の新築も、子供の誕生も、そしてまた文壇人では誰もやらないということで始めたボディビルにしても(13)、これら三島の芸術とは別の次元にあることもすべてマスコミの格好の対象として喧しく報道され消費されていったことは、いま改めて説明するまでもない。それは後に、〈イリュージョン〉と言い直され、〈自分で自分のイリュージョンに惑わされぬためには、自分で自分のイリュージョンを意識的に操作してゆくほかはない〉(『対談人間と文学』昭43・4)と述べられるまでになっていくが、「スタア」当時とて三島は半ば意図的に自らのイメージを操作していただろう。それとて、既成の作家像から批評的な距離を取ることを実践した結果、変わったことをすることが逆に「三島由紀夫」らしさ、三島由紀夫のシャイネンとなってしまうというイロニーがここにはある(14)。

次に「僕はオブジェになりたい」について見ていきたいのだが、先に注記したように三つ挙げた俳優論のなかでもこれのみ映画俳優論であり、その中では「見られる」ということにいや増して重点が置かれることになる。

4、オブジェという亡霊

三島が「僕はオブジェになりたい」で述べたのは、小説家と映画監督は作品を創り出すという点において行動的だとすれば、すべて人に命じられて動きただただ受動的な映画俳優はオブジェなのであり、小説家である自分とは真逆の存在である映画俳優＝オブジェになりたいということであった。もちろんこの文章は、映画出演前の週刊誌における記者会見記事と併せて発表されたものであり（初出は「週刊コウロン」昭34・12・1）、実際の映画体験前のものである。ただし、それまでのザインとシャイネンというタームに代わって、改めてオブジェなる言葉によって映画俳優が規定されていることは注意しておきたい。オブジェとは、主体的な演技によって肉体を媒体とする舞台俳優という芸術家とは異なり、ここでは、ただ受動的な人形のような存在として考えられている。

映画の中でボクシングをやったとするという仮定のうえで、そのことでどのような誤解がもたらされるかについて述べながら、何故オブジェになりたいのかを三島は次のように語る。

> ぼくはかうやつて、とにかく積極的に生きてゐるが、新宿なりどこなりの飲み屋に行つて、腹を立てて人を殴るといふことはまずない男である。あまり腹が立たない性分らしい。ところが映画の中では、さういふことをたびたびやるわけだ。人を殴る。喧嘩もする。ぼくの日頃しないことを大いにやるわけで、それが演技といふことだが、実に面白いことには、さういふニセモノの行動の方が、人の目にずつと行動らしく見えることなのだ。
>
> ぼくは、身をかくすことにしばしば疲れる。くり返し身をかくしてゐることに疲れてしまふ。
>
> 身を現はせば、ニセモノをやるほかはない。生身を現はして、いちいち肩にさわつたと言つては殴り、足を踏んだと言つては喧嘩してゐたら、身が持ちはしない。
>
> （中略）
>
> いちばん行動らしくみえて、いちばん行動から遠いもの、それが映画俳優の演技と考へ、ぼくはその原理に魅力を感じた。
>
> 言葉をかへて言へば、映画俳優は極度にオブジェである。
>
> （中略）
>
> ぼくはなるたけオブジェとして扱はれる方が面白い。

これは普通の言葉でいへば、柄とか、キャラクターとかで扱はれることで、つまりモノとして扱はれ、モノの味、モノの魅力が出てくれたら成功だと思ふ。

身を隠すことに疲れるとは、マスコミを含めた世間の目から〈身をかくす〉ということであろうか。といって〈身を現はせば、ニセモノをやるほかはない〉。まるで水野豊そのままであるが、芸術家らしいシャイネンを嫌い、そうあることを避けながらも、表に出れば「三島由紀夫」としてのシャイネンを演じることは不可避である。であるなら、そうしたシャイネン抜きで、ボディビルで鍛えた素の肉体をただ客体としてモノ扱いされたいということとして読める。

あるいはまた、〈身をかくす〉とは小説家として執筆に専念するということであろうか。というのも、〈小説家といふものは、いつもオブジェではない。こちら側がいつも主体だし、いつも相手を反射してゐる〉のに対して、オブジェたる映画俳優はただひたすら見られるばかりの客体である。ここにあるのは意識された私の像を快く裏切るような、オブジェとしての私を見出すことへの期待とでもいえようか。おそらく真意はどちらの意味も兼ねていよう。

ぼくたちは、ぼくの知らない存在を人に見られるといふ心配はまずない。ところが映画俳優は、そうじゃない。ぼくが映画俳優になりきれば、ぼくの知らないぼくを、どこかで見られるかもしれないといふ期待がある。これは愉快な期待である。

しかし、それは一方で〈見られることが彼の官能の条件となつてしまふ〉(「楽屋で書かれた演劇論」)危険な状態、自ら危惧した芸術家としての自己喪失の状態ではないのか。演劇とは異なる映画というメディアによって、客席から銀幕上の私の像をオブジェとして見ることが出来るからよいとでもいうのであろうか。あるいはこの時点ではそうだったのかもしれない。ベンヤミンを引くまでもなく、切れ切れに撮影された部分を編集された上で出来上がる映画は、演劇におけるがごとく、観客を目の前にして全体のストーリーの時間経過のなかで役柄に憑依するかのような舞台上の演技のアウラはあらかじめ剥奪されている。極端にいえば、ただその場その場の画に合ったオブジェでありさえすればよいのである。とはいえ、撮影中も監督およびスタッフまたはカメラによって常にスターは見られている。ばかりか、前に見たように、ただの俳優とは異なりスターは役柄以前にスターを常に演じていなければならない存在である。

「スタア」には、浅野ユリという大部屋俳優が服毒し自殺未遂をするエピソードがある。次に引用するのは、医者が呼ばれ食塩注射によって悶絶するユリに対する豊の語りである。

彼女の肉体は見られるための至上の状態にあつた。なぜなら附睫の目は頑なに瞑り、意識はまだ醒めきらずに沈んでゐたから。さうだ。彼女の意識はまだ灰いろにおぼめいてゐる海底に在り、肉体だけが一足先に浮び上つて、烈しい光りに隅々まで照らさし出されてゐたのだから。痛いといふユリの叫びは、ひたすら内奥の声であつて、外界に対する呼びかけでもなく、まして対話ではなかつたのだから。彼女は意識を抽きとつた純粋な存在、純粋な肉として、生命の裸かの動きを、そこにあからさまに示したのである。……

つくづくあの時の彼女を僕は見習ひたいと思ふ。あれこそは俳優のいつも夢みてゐる至福の状態なのだ。

　己が見られていることも意識されない状態で、〈純粋な肉〉として、ただモノとして見られるばかりであるユリの状態こそ〈俳優のいつも夢みてゐる至福の状態〉であるという。〈見られることが彼の官能の条件となつてしまふ〉果てにたどり着いた理想のあるべき姿、三島がなりたいと語ったオブジェの姿がここにはある。ただしこの夢は、意識そのものを抜き去った〈純粋な肉〉の人形でなければ無理な話に過ぎない。なぜなら、意識がない以上同時にそれをそれとして感じることは出来ないのであり、いま己は見られるだけのオブジェになったと感じるためには、そこにそれがそうであることをそうであるとして感じている自己意識が既にあるからなのであって、見ることと見られることを同時に一身に叶えようという〈至福の状態〉は互いに矛盾する事態にほかならないからである。それは、久保田裕子が指摘する〈行為の主体でありつつなお見られることが可能かという切実な問い[15]〉であろうし、もっといってしまえば、見る者と見られる者、芸術家と芸術作品を兼ねるといった問題にも接続する。

　銀幕のなかのただ見られるスターの肉体は、確かにオブジェであろう。それは虚偽すなわち〈ニセモノ〉である。ただ、見られる側として、〈身を現はせばニセモノをやるしかない〉スター三島は、世間の期待するシャイネンの「三島由紀夫」像を演じながら、しかし、見る側としても、このオブジェにこそ確固たるザインを求めていたように見える。そこには「見かけ」だけだろうとも筋肉を纏った確固たる肉体、〈生《なま》の生〉〈モノの世界〉の実感がある。だからこそ近代人・三島が〈官能がそれ自体の中に自足してゐるやうな世界〉を己自身の中に求めるが故にこのジレンマは必然的に生じる。

　「芸術家らしさ」を厭い、それへの批評的距離のなかで、「芸術家らしくない」種々の仮面を演じながらも、遂にはそうした「芸術家らしくない」振る舞い自体が「三島由紀夫らしさ」になってしまうという逆説については、既に述べた。その逆説のなかで作動しているのは、これらシャイネンの虚像のなかで確かな存在としての「素面」が遡及されるという仮面の論理、つまりそれが仮面であると気づいて初めて「素面」が措定されるという論理である。が、スターにとって仮面は常に着脱自由というわけではない。〈僕の生活は演技だと人は云ふだらうけれども、まあ世間に向つて演技してゐるのか、自分に向つて演技してゐるのか、ほんたうのところわからない〉（「作家と結婚」）。寝るも起きるも鏡の前というボードレールのダンディのごとく、己一人であろうとも自己意識はとどめなく止むことはない。既に肉化した仮面の内側にくくり出された「素面」を、ザインを求めて、三島はそれがシャイネンに過ぎないと認識しているにもかかわらずオブジェたることを通してしか実感出来ない〈純粋な肉〉の存在感を求めてとどまることを知らない。

5、時間の背理

こうした仮面の論理を純化させたかのような水野豊は、その後どうなったのか。「楽屋における演劇論」において、シャイネンの世界からザインの世界へと還るために〈一散に女を抱きに走ればよい〉と書いた三島であったが、豊は加代と肉体関係を続けながらも遂に癒されることはなく死の衝動につき動かされていた。舞台上でのみ演技する舞台俳優と、日常すらスターとして生活する豊とは異なるからだ。そして「スタア」の結末は、スターがスターでありながらも、それが「見かけ」だけの人形ではなくて、時間のなかに閉じ込められたオブジェ、生きている肉の人形がたどるところの宿命、すなわち時間の背理を暗示して幕を閉じる。豊が床屋で隣り合わせた往年の大スター小倉愛次郎の「本物の世界」とは、正に「見かけ」だけの生きているオブジェが迎えることとなる未来の自己のありようそのものである。

しかしかうして旭のさし入る床屋の鏡の中に眺めると、小倉愛次郎の罪過がくつきりと見へた。彼は神で、美の権化で、何をしやうが罪にはならない存在だつたが、たつた一つの大罪を犯してゐた。すなはち年をとるといふ罪を。

（中略）

その顔はすでに美しい面を据える黒ずんだ台座のやうなものになつてゐた。彼はただその上に、失はれたもう一つの美しい顔を、きつちりと注意深くはめ込むのであつた。

シャイネンはシャイネンに過ぎない。それは「見かけ」であり、演技で、メークで覆われた「本物らしさ」という虚偽である。しかし「本当の世界」は、加代の述べたとおり、それに死を望む。肉体的な老いという「本当の世界」の認識である。フィルムに焼き付けられた俳優は永遠に年をとらないが、俳優自身はといえば、生きている人間である以上それを回避する術はない。小倉が水野豊の行く末の姿であるならば、豊も〈黒ずんだ台座のやうなもの〉、果てはこのままシャイネンの亡霊となるほかない。

スターはスターであるが故に、この栄光と悲惨を宿命づけられている存在である。晩年の三島が「スタア」を現代的貴種流離としたのはおそらくこうした事態を指しており、それはまた、否応もなく小説家として自己のシャイネンを意識せずには立ちゆかなくなったマスコミ時代において作者自身がはしなくも自覚した芸術家のあり方でもあったであろう。現代を生きる現代のまれびととは、まれびとであるが故にまたその苦難を宿命づけられている。しかし、それは復活の前の滅亡である。宿命を受け入れつつ、現に今を生きる芸術家として亡霊たることを拒否した時、初めて、現代においてそうであるほかはない空虚たる私を支える超越的な意味を三島は求めることになろう。

とすれば、「スタア」と踵を接するように執筆、発表されたのが全く毛色の異なる「憂国」（昭36・1）であったことには何らの不審なく、むしろ三島にとっては当然の流れであったと思われる。「スタア」における対社会的な仮面が、時間という水平軸の中で遂には自己喪失し滅亡するほかなかったのに比べ、天皇という自己を超える垂直軸上の価値によって、「憂国」の主人公は死を余儀なくされても充実した生の耀きを得ることとなる。

ボディビルを通じて形成された肉体を錬磨すればするほど、存在感を増しこそすれ結果乖離をも増幅される意識のジレンマに陥り、そんな意味の脱けた実在感の空虚を抱えた三島が、この空虚な私を支える意味として改めて見出したのが、私を超越したメタ的な価値である伝統＝日本であった。肉体の奥底に日本の叫び、民族の叫びを聞き（「実感的スポーツ論」昭39・10）、メタ的な価値として天皇を、そして例えば二・二六事件将校を消失点に据えた歴史的パースペクティブの先端に自らを位置づけることで（「二・二六事件と私」昭41・6）、改めてその肉体は「侍」やら「日本男児」やらといった意味を得て、[16]ザインとシャイネンの乖離を埋め合わせようとしたのが、楯の会をはじめとする種々の政治的活動ともなっていったのではなかったか。「スタア」から「憂国」へという、三島の存在の意味の探求とその獲得、その水平軸から垂直軸への転換は、芸術家としての三島自身の転換でもあったのであり、後の「憂国」映画化も含めて、こうした角度から改めて考察されなければならないだろう。

実際の「からっ風野郎」出演で、三島は自身の目指したオブジェになりおおせたかといえば、自ら述べるように〈単なる素材ではやり通せるものではない〉（「映画俳優オブジェ論」昭35・3）ものであった。「からっ風野郎」でのぎこちない動きによる演技の下手さなどの素人性は、公開当時からこの映画への批判として槍玉にされてきた。[17]しかしそういったマイナス面や違和感とて「三島由紀夫」らしさの一つとして受容されてしまう。[18]

それがオブジェに過ぎないと意識しつつも、同時に見られるオブジェたらんとする不可能な夢を抱えた三島にとって、演技を必要とせずただ三島の筋肉が筋肉であればよかった『薔薇刑』（昭38・3）での被写体、そして軍帽で顔を隠し当初「牧健児」という別名を用いて「三島由紀夫」らしさを脱してオブジェたらんとした映画「憂国」（昭41・4封切）を経て、〈実際にみられなくても「見られる」擬制が許され、客体としての美が許される〉（「太陽と鉄」昭40・11〜43・6）ところの行動へといたる道、流離の果ての復活への道は、ここに用意されたのである。

（大学非常勤講師）

注1　高橋睦郎「解説」(三島由紀夫『獅子・殉教』新潮文庫、昭46・2)、330頁。

2　右同、331頁。

3　作者としては、「スタア」を表題作とした単行本上梓の際に書かれた「あとがき(「スタア」)」(昭36・11)で、〈同年二月から三月にかけて大映映画「からっ風野郎」に主演した経験から生れたものであるが、ことさら内幕物に仕立てることを避けて、一種の観念小説に仕立ててある(中略)この小説がこんな風に観念的になつたのには、一つは私が知つたスタアという存在の特異性による〉という発言や、〈「からっ風野郎」に主演して経験した、映画撮影の逆説的技術の面白さが、発想のもとになつてゐる〉(「あとがき(三島由紀夫短篇全集6)」昭40・8)と発想源を書く程度である。

4　山内由紀人が既に『三島由紀夫の時間』(ワイズ出版、平10・11)で、「スタア」について〈「小説家として生きるとは何か」という主題を、生死を超えて一つの主題にまで結晶させようとした六〇年代の三島の、まさに〈仮面の告白〉として書かれた小説〉(105〜106頁)として、「スタア」を三島の作家生涯における一つの結節点として位置づけている。また、久保田裕子「「スタア」の時代—三島由紀夫の一九六〇年」(「淵叢」平11・3)も、「スタア」に〈当初峻別されていた「言葉」と「現実」との均衡がゆらいでいく過程を見出〉(19頁)しその意味の重さに注目して論じている。

5　例えば林進は『三島由紀夫とトーマス・マン』(鳥影社、平11・6)で〈「芸術家を隠す」トーマス・マンのスタイルを継承した三島由紀夫は、最終的には、「近代ロマンチック以後の芸術と芸術家」を超越するため、すなわち「トニオ・クレエゲルを克服」するため、古代ギリシアの生と芸術とが一致する世界を理想とし、自己の肉体をボディビルによって「美しい作品」に構築した〉とする見方を示している(137〜138頁)。ただし、マン的な芸術家の問題がボディビルによる自己造形によって乗り越えられたかという点については異論がある。

6　荒正人『小説家—現代の英雄』(光文社、昭32・6)、27頁。

7　拙稿「受容と浸透—小説『金閣寺』の劇化をめぐって」(「三島由紀夫研究」平20・7)参照。

8　拙稿「イコンとしての三島由紀夫—『薔薇刑』体験までの道程」(「三島由紀夫研究」平22・11)。

9　発表当時、河上徹太郎が「文芸時評」で〈この主人公は俳優三島由紀夫のアリバイである〉(「読売新聞」昭35・10・22夕、3面)と既に指摘している。発表当時の書評などでの反応については、安智史執筆「スタア」(松本徹他編『三島由紀夫事典』勉誠出版、平12・11)を参照。

10　こうした問題については、田尻芳樹「三島由紀夫と現実の転位—短篇「スタア」を中心に」(「国文学解釈と鑑賞」平23・4)が、「スタア」において虚構が現実に転位するさまについて存在論的視点から分析している。

11　プラトン(藤沢令夫訳)『パイドロス』(岩波文庫、昭42・1)参照。

12　見かけ＝表面だけの世界としては、三島文学において既に「三原色」（昭30・8）があり、そこでは人生を生きないことで表面だけのユートピアともいうべき世界が担保されていた。「黒蜥蜴」（昭36・12）における人間剥製もその延長線上で考えることが出来る。そして後の「太陽と鉄」（昭40・11〜43・6）では、その表面自体の深みが問われることとなる。

13　山内由紀人『三島由紀夫の肉体』（河出書房新社、平24・8）は、ボディビルが三島の肉体的思想を育んでいく端緒となったことを論じつつも、〈ボディビルは三島の文学的野心ともかかわっていた〉（24頁）ことを、指摘している。

14　注（8）に同じ。

15　久保田前掲、26頁。

16　拙稿「三島由紀夫のフォト・パフォーマンス」（「国文学解釈と鑑賞」平23・4）において、篠山紀信や矢頭保による三島の写真における過度の男性性や、褌、日本刀といった意匠は、「日本」「武士」といった自らの言葉のイメージを自己模倣する試みであったと論じた。

17　例えば、錦「意味がない三島の主演―スクリーン」（「読売新聞」昭35・3・25夕）など。

18　安智史「三島由紀夫vs増村保造―映画「からっ風野郎」とその後の三島の身体イメージをめぐって」（「大衆文化」平24・4）は、〈「からっ風野郎」に現われる三島の肉体の貧弱さと動きのぎこちなさは、数年後には明確な形で主張される三島のユニフォーム化された肉体と死によるエクスターズの美学を、あらかじめ異化してしまう効果をになっていた〉（28頁）として、そこにこそ意味を見出して論じている。

＊三島の引用は『決定版三島由紀夫全集』（新潮社）による。

鼎談

『邯鄲』について

「こころで聴く三島由紀夫Ⅲ」アフタートーク

■出席者　宮田慶子・松本　徹・井上隆史（司会）
■平成26年7月20日
■於・山中湖村公民館

「こころで聴く三島由紀夫Ⅲ」が平成二十六年七月十九日と二十日の二日間、山中湖文学の森　三島由紀夫文学館の主催により、例年の通り山中湖村公民館で開かれた。ことしも天候に恵まれなかったが、大勢の参加者があり、賑やかであった。

第一日目、午前はレクチャー&演劇ワークショップを講師篠本賢一、小林拓生、黒川逸朗。午後はリーディング『綾の鼓』演出・篠本賢一、出演・佐々木梅治、黒川逸朗、高岩明良、小林拓生、内田里美、大竹宏枝。

第二日目はリーディング『邯鄲』演出・宮田慶子、出演・木村了、西村壮悟、チョウ　ヨンホ、川口高志、寺内淳志、一柳みる、仙崎貴子、北澤小枝子、森川由樹、デシルバ安奈。

つづいてアフタートーク「『邯鄲』について」宮田慶子、松本徹、井上隆史（司会）であった。

■死ぬ覚悟の青春

『邯鄲』の上演の前に、松本徹が解説、留意点について述べた。

松本　「近代能楽集」は、三島由紀夫の卓越した演劇的才能を存分に発揮したものです。しかし、最初の、二十五歳の時に書かれた『邯鄲』はどうでしょうか。悪口を言おうと思え

左より，宮田慶子氏，松本　徹氏，井上隆史氏

■プロフィール

宮田慶子（みやた　けいこ）

演出家、新国立劇場演劇部門芸術監督。

昭和三二年（一九五七）東京生れ。学習院大学国文学科を中退、青年座研究所を経て、青年座に入団。「セイムタイム・ネクストイヤー」で平成二年文化庁芸術祭賞、「MOTHER」で平成六年紀伊国屋演劇賞個人賞、「ディアー・ライアー」で平成一〇年度芸術選奨新人賞を受けるなど、受賞多数。オペラ「沈黙」を手掛けるなど幅広く活躍、三島作品は「朱雀家の滅亡」を平成一九年と二三年の二回演出。

ば、言えます。正直なところ、あまりいい出来ではありません。演劇的な構成がまったくと言ってよいほど出来ていません。失敗した試作といってもいいですね。

ですけど、不思議に演劇人の上演意欲を掻き立てて、結構、上演されてきています。それに、やはり最初の作品となると、作家自身の意欲も特別、意外に大事な意味を持ちます。

いまの若い方には想像できないでしょうが、三島は中学五年生――いまでは高校二年の時になりますが、昭和十六年（一九四一）十二月八日、十六歳の時、大東亜戦争（敗戦後に太平洋戦争の呼称に）が始まり、その翌年、高等科に進み、成長していくのですが、満二十歳になると、軍隊に入らなくてはなりません。そして、戦況は急速に悪くなっていきました。軍隊に入ることが死を約束する事態となって来たのです。だから、死ぬ覚悟を固めつつ、成長して行く、それが三島の青春だったんです。成人したら、一人前の社会人として活躍するぞ、というのではなく、成人したら俺の人生は終わり、死ぬんだ、そう覚悟を重ねて、成長したんですね。

昭和十九年徴兵検査を受け、翌年入隊検査を受けるんですが、ひどい風邪をひいていたため、結核性の病気と誤診され、入隊は免れました。しかし、その頃になると、空襲が激しくなり、死が遠ざかったというわけではなかったようです。

こういう青春を生きた三島と、この『邯鄲』が密接に繋がっていると思われるのです。主人公が出て来ると、言います、「僕の人生はもう終つちやつたんだ」と。若僧がなんとバカなことを、と現在のわれわれは思うのですが、いま、お話ししたような状況の下、成長してきていたんですね。そのことを素直に、ストレートにぶつけると、この台詞になります。このことを、まずはお考えに入れておいて頂きたい。

そしてまた、こういう出発をしたことが、三島の文学を考えるうえで、大事なんですね。それから、そこで養ったものですが、今日の若者にとっても、決して無縁だとは思いません。いかなる形であれ、死と真剣に向き合うのが青春でしょう。そうしたことを頭の隅に置いて、聞いて頂ければと思います。

■若くて意欲的な「近代能楽集」第一作

井上　先ほど松本館長から、『邯鄲』の見る上での基本的な留意点をお話しいただきましたが、わたしもそういう事を踏まえながら、今日拝見いたしました。

まずはじめに宮田さんからこの芝居を演出なさるにあたって、特に力を入れたところを伺いたいですね。このお芝居、実は大変ドラマの展開がございます。精神的な死から生へ逆転するという、そういう感じが台詞を通じて伝わってきました。

宮田　今日はありがとうございました。リーディングというのは、今日ご覧いただいたように戯曲を、俳優の動きなしに、台詞、そして、ト書きと申しますが、説明文のところも全部言葉に出しながら、読んでいくという形式です。最近この形式、大分多くなってまいりました。広く皆様にいろいろな戯曲を知って頂こう、親しんで頂こう、劇空間の楽しさというのを、知って頂こうという趣旨で、いろんなところでも行われるようになりました。山中湖村のこのシリーズは、今年で三回目になります。初年度は『弱法師』、昨年は『葵上』、そして今回は『邯鄲』になります。『邯鄲』は、先ほど館長からお話しありましたが、三島さんは沢山戯曲をお書きになっていらっしゃいますが、「近代能楽集」という能をもとにお書きになった中の一番初めの作品なんですね。能や狂言や歌舞伎に幼い頃から親しんでいらして、造詣が深い三島さんが、この時空を飛び越える構造を持っている能に、非常に演劇の可能性をご覧になって、書き始められた。そういう意味でとても意欲に満ちた作品だなと。先ほど館長が若い時の作品だとおっしゃっていましたが、それだけ意欲に満ちていると同時に、舞台を創る現場としてはとても難しい作品ですね（笑）。もともと「邯鄲」というお話は、邯鄲の村に伝わる枕で眠ると、自分の一生を、あっという間に見てしまう。食事の支度を始めて、「さあ、ご飯が炊けましたよ」っていうまでの僅か数十分の間に、逆浦島太郎っていうんですかね、浦島太郎は竜宮城へ行って、帰ってきたら、もう何十年も経ってしまって、老人になってしまう。その逆の感じで、本当に束の間、うとうとっと寝たら、自分の一生を見てしまって、目が覚めたらご飯が炊けていたと。それで、「何だ、人生ってこんなにも儚いのか」っていう事を知ってしまうという、そういう元々のお話があります。それを能にしたものを三島さんが採り上げて一幕の戯曲になさったのが、二十五歳、昭和二十五年だったんですね。そこには戦争の体験が、バックグラウンドとしてあった。それも非常にシニカルに扱うんですね。「この枕に寝ても、俺はもうとっくに人生の儚さを知っているから、俺には効き目はないぜ」って言って寝る。そういう主人公なんですね。非常に皮肉な使い方をして、新たな劇作の方法にトライなさった台本だなと思います。先ほどの館長のお話に関連して申しますと、おそらく若い者は皆、命を懸け、死を覚悟して戦争下を過ごし、終戦を迎えたが、あっという間に、あれよあれよという間に世の中が変わっていく。それを目の当たりにしながら、じゃあ、自分のあの覚悟は一体何だったんだろうと。あの時、命を捧げる……て言うんですかね、そういう状況にあったんですが、戦後となると浮き足だっていく、そのなかで、自分の人生が自分のもので無いような不安感、大きな苛立ちが裏には秘められた作品なんだなと、今回、稽古をしながら改めて思いました。ですが、作家の方に時々偉そうな言い方をしますが、思いのままにぶちまけちゃったみたいな感じの所もありましてですね、そこらへんが、実際に上演するとき、苦労するところだろうなと思っています。でも、いろいろな片鱗というか、兆が見える本当に意義深い作品だなと改めて思いました。

井上　今、宮田さんおっしゃった、そこの所が実感できたような気が、今日拝見し致しました。松本さんはお芝居の前にポイントをおっしゃいましたが、リーディングを終えた今、どう思っていらっしゃいますか。

松本　最初に一つお知らせしておきたいんですが、文学館では特別展示『戦時下の三島由紀夫――高等科時代』を開催中です。昭和十七年から十九年まで、三島自身、十七歳から十九歳までの間のことになります。ですから『邯鄲』の主人公は、戦時下を潜り抜けてきたが、まだ十八歳の感受性も持っている、ということになるのでしょうか。その若者の心境はどういうものなのだろうと、僕なんかは考えざるを得ない。その辺りを少し理解するのには、展示などは役立つのではないか、皆さんに見て頂きたいと思い、申し上げました。そして、今、宮田さんが仰ったように、この芝居は上演するのは、まあ、ひどく難しいんですね。これまで幾つか舞台を見て来ているんですが、成功した例はありませんね。理由は、もっぱら原作者の三島さんにあるんだろうと僕は思っています（笑）。なにしろまだ若い。そして、皮肉を効かせるのにですね、ちょっと夢中になり過ぎている。もう少し整理してもいいのに、っていう……。先ほど申しましたように、三島さんは素晴らしい作家で、そして、この芝居にもそういう側面が沢山あるんですけれども、試作の域を出ません。ですけれども、三島さんの人生というものが、どういうところから出発して、どういう青春を過ごしたかっていうことを考えますと、涙が出てくる。それはそれとしまして、今日のお芝居ですけれども、そういう未熟で厄介な芝居なんですけれども、まず菊と次郎の会話が実に見事でした。今日、次郎君を演じてくれたのは木村了さん。一昨年ですね、『弱法師』で見事な演技を見せて下さって、今年はちょっと、勝手が違うしんどい役だろうなと思って拝見していたんですけれども、やはり彼は力のある、本当に見事な役者だと私は思いました。そういう二人の会話の展開が最初にありますので、今日の舞台は現在考える限り立派な芝居になったんじゃないかと思います。そして、最後の場面ですね、あれだけの見事な明るさを表現しているのを、本当にうれしく拝見しました。三島さんがあれを見たら、大喜びされるだろうと、そんなふうにも思いました。

■学習院というところ

井上　本当に良かったですよね、あの、木村さん、菊役の一柳さん。次郎の役っていうのは、取りようによっては、なんだかちょっと、捻くれた、甘えただけの、年齢相応に成長してない、そういう人にも見えるんですけれども。その木村さんの今日の台詞まわしとか、それについてどういう指示なさっているのでしょう。また、仕草、雰囲気全体がですね、少年が持っている屈折とか絶望とか、それから最後に、生きようっていう気持ちを持っようになってくる、パワーが段々上がってくるところの迫力というか。これまでは違和感を感じる事がありしたけれども、今日はそういう事が全く無くて、本当に充実したものでした。宮田さんに幾つかお聞きしたいこともあるんですが、さっき、学習院時代の展示の話が出ましたが、宮田さんは学習院出だそうで。

宮田　そうなんですよ、実は。

井上　同窓生として三島に対して何かお感じのことがありま

せんか?

宮田　学習院というと、今ちょうど愛子様もご通いになっていらっしゃったりするので、それこそ「ごきげんよう」の世界ですので、何かとってもお高いんじゃないかって思いになるんでしょうが、あの、これ多分、教育方針だと思うですけれども、非常に早くから自立心を煽られるんです。一人一人が皆違う考えをきちんと持つっていう事。そして、それをただ主張するというんではなくて、自分がちゃんとそれを体に秘めるというんですかね。それで、必要とあらばそれをまぁ、相手に投げ付けるのではなく、非常に相手に敬意を払いながら、きちんと説明をするというような、ある意味では非常に大人っぽい教育っていうんですかね（笑）。それが割と行われていたなーって、実感はあるんです。三島さんは学校が刊行する「輔仁会雑誌」に早くからお書きになりましたね。恐らく運動がお得意ではなかったようですが、「自分が美しいと思っている事はこれなんだ。僕はきちんと筆を執ってこういう事を表現するんだ」と、文章を書き、発表した。そうする場があるんですね。一人一人が能力を尽くしたものであれば、認めてくれるという校風。今回この演出をやっていて、影響が強いかなと思ったのが、次郎にとっての菊という存在。昔は良家の坊ちゃんだったら必ず乳母がいた。多分三島さん自身も乳母は付いていらしただろうと思うんですね。それから、稽古場でもこの話はさんざん出たんですが、「この人物は次郎だけど、一郎はどこにいるんだ」っていう話です。これ、絶対に次男坊で、長男がいて、この次郎が大嫌いだと言っている親父がいますね。父親は、おそらく実業界で凄い力を持っているんだろうけれども、家庭をかえり見ない。そして「十年さきにどうせ呑んべになる」と次郎が自分の将来を語りますが、親父はおそらく凄く酒飲みなんですよ。それでいて、ちょっと女にもね、甘い。そういう親を持って、なおかつ、長男がおそらくいて、こういうところの次男の、自分の身の置き場の無さって言うか。これって次郎っていうところに多分出ているんじゃないかなって。

松本　ご参考までに申しますと、三島さんの親父さんは、いま宮田さんが言われたような方ではない（笑）。キマジメな官僚。農林省の局長まで行きました。ただし、祖父がそうでしたね。樺太庁長官までなりましたが、訴訟事件に巻き込まれて辞任した後は、かなり怪しげな人物とも付き合ったし、なにより恐るべき我ままを通す女性を妻としながら、女遊びもやってのけたようです。三島の家庭内の場所ですが、生まれてから祖母の許で育てられました。乳は母のを飲みましたが、育児掛りの女性がいたはずです。そして、両親が祖父母と別居するようになると、中等科に入るまで祖父母の許で寝起きしました。次郎は三島そのままではありませんが、そういうところが微妙に出ているのかもしれません。

宮田　もう少し学習院の話をしますと、私などは庶民で、間違って学習院入っちゃったようなもんですから、入学当初は物凄いカルチャーショックだったんです……。ああ、いい家って大変だなぁと思った。どんなに自分が頑張っても、家を継がなきゃならないとしたら、そこからはみ出す事が出来ない。それにこの期待に絶対応えなければいけないっていう重圧感に、幼いころから耐えていました、友人たちは。子供らしくキャーキャー騒いでいるんだけども、ある瞬間、ふっとその重苦しさを持つんですね。私の周りは女子ばっかりでしたけども、その中にもいましたよ。やっぱり、ある瞬間フッと大人の顔をして、スッと身を引くって言うんですかね、こう自分をたしなめるような……。もしかしたら三島さんはね、学習院のなかで幼い頃から、越えられない境遇の中で育つことをとっても強く感じられたんじゃないかなって。今開催中の高等科展に引っかけてお話すると、そんな実感がありましたね。次郎に関しても。

井上　今のお話も本当に面白いですね。学習院の生徒さんが感じているだろう重圧感を宮田さんがおっしゃる、そのおっしゃり方が、何て言うんだろうな、愛情っていうか、共感していて、その重圧感をほんとに理解なさっているような。その事が、今日の木村了さんの演技やセリフ回しからも、うかがえるように思います。

■良家のお坊ちゃんとは

宮田　そうですねぇ。次郎の中にあるとても子供なところ、折り紙細工が天井からつってあるのをみて、「うわあ、きれいだ」っていう、子供らしい初々しさ、それでいて「女ってこれだからいやだ」って言ったりする。極端な振り幅がある。「そこを思い切って、出したほうがいいのかもね」みたいな話は今回、木村さんとしましたね。それが、この次郎の魅力でもあり、難しさでもあるんですねぇ。

井上　松本さん、どうですか。

松本　今の話でいろいろ思いつくんですけども、『弱法師』の俊徳ですね。その少年がまさしくこの次郎……。

宮田　そうですね。

松本　ほとんど兄弟ですね。

宮田　ほんとそうだと思います。たまたま、木村さんが両方やって下さることになったので、余計そう思うのかもしれないですけれど。今回、了君がいっていたんですけど、「これ、みんな、三島さんの分身だよね」と。だから「あぁそうだね、きっと三島さんがご自分の思いをとても託されている主人公だよね。」って……。

松本　三島さんは長男ですが、不思議なカッコ付の長男ですからね（笑）。それから言い遅れましたが、菊をやってくださった一柳みるさん、その見事さを強調したいと思います。

宮田　みるさんは、本当に見事な口跡の良さと、それから実はね、江戸っ子のセリフをやって頂くと、これがまた、もう絶品だったりするんです。ほんとに古き江戸弁を多分、一番ちゃんとしゃべる方じゃないかなと思っています。そのみるさんが、今回は下町の乳母さんじゃなくて、一応、良家の乳母さんなんで、その感じを見事に調整してくださって。何とも古きよき時代のね、対等に、「まあまあ、たんといやがらせを仰言いませ」って言いながら、母親のようであり、姉のようであり、でも明らかにこう三歩下がる乳母であり、大切にお育てしなければならないお坊ちゃまであるっていう。まあ、ここらへんを多分、肌でその空気感を知ってらっしゃる……。

松本　成程、そうなんですね。三島さんの作品には、女中さんと言うんでしょう、菊という名前で、よく登場して来るんです。例えば、題名が出てこない（笑）、そうそう『十日の菊』でしたね。そんなふうにですね、何人も菊って名前の女中でありながら家族の一員であり、心利いた女性が出てくるんですね。それも大きな働きをする。

宮田　そうですね。本当に不思議な作品で、十年前にお暇をいただいた菊の所に訪ねて行く。なにがあって訪ねて行くのかっていうと、もう菊しか頼るところがない。もしかしたらもう半分自殺するくらいの思いで次郎は訪ねていったんじゃないか……。そこで、そもそも「三島さんのひっかけ」と思えるのが、バスが途中の峠で故障、直らないから外套をかぶって一眠り、目が覚めたら夜中の三時だったから、一里ほど歩いてきちゃったよって。もうこの時点でね、もうね、この世のではないような世界に入るんですよ。だからもしかすると菊って、「あれ？　この世の人？」って思えるわけです。十年間、ずっとお坊ちゃまのために折紙細工の部屋を作っているっていう。そうすると、もう二重構造、三重構造みたいな、そこでさらに、その夢の邯鄲の枕をして、夢の精霊、邯鄲の精霊達に出会うっていう。そして、さらにその夢の途中で……、さっきも館長と立ち話してたんですけど、一番厄介なのは、次郎が寝るっていうことですね（笑）。

松本　そこですね（笑）

宮田　「主人公を眠らすなぁっ、三島さん！」って思うんですけど……（笑）。途中の寝てるあいだ、あれは何？　みたいな（笑）。

松本　舞台をほったらかして、寝ているなんて、言語道断です。邯鄲の枕で寝て、夢の中でも寝ちゃう（笑）。

宮田　凄く難しいですけど、でも本当に菊の存在も、もしかしたらね、もう自分の記憶の中の、夢の中の菊かもしれない。

松本　菊と言えば、歌舞伎舞踊『石橋』では、菊の花が咲き乱れるのが理想郷ですね。そこに宿る露から永遠の生命が得られる。だからやはり、そういう意味合いがあるのかもしれませんね。

宮田　そうですね。それで、最後のあの井戸のまわりに花が咲いたって中に、百合も、それからもちろん菊も……。多分、百合って言っていたのがあの美女なんですよね。あとのお花三つっていうのがもしかしたら、あの踊り子達かもしれない。すると、最後にうわぁ綺麗だって言っていたすべての花たちが女。大体、菊と百合が一緒に咲くわけないじゃないですか。季節的にもね。それが全部一斉に咲く。春の花も秋の花も入っているんですよ。まあ、どんどん分からなくなりますよね、あの井戸。

松本　だから多分、季節を超越した、この世ならざる世界っていうことかもしれません。

宮田　そうなんでしょうね。だから、これをリアリズムのね、現実感で読み解こうとすること自体が、ナンセンスですね。能の舞台って橋掛からずーっと出てきたその時点で、もう異次元じゃないですか。もともと能楽ってものは、すでにスタートしたところから、異次元への橋を渡って来るっていう。でもその橋掛の部分の意味合いとして、菊っていうのが、もうあの世とこの世の橋渡しに多分なっていて、すべて実は、その世界の中で終わってしまう話っていう事なんだと思うんですけどね。

■上演の難しさ

井上　いろんな論点が出てきていると思います。例えば、松本さんは最初に、作品として失敗と言わざるを得ないというような事も仰った。まあ、最初の作品ですからね。まだ二十五歳。おもちゃ箱からこう、投げ出して、ある意味では乱雑な状態であると。そのために演出しづらいところがあるのでしょうが、宮田さんの実感として、あまり整理されてないなと思う部分とか、あるいは逆に、この部分はしっかりと強調してみたとか、そのようなところについてお考えがあれば聞きかせ頂きたいんですけど。

宮田　そうですねぇ、この『邯鄲』と言う作品、今日は「リーディングで良かった――」と思ってました、実は（笑）。これ普通の芝居で上演しろって言われたら、多分困っていただろうなーって。

井上　いろんな情景が入ってきちゃいますし、主人公が寝ちゃうし。

宮田　そうなんですよ。途中の詩ですか、合唱って書いてあるけど、作曲どうするんだろうって思ったり（笑）。

松本　どなたの作曲かわかりませんが、あれ良かったですよ。

宮田　そうですか？

松本　あれがあって、随分救われているんじゃないですか？（笑）。

宮田　お気づきになっていたかどうかですけど、途中で鈴の音と、鐘の音とか、小さな儚い音を入れています。それが、こう空気をふぅーっと伝わって来る時に、違う次元に、すっといけるというような。演出的には折角の、こういう空間での、ナマの声でのリーディングなので、スピーカーから流れるCDとか、そういうものを使わずにナマの音だけで、効果がやりたかったものですから、鈴やなんかを色々使っています。演出的には、そんなことも楽しんで頂けたらなと……。あと、装置を作れって言われたら、本当に困りますね。これ、どうやって作るんだみたいな思いでいます。

松本　ナマの音への拘り、うれしいですね。歌舞伎なんかで効果音を録音で使う人がいますが、これには怒りを覚えます。芝居をやっていて、ナマの大事さが分からない人がいるんですね。それから装置で思い出したんですが、横尾忠則さんがね、装置をやった時には最終場面で、それまで萎れていた花々がみんな立ち上がり、咲くんですよ。あれは見事でしたね。ああいう装置ってできるんですね？（笑）

宮田　それはもう、裏方泣かせだと思いますけれども（笑）。一面に花が下から上がって来るなり、倒れていた花が起き上がるのは、割とアナログな仕掛けで作ろうと思えば……。

松本　花がぱっと開くんですよ、蕾も。

宮田　なるほどね。それもね、仕掛けとしてはあることはあるんですが、とても面倒くさい。おそらくそれで、百本程の糸を引かないと、開かないような仕掛けになっていると思うんですが……。そうですね、やっぱり思うでしょうね、演出家だったら。最後はまるであの世か、極楽かと思える程の、花で埋めたいってきっと思うんだと思いますね。それからあと、まあ、先ほどのお話にありました、構造的に難しいのが、次郎が秘書と喋っていて、「ただ僕は眠いんだ。眠りたいだけなんだよ」って言って寝ちゃう。そうすると、演出としてとても困るのですが、それまでずっとお客様は、次郎の内面、次郎の心情に共感しながら見てきて下さるはずで、そこで、いきなり迷子になるんですよ。「え？　どこを中心に見たらいいの？」って。この後、残された秘書が、次郎は政界に進出したいんだと勝手に思い込んで、手を打っていく。三島さんの思いとしてはね、障碍を跳ね除け、跳ね除け、踊り子たちも退けて、いつの間にか優秀な秘書のつく社長になっていた。そこから先は自分の力じゃなく、回りが勝手に決めていくのがこの世の中なんだっていう、非常にシニカルな設定なんですね。そして、政界のトップまで押し上げられる。すると老紳士っていうのが二人出てきて、三年間も寝てるのに、すっかり天下はあいつのものだよ、「眠れる独裁者」だと。不思議な状況です。でも、逆に言えば、無言の圧力が政治を動かしている。おそらく元首次郎はこうおっしゃるに違いない、というおもんばかりで、全ての政治家達が動いて、なんとなく世の中が回っていく。最後に、老国手っていうのが出て来て「虚妄の時は終つた」と宣言する構造なんですけど、それでやっと次郎が起き、対決する、あそこがね、本当に厄介です。次郎が寝てるあいだに次郎の運命が決まっていく。

演出家は頭を悩ませます。

松本　僕なんかは、若い三島さんはまだ考えが足りない、下手くそだ、と言って済ませますが、演出家となると、そうはいかない。

宮田　あんまり考えたくないです、はい（笑）。

井上　いや、本当にリーディングとして、今日のように密度の濃い、お芝居を拝見すると、実際に舞台でやったときはどうなるかって……。

宮田　リーディングって、実を言うと、お客様の想像力で助けてくださっているものなのです。読んでいるだけですから、もう皆様方の頭の中の脳内劇場が、グルグルこう世界を広げて下さって、それぞれの頭の中で「ああこんなことなんだろうな」って思ってくださって、本当に助かる。逆にそのイメージを、教えて頂きたいくらい……（笑）。

松本　いや、台詞の間ひとつ、息遣いひとつ、それが実に活きてるんですね。それがわれわれの想像力を掻き立てれば、リズムをもって引き込みもするんです。逆に言えば、われわれ観客は、かなり意地悪く、貪欲に目と耳を働かせているんですよ、意識せずに。それに対して、今日もきちんと応えてくださった。それも『邯鄲』という不出来な作品からさまざまな魅力を存分に引出し、繰り広げ、感じ取る形にして下さった。感謝します。

宮田　ありがとうございます。

■仮面のいろいろ

井上　では、この辺で、会場の皆様からもご質問やご意見を頂戴したいと思うんですが……。

松本　舞台の上だけ電気がついていて、客席の皆さんのお顔が見えない。どうにかなりませんか。（会場全体に電気が点く）

宮田　これで皆さんのお顔が見えました（笑）。

司会　それでは、ご質問、ご意見ある方がいらっしゃいましたら、挙手でお願いします。

質問者1　途中で役者さんが、仮面を被られましたね？　あの意味について教えてください。

宮田　実はね、仮面って台本にも三島さんの指定で入っているんです。随分議論があったようで、ドナルド・キーン氏も書いておられたようです。西洋で使う今日のような仮面っていうのは、おそらく意味が逆といいますかね。例えばイタリアのコメディアデラルテから出発した面は、ちょっと能面に私は近いと理解しているんですが。能面って実はとても雄弁で、本当に僅かな角度で、優しくも見えたり、それから厳しくも見えたり、寂しくも見えたり、いろいろしますよね。それに比べると、今日使用致しました面は、どちらかというと、生々しさを消すと言うんですか。特に今日は白い面を使いましたので、さっきは館長が、「あれは骸骨ですか」って仰ってましたけど（笑）、セリフの中にありますよね。「皮をむけば、やつぱり骸骨なんだよ」って。まぁ、本当にそうとって頂いてもいいですし、後には、あれは全部、邯鄲の精霊たちなんだってことになる。最後に老国手が、「わしらは邯鄲の里の精霊だ」って言うんですけど、そこで皆が面をつけていて、一応邯鄲の枕で寝ると出てくる人たちっていうような括りで、人間ではないもの、あくまでも、未来を見せるためにも登場する人物達っていう意味でつけさせて頂いたんですけれども。それは多分、個性というよりは概念みたいなものですよね。妻となる美女、ちょっと色っぽい踊り子達。秘書は秘書。固有名詞は一切出て来ない。役柄でしか出て来ない。個性を消すためと言うんですかねぇ。役割を際立たせるために、仮面を使っています。ちょっと不気味ですよね。一人ひとり、俳優の個性が出ますし、ちょっと名前が聞きたくなっちゃうと思いますね、気になるんですよ。けれども踊り子はもう踊り子、っていう。そういう、ね、敢えて個性消してもらうためにつけました。

■身体演技との兼ね合い

質問者2　時々演技をなさる時と、全くしない時と、アクセントを入れたり無かったりという演出をなさっていたと思うんですけれども、その基準はどのように分けてやられたのかなと。例えば、電話を取るときは手を使いましたけども、カバンを持つ、そういう時は全く動かさないで、声だけです。あの老紳士二人などは立って、歩きながら演技をしていたけれども、その違いというか……。

宮田　あぁ、随分細かいところを見て頂いて本当にありがとうございます。本当にそうなんですよ（笑）。えーっとですね、ルールがあるようで無いんですけどね。凄くざっくりしたことを言うと、ずっと座っていてそろそろ飽きるなっていう（笑）。あとは、真面目な役って言うんですかね。役割の堅さや、言葉の美しさを見て欲しいなという場合は動きません。中盤で、台本自体が少しコミカルに書かれているので、少し視覚的にも動きが欲しいなと思うところは動きを指定しています。最後に老国手だけ立って前に出てくれましたね。次郎の方に出てくるんじゃなくて、お客さんの方にぐっと出ます。

松本　そうでしたね。

宮田　そうするとお客さんの方がおそらく次郎のつもりで見ていらして、ああいう黒い洋服を着た人が、ぐ～っと迫ってくるような、そんなちょっと威圧感を感じて頂きたいなと思ったり（笑）。その時の気分……そんなことないです（笑）。こんなことすればわかりやすいし楽しいかなということでやってみました。

井上　老国手良かったですよね。大変な存在感で。

■出演者の数は

質問者3　楽しく見させて頂きました。一つお伺いしたいのが、今日十人の役者さん、力のある役者さんが並びましたけれども、見ていると舞台が狭いなっていう圧迫感があったんですね。この芝居だと、五人か六人くらいで充分。要するに、次郎さん、菊さん以外は一人でいいって言うと語弊がありますけども、充分できるのでは。その方が却って面白かったのではという気がちょっとしたんですけれども。その辺は如何でしょうか？

宮田　なるほどね。確かにおっしゃるように、邯鄲の里の精霊であれば、その精霊達が、とっかえひっかえ、色んな風体で出てくるとか、そういうことで充分だと思います。ただ、女の役は女、男の役は男みたいなことを考えると、最低五人とかは必要になってきて、もう一人、二人となって。普通の舞台ですと服装や扮装を変えてわかるんですけど、リーディングとなると、分かりにくい、というのがありまして……。それでなくてもト書きも読みますし、合唱部分があったり、そうしたところ、分かりやすくしたかったので、この人数になりました。

井上　何かで読んだ記憶がありますけれども、新劇としては新しい試みであったので、できるだけ多くの役者さんに出てもらうという意図もあったんだろう、とか。

宮田　最初は文学座さんですよね？

井上　文学座のアトリエ公演で、演出は芥川比呂志でした。

宮田　どんな形がいいんでしょうかね？　逆に、三十人位でやるのも手かなと思ったりします。

松本　それは面白いですね。多くの人たちが声を合わせる場面がありましたね。あれは効果がありました。個性なり、個的な存在としての色彩を消すんですね。それがこの芝居では効果があるみたいですね。

宮田　ああ、なるほど。

松本　だから、多分人数を減らすというのも一つの手だし、逆に増やすというのも手だし。

宮田　そうですね。だから合唱のところ、五十人位の合唱団がぶわーって揺蕩うように歌ってくれたら、素敵だろうなとは思いますね。

松本　夢の場面、全部そうしちゃったら面白いですね（笑）。

宮田　はい（笑）。

松本　皆さんご存知のように、宮田さんはオペラも演出されていらっしゃるので、今日、そのほんの一端を少し見せて頂いたなと思うんですけれども、もうちょっと出して頂きたかったなと思いました（笑）。

宮田　いずれ時間があって、あのね、人数いるときに（笑）。

井上　宮田さんって何でもおやりになっておられて……。

宮田　いえいえ。

井上　僕、割と拝見しているんです。藤山直美さんの『妻をめとらば——晶子と鉄幹』がそうですね。

宮田　そうですね（笑）。

井上　あぁいう楽しい芝居もおやりになるし、それからピーターの『越路吹雪物語』、大浦みずきさんが亡くなる前に、吉田松陰をやった『帰り花』。あれも面白くて、三島由紀夫の戯曲を演出される方などと全く意識せずに拝見しました（笑）。

宮田　ありがとうございます。

■襟を正さなくては

井上　そして、『朱雀家の滅亡』を二回もおやりなっておられる。そのような広い活動のなかで、三島由紀夫に対しては特別な思いがおありだと思うんですが、宮田さん全体のお仕事の中で、三島由紀夫はどのような位置づけになるのか、お聞きできたらなと。

宮田　そうですね。演劇の魅力って、多様性だって思っているんですよ。今はただでさえ演劇の公演数が多いです。基本的にはまあ、いい悪いじゃなくて、面白い、面白くないっていう芝居の違いは確かにあるんですけれども、どのスタイルがいい、悪いっていうのは絶対無いんですね。いろんなスタイルがあって、どれも成立するのが演劇の面白さだなと思っています。変な派閥性もそんなに無いですしね。それで、皆それぞれが一生懸命作るものを、お互い個性の違いとして認め合おうとしますしね。まあ、自分自身、今言って頂いたように、本当に商業演劇からオペラまで色んな舞台を手掛けます。今ちょうど新国立劇場で上演しているのは、ニューヨークを舞台にした現代演劇（『永遠の一瞬』）なんですね。イラク戦争当時の二〇〇九年に掛かれた芝居で、女性フォトジャーナリストで、道端の爆弾で全身に怪我を負って、ニューヨークに帰ってくる。その彼女の再起の物語なんですけれども、今の世界がかかえる切実な問題を扱った舞台もやりますし。まあ、欲深いと言えば欲深いんですけれども、色んな、芝居が面白くてですね、やりたいなと思っています。その中で、三島さんのご本というのは、私の中だと割と硬派な方になる……やっぱり作品です。襟を正さなければ、とっかかれない作品です。生半可では食いつけない。三島さんの本当に頭の良さというか、知性がありますので、どのくらいのことをお考えになって、これをお書きになったのかっていうことをやっぱり相当準備しないと、不遜だと思っています。本当に謙虚に一から勉強しないと、三島さんのご本って、出来ないなっていつも思います。それから、やはりわれわれ、そして、俳優も含め、少なくとも日本語をどう使っていくかってことを職業としている者たちが、いまどんどんいい加減になる日本語の中で、やはりもう一度ちゃんと、これをきちっと使えるということが、まあ、職業人としては、抑えておかなければいけない技術だなと毎回思います。そのことにもしっかり気を引き締めてかからないと、いけないなと思っています。それでも、毎回あるんですよ。なんかちょっと発音が曖昧になったり。今日実はちょっと一つだけ悪戯で、何とかで〝しょう〟ってのを、〝せう〟って読んだりしていますけども。間違っているんじゃなくて、悪戯したんです。残念ながら、今日ょっと失敗したみたいになっちゃった（笑）。堅さがある、いい感じに秘書のギャグに聞こえるといいなと思って、あそこだけ、「やっちゃってみようか?」って言って、やったところなんですけど（笑）。日本語はやっぱり〝せう〟って書いていた時代は、何とかで〝しょう〟なんだけど、〝せう〟に近いような〝しょう〟なんだろうなってことをやはり意識しながら、読みたいなとは本当に思います。だからそういった意味ではちょっと、堅いです。ちゃんとやんなきゃっていうところに、はい、三島さんのご本は常に位置しています。

松本　あれは意図してやられたこととは知らずに……、役者さんお一人だけ暴走したのかと思ったんですが（笑）。

宮田　すいません。元々は、彼がやり始めたんですけれど、私もオッケーを出したので。演出の責任だと思います（笑）。

井上　なるほど。襟を正すっておっしゃるだけじゃなく、なにか三島にかける思いがおありであるようにも伺いました。これからもいろんな三島演劇を手掛けられると思います。是非ともお願いします。

質問者4　今の日本語ってことに関係してちょっと。昨年、『葵上』をやられた時にも、「お寝ってらっしゃる」っていう言葉がでましたが、今回も三度ばかり出ました。それを普段は「寝てるぜ、このおやじ」って言っているような若い方にどうやったら、使わせるのに、どんな手法を取られているのかなと思いまして。

宮田　本当に難しいところですね。『葵上』は確かにそうでした。これはもう、時代のというか、その精神性みたいなものに裏付けられないと。相手に対する敬意であるとか、きちんと膝をついて正座している状態で、尚且つ多少前に倒れながらでないと言えない言葉であるとか、それから今度帯が締まっていないと言えない言葉であるとか、いろいろあると思うのです。若い俳優には、そうした姿勢をとり、相手に最大限敬意を払って、言葉を発して欲しいと言っています。あとは、「お寝って」「お寝って」って繰り返す。日本語には五つの母音しか無いんですけれども、無限に幅がありましてね。綺麗な「あ」もあれば、潰れた「あ」もあるし、粘着質な「あ」もあるし、いろんな「あ」っていう音がいっぱいあるんですからね。「およって」っていうのも、美しい「お寝って」と、汚い「お寝って」があるんだ、とかね。まあ、そういう事くらいは何とか説明していこうと思ってはいます。ただ若い人になると、一度も耳にしたことの無い外国語に近い思いでその言葉と接するので、あとは口にする回数ですね。例えば、「左様でございますか」っていう、その言葉って、今、誰も使わないですよね。その「左様でございますか」も、「ござい〝ま〟すか」じゃないんだよ、「ござい〝あ〟すか」って言う、微妙に「あ」なんだよ、っていうのですが、それが分かんないというので、もう耳で覚えろって（笑）。気持ちスパルタになってきてますね。はい。

質問者5　昨日と今日、二日間、楽しませていただきました。この公演と直接関係ないんですけれども、お願いをしたい事がありまして、発言をさせていただきます。私、横浜の金沢区に住んでおりまして、普段は金沢区の名所・旧跡の街歩きされる方をボランティアでガイドをしております。ここには富岡公園という大きな公園がありますが、『午後の曳航』最後の舞台になったところです。お母さんの再婚相手の二等航海士を、その見晴らしの良い所に連れて行き、少年が毒入りの紅茶を飲ませるんですね。最後のシーンです。私も三島好きですから、お客さんを案内するときはその最後のところを朗読をしたりしてご案内をしています。その『午後の曳航』は映画になっていますが、何年か前にドイツの現代作曲家がオペラにしているんです。ところがあまり話題にならず、一回だけ、読売日本交響楽団がサントリーホールで公演しましたが、演奏会形式でした。これをオペラとして、日本で、出来れば横浜で上演してくれないだろうかと、今年の春から仲間と一緒に運動を始めたところでなのです。今日は、宮田先生はじめ、三島のファンの方がお集まりだと思います。そうした計画がありましたら是非とも推進して頂きたいとおもっています。よろしくお願いします。

井上　来年、二〇一五年は、三島由紀夫が生きていれば九十歳、亡くなって四十五年という、節目ですね。ですから、それに向け色々な形で企画が出されてきております。オペラの上演も大変魅力的で、良い形で実を結べばと思います。作曲家はヘンツェですね。

質問者5　ヘンツェです。ドイツ語に訳したものを、作曲したんですが、読売日本交響楽団がやるときに日本語にしました。それを、ザルツブルク音楽祭に持ってって、演奏した作品の録音版がこれなんです。日本から歌手を連れてってていますから、日本語で全部入っています。

■ラジオドラマとの違い

質問者6　私も東京から来ました。二日間ありがとうございました。三島さんとは何度かお会いしたことがあるんですが、リーディングではラジオを思い出したんです。子供のとき、例えば『少年探偵団』とか『赤胴鈴之助』とか。大きくなっては森繁久彌さんと加藤道子さんの劇など聞いていたんですが、リーディングとその昔のラジオ小説と、どのような関係でしょうか。

宮田　ラジオドラマと、とても似ています。ただ今ラジオドラマをね、なかなかやらなくなっちゃったんで、NHKでやっていたり、NHK・FMが枠をもってたりしますが、どんどん減ってます。非常に残念です。あんな豊かな世界はないのにと私も思ってます。ちょっと違うと言えば、今日は鈴ぐらいしか入れておりませんので、あとのト書きは、台詞として読んでますね。ラジオドラマの場合はここに効果音が入ってきます。風の音が入ったり、それからチンチン電車が通ったりとか、色々なことを具体的に音を出していきます、多分その違いじゃないでしょうかね。なので、リーディングの場合は、戯曲の言葉を読みますので、より戯曲自体を意識して頂く、といいことのいわれが濃い方法かなと、思っております。

井上　ありがとうございました。時間になりましたので、本日はこれで締めくくりたいと存じます。会場の皆様からも大事な問題提起も多く頂き、本当に有意義な会になりました。感謝申し上げます。演出でお疲れにもかかわらず、長時間、丁寧にお答えいただいた宮田さんに、改めてお礼を申し上げたいと思います（拍手）。

「近代能楽集」の演出に思うこと (1)

田中美代子

(1) メロンパンにメロンは必要か?

頃日、山中剛史さんの「超現実との照応―三島由紀夫「葵上」再読のために―」と題する紀要抜刷りを拝読しました。

山中さんは〝考古学者〟と渾名される程、どんな細片も掘り当てる三島資料収集家であり、さらに演劇の熱烈な研究者でもあり、……私は古くからの近代能楽集の観客として、ここで改めて様々な感慨をもよおしました。

近代能楽集は、国内外で数知れぬ上演を経てきた人気戯曲ですが、実は難解きわまる問題劇で、演出家はひそかにぎりぎりの対決を迫られるようです。その上演史を繙いたら、それこそ百花撩乱の盛況であることは間違いありませんが、翻案劇としては、思いがけぬ手ごわい仕掛けが張りめぐらされているのに、主題の解釈について演出はどうも弱腰で、観客としてはいつも何か釈然としない。無論、舞台は玉石混淆で、素晴らしい例外もあり、人々の記憶にも鮮やかでしょうが、私の貧しい観劇体験では、肝腎の点で正鵠を外しがちだったように思われてなりません。

制作者側はともすると、まあアトリエ公演のためだから、とか、小劇場用の試作品だから、といった気軽な態度で、せいぜい思いつきの新しがりで立ち向かった結果、どこか未消化で支離滅裂な舞台だった、というのが当初からの印象でした。

昭和二十五年の「邯鄲」発表からこの方、時あたかも小劇場演劇ブーム、何でもござれの前衛劇流行で、近代能楽集も一ト並びにあまりにもゆるく許容されてきたのではないか。

これを機会に私なりの疑問点をまとめてみるのも、多少は意味のあることかもしれません。果たして、狙うべき標的は何か?

さて、まずは「葵上」の舞台です。山中さんは、その原曲が謡曲「葵上」と「源氏物語」であるところから、このことが自由な演出を阻害していることを問題視し、〈ともするとそれは一つの強力な解釈規範となって一戯曲の読みの可能性を制限してしまってはいないだろうか〉との疑問を呈しておられる。

可能性を制限して？　とすると〝翻案〟とは一体何なのでしょう。それは当然原典を踏まえた上での創作です。原作の制限を有効に活用し、それを掻い潜って自由に羽ばたくのが、翻案の醍醐味なのではないか？

さらに〈二つの原典を持つアダプテーションとしての作品成立過程の考察や作者の狙いとその成果の把握は文学研究として無視できない基礎であろうが、実際いい尽くされた感がある〉というのはどうでしょう？

これまで無数の上演記録、それも当座限りで消えてしまう舞台を全部見尽くすことは誰にとっても不可能ですが〈いい尽くされた〉というほど〈作者の狙いとその成果の把握〉がなされたかどうか、まことにおぼつかない話です。物足りぬ気分の原因は、もしかするとこの辺りにあるのではないか？

それにしても、「葵上」の翻案が原作から遊離し、〈吉田精一のいうようにもし人名が六条康子だとか、若林光、とか、葵とかではなく、又「『近代能楽集』の内」というサブタイトルがなければ、そのままふつうの劇として通りそうなほど〉であるなら、何も原典の拘束にこだわらず、初めから〝ふつうの劇〟を書いた方がよかったでしょう。

翻案はあくまで原典に対する共感と抵抗の産物であって、その換骨奪胎は、時に敷衍や強調であったり、テーマの逆立ちや裏返しや捩りであったりするでしょうが、何より原典が基調であり、その新作、改作が一種の異議申立てでなければ、両者間には何の絆もなく、響き合う意味も生じません。

それともメロンパンがメロンとは別物であるように、両者をつなぐものは単にサプリメントの問題にすぎないのでしょうか。

それでもあえて「近代能楽集」のレッテルに拘わるのは、ただその〝冠〟の権威、或いは〝暖簾〟が必要だからなのですか？

しかも〈三島「近代能」を観たり読んだりするのには、必ずしもそれぞれの原曲を知らなくてもよい〉と山中さんは強調します。〈原典の知識は必要不可欠なものではなく、そこから得る楽しみとはいわば特権的な副産物のようなもの〉であり、ことに学生劇団の上演などでは〈原典の知識を勉強して観劇に臨む観客は限りなく少数〉であり、そんな面倒なことをせずとも〈彼ら彼女らは十分に戯曲自体のドラマを楽しんでいる〉と言われる。なぜなら〈本作は原典の知識が観劇の前提となっているような歴史的フレームの中にある古典劇ではなく、特に現在上演しても時代的違和感をあまり感じさせない《ふつうの劇》、現代の戯曲であるといってよい〉からだとか。

確かに、現代の観客はみな原典を知った上で劇場に来るわけではなく、初見でも十分観劇を楽しんで帰る。しかしそれは「近代能楽集」に限らず、歌舞伎などではむしろふつうのことでしょう。何の知識もない若年時、いきなり〝古くさい〃舞台に接してたちまち魅了されてしまった歌舞伎ファンは少なくありません。それは、現に歌舞伎が独立して人々の心に訴える魅惑の要素を満載させているからではありませんか。初めは歴史の勉強に来るつもりなどなくとも、やがて必要な知識にも通じ、見巧者になる人はなってゆきます。

そう考えると、安易に原典を無視してよい、とは言えません。生霊の出現など、今では張りぼてにすぎなくとも、かつては人間存在の根源に渦巻く「業」の正体であり、底知れぬ闇の奥より姿を顕わす異形のものでした。

近代能楽集は、そうした根生いの物語から妖気を孕む魂を呼び覚まして、現代人を震撼させる挑戦にほかなりません。

ドナルド・キーン氏がいつでしたか、日本の高校教育では今、源氏物語をもっぱら（おそらくは大学入試用の）古文の文法の例題としてしか教えない、これはもう犯罪ではないか、と発言しておられました。

従来の各作品の誤読や、独りよがりの解釈など、その辺りから始まっているのかもしれない。が、原作の奥処には、なおも怪しい古典の力が息づき、時を選ばず、末世の観客にも襲いかかろうとする。それはとてもとても単なる〝約束事〟に堕して、干涸びた〈原典に価値の源泉を持つ他律的、従属的なもの〉などではありえず、翻案が《〈複製なき反復のひとつの形式〉》として原典に対して自律的価値を有する〉理由も生ずるのでしょう。

実際、現代劇としても、「近代能楽集」は幾重にも屈折した難解な作品ではないでしょうか。これをどう料理するにせよ、制作者は一度は父祖の地を訪ねて本物の野趣に触れ、秘伝の謎に迫り、その上で新種の饗宴を構想しても遅くはない。

ところが日頃、腕に自慢の演出家は「近代能楽集」の人目を驚かすドラマの展開に困じ果てると、逆にこれ見よがしの「新奇な方法、解釈、意匠」に走って、かえって足場を見失ってしまう。新装開店ばかりに気をとられ、老舗の心根を忘れては、その場かぎりの切り花に終るほかはありません。

(2) 裸の三島戯曲

三島由紀夫は昭和三十一年四月には、それまで概ね年初に一作づつ発表してきた翻案の連作を「近代能楽集」として一本にまとめ、これを出版しました。

発表順は次の通りです。

「邯鄲」昭25・10『人間』
「綾の鼓」昭26・1『中央公論』
「卒塔婆小町」昭27・1『新潮』
「葵上」昭29・1
「班女」昭30・1『新潮』

その「あとがき」によれば、

〈……ここ数年、暇があれば私は、謡曲全集を渉猟するのが癖になつたが、この五篇がわづかに現代化に適するもので、五篇で以て種子は尽きたと考へざるをえなくなつた。やうやくこれらを一本に纏める時期が来たのである〉ということで、「近代能楽集」はここで一段落しています。

その後も折々に「道成寺」（昭32・1『新潮』）、「熊野」（昭34・4『聲』）、「弱法師」（昭35・7『聲』）、「源氏供養」（昭37・3『文藝』）が書き加えられました。が、基調は、女主人公によって演じられる修羅の百態であり、「班女」に至る初期作品群でしょう。

原曲の選定については、〈脇能だの、舞踊を主にしたものだの、現在物だのは、翻案もむづかしく、又、わざわざ翻案を企てる意味がなかつた〉と断っています。

こうした経過をみると、「近代能楽集」がいかに厳密に原曲を選んだか、が明白となるでしょう。実際、現行の謡曲は二四〇曲にも及ぶというのに、彼は初めわずか数曲しか、翻案に適うものを見出せなかった。つまりその場の思いつきや面白ずくで、客受けするネタ探しに励んだわけではない。「近代能楽集」には、一念凝った三島文学の運命的なテーマが結集していた、と考えるほかはありません。

さらに初期の五作品は発表期間も昭和二十年代後半の五年間に集中しており、背後には、一貫した明確な意図が看て取れます。

明治以来〝新作能〟の試みには、いくつか先例があり、たとえば直接このアイデアを得た郡虎彦の作品と比較しながら、彼は自作について次のように解説しています。

即ち、郡虎彦の作品が〈能の原作そのままの時代の物語を、ホフマンスタールの色濃い影響の下に、世紀末趣味にあふれた近代的一幕物にアダプトしたもの〉だとすれば、〈私の近代能楽集は、むしろその意図が逆であつて、能楽の自由な空間と時間の処理や、露はな形而上学的主題などを、そのまま現代に生かすために、シテュエーションのはうを現代化したのである〉と。

さらに〈そのためには、謡曲のうちから、「綾の鼓」「邯鄲」などの主題の明確なもの、観阿弥作のポレミックな面白味を持つた「卒塔婆小町」のやうなもの、情念の純粋度の高い「葵上」「班女」のやうなものが、選ばれねばならなかつた〉とのことです。表向きは、ささやかな試み、といった慎ましい語り口ですが、根底には大きな抱負が隠されています。

即ちこれらの作品は、いずれも能楽の〈形而上学的主題〉と、これを展開しうる能舞台の時空間とを結合したものであり、演出家に許された自由は、実は現代の〈シテュエーション〉のみ、なのです。

目的の第一は、古典主義の原理を再構築し、その不変の主題と方法論を具体化して、三島文学の拠るべき基礎を盤石とすることでした。これを逆にみれば、だからこそ一方で、現代の社会状況や時代の特性を鮮明に焙り出すことができるのでしょう。

しかし、彼は翻案の趣旨をそれほど大仰に語らず、「あとがき」で断片的な感想を洩らすにすぎません。また各作品についても、公演のしおりなどに、二、三要点を記すにとどまっています。

たとえば「邯鄲」については、――

〈解釈は一見顚倒してゐるが、それは生活感情が顚倒してゐるせゐで、謡曲の作者も現代に生れてゐれば、かういふ主題の展開法をとつたであらう。だからこの戯曲は、謡曲「邯鄲」の忠実な翻案といつてよいものである。私はまたさういふ現代的な蓋然性を包んでゐる手段をもつた曲を選んだのである〉（「作者の言葉―邯鄲覚書」昭26・4、日本現代戯曲集5）

こうした意図は、むろん「近代能楽集」全体に一貫しています。すなわち原典の主題は不動であり、現代の生活感情がどう転んでも、それは翻案にしっかりと踏襲されている、との宣言にほかならない。どうして原典を粗略にしてよい理由がありましょうか。

昭和二十五年当時、壊滅的な打撃を受けた日本の思想界。その焦土灰燼の只中で、彼は自ら堅忍不抜な、揺るぎない文学の礎を築こうと苦闘しています。

まず第一は小説の方法の探求でしたが、規範となったのは、古来からの戯曲の形式の導入です。それは、西欧近代の主流をなす自然主義思想と対決し、さらに猖獗をきわめる政治的イデオロギーに抗して、崩壊してゆく〝小説の芸術性〟をどう回復するか、の課題でした。その真髄は、等閑にされてきた文学固有の魂を救済するために、ひたすら〝劇的なるもの〟を追究する試みです。

〈僕は脚本を書くとき、戯曲といふ文学形式の、全く裸の形式に魅せられて書くだけだ。あらゆる十九世紀的な小説の方法が徒爾と思はれるとき、僕は戯曲といふ古い形式の魅惑の前に、何度でもかへつて来るつもりだ。そこでは客観性といふものに作者の責任が課せられず、単に文学上の一ジャンルの責任が課せられるだけだからだ〉（「演劇の本質」）

また「私の遍歴時代」では、当時の心境を回想して、こんな風にも語っています。

〈「もう一度原子爆弾が落つこつたつてどうしたつて、そんなことはかまつたことぢやない。僕にとつて重要なのは、そのおかげで地球の形が少しでも美しくなるかどうかといふことだ」などといふエピグラムを、ひそかに書きつけたりしてゐたが、いづれにせよ私は、早晩こんなやけのやんぱちの、ニヒリスティックな耽美主義の根拠を、自分の手で徹底的に分析する必要に迫られてゐた〉

三島文学自家薬籠中の〝ニヒリスティックな耽美主義〟……しかし彼は誰よりも早く、そのキャッチ・フレーズを棄却したのです。

こうして未曾有の疾風怒濤時代を潜り抜けた彼は、昭和二十四年までに内なる怪物を組み伏せ、最初の文壇デビュー作

「仮面の告白」を書き上げました。

〈……二十四歳の私の心には、二つの相反する志向がはつきりと生まれた。一つは、何としてでも、生きなければならぬ、といふ思ひであり、もう一つは、明確な、理知的な、明るい古典主義への傾斜であつた〉

彼はそれまで無自覚に多作していた〈詩〉について反省し、より的確な表現形体を戯曲のジャンルに見出しました。〈抒情の悪酔〉にすぎなかった幼い詩心は体質を改善し、堅固な骨格を得て飛躍的に精錬されたのです。

〈私はやつと詩の実体がわかつてきたやうな気がしてゐた。少年時代にあれほど私をうきうきさせ、そのあとではあれほど私を苦しめてきた詩は、実はニセモノの詩で、抒情の悪酔だつたこともわかつてきた。私はかくて、認識こそ詩の実体だと考へるにいたつた〉(「私の遍歴時代」)

さらに折々のエッセイで、一連の思索の過程を綴っています。

〈新しい人間と倫理の模索は、或る「原型」の模索を意味してゐるらしい。ゲエテにおいては、それは宇宙の内在といふやうな原型の模索であつた。それは自我を小宇宙とする欲求だつた〉

〈作家がとりうる「新しい道」といふものはなく、彼がなりうる「新しい人間」といふものはない。彼が意図するのは原型だけだ。原型の模索が芸術家にとつての凡てである。原型の能ふかぎり正確な能ふかぎり忠実な再現、それが彼のもつ倫理の新しさに他ならぬ〉(「反時代的な芸術家」)

原型とは？　それは存在の合理的単位として、〝始め〟があり〝終り〟のある完結した一つの全体像にほかならない。そこには当然芸術の秘鑰たる〝死〟の発見があります。

彼はここに日本伝統の戯曲である能楽を重ね合せて、やがて「近代能楽集」が実を結びました。

いずれにせよ、この作品集が原型として担わされた役目は重大でした。三島文学は戯曲の簡潔な要素から、化学方程式のように魂の結晶体を抽出したのです。

古典主義の形成が、当時いかに三島文学の喫緊事であったか、それはラディゲに対する異常なまでの傾倒にもうかがわれます。

実際、昭和二十年代におけるラディゲへの讃仰ときたら大変なもので、折にふれてその熱狂ぶりを語っています。少年時代、彼はまずラディゲの岸辺に立ってフランス文学の芳醇な果実を味わい尽くし、さらにその源流たるモラリストの伝統に棹さして、古典主義の要諦を体得しました。曰く、

〈そのころ、私の内部の「ドルヂェル伯の舞踏会」は、完全に洗ひ上げられて、瑠璃の建築のやうな透明な骨組ばかりを現はしてきた。そして、いつまでも目に残るのは、すべてを引き絞つて大団円への効果へ収斂してゆく、その光学的構造であつた。小説におけるこのやうなクライマックスの古典

悲劇風の強め方は、私の小説の方法から、追つても追つても追ひ出せない要素になつた。私はラディゲの作品そのものの呪縛からのがれたのちも、つひに、ラディゲが目ざしてゐた人間と生の極北への嗜好からは、のがれることができなかつたのである〉(『一冊の本―ラディゲ『ドルヂェル伯の舞踏会』』)

「近代能楽集」のヒロイン達の生存の根に食い入っているのは、それら古典悲劇から汲みあげた〈人間と生の極北への嗜好〉にほかなりません。それがこの最も困難な〝人間的世紀〟に立ち向かう唯一の方法論だったでしょう。

(3) リーディング

「こころで聴く三島由紀夫」と題する近代能楽集公演「リーディング」

これは登場人物が一線に舞台に並んで戯曲を読み合わせる上演形式とのことです。出来れば通常の舞台公演をお願いすべきところ、何しろ予算が乏しいので、……というのが主催者たる三島由紀夫文学館のアポロジーでしたが、一昨々年初演の「弱法師」があまり好評なので、私は昨年、宮田慶子(新国立劇場演劇芸術監督)演出の「葵上」を初めて拝見し、新鮮な衝撃を受けました。

それというのも、これが決して単なる試みに終らず、一つの独立した上演形体として見事に完結しており、むしろ「近代能楽集」上演の新たな可能性を拓くものとも思われたからです。

何よりも、若い女優陣の科白の競演が、生気あふれる快いアンサンブルで、観客を魅了しました。これを統率する宮田さんは、愛らしい日本人形のような印象ですが、実は聞きしにまさる厳しい演出家の由。その指導ぶりは、さこそと思われます。

アフター・トークの会場で、〝若い役者に三島演劇を教える苦労について〟観客の質問に応えた宮田さんの発言は、大略次のようなことでした。

「ここ二十年ほど、若者の会話は日々ボキャブラリーが少なくなり、演劇はその余波を受けて、ことに三島戯曲はハードルが高い。

けれども戯曲には古い歴史があり、その言語は単なる日常会話ではなく、文学的にも音声学的にも様々な角度から検討され、工夫されてきているので、これにきちんと出会うことは、特に若い俳優には大切なことだと思っております。そうしないと演劇は貧しくなる。言葉の職業に就いた以上、心してその豊かな言葉を表現できる技術と知性を養ってゆかなければいけない。それには訓練が何より大切で、それも出来るだけ早いほうがよい。現状では三島戯曲に触れたことのない俳優でも、まあ商売できてしまうところもあるので、説得が大変だったりします。(笑)

だからこれがどう美しいか。そして日本語には一つの言葉に対して、こんなにたくさんの音色があるんだということを説得しながら、やっています。しかしいい俳優は耳がよいので、ある程度説明すればついていきてくれる。そして、実際に舞台で台詞として吐き出してみると、中身が充実していないとしゃべりきれないことを実感します。三島さんの戯曲は生半可な思いではとても無理なんだってこともわかる」

これは観客席で聞いていても、稽古場に立ち会うような粛然たる思いでした。

ただこの「葵上」の公演で私の気になった点を二、三申し上げましょう。

六条康子は〝恋に敗北し、夫の家へ戻った妻〟として、恋人からの深夜の電話を憚かり、か細い声で応える……という幕切れ。しかしそれでは、生霊になって恋敵を取殺す強烈なヒロインとはいえない。かつて才色兼備の東宮妃であったこの未亡人は、幾重にも傷つけられた誇りにかけて、後妻《うわなり》打ちに深夜の病室を襲うのです。とても有閑マダムの浮気の果て、という程度では済みません。

それにつけても「戯曲は情報量が限られている」から、重箱の隅をつつくように根掘り葉掘り想像をたくましくして周囲を固めてゆくしかない、とのこと。……ですが、それこそ原典の出番ではありませんか。近代能楽集を火山の噴火口とすると、その情報量は、富士山のマグマほど内部に渦巻いているでしょう。とにかくここには、源氏物語という活火山が根を下ろしているのですから。

さて、今年の七月十九、二十日にはまた、山中湖の三島由紀夫文学館で、同じくリーデイングによる公演があり、篠本賢一（「遊戯空間」主宰、日本演出者協会常務理事）演出の「綾の鼓」および宮田慶子演出の「邯鄲」両作品を観劇し、またワーク・ショップなどにも参加しました。

このたびも、従来ありがちだった迷走だらけの解釈は払拭され、過剰な装飾も削ぎ落されて、観客は、言葉の宝石たる三島戯曲が裸かのまま立上がる姿を眼前にするようでした。今やリーディングの方が早道の三島文学の鑑賞法ではないか、と言いたくなる程です。

宮田さんは、この度のアフター・トークで、この上演形式をラジオ・ドラマと比較して解説されましたが、私自身も真っ先に思い当ったのは、子供の頃、ラジオで親しんだ「放送劇」です。それもアナウンサーによる単なる「朗読劇」ではなく、俳優によって演じられる科白劇である、との主張も大いに納得されるところでした。

「放送劇」は今ではすっかり衰退したようですが、戦争直後は、楽しみといえば一局限りＮＨＫのラジオ番組でした。当時、東京放送劇団は、（思い出すのも懐かしい）巌金四郎、加藤道子、名古屋章、小池朝雄、……などベテランぞろいで、数多の力作名作が放送されていました。そこでは、ひたすら言葉が精錬され、子供も直かに成熟した大人のドラマを堪能できたのです。

　ラジオ・ドラマ[2]といえば、とかく一段軽く見られがちですが、その頃はまだ健康な市民層が定着し、日常生活の「言葉」が活々と機能していました。

　しかし今や状況は全く一変しています。人々の堅固な生活も言葉も次第に液状化し、ドラマ自体が成り立たず、放送劇は片隅に追いやられて、まともな科白劇を聴くチャンスも無くなってしまった。伝統や文化を支える保守層が根づいていてこそ前衛もたくましく萌え出ずるはずですが、その土壌が壊れてしまえば前衛もくそもない。

　いつでしたか、やはり「近代能楽集」の観劇の折に、極めつきの〝華麗な三島戯曲〟が、時に何の感動ももたらさず、空回りしながら劇場空間に消えていく、そんな心境に追いやられたことも思い出される。……我儘な一観客としては、「近代能楽集」はいまだ啓蒙期にあるのではないか、とさえ疑われたことでした。

　初演の頃を顧みれば、その構想も形体も主題も、新劇界では殆ど受入れ態勢のない状況で、初めはアトリエ公演による実験的な舞台や小さな試演から始めねばならなかった。

　それはそれで心踊ることでしたが、当時はすべてが新鮮で自由な素材にみえ、〝前衛劇〟などという誤解も加わって、それだけ独りよがりの試行錯誤が許されていたのかもしれません。それは科白まわし一つにも現れるので、かつての奇妙な異和感は、やはりジャンルの未成熟のせいだったでしょうか。

　そこで今はとりあえず堅固な〝生活体験〟を踏まえた科白の習熟に集中すること。……リーディングの公演の成功は、確かにその一歩から始まっていたからのように思われます。

（文芸評論家）

注1　この原稿は山中剛史氏の論文「超現実との照応―三島由紀夫『葵上』再読のために」（明治大学文学部紀要「文芸研究」第一二三号・二〇一四年三月）に触発されて書いたものです。はじめ、往復書簡のつもりで気軽な感想から始めたのですが、編集部の意見で、一応読切りとしてまとめました。山中さんには自由に反論していただくようお願いしました。

2　三島由紀夫は、昭和二十九年、黛敏郎のミュージック・コンクレートのためにラジオ・ドラマの台本「ボクシング」を書きましたが、その折、〈私はラジオ・ドラマという形式に、今まで魅力を感じたことがない〉と言っていました。さればこそ、新進気鋭の前衛音楽家のために〝セリフもナレーションも省いて〟拳闘試合の実況放送に仕立てた台本を書く、という実験が新鮮に受容されたのでしょう。

未発表

「オリンピック」取材ノート（全）

翻刻・工藤正義（本号代表責任）
佐藤秀明
井上隆史

この「「オリンピック」取材ノート（全）」は、三島由紀夫文学館所蔵のノート「Olympic」の翻刻である。

昭和三十九年（一九六四）十月、「東京オリンピック」が開催された。三島由紀夫は「朝日新聞」「毎日新聞」「報知新聞」の特派記者として、オリンピックを取材している。

開会式、ボクシング、重量挙げ、水泳、陸上、体操、バレーボール、閉会式などの様子や観戦が丹念に書かれ、出場選手の緊張した表情や息遣いや熱気が手に取るように伝わってきて、大変興味深いノートである。

母に地図

{ 429
 430 }

Olympic

（二階P31）

429．鈴木氏

十八回目

△十月十日（土）

午後一時前、

毎日本部よりすぐ前のゲートを入る。

*雲一つない快晴。空にはヘリコプター。（フィールドの、ビロードのやうな緑の上をその影がすぎる）

すでに人々みな席につきたり。アンツーカーの美しい色。大会関係者の紺の制服並ぶ。

聖火台の下に、火焔太鼓二つあり。黄菊を左右に並べ、白地に緑の絨毯の階段、聖火台へみちびく。

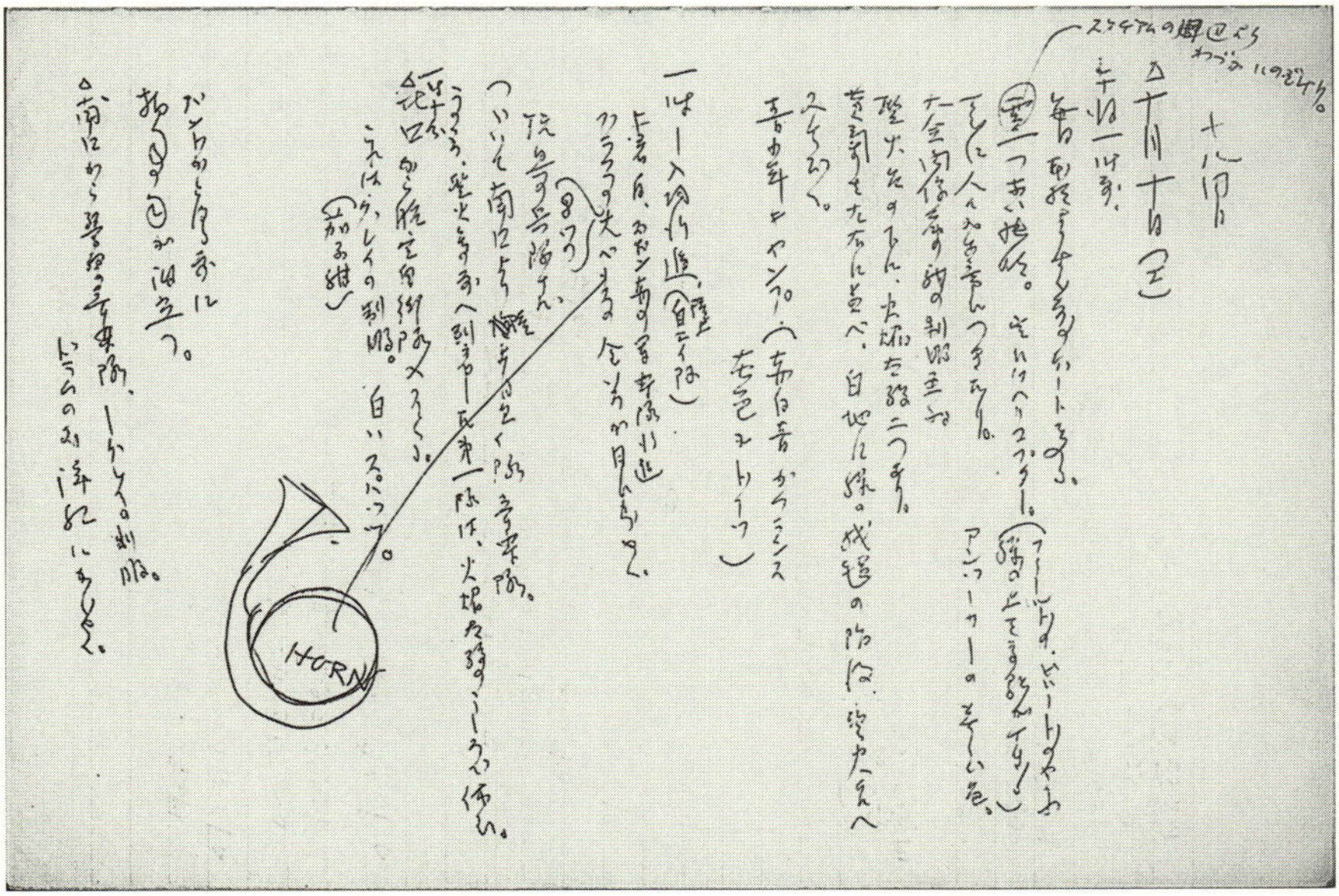

青少年キャンプ（赤白青がフランス　灰色がドイツ）
一時――入場行進、（陸上自ヱイ隊）
上着白、ズボン赤の軍楽隊行進　ブラスの8ツの大**ベースの金いろが目にかゞやく。
玩具の兵隊さん　つゞいて南口より陸上自ヱイ隊音楽隊。このころ、聖火台の前へ到着した第一隊は、火焔太鼓のうしろで休む。
一時十分
△北口から航空自衛隊入つてくる。これはグレイ（茄子紺）の制服。白いスパッツ。バンドがとほる前に拍手の手が波立つ。
△南口から警察音楽隊、――グレイの制服。ドラムのみ洋紅にかゞやく。

*スタヂアムの周辺よりわづかにのぞけり。
**〔この部分にホルンの絵。「HORN」と表記〕

次は消防隊、（濃紺）白いスパッツ。ティンパニーの黄の房が揺れる。永いこと待つてゐたその黄の房の躍動。〔この部分に房の図〕
次ハ海上自ヱイ隊（70名）黒に、ズボンの二本の金筋。
これで一時二十五分
○～～～～～～～～～～○
走路のまはりに、鳩*の緑の籠がずらりと円を描き、静まつてゐる。
8000羽、一箱12羽**

*六百七十ヶに近い緑の籠がズラリと並び、ここに一人一人、薄青の制服の人並ぶ。四ヶづつ籠を〔「こ

の部分に四ヶづつの籠の図」〕を並べたり。

＊＊

```
      666
12)8000
    72
     80
     72
      0

  666
   12
 1332
 666
 7992
```

△一時四十五分、一せい花火とゞろく。
記者席にゐると、煙は見えないが、フィールドの上を、煙がすぎる。
△一時五十分、聖火台の下で音楽がはじまる。
△二時
梵鐘の電子音楽。ヘンだ
天皇、黒いセビロ、皇后、青いスーツ、
△①ギリシアが入る。黒いセビロ、
②アフガニスタン、――肥つたおぢさん
③アルジェリア、二人のみ、緑と白の旗に、赤い三日月と星
④アルゼンチン、大ぜい、
⑤オーストラリア、黄の女、＊緑のブレザーの男
⑥オーストリア、カーキのスカート、のズボンと紺の上着
⑦バハマ、――水色上着
⑧ベルギー、紺、
⑨バミューダ、半ズボンに、白い帽
⑧ボリビア、たつた一人
⑨ブラジル、応援に手をふる選手、
⑩ギアナ

⑪ブルガリア、――女のみ　赤のスーツ、
⑫ビルマ
⑬カンボジア
⑭カメルーン、緑（黄の星）赤、黄の線に　黒人二人、黄の法衣、一人は赤、一人は緑の帽子、
＊緑のリボンのソフト、
△コンゴ――緑〔この一行抹消〕
△キューバ、――サッと日の丸の旗を出し、振る。
△フィンランド、水色の上着に白スカートが美しい。
△フランス、白いワンピースに赤いスカーフの女美しい
男は、紺のブレザー
△ドイツ、女はピンク、男は白。
△デ〔「デ」抹消〕ガーナ、きいろつぽい、赤や緑の色とり〳〵の法衣　右肩を出す。
△イギリス、
△ホンコン、
△ハンガリー、
△アイスランド、一人の女性、黒いスカーフを巻きハンドバッグをもつてゐる
△インド、紺のターバン、
△イラン、
△イラク、
△アイルランド、
△イスラエル
△イタリー

△アイヴォリー・コースト、
△ジャマイカ
△ケニア、
△コリア

一同半円をめぐりて、中央に居並ぶ　自ヱイ隊の若者の白いズボンが最前列に国札を並べて、白い台を〔「を」抹消〕脚として直立。ピンクのイギリス・ドイツが美しい。

○マレーシアの黒い帽子
○メキシコ——赤いブレイザー〔「赤いブレザー」の誤記〕一色、白いズボン、
○スペインの葡萄葉〔「葡萄葉」抹消〕小豆いろののブレザーのあとに、スウェーデンのコバルト・ブルーがやつてくる時の美しさ。
○トルコ、自国旗と日本の旗を一しよにふる。
○ウルグワイ——だらしない、
○アメリカ、——赤いハンドバック〔「ハンドバッグ」の誤記〕、赤い靴、
○ソビエト〔この部分にソビエトの国旗を持った選手の絵〕太ったをぢさんが片手で旗もつ。赤いハンカチをふる。カーキいろ、女はベージュ。女は赤いネッカチーフをふる。
○日本、赤いリボンの白い帽を一せいにあげ、胸にあてる。赤いブレザー、白ズボン。
○選手団入場をはるころ　イタリヤ選手団、応援団へ帽をふる。写真をとつてる選手沢山あり。

△オリンピック復興七十週年〔「周年」の誤記〕クーベルタンの声、
○2時59分、——天皇開会挨拶（ブランテージ〔「ブランデージ」の誤記〕が開会宣言を日本語でつゝしんでおねがひいたします）
△ファンファーレ。旗上る。
△五輪旗が六人の水兵に掲げられ入つてくる。女声コーラス、旗が上ると、少*年鼓**隊が入つてくる。〔「が入つてくる。」抹消〕に守られて、ヴァティカンの兵隊が、もとの五輪旗をかがげて〔「かかげて」の誤記か〕、入つてくる。旗の受けわたし。（選手たちとび上つて見てゐる）
△祝砲殷々。
△風船いつせいに上る。はじめ観衆の色にまぎれて、上る。赤、黄、緑、紺、黒、選手た〔「選手た」抹消〕いつぱいに、風よく、
△陸上自ヱイ隊バンド、聖火の下に並ぶ。
△聖火の阪井〔「坂井」の誤記〕入つてくる。のび〳〵した脚。選手みんな、とんで見にゆく。阪井〔「坂井」の誤記〕、手を高く掲げて（三時十分）聖火台の横に立つ。笑つたやうだ。（緑の階段を上つてゆくうしろ姿、着実なり）胸の日の丸目にしみる　鮮明に見ゆ。聖火を点ず。火たちまち起る。祝砲。——女声〔「女声」抹消〕混声コーラス。
△旗みな前に集まり、日の丸中央に出る。小野旗手、宣誓。放鳩、カスリの如し。火の粉のススの如し。赤、緑、白、黄、青、空にゑがく五輪、大成功。

鳩の羽これをめぐつてきらめく。

あと虹の色を引きて去る、余情あり
＊牛込仲之小学校六年生
＊＊青い上着、半ズボン、赤い紐タイ。

△11日2時　アイス・パレス
〔この部分にリングの図。「赤コーナー」「白、」「白」「青コーナー」「新らしいリング、」と注記〕
明るい窓が黒いカーテンで遮光される。（オリンピック東京大会第一日目を開始いたします）アナウンス。
バンタム
①　(青)韓国　曹東黄〔「曹東黄」抹消〕鄭申朝＊──黄いろい体
　(赤)H・ファラグ　ユナイテッド・アラブのメルナール〔「メルナール」抹消〕
＊＊アラブ連合
一ラウンド──韓国？

褐色の肌が真赤しい〔「真赤しい」は誤記か〕コーナーの赤に映える。

フライ、
2R──韓国（?）

アラブ、フットワーク、よし。ファイター也。アラブ又手をつく。よろめく。又手をつく。

アラブ（肩が折角柔らかいのに。

　　　　手が長いのですぐ床に届く
3R　＊＊＊アラブ攻撃に出る。──ワンツー。


リングサイドには周囲には各国のオエラ方並ぶ。
＊紺のランニング
＊＊ジャブよく出したりした。たちまち片手をつく。
コバルト・グリーンの25背番号──リスト・アップ多し。グローブの色と体色ほとんど同じ
トランクスは黒に赤い線。パンチは強さうだが不安定。
＊＊＊韓国、アラブの顔面にヒット。アラブ、スリップ・ダウン。

○──────○

ジャッヂは慎重である。手続が大へん。五人のジャッヂの総点をリング・サイドのボスのところへもつてゆき、決める。その間選手二人、レフェリーを央に直立して待つ。

韓国の勝

△──────▽

バンタム②
(青)アルバース〔「バース」抹消〕マラス（アルゼンチン）②
プロのやうに両手をあげてガウンのまゝあいさつする
(赤)128（アイルランド、）ラフター
アルバース〔「アルマラス」のこと〕はコハク色、鋭いボディ・ブローをまづ出す。まつ白な肌に緑のシャツのラフターはいやに高いガード。
アルマラスは defence〔「defense」の誤記〕ダッキング　ブロッキング　ウィービングが巧い。どちらもアウトボクサー。

（ラフターはボディがいつもあいてゐる。）
2R（アルマラスのボディブロウ的確）アルマラス勝。
（声援スペイン語、オレエ、オレエ、オレエ）
（ボディ・ブロウ二回
（いいワンツー、
アルゼンチン勝
負けた方が、握手ののちグローブで背の低い相手の頭を叩く。アルゼンチンのカメラマンは、判定下る前から　声をかけて写真とり大さわぎ。
③バンダム（赤　オーストラリア　⑫ブース、白人
（青　エスピノザ*　キューバ　(62)黒い
キューバのワンツーはとてもいい。
2R　3R　Dr. Stop.〔「Dr. Stop.」抹消〕　TKO
④knock out　フィンランド負け。
フィリッピン**209勝つたら、コーナーにひざまづき十字を切つてお祈りしてゐる。

（相手は79番***）

コーナーへつれてゆき、抱いて、いたはり、フィリッピー〔「フィリッピン」の誤記〕はオーバー・アクション。

---

⑤（赤コーナー、ホンコン****、ロウ、108
（青コーナー、234　スペイン、セーニン
3R50秒、
⑥

*勝
**トレビリヤス〔「トレビヤス」の誤記〕、2R2分30秒のKO勝、
***アルゼンチン
****レフェリー・ストップ、ホンコン勝

△十月十二日
重量挙
フェザー級B
舞台だ。リングといふけれど、前衛派舞台的なピカ〳〵のバーベルや、白粉を入れた〔この部分に白粉入れの図〕青赤のライトのついた計器や、表示器など、三つの椅子などの舞台装置。
△四時「選手ハステージに上つて下さい」
インド人は合掌。日本人は赤のユニフォームNIPPONと白字。白線両腕にあり。

舞台にのせて、「レディス・アンド・ジェントルマン」で一人一人選手を紹介するアナウンス。すべて舞台的。ついでバイシン員の紹介。「最初の重量95キロ」銀ピカのプレート。
①セラノ、（ペルト・リコ）〔「プエルト・リコ」の誤記〕95キロ、プレス、95・0といふ電気文字。セラノ選手一分経過。手をふるひ、フラ〳〵歩く。うしろを向き、サスペンダーをしごき、右手をかけ、プレスをして、
②インドのダース、
ウロ〳〵歩き、まつすぐ進み、足を合せ左手からもつ。（失敗）
三分間猶予。（赤一、白二——成功）
△重量100キロ、
③アラブ連合　アバス、赤いシャツにメガネ、白三つ成功（ア、

アイと声）
④セラノ第二回の試技。（白二、赤一成功）ベスト記録、
⑤ダースの三回目試技。（白三つ成功）ベスト記録100キロ。
△102・5キロ、
⑥セラノ第三回試技。――失敗
⑦〔「⑦」は抹消〕
（重量挙は忍耐と負荷の仕事
日本人に適してゐる。地球を負ふアトラス。
△105キロ
⑦マニロニ、イタリー、第一回試技。禿げてゐる。
毛むくぢやら。（成功）
⑧アバス第二回試技。ババババ、おおおお、といふへんな声。
⑨キム・ヘイナム㈠〔この一行抹消〕
△107・5キロ
⑨キン・ヘイ・ナム〔「キム・ヘイナム」のこと〕、韓国。黒一色。
左右のプレイスの定着をよくしらべ、バアの〔「バアの」抹消〕
棒の手ざはりをためしたのち、ベルトを締め直し、粉をまぶし、
一寸前屈体操をしてそして右手から上げる。（成功）
⑩ノヴァック
ポーランド　第一回　紺のランニング、成功。
中央のオリーヴいろの帯に五輪の印。
⑪フィッツィ、ルマーニア〔「ルーマニア」の誤記〕㈠　赤のランニング。失敗
⑫　〃　　〃　㈡　成功。
⑬アバス、（アラブ連合）失敗、ベスト記録105キロ
△110キロ

⑭コツロウスキー〔「コヅロフスキー」の誤記〕、ポーランド、手をブラ〱させ精神集中しばし。（成功）はじめ手を棒につけブル〱筋肉をふるはせる　すごい震動。第二動作で肩より上げるとき首曲りて、（赤点一つの成功）白二つ
⑮マニロニ、㈡　みごとに上げる。
⑯キム・ヘイナン〔「キム・ヘイナム」のこと〕㈡　成功。
⑰ノヴァック、ポーランド㈡〔この一行抹消〕
△112・5キロ
⑰ノヴァック、ポーランド㈡　上るとき階段で一寸つまづきたり。
（失敗）
⑱フィッツィ㈢〔この一行抹消〕
⑱マニローニ〔「マニロニ」のこと〕、イタリー㈢　成功。大よろこびで飛んで下り、抱きつく。（ベスト112・5）
⑲ノヴァック、ポーランド㈢　成功、（112・5ベスト）
⑳三〔この一行抹消〕
△115キロ
⑳三宅㈠　黒シャツ、の上から白いランニング。
一寸バアにさわり、又、もとの階段のところまで行く
三宅の声援、正面に立ち、正面を向きオジギ。悠々と近づき、
肩を軽くゆすり　ベルトにさはり、バアを指へ。
白三つの成功　重さうな感じ。第二動作やゝ不安定
（失敗）
㉑コツロフスキー〔「コヅロフスキー」の誤記〕、ポーランド㈡
㉒フィッツィ、ルーマニア㈢　成功、よろこんで両手あげる。
（ベスト115）
㉒キム・ヘイナン〔「キム・ヘイナム」のこと〕、韓国㈢　上げる

とき、ワーッと叫ぶ。（ベスト115）
㉓コツロウスキー〔「コヅロフスキー」の誤記〕㈢（失敗）（110ベスト）
△117・5キロ
㉔バーガー㈠　アメリカ　黒シャツの上に白ランニング　とびいろの髪（成功）
△120キロ（32貫目）
㉕福田――㈠　赤シャツの上に白ランニング、落着けるための努力　両手を神経質に振る。上を見る。手で額の汗をふく。バーベルに近づきはじめると電光石火（白二・赤一で成功）
㉖三宅㈡　左膝にホータイ　赤い靴下、（ソックス）
紺のシャツ、（オリンピック・タイ記録）

――122・5――

㉗バーガー米㈡（失敗）
㉘三宅㈢　オリンピック新記録　[ベスト122・5]
バアにさはつてから、永いこと息をためる。そして上げる。見事に上げる。大拍手。手を上げて、答〔「応」の誤記〕へつ、去る。
㉙バーガー(米)㈢　成功　[ベスト122・5]

――△125kg――

㉚福田㈡　失敗
㉛　〃㈢　〃　[ベスト120]

（リフティングの前の腹にためるのハ肚芸ならん。
圧迫的スリル、息苦しい
△相手が人間でなく物でドキ〳〵もせず、上りもせぬ物の投射するすごい圧力。

◎スナッチ
○112・5　マニロニ、[成功]
○Berger㈡　112・5　失敗
（福田スナッチ110で二）　Berger best 107・5
○Berger㈢　失敗
△*三宅、（六時十二分はじめてスナッチに登場）
△115kg
○ノヴオック〔「ノヴァック」のこと〕、ポーランド㈢
〈115を成功〉[ベスト115]
○福田㈢　成功　ベスト115
[アーッ、ウーッと電光石火]
○キム・ヘエナム〔「キム・ヘイナム」のこと〕韓㈢
失敗――ベスト112・5
一度バーベルをしらべてから戻り、電光の数字を見上げつ、ベルトを〆める。
○マニロニ㈢　失敗――ベスト112・5
＊115で三宅はじめて登場㈠〈成功〉天を仰ぎ、ワッと上げる。オリンピック新記録。
△120kg（32貫）
○三宅――声援に答〔「応」の誤記〕へ笑ひうなづく。〈成功〉、
オリンピック新記録
上げる前に、両手をつかへ天を仰ぎ、口をモグ〳〵させる。更に上を仰ぎアウッと叫ぶ。
△122・5kg

○三宅、[成功]

◎ジャーク〔「ジャーク」抹消〕

只今迄の所｛三宅　245（一位）／福田　235（二位）／バーガー　230（三位）｝今までの総合点。

（六時半
スナッチすんだところで皇太子夫妻入場

◎ジャーク

——△125kg——

①ダース（インド）成功㈠〔この一行抹消〕

②セラノ（ポルトガル）成功㈠〔この一行抹消〕

——127・5——

③アバス＊（アラブ連合）㈠成功

——[132・5kg]——

＊〔二つの＊を結び、次のように注記〕
アバス（アラブ連合）㈠成功

〈ジャーク〉

①ダース㈠｝125——成功

②セラノ㈠｝127・5——成功

○——○

③アバス㈠——成功

④ダース㈡——成功

⑤セラノ（プエルトリコ）㈡｝132・5——失敗｝ベスト127・5

⑥〃——㈢——〃

○——137・5——

⑦マニロ二㈠　成功

⑧アバス㈡　失敗

⑨ダース㈢　失敗——ベスト132・5

⑩アバス㈢（アラブ連合）
赤シャツの上に黒いランニング、じつと鉄棒を見て、祈りの言葉をつぶやき、叫ぶ。
足よろめきしが成功——ベスト137・5

○——140kg——

⑪コヅロフスキー㈠（成功）

⑫福田㈠
バアをまたいで見てしらべに行き（犬が住家をしらべに行くやうに）粉で手をまぶし、左右へ歩き又粉をふんだんにまぶし。
（さつきよりおちついた感じ）
成功——トータル　オリンピック新記録樹立

⑬キム・ヘイナム（コリア）㈠
首のまはり迄粉まぶす（成功）

——142・5kg——

⑭禿げのマニロ二㈡　成功

——145kg——

英語の解説者　数字をまちがへてばかりゐる。

⑮バーガー㈠　[成功らくらく]
オリンピック新記録、これにより福田と同点

⑯三宅（ベルトをしてゐない）㈠（成功）
世界新及びオリンピック新記録

⑰ノヴァク〔「ノヴァック」のこと〕（ポーランド）㈠（成功）

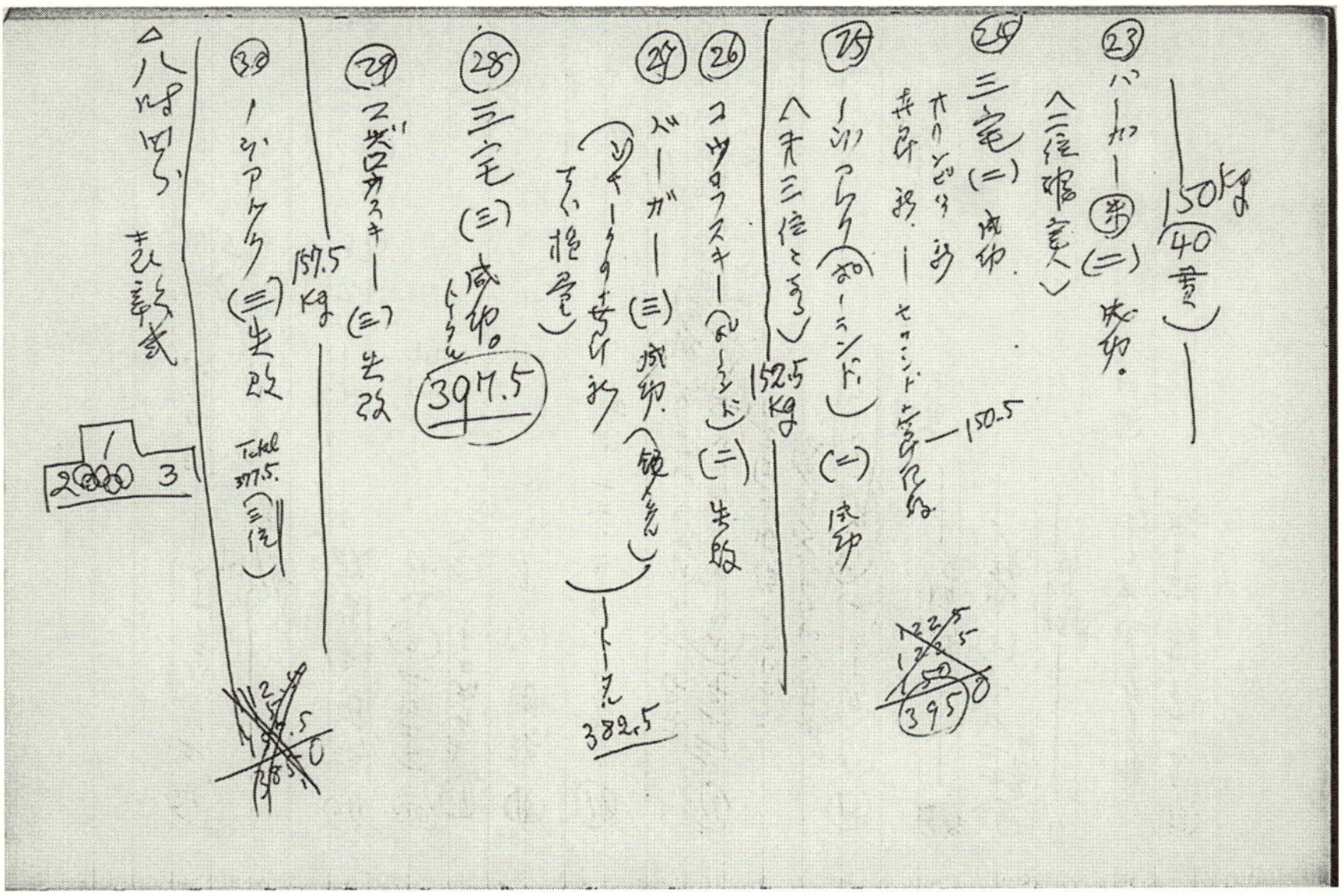

⑱福田㈡　失敗
⑲キム・ハエ・ナム〔「キム・ヘイナム」のこと〕㈡　失敗
⑳マニロニ㈢　成功――Total 370
㉑福田㈢　失敗――ベスト140　Total 375
――147・5kg――
㉒キム・ハエ・ナム〔「キム・ヘイナム」のこと〕㈢
失敗――Total 367・5
――150kg（40貫）――
㉓バーガー(米)㈡　成功。〈二位確実〉
㉔三宅㈡　成功
オリンピック新
世界新――セコンド世界記録――150・5
㉕ノヴァック（ポーランド、）㈡　成功〈第三位となる〉
――152・5kg――
㉖コツロフスキー〔「コヅロフスキー」のこと〕（ポーランド）㈡
失敗
㉗バーガー㈢　成功、（銀メダル）
（ジャークの世界新　すぐ検量））――トータル382・5
㉘三宅㈢　成功。トータル397・5
㉙コズロフスキー㈢　失敗
――157・5kg――
㉚ノヴァック㈢　失敗　Total 377・5（三位）

△八時四分　表彰式〔「この部分に表彰台の図」〕

〔余白に次の計算がある。いずれも抹消〕

122.5	112.5
122.5	115
150	157.5
395 0	385.0

①397・5　三宅
②382・5　米〔「米」抹消〕バーガー
③ノヴァック〔「ノヴァック」抹消〕377・5　ノヴァック
④375　福田
⑤370　マニロニ
⑥367・5　キム・ハエナム〔「キム・ヘイナム」のこと〕

△奏楽——録音
ワグナーのタンホイザー（?）
中央の五輪より、オリーヴの幕左右へひらき、灰色の幕あらはれ、三つの旗章見ゆ。自エイ隊員、旗をあげる。
ふりそでの女、黒い盆にて、メダルをはこぶ。
（三宅金メダルを上げてみんなに見せる
ショウマンシップ満点
三宅二度も両選手の手をとりふりあげる
国家と国旗　選手うしろ向く。君が代吹奏。三宅又手をあげる。
◎十月十四日　夜八時半より　飛板跳込決勝

ルントクビストの飛込
厖大なファンタスティックな建物　バスケット場の広場の高い弦、
こゝに月上る内、入つてゆくと大理石（自然石）粗彫りの壁。
すばらしい建築構成。電光文字板の下が、ブラスバンドの席、
3、ドイツのボファールより見る。
前天＊〔「前転」の誤記か〕宙返り。
4、アメリカ　Sitzberger　139・11　得点総計
5、前宙返り三回半栄型
アンドリーセン11・88　計128・43
6、15・12（得点累計127点　レイ・レイ）121・16
7、10・05　136・05

シュッバーガーの美技は、人間の落下の
ゴーマン、——すごい美技
数秒の間の〔この一行抹消〕一、二秒の内の行動。
＊21・28

①シュッバーガー159・90
②ゴーマン157・63
③アンドリーセン143・77　三つともアメリカ
独、スウェーデン、ソヴエトこれに次ぐ。

△「風と共に去りぬ」の主題音楽をすんでからやる。
選手が練習してゐる。
△休憩ののち七時五十分選手入場
日本選手は、赤に、腕と脚白線、

プールのそばの（岩崎、後藤、藤本、岡部）プールわきの朱の椅子にかけ、膝を叩いたり跳躍したり、

1、Japan
2、USRR〔「USSR」の誤記〕
3、GER
4、USA
5、AUS
6、SWE
7、France
8、England

△400自由型のリレー。決勝、
水はゆるやかに延び、選手だん〳〵裸かになる。第一、岩崎、水に手を入れ、体にかける。六位、
アメリカはぐん〳〵抜き、一番、52・9秒オリンピック新記録
一生けんめい泳ぎ人のこと構はぬがそれでも負ける。最初のハンディキャップ最後までたゝる。
あの力泳のあとブラ〳〵泳ぐ選手。

①USA　3・33・2　オリンピック新記録　世界新記録
②Germany　3・37・2
③Australia　3・39・1
④日本　3・40・5
⑤Sweden　3・40・7
⑥USSR　3・42・1
⑦Great Britain　3・42・6
日本〔「日本」抹消〕
△フランスは折返しの違反により失格

女子百米背泳ぎ
①イギリス
②アメリカ、パーマー〔「ハーマー」の誤記〕
③アメリカ　ユンケル〔「デュンケル」のこと〕
④フランス　キャロン
⑤アメリカ、ファーガソン
⑥カナダ
⑦日本＊
⑧イギリス

＊田中は白いガウンに白い帽子、優雅な感じに椅子にかけ、手を一寸ふつて、又、つゝましくし。黒い水着で立上る。すんだあと田中、白い綱につかまつてフラ〳〵している。一人孤独に背泳ぎでゆき、一番遠くまで行く。

1、アメリカ　ファーガソン　1・07・7　オリンピ新新　世界新
2、キャロン（フランス）1・07・9
3、アメリカ（デュンケル）10・8・0〔「1・08・0」の誤記〕
4、田中、四位　1・08・6

〔余白に「第二運動部」〕

9・9追風で公認にならぬ
△十月十五日（曇）

陸上

開会式のとき、あんなに異様に緊張にみちて見えたフィールドが、今日は、刻々記録を争つてゐるにもかゝはらず、のんきに雑然とピクニックのやうに見える。快晴の芝の一部に、庇とライトの影、南のはうには、槍投げのアンツーカー、そのまはりに、脱ぎ捨てられたトレーニングパンツやシャツ、芝に敷いた毛布の上で、でんぐり返ししたり逆立ちしたりしたり〔「逆立ちしたり」の誤記か〕する選手たち、〔二文字不明〕棒高飛、しなふ棒、落ちるポール

北半分には円盤、砲丸の扇形に描かれコース〔「描かれたコース」の誤記か〕。中央には菊花の鉢を置いた表彰台。ずつと北端には、走高跳の試合場、女子やつてゐる。芝生の上にちらばる赤いブレザーや紺のブレザー。時として、飛ぶ円盤。向うの網の中で、体をグル〱廻して円盤を投げる選手。——きらめきつゝ落ちる円盤。

——林立する旗と、白雲の前の聖火

十五時——八百準決勝　一コース　日本

二、独乙

聖火は、0・二米の風に、西へ向〔「西へ向」抹消〕横に流れ、黒煙淡く上る。白昼の火のなかの理性の中の唯一の狂気。

旗は、ことぐ〱くはためき、旗をはためかすに丁度よい風。旗竿が、その影で神経質にピクピクと光る。

——フィールド上へ八百の選手出てくる。皆痩せてゐて、スラリとしてゐる。

（陸上こそオリンピックの、この最も人間的な競技だ）

人間が人間のサイズをこえず、人間が小さい人間のまゝ。森本の琥珀いろの体。

すべてが走り出す時の胸を張つた形。カンガルーのやうでもあり、名馬のやうでもある。走る、走る、森本の、

△次が八百米準決勝の第二組、

一、ソヴエト、二、イギリス、三、ジャマイカ　四、ケニヤ、五、フィンランド、六、ドイツ　七、アイルランド、八、オーストラリア、

▲決勝、ケニヤとジャマイカが迫つてゐる。黒の疾走。緑のパンツ375。その足は、すばらしい香りに充ちてゐる

実に、もつとも人間的なものを黒人が代表してゐる。

楽々と黒が勝つ。

△走路《トラック》競技の審判ハ階段に礼儀正しく坐り、赤線の白帽子と紺のブレザーで十人大人しく構へる。

●クロザース一位

安定した〔「した」抹消〕そのものの走り方

その完全なフォーム。

第一組
①スネル　1分46秒9
②シーバード　1分47秒0
第二〔「第二」抹消〕
③ベルギー

◎競歩スタートにつく。

選手が何となく素人ぽくて面白い　日本人選手も小柄でアスリートの専門家らしくない。一寸、商店連合会の運動会のやうでほゝえましい、
これで、億劫な姿で二万メートルかけるのか？　隔靴掻痒の感、駆けるに駆けられず。抜くに抜けず。筋力をためた、ユーモラスな形。肩や胸がいそがしく動く。
△板もなければリングもない　フィールドがペッタリと地面に貼りつき　人間は心細くその上に点在してゐる。そしてわづかに跳び上り、又駆ける。棒高跳は別だが。
△三時半――フィールドはもう三分の一ほど影の中。
百米
①ヘーズ、アメリカ　７０２
②シューマン、ドイツ――１９５
③フィゲロラ、キューバ――80
④象牙海岸――ジェローム56〔「ジェローム56」抹消〕
　コーネ３６６
⑤カナダ――ジェローム55
⑥ポーランド――マニアク４９３
⑦バハマ、――ロビンソン33
⑧アメリカ。――ペンダー７０４
△走路手直しのため時間おくれる。
△ヘーズの紺のシャツと漆黒の体、
ものすごい疾走の力（10秒０）
目の前で何が起つたか、筆が追ふことのできぬ、すごい力の疾走。黒い肉の左から右への移動あるのみ、それは全く黒いつむじ風のやうにすぎた。
◎10月17日夜七時半
(1)水球、
じれつたい競技。
（ソヴィエト白　００
　ユーゴー黒　　２２
妨害が許されるスポーツはいい　遊びと、人生の本質のふれ合ふのハここだ　真剣さの欠如、つまり真剣さが、一つの遊戯、ユーモアに属する。「相対的なもの」がチームの競技　これだ。
(2)２００Butterfly〔「Butterfly」の誤記〕semi final
第一組、一位米、――五着日本、
第二組〔「第二組」抹消〕頭をかしげ、何度も。ジャッヂの前を
　　とほつて、退場する佐藤。
*第二組　**大林②　***門永⑥
*①オーストラリア
②アメリカ
③門永――[2・12・3]――Japan.
④カナダ
⑤大林
**プールの水をとつて胸にかける儀式
　ミス・ジャンプをして能力使ふ
***いい調子でゆく、をはりの方ラスト・スパート
　がきく。

◎1500自由型

佐々木、②、紺の靴下、青に横の白いパンツ　狐いろの体、スタート台で、一寸右を見て神経質に手をふるはす。

手を楽に前へ出した飛込。一回スタートへつく毎に、途中時間をはかりにジャッヂたちがプールへ近づく、向うへ二度目につくと27といふ札を示される。

サワ〳〵と水音のみする　ひるがえる腕、一心に紡ぐ糸の如し。

△椅子の上で

赤いシャツと白い運動靴が忠犬のやうに、主人をじつと待つてゐる。そこらの水に濡れたコンクリートの地面。

佐々木は大分引き離された。

四百米4分24秒5——オーストラリア、21と札示され500へすゝむ。狐いろに濡れて光る背が青い水に隠見する

六百米に近づき、佐々木はすでに〔「すでに」抹消〕六位。今さわいでゐる大《メイン》プールのうしろでは、飛込のプールが、何事もないドロンとした青、それもメイン・プールのさわぎ立つ音とちがふ、コバルト・グリーンの色に、大きな群がる水鳥の嘴のやうな、六台の飛込台が映つてゐる。それから、灯と観客たちの倒影が。向う側の菊のマガキ。

おせつかいやきで決して助けない記録係たち。ブラ〳〵と近づき、又、ブラ〳〵と乱雑に席へ戻る。それが、一方の力泳と対蹠的で、主観的な人間と客観的な人間、行為者と記録者の、この世の役割を、水際のところで絶妙に見せる。

1000米　ウィンドル　11分16秒3、1050で9といふ札を見せる。

あの水に濡れた赤らんだ、

苦しげな、目をつぶり口を
あいた、あの、濡れた髪の
あの額の下にいかなる思念が
あるか。千米を越えたとき。

1150で5といふ札を見せる。

〔余白に次のような計算〕

50
9
―――
450

最終回鈴鳴らす。あのシンチューの鐘の音いかならん。

（顔を右手で拭ひ（プルリと）
左手を一寸振る。

やがて第三コースの男と、ロープごしに何か話す。

黄いろく五輪を抜いたタオルを肩から日本風に大幅に羽織り、靴と、シャツを持つて退場、

タイム。

①四コース、ウンドル〔「ウィンドル」のこと〕17·01　オリン新
②五コース、アメリカ・ネルソン
③三コース　ウッド、アウストラリア
④
⑤オーストラリア
⑥二コース、佐々木、17·25·3、

◎10月20日

遠藤｝Finish で ultra C　鉄棒〔「Finish で ultra C　鉄棒」
鶴見｝抹消〕

鶴見
（白い粉散る練習時間。
小野は肩を痛めて痛さうである

鉄
①早田――9・50　着地
②山下――9・60　掌からパッと粉が散る　手の持ちかへ。
③三栗《みつくり》――ラストの着地で、二回宙返りで着地　9・60
④鶴見、　9・25｝ultraC を見せぬ、ヘマをせぬため、
⑤遠藤　9・70｝
⑥小野（痛さう、着地失敗、）9・7

48・10（枠囲み）

48.35（枠囲み）
9.25

12　9　7
11　9　7　14
20　9　6　20
29　9　6　26
38　9　5　31
　　9　2　5

4 8.3 5（枠囲み）

〔この計算、抹消〕

（選手の登退場に
ピアノ民謡に、拍手。
○小野、右肩に注射のあとの赤いあざ。肩に赤外線*〔「赤外線」
抹消〕あててゐる。
◎徒手
①早田――9・55
②山下――9・60
Form と芸術　あれをしてもダメ　これをしてもダメ、禁則の
無数　一瞬一瞬の形式美の制約、
③三栗〔「三栗」抹消〕鶴見、　9・60
落着きのある、一つ一つ型をゆつくり見せ盛り上げる。見せ方、
カブキのギバのやうな、両足を前へ出した決り方も然り、
④三栗　二ヶ所ほど小さなミスあり、――9・60
⑤遠藤、完全なバランス、その一瞬々々の見せ場の、ジワリと見せて、パッひろげる、その人体の箱の開閉、ドアの開閉、人間の門の開閉　9・75
花や　・小村
⑥小野　9・30
人間の小さなミス、已むをえぬミスがなければ勝敗は決らぬ、
（犯しやすいあやまち、
＝正常な日常感覚
が出現したら減点になるのだ、だからそれハ全く人工的芸術的なもので、バレエの原理と変らぬ

合計48・10（枠囲み）

*ハリ

48・10　Japan
48・10

48・05　Soviet
48・40

0・25詰めた

◎あん馬　チャイムではじまりを告げる。→ 2・55

①早田、グル〲足がうかんで廻る。白い足とあん馬との戦ひ、
全身の美の演技　9・50

②山下――9・65、スムースにゆく

③三栗〔「三栗」抹消〕鶴見、――9・70　短い足でも大きくひろがるのがいい。

④遠藤、しくじり　大いミス2つ
そのすぐあとでソ聯202が　チトフ、尻もちついて失敗、
開会式以来の秒刻みの正確な秩序がたつた二つのミスで崩れるこの世に秩序を実現するのハ大変だ。のみならず甚だ不自然だ。

9・10

△シャハリン、徒手　9・5
遠藤の9・1につきもの言ひがついて十分以上もゴタ〲。

115.95
9.10
106.85
8.95
115.80

〔この計算、抹消〕

⑥三栗　ものいひのあとで、五月人形の如き顔をした、廻りがやゝモタ〲したれど落着いた演技を見せたり。9・65

⑥小野、9・40

△エンジエス（フランス人）肥つた白髪の審判長。

△退場の時、暗い顔をしてゐる優勝者。

遠藤　115・95

同点二位
115・40
115・40
115・40

形は必要性以上、

1
2　美技描写

3、自然と人工　ヴァレリー

4、遠藤、

△Ifは意味をなさぬ。

◎十月廿三日、バレー・ボール、

磨きつくされた床の中央の薄緑のコート、芝生のまね、人工的
な、雰囲気、
四人のジャッジの黄いろい旗が、さし出されるときみがきぬかれた床に映る。
サーヴするときにそこに引つくりかへる　人工の芝に、姿はよく映る。白い運動靴も映る。
○「揚げよ日の丸」——北側に旗あり。
山梨中西町、河西選手後援会、
○七時——美智子妃登場、
○表彰台は、コートの三個所に離して据ゑられる。派手な軍楽隊
フリソデ四人、男子日本三位、

七時十五分
医者のついてゐる会場。
式のあと、再びネットが張られ、
七時二十分　大松が赤いシャツで、現はれ、両手をつき足をのばして、ベンチにふてくされて足を伸ばして坐る。
一人一人の選手紹介。
宮本が機械人形のやうなお辞儀。
ジュリー
アンパイヤー　）の紹介、
スコアラー
走り寄り、握手し、何かを交換。
練習時間、お祭の風船のやうなボールが沢山上る。
△ボールが空中に止つてゐる間がずゐぶん長い。
○母の写真を抱いて見せてゐる老紳士あり
○琴の音楽、はじまる（七時半）
○宮本②

緒戦一点とらる。
緑のパンツ、六人の内、三人まで両膝にホウタイ、一人は右膝にホウタイ〔「緑のパンツ」から「右膝にホウタイ」まで抹消〕
赤いえりのシャツ。
△6対4
玉砕戦術、ボールを投げながら一人一人あふむけに倒れてゆく
（戦ひの途中で、
12．9．色とり〳〵のタオルでふいて休む、
タオルで床をふく、女の子らしい仕草
（ボールを見上げてゐるときの
（河西の余裕ある表情。
あと一点と指を出す。河西、14サーヴとなる。
（ボール空中にあるときの緊張。が
（更にはげしい。
（ソ聯の七番のレシーヴの壮烈なこと。
（ガックリ体を折つて、ひつくり返るとき
すでにボールは彼方にあり。
隙間をねらう飛びかかつてくる焔のやうな赤いソ聯女子　その
凄さ。
14—11で、チェンジになる、
第一回は日本勝

第二回戦

⑧ルイスカリ　金髪をうしろに束ね、膝にサポーター、クリ〱した娘　これが強い。大きな胸
△レシーヴをやつたあと、パンツから布帛を出して拭く。
15―6で勝
◬ 3
○バンソーコーだらけの指で、頬を抑へて宮本が出てくる。リスみたいな可愛い顔。
○大松をかこむ上気した少女たちの顔
◎河西の目のよく利くこと　じつと穴を見て、背の高い水鳥の指揮者のやうに、すつと来た球を一応皆うけとめ　軽くパスして、ネットの外れから入れさせ、得点をとる　その冷静沈着な指揮ぶり。第二セット、第三セットとます〱おちつき、じつと目を四方に放つてゐる、その冷艶なる振舞。アップの髪、長い脚、一同泣く。
大松胴上げ。

ソ聯 overnet　反則

◎十月廿四日
各国旗の入場。
バハマの青い上着と黒い顔、白い歯。カメルーンの黄いろい衣と赤い帽子、黒い顔、*緑と赤と黄の国旗、、今度はサーヴィスで全部一周。
イギリスの旗下辺外れたり。レバノンの杉の木の旗
旗がグルリと一周　ほゞ全周して、フィールドの中央線をとほり整列する。旗のあとから五時十七分、選手団がザワめいて入つてくる。完全なゴチャまぜ、傘をもつてゐるのもゐる。帽子を振るのもゐる。手をふるのもゐる。
△日本の旗がかつがれてしまつた。福井（水泳）

＊黄星

カメラ投てゐるのもあり、
（一人走つてゐるのもあり。
（黒人選手、
手を大ふりに振つてゐるのもあり、女の子とふざけてピンクの帽子をとつてかぶるもあり、列に並んでから自分の旗をし［「旗を」の誤記か］もちあげるもあり、中にはスチーキンのやうに［「スチーキンのやうに」抹消］水色の上着で、キチンと並ぶもあり、小さい日の丸をふるのもあり、

（夕暮の会場、白いハンカチが
いちめんにひらめく。
聖火もえる。
中にはちやんと整列してくるのもあり　日本整列。
最後は金メダルをかけて、日本人、整列して入場。三宅が最前列で帽を振つてニコ〱。
（ホスト役は
キチンと。
○
（黒いのが一人入つてゐる。
（韓国の青い上着と飛入り。
○最後に二人のんびり散歩、黒人大手をふつて。
△時間はどん〱のびる。

五時三十五分。暗くなり　プラカードが半円をゑがく。ギリシヤ、日本、メキシコの旗上る、国歌演奏。
場内更に暗くなり　ブランテージ〔「ブランデージ」の誤記〕の宣言の文句の仏訳が水たまりに映る。
聖火の、
豆電気、
ファンファーレ　その間合唱隊豆デンキ、ファンファーレも消ゆ
旗と聖火のみ光る。
聖火消ゆ。拍手に、声打ち消さる。
ヘリコプターの青い灯　夕雲、聖火の上に翼の如し。
リンピック〔「オリンピック」の誤記〕の旗照らし出され、旗下りる。白旗の軍人ら　アンツーカーの赤い反映　白い水映〔「水影」の誤記〕、白い旗をもちて、
雲、大きな旗の如し　聖火まだチラ〳〵と燃ゆ、火も名残を惜しむ如し、
オリンピックの旗水兵により運ばる　葬式の如し、ロイヤルボックスの前で旗が高く掲げらる、
旗退場すると蛍の光りでトーチ。サヨナラの光文字、夜空も晴れ、トーチの煙、トーチ二列になる中を、旗退場、
We meet again in Mexico City 1968 の光文字。
（女子体育大の女の子、
トーチを芝に置き
拍手をはじめる
芝生にトーチ煙をのこす。
選手団の退場で白いハンカチをふる。女の子は出口に集まり、ハンカチをふつて送る、日本的。

（宣誓台に乗つておどける男もあり
帽子のとりつこ
陛下も帽子をふつて答〔「応」の誤記〕へる。
（黒ちやんが傘さして
帽子をふつて踊るもあり

日本選手団　ロイヤル・ボックスの前で帽子をふる、大御心いかならん。
△ニュージーランド一走りしよう。一まはりして並んでお辞儀。
最後にとび上り。
△陛下退場と共に花火。

◇東京オリンピック取材ノートの翻刻に際しては、三島由紀夫文学館の協力を得た。記して謝意を表する。
◇今日の観点から見ると、差別的と受け取られかねない語句や表現があるが、著者の意図は差別を助長するものとは思えず、また著者が故人でもあることから、翻刻者の判断により底本どおりとした。本誌掲載の創作ノートは、以後も同様の扱いとする。

紹介

犬塚　潔著

『三島由紀夫「豊饒の海」の装幀の秘密』

松本　徹

三島由紀夫の『豊饒の海』に賭ける思いが、並々ならぬものであったのはよく承知していたつもりであったが、装幀にまで深く関与して、読者の五感にまで働きかけ、訴えようとしていたことが、五十七頁のこの小冊子によって教えられた。ここでも氏は徹底した資料収集ぶりを発揮、珍しいものも含んだ現物を提示して、実態を明らかにする。

これまで連載すると、完結とほぼ同時に単行本化するのが常だったが、『豊饒の海』第一巻「春の雪」は、昭和四十二年一月に終了したのに、単行本化は二年後の昭和四十四年一月を待たなくてはならなかった。なぜ、二年も期間が措かれたのか。一つは、この四部作を一連のものとして受け取ってもらいたいとの強い意向からであった。二つ目は、三島がノーベル賞の有力候補となったことから、受賞に合わせて刊行したいという出版社の希望による。現にノーベル賞発表に合わせ、昭和四十三年十月三十日発行の奥付の試作版が存在、その奥付が紹介されている。もっとも賞は川端康成だったため、翌年の一月に延期された。

装幀の担当は、三島の意向により村上芳正に依頼された。二科会展に五年連続入選したものの、独特な線のペン画で一部に知られるにとどまっていた。ノーベル賞をとるかもしれないなら、いかに有名な画家であろうと依頼できたはずだが、敢えてこうしたのは、三島に詳細な装幀案があり、それを忠実に実現してくれる画家が望ましかったからだと、著者は言う。

その三島の装幀案だが、今も言ったように四部作を一体のものとして提示するのを目的とした。函の表は、緩やかな曲線を外枠とし、その中上に題名と作者名を横に記して、下に四つの輪があり、その中に童画風に四種の動物が描かれる。右上に鹿、左上に雉、右下に象、左下は蛇。鹿は奈良の象徴で第一巻「春の雪」、雉は日本の国鳥で第二巻「奔馬」、象はインドの象徴で第三巻「暁の寺」、蛇は輪廻の象徴で第四巻「天人五衰」を意味する。この図案を四巻を通じて使い、題名だけが変わる。

本体の表紙はいずれも絹のような布貼りで、「春の雪」は淡い藤色、カバーは五色の横雲が靡く形。「奔馬」は黒色、カバーは神風連の加屋霽堅の書を襖に書いたかたちに。「暁の寺」は真紅、カバーは青空に屋根をそそり立てている暁の寺の絵。三島の指示に従い、書き直して仕上げた。「天人五衰」は青、カバーは海。書き直し七回に及んだが、実際に刊行されたのは瑤子夫人の絵で、そのことは村上に伝えられなかったという。

こうして三島は、四巻の一体性、関連性、同時に変化を、動物の絵や色彩でもって示す案を立て、村上の献身的な工夫と筆でもって実現、世に送り出したのである。

その村上芳正について、誕生から三島と係わり持つようになるまでの経緯を扱った章も設けられている。

（私家版）

資料

三島由紀夫著「美しい星」について

犬塚　潔

「美しい星」は、1962年（昭和37年）文芸雑誌「新潮」の1月号から11月号に掲載され、同年10月20日、単行本が新潮社から発刊された。初版本[1]（写真1）の帯に、「三島由紀夫が小説の世界に飛ばした空飛ぶ円盤」とある。この作品はどのようにして誕生したのであろうか。

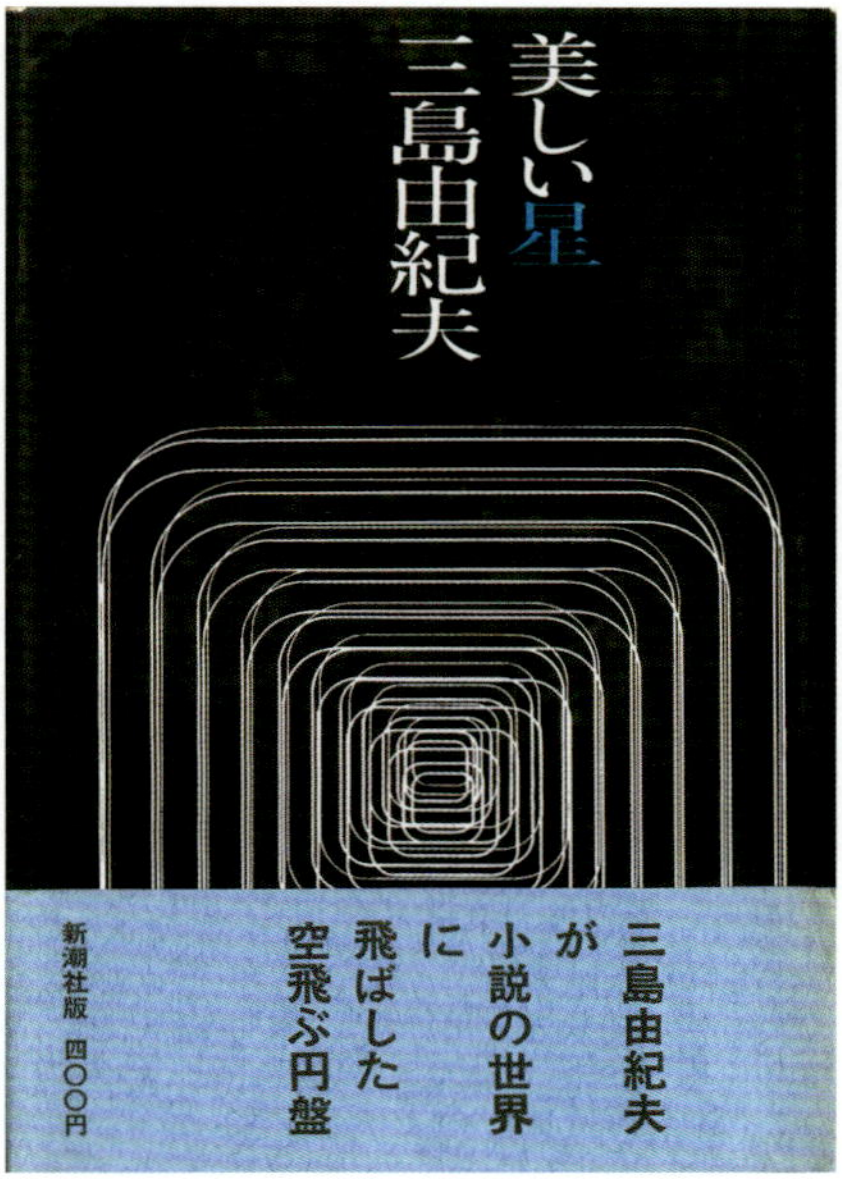

写真1　美しい星　初版本（1962年）

日本空飛ぶ円盤研究会

「美しい星」は、新潮文庫に「地球とは別の天体から飛来した宇宙人であるという意識に目覚めた一家を中心に、核兵器を持った人類の滅亡をめぐる現代的な不安を、SF的技法を駆使してアレゴリカルに描き、大きな反響を呼んだ作品。著者は、一家を自在に動かし、政治・文明・思想、そして人類までを著者の宇宙に引込もうとする。著者の抱く人類の運命に関する洞察と痛烈な現代批判に充ちた異色の思想小説である」と紹介されている。空飛ぶ円盤が登場するこの作品には、日本空飛ぶ円盤研究会が深く関わっている。

1955年、日本空飛ぶ円盤研究会が創設され、国内外の空飛ぶ円盤の情報収集や機関誌の発行が行われた。この日本空飛ぶ円盤研究会については、荒井欣一著の「UFOこそわがロマン　荒川欣一自分史」[2]（写真2a、b、c）に詳しく記録されている。荒川は、「美しい星」には「随所に当会の影響がみられます」と記している。この冊子には「特集・三島由紀夫とUFO」という項があり、12ページを使用して三島由紀夫と日本空飛ぶ円盤研究会との関わりや、三島が他の書物などに発表した空飛ぶ円盤関連の記述についても紹介している。「特集・三島由紀夫とUFO」の内容は、

「『宇宙機』創立二周年記念特大号表紙
空飛ぶ円盤
宇宙機
現代生活の詩
文壇の空飛ぶ円盤ファン

UFOこそわがロマン・荒井欣一　自分史

目　次

写真２ｂ　UFO こそわがロマン　目次

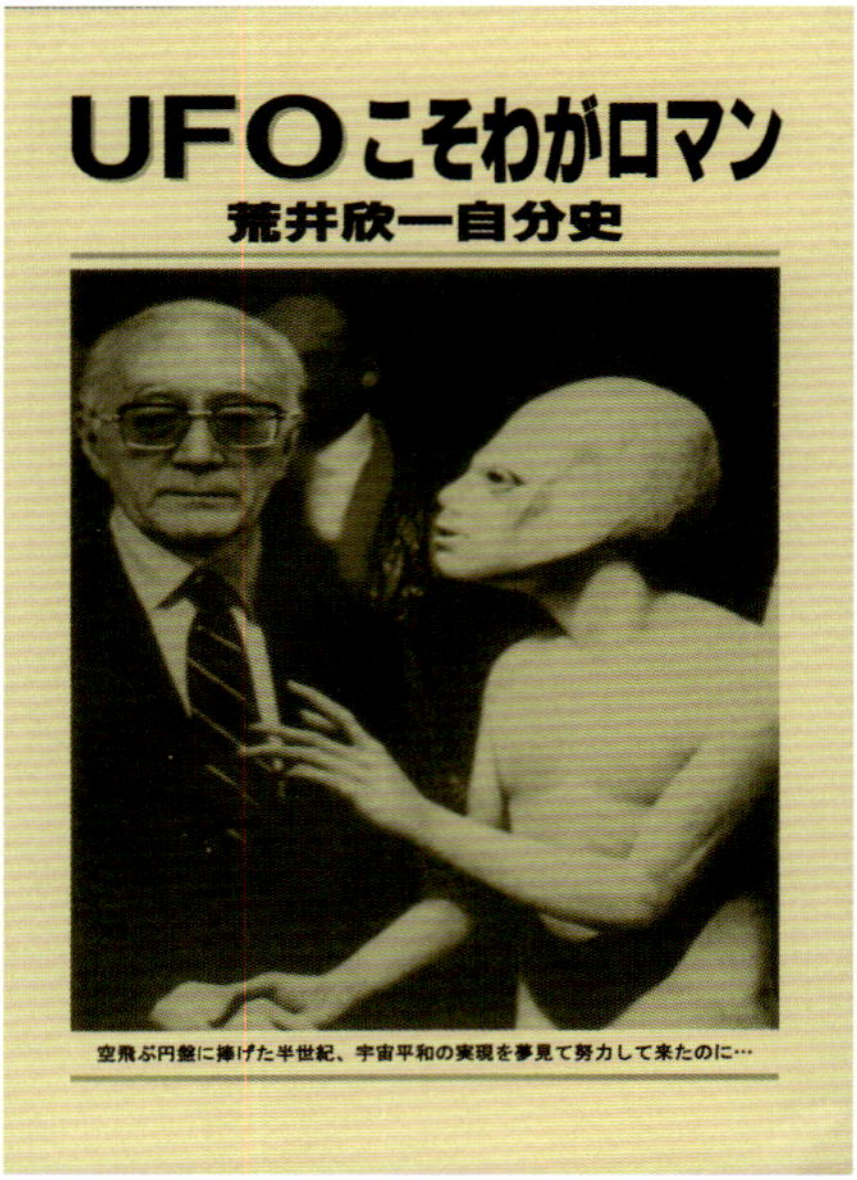

写真２ａ　表紙（2000年）

円盤嬢ついに現われず、すごい米国の関心
日本でも五百件を目撃
連載エッセイ　社会料理　三島亭（第9回）
　宇宙食『空飛ぶ円盤』
空飛ぶ円盤と人間通、北村小松のこと
『美しい星』第二章序盤
『第3回国際空飛ぶ円盤観測デー』」である。

宇宙機

日本空飛ぶ円盤研究会の会誌のタイトルは「宇宙機」であった。「宇宙機」の発刊に伴い研究会の名称も「日本空飛ぶ円盤研究会」(Japan Flying Saucer Research Association＝略称J・F・S・A）と改称された。「宇宙機」創刊号は1956年7月1日、五反田書

編注：本書は資料性を重視し、新聞、週刊誌、雑誌に掲載された記事（一部コピー）に関しては、オリジナルから直接再版しています。そのため、画像、図版、文字等に多少劣化した点が見られますが、ご容赦くださるようお願い致します。

写真２ｃ　UFO こそわがロマン　目次

房より発行された。この創刊号は、タブロイド版2ページでガリ版刷りであった。2号は1956年8月5日に発行され、冊子の形態となっている。「UFOこそわがロマン」には創刊号が再録されており、2号の書影も掲載されている。

宇宙機・3号

1956年9月5日発行の3号の表紙（写真3a）に「ニュースフラッシュ　三島由紀夫・黛敏郎両氏入会」とある。荒井欣一によると三島が入会したのは、研究会発足1年後とのことであった。3号には「三島由紀夫、黛敏郎両氏入会」（写真3b）という見出しと「『潮騒』等の名作を著して戦后の文壇に新風を吹きこんだ作家の三島由紀夫氏と、若手作曲家最大のホープ黛敏郎両

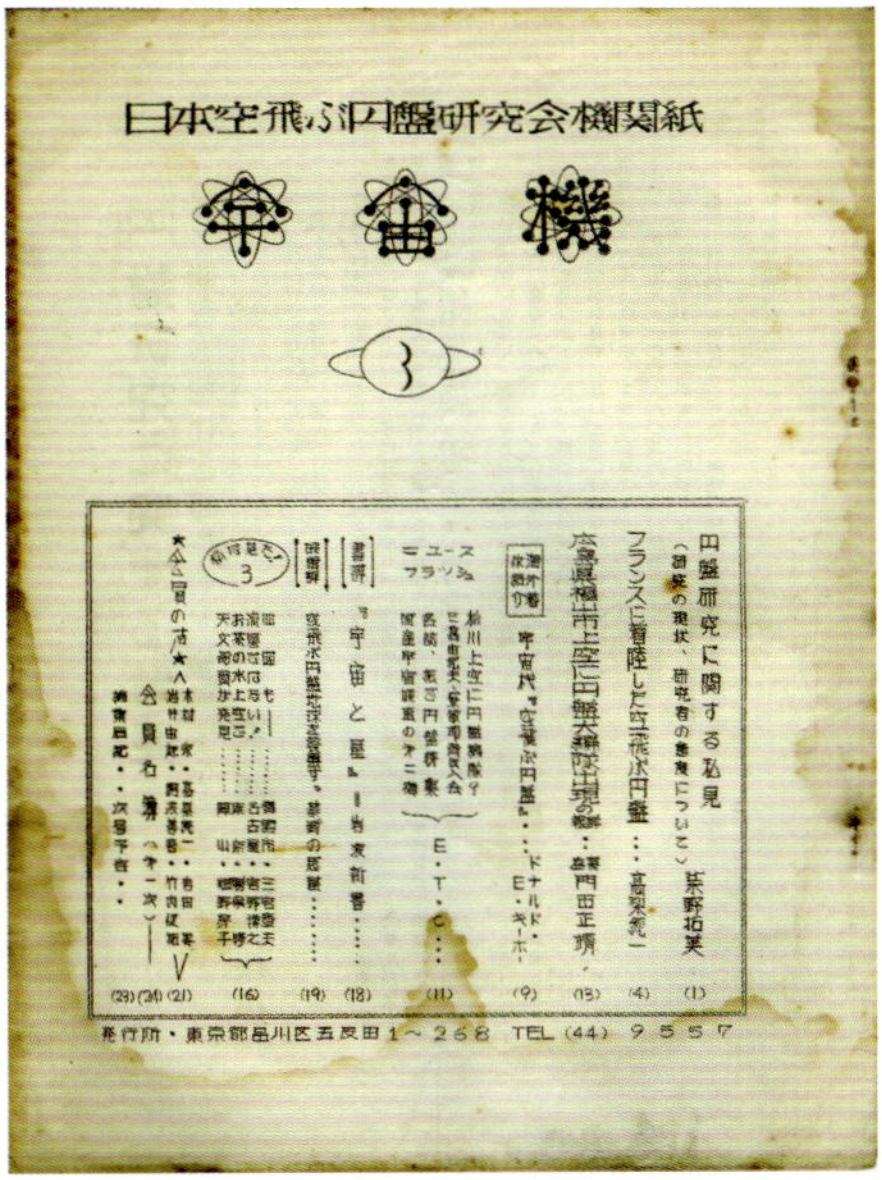
日本空飛ぶ円盤研究会機関紙

宇宙機

3

円盤研究に関する私見（円盤の現状、研究者の意義について）……柴野拓美 (1)
フランスに着陸した空飛ぶ円盤……高梨純一 (4)
(13)
宇宙機『空飛ぶ円盤』……ドナルド・E・キーホー (9)
ニュースフラッシュ　松川上空に円盤編隊?　三島由紀夫、黛敏郎両氏入会　……E・T・C…… (11)
書評『宇宙と星』……岩波新書…… (18)
(19)
(16)
会員名簿（第一次） (21)
(24)(23)

発行所・東京都品川区五反田1～268　TEL（44）9557

写真3a　表紙

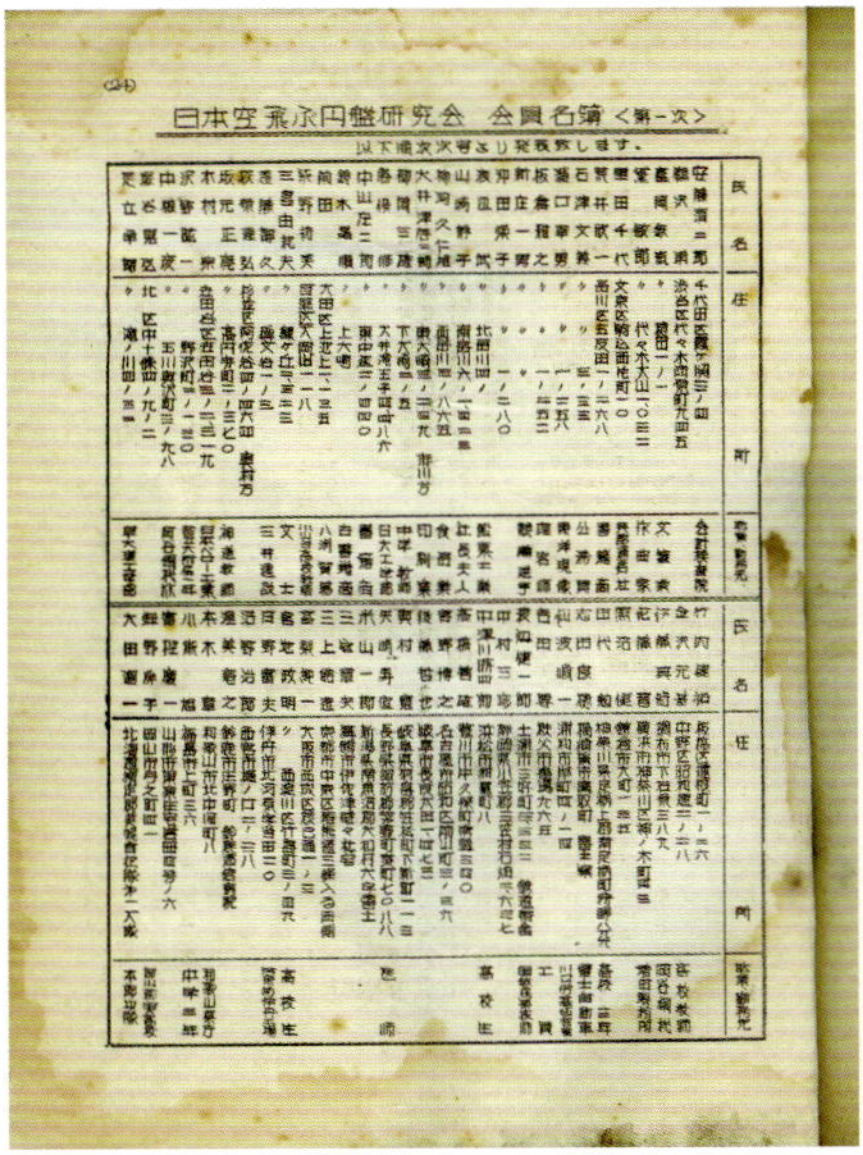
日本空飛ぶ円盤研究会　会員名簿〈第一次〉

写真3c　会員名簿・第一次

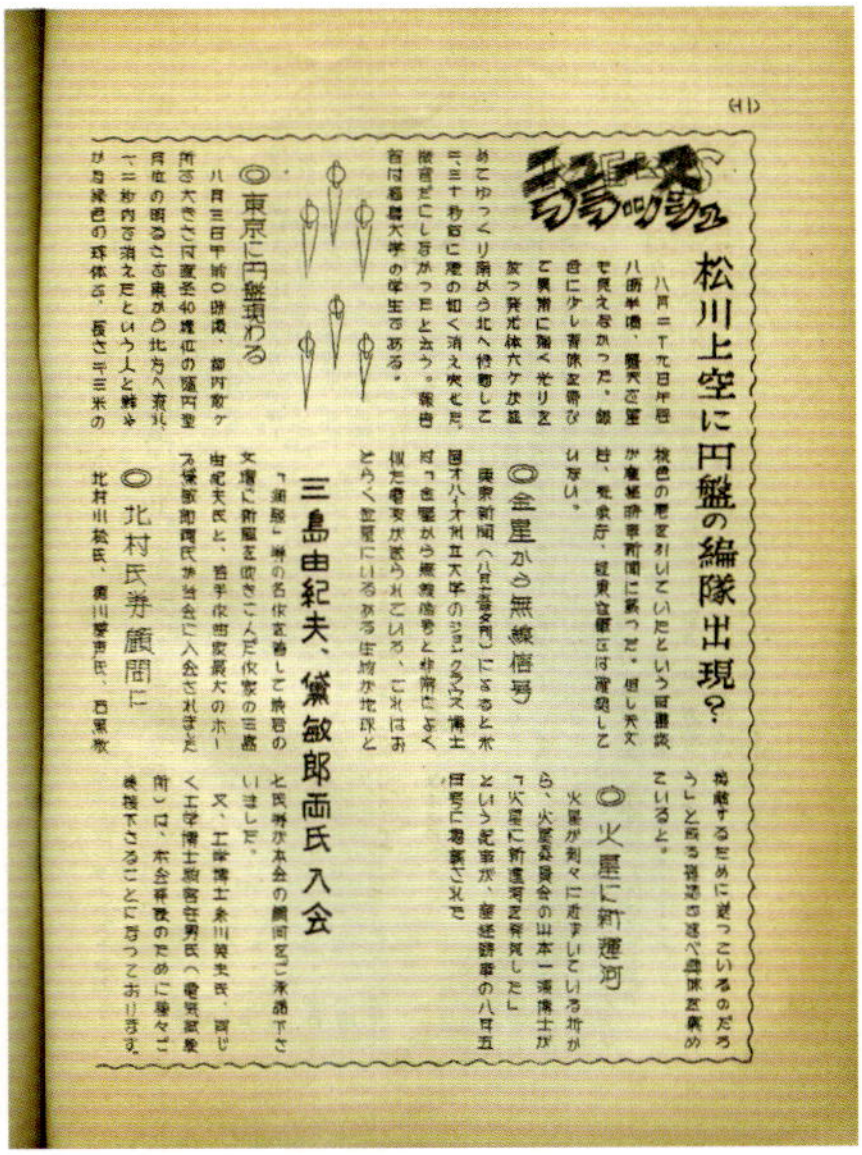
松川上空に円盤の編隊出現？

三島由紀夫、黛敏郎両氏入会

◎東京に円盤現わる

◎金星から無線信号

◎火星に新運河

写真3b　入会記事

写真3　宇宙機3号

氏が当会に入会されました」という紹介の記事が掲載されている。また「会員名簿〈第一次〉」（写真3ｃ）の三島の職業欄は「文士」となっている。荒川は、「三島の会員番号は『12』、同会は以後、五百人以上の会員を集めるが、この番号から三島が初期の会員だったことがわかる。三島が三十一歳の時のことだ[3]」と説明している。ちなみに黛敏郎の職業欄は「作曲家」である。宇宙機3号は非売品である。

宇宙機・4号〜12号（写真4ａ、ｂ、ｃ、ｄ、ｅ、ｆ、ｇ、ｈ、ｉ）

宇宙機・4号　1956年10月20日発行。4号は定価40円であった。

宇宙機・5号　1956年11月20日発行。5号に入会金100円、月会費50円の記載がある。

宇宙機・6号　1956年12月25日発行。6号の「会員名簿〈第4次〉」に石原慎太郎（作家）の名前が確認される。

宇宙機・7号　1957年1月25日発行

宇宙機・8号　1957年2月28日発行

宇宙機・9号　1957年3月25日発行

宇宙機・10号　1957年4月25日発行

宇宙機・11号　1957年5月25日発行

宇宙機・12号　1957年6月25日発行

宇宙機・13号（創立二周年記念特大号）（写真5ａ、ｂ、ｃ、ｄ）

1957年7月20日発行。表紙（写真5ａ）を飾る写真は4枚で、「第3回国際円盤観測日に於ける観測模様（左上）左から三島由紀夫氏、北村小松氏、柴野氏。（右下）前列・三島由紀夫氏、桑田氏夫人。後列左より（略）。右横二枚・6月8日福岡市上空を飛ぶＵＦＯ（19頁参）」と説明されている。

宇宙機・13号には、三島由紀夫の「現代生活の詩[4]」（写真5ｃ）が掲載されている。三島は「これからいよいよ夏、空飛ぶ円盤のシーズンです。（略）

宇宙に関するファンタスティックな興味は、少年時代、稲垣足穂氏の小説によって養はれたもので、もともと科学的素養のない私ですから、空飛ぶ円盤の実在か否かのむづかしい議論よりも、現代生活の一つの詩として理解します。

今年の夏は、ハワイからアメリカ本土をまわる予定ですから、きっと円盤に遭遇するだろうと、今から胸踊らせています。南十字星なんかより円盤の方がずっと強く、私の旅へのあこがれを誘うのであります」と記している。

第3回国際円盤観測会は、1957年6月8日、日比谷の日活ホテルの屋上で行われた。当日の三島の写真はトリミングされ、種々の書物に掲載されている。その中で、平野威馬雄の「それでも円盤は飛ぶ！[5]」（写真6ａ、ｂ）に掲載された写真が、私が渉猟し得た範囲で最もトリミングが少ないものであった。

宇宙機・14号〜22号（写真7ａ、ｂ、ｃ、ｄ、ｅ、ｆ、ｇ、ｈ、ｉ）

宇宙機・14号　1957年9月5日発行

宇宙機・15号　1957年10月10日発行

宇宙機・16号　1957年11月10日発行

宇宙機・17号　1958年1月1日発行

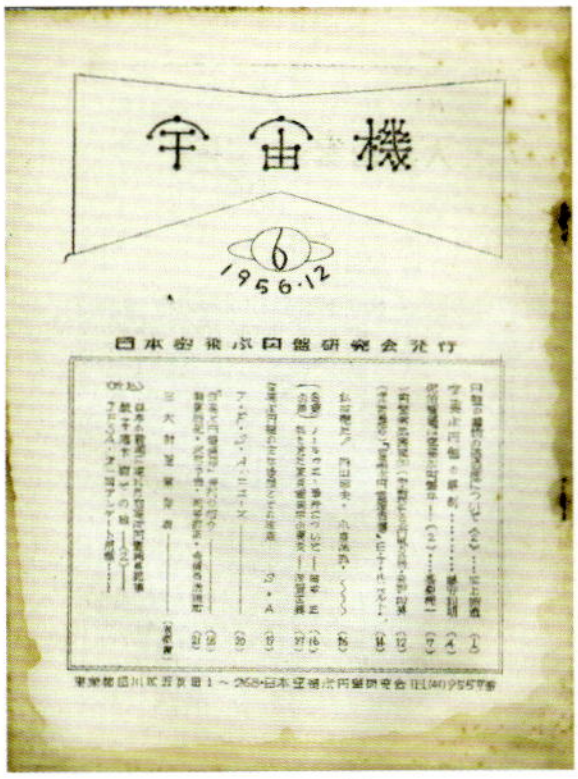

c　6号

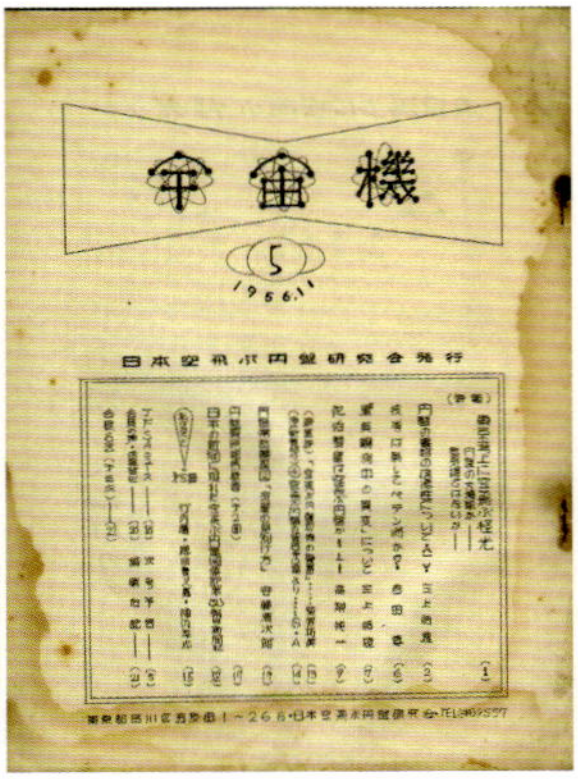

b　5号

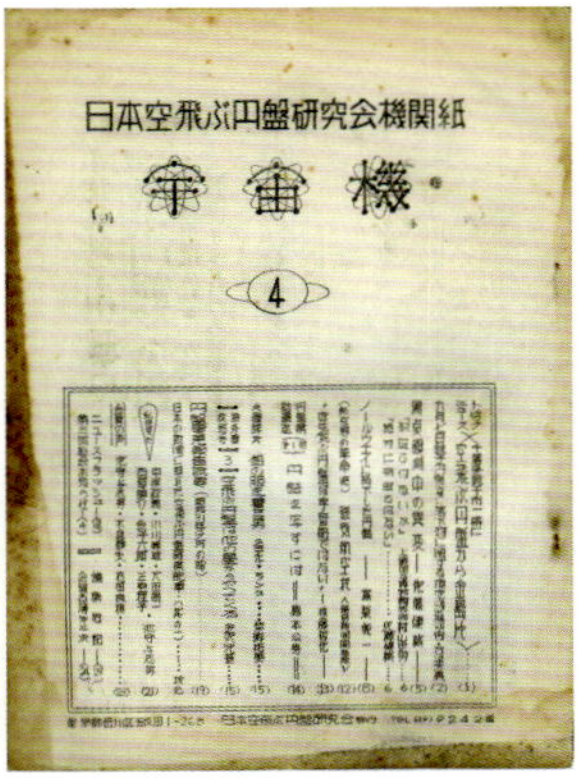

a　4号

f　9号

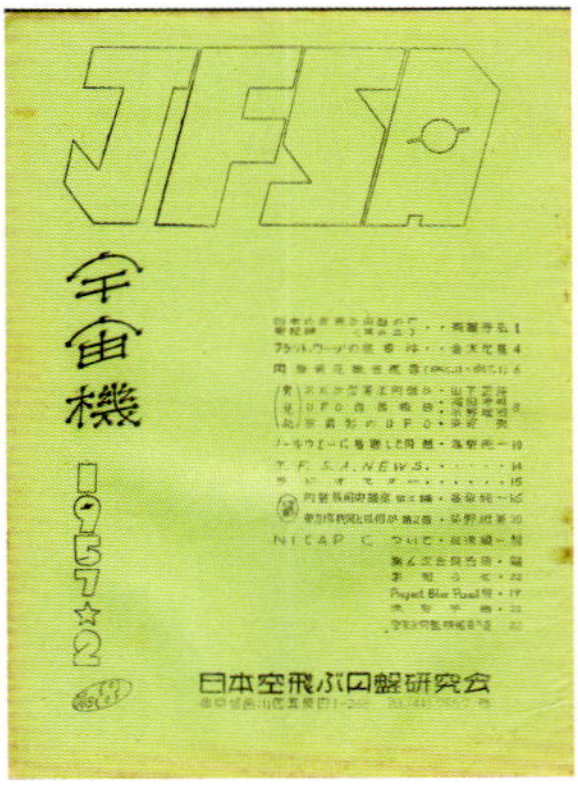

e　8号

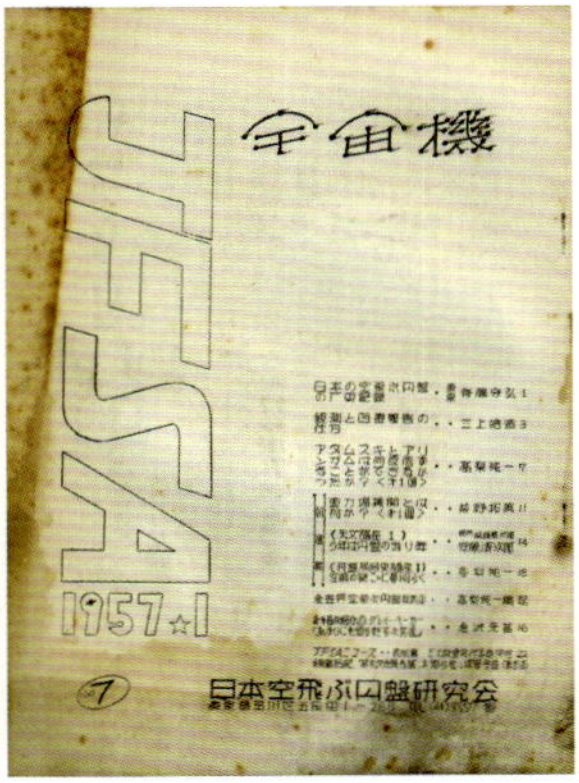

d　7号

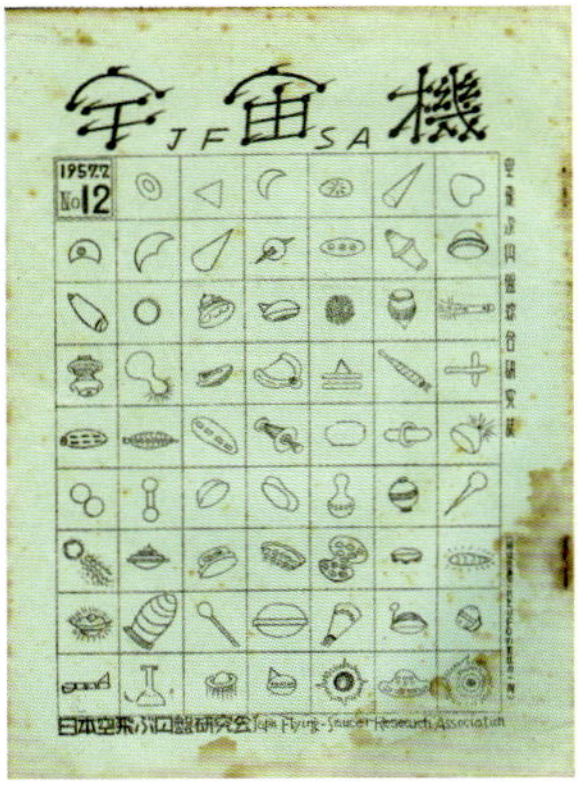

i　12号

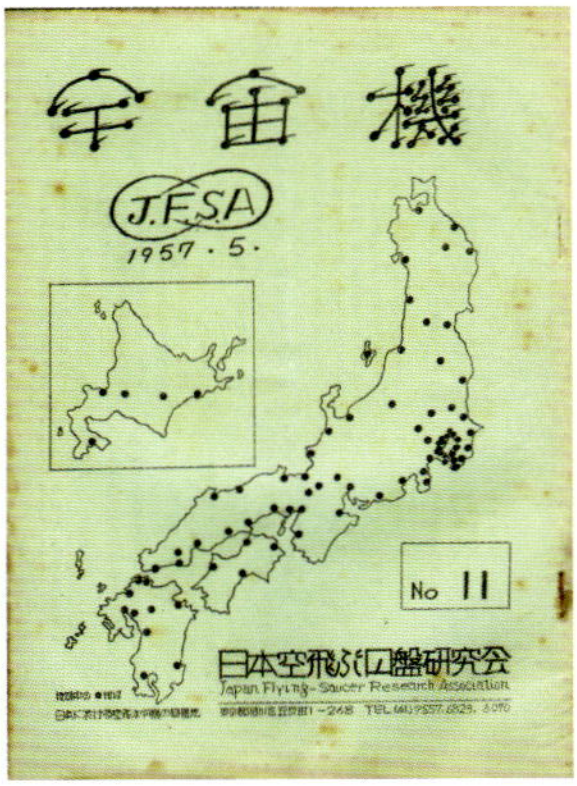

h　11号

g　10号

写真4　宇宙機4号～12号　表紙

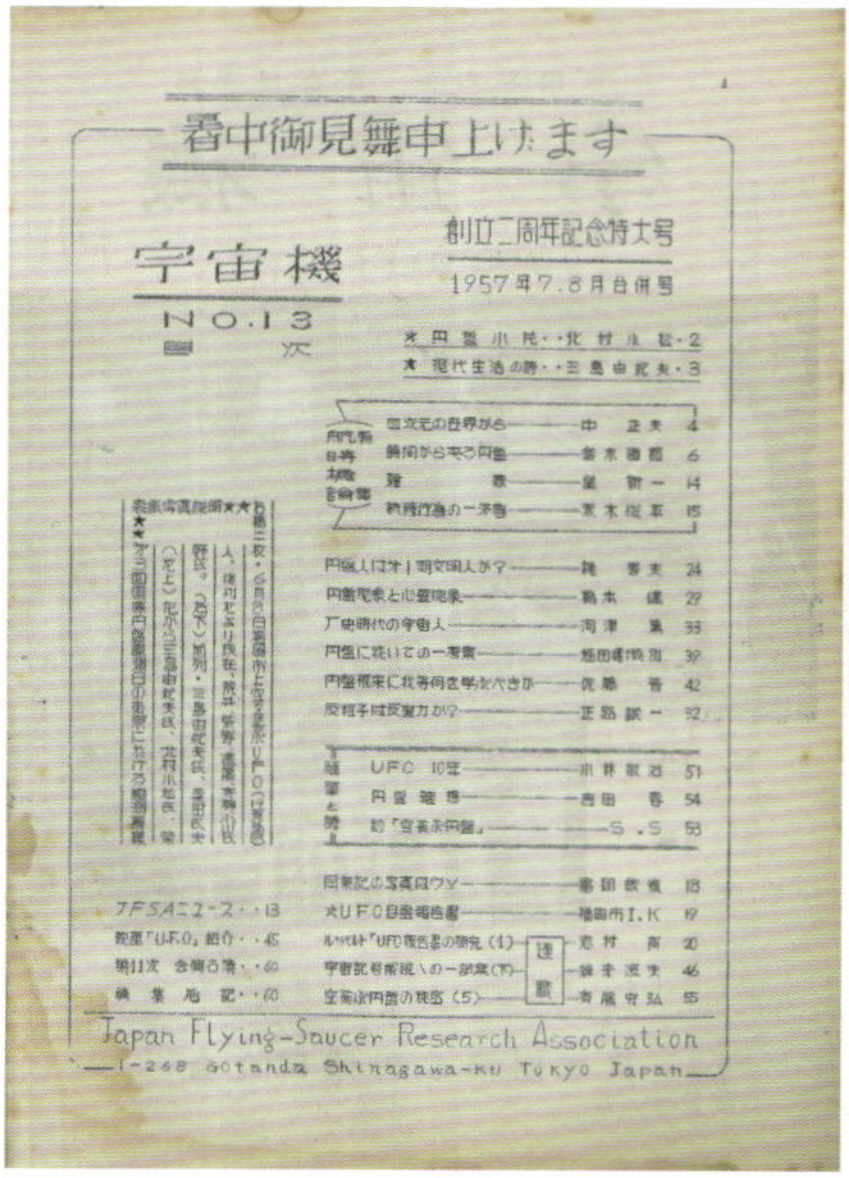

暑中御見舞申上げます

宇宙機

NO.13

目次

創立二周年記念特大号

1957年7.8月合併号

Japan Flying-Saucer Research Association

1-248 Gotanda Shinagawa-ku Tokyo Japan

b　目次

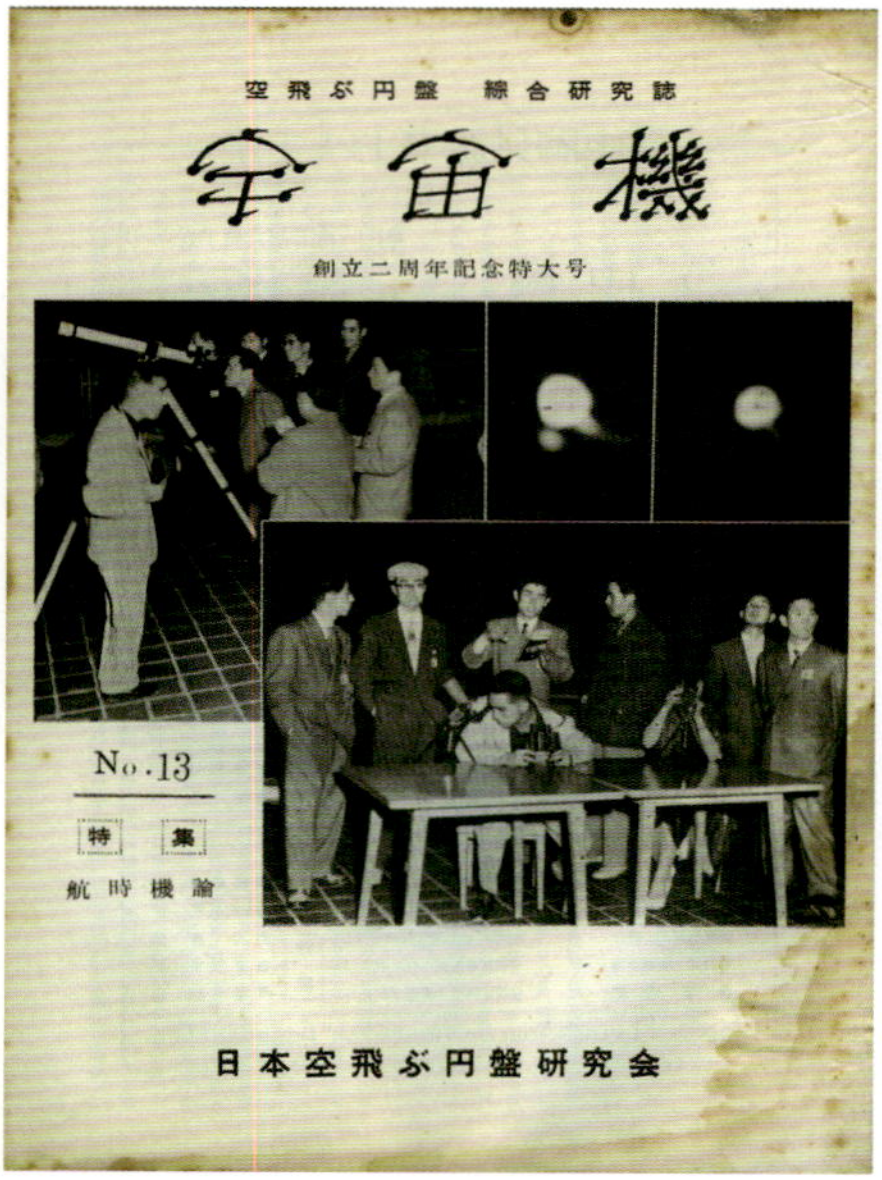

空飛ぶ円盤　綜合研究誌

宇宙機

創立二周年記念特大号

No.13

特集

航時機論

日本空飛ぶ円盤研究会

a　表紙

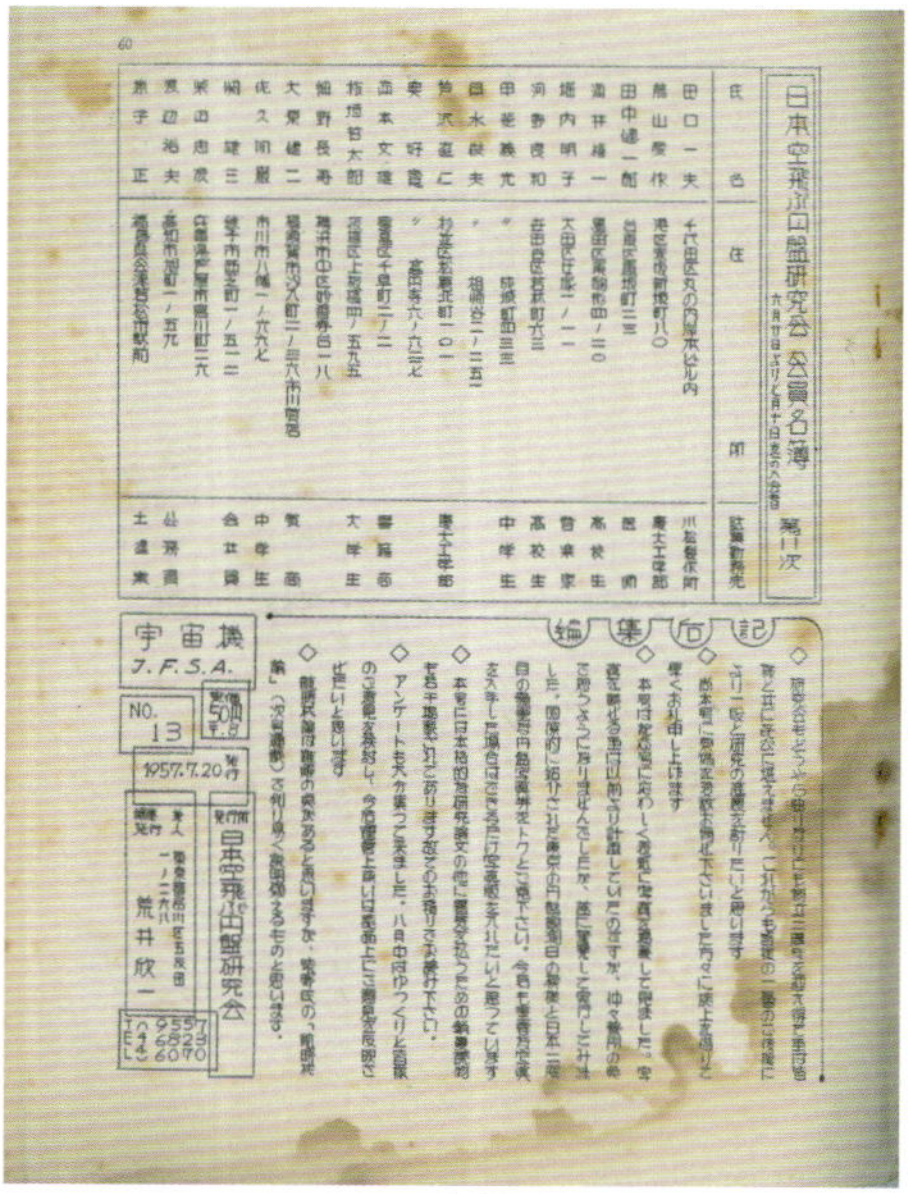

日本空飛ぶ円盤研究会　会員名簿

宇宙機

J.F.S.A.

NO. 13

1957.7.20

日本空飛ぶ円盤研究会

荒井欣一

d　奥付け

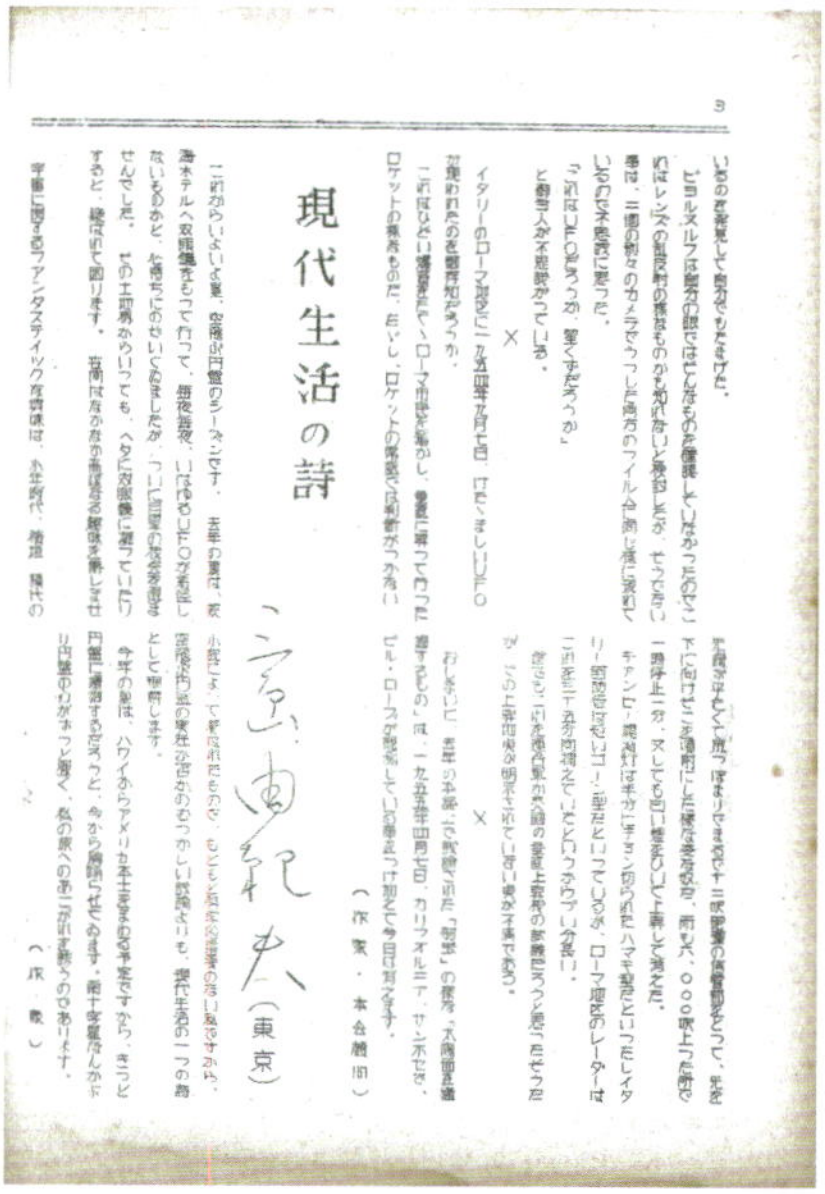

現代生活の詩

三島由紀夫（東京）

c　現代生活の詩

写真５ａ～ｄ　宇宙機13号

宇宙機・18号　1958年2月15日発行。これには「1958年2月4日の内外タイムスに掲載された「三島由紀夫氏の帰国談」[6]（写真8）「アメリカではラヂオで円盤の解説も」という記事が紹介されている。「ぼくは、“空飛ぶ円盤”の実在を信じているんでね。日本でもその方の研究会に入っているんだけど、まだいっぺんも実物にお目にかかったことがない。

ところがアメリカでは日本よりしばしば現われるらしいんだね。だから向へ行って半年もいれば一度ぐらいは見られるだろうと思ってすごく期待してたんだけど、とうとうあわずじまいさ。

そのために旅客機も夜の便を選んだりしたんだが……しかしね、アメリカでは円盤を信じないなんてのは相手にされないくらい一般の関心も研究もさかんですよ。日本じゃ研究誌もガリ版だが、向うはちゃんと活版の専門誌が二種も駅売りに出ている程だし、

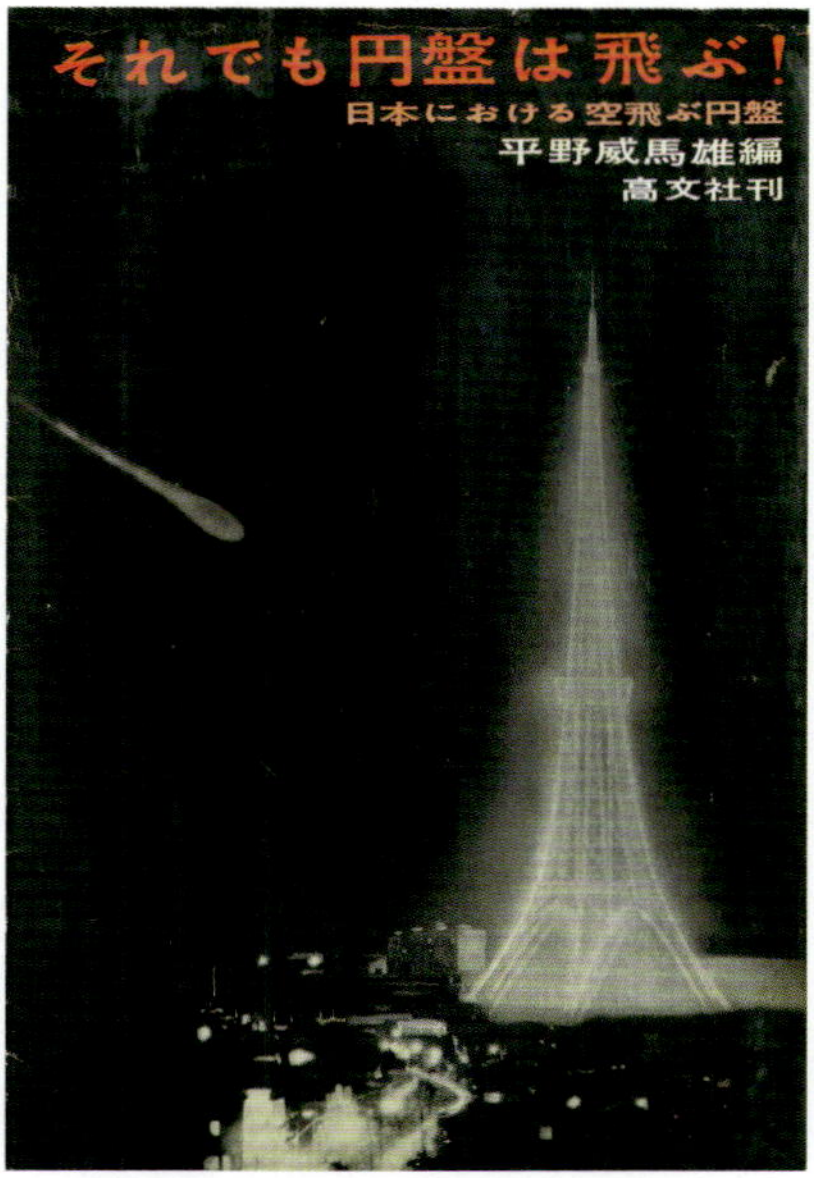

写真6ａ　それでも円盤は飛ぶ！

写真6ｂ　第3回国際円盤観測会　左端が三島由紀夫（1957年6月8日）

c　16号

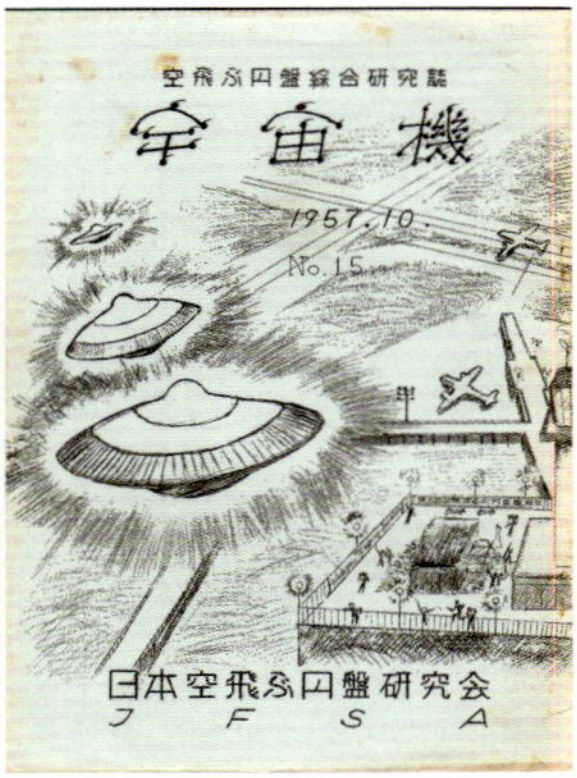

b　15号

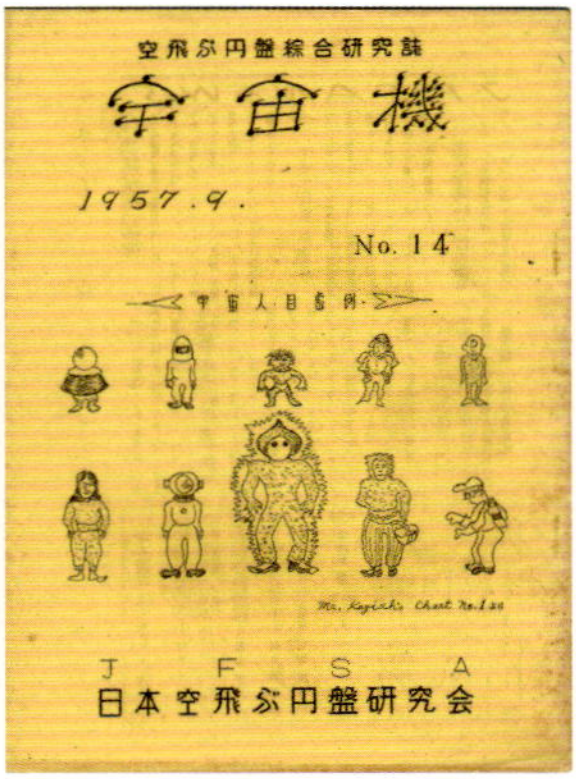

a　14号

f　19号

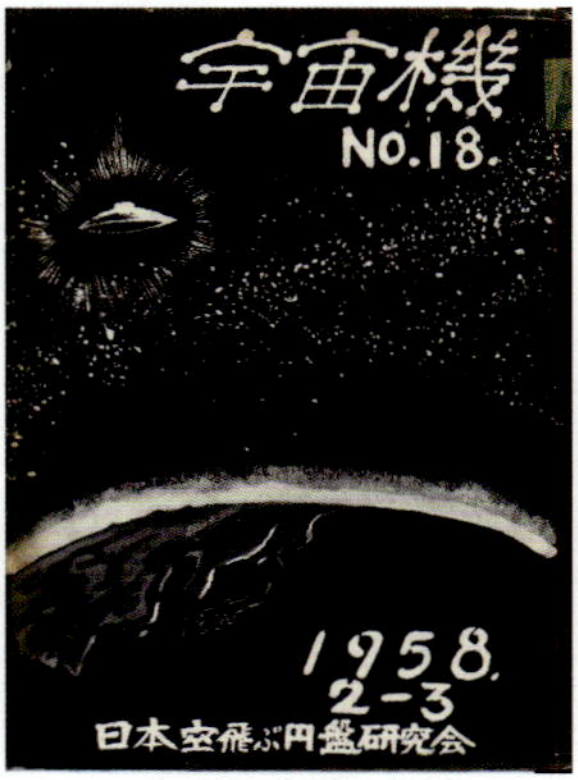

e　18号

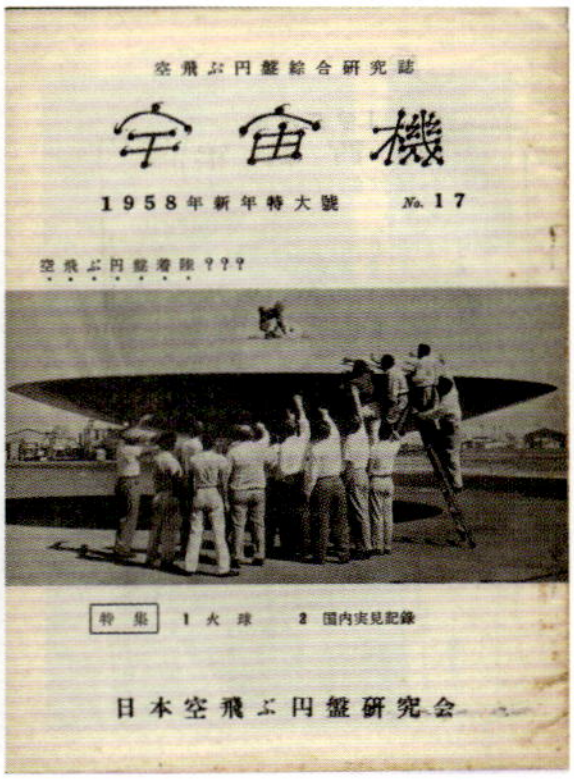

d　17号

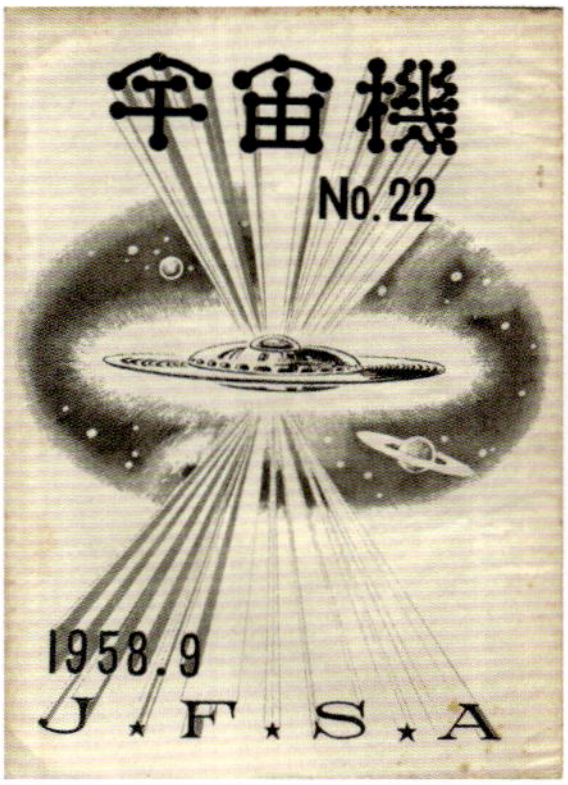

i　22号

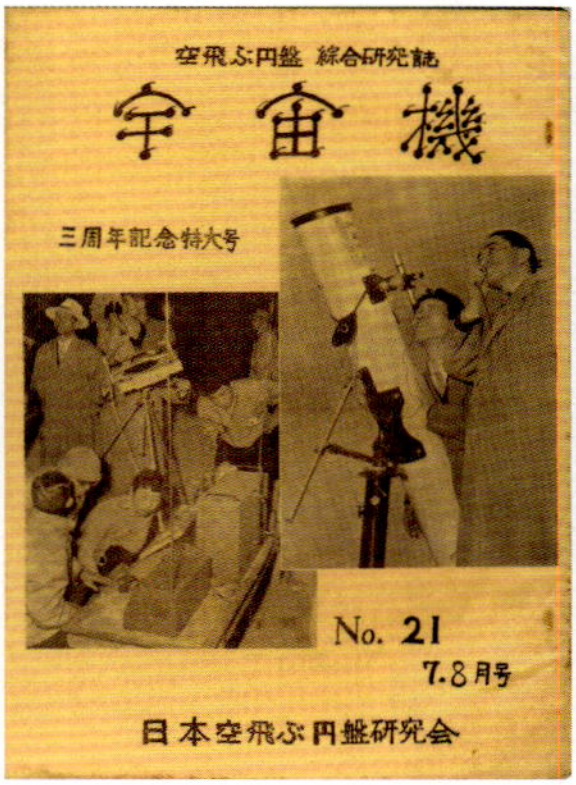

h　21号

g　20号

写真７　宇宙機14号～22号　表紙

c　25号

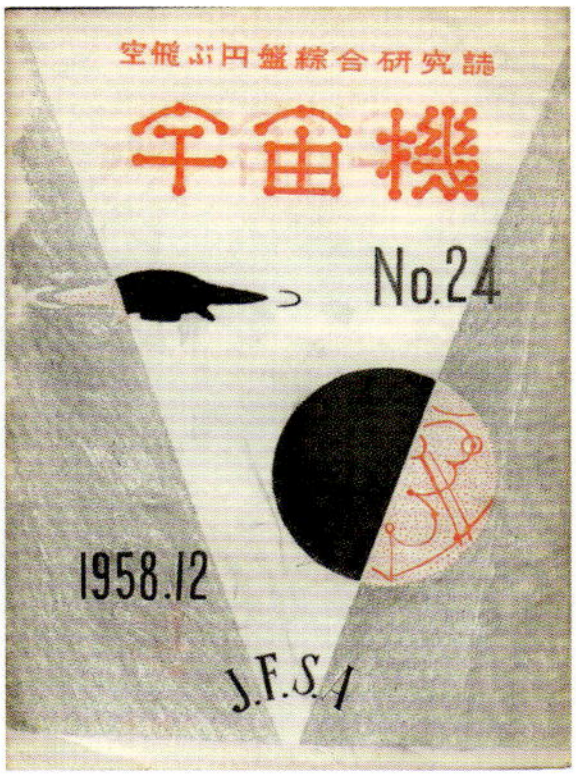

b　24号

a　23号

f　28号

e　27号

d　26号

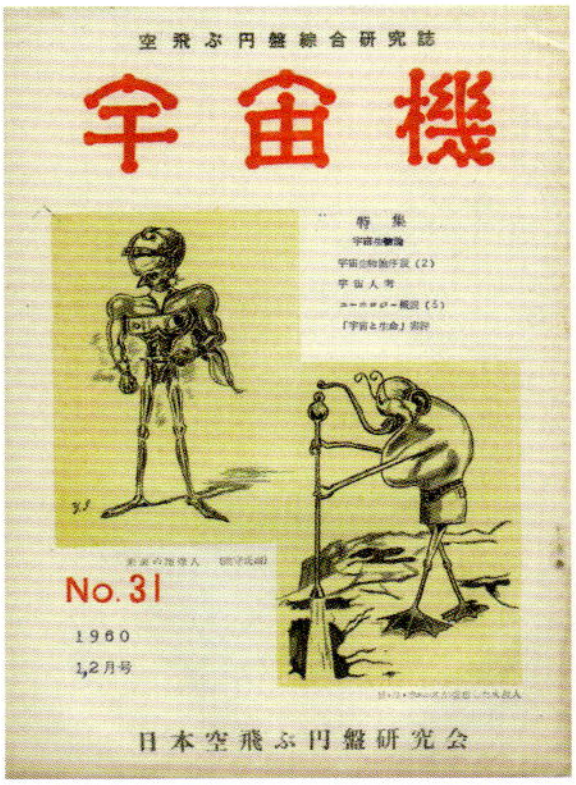

i　31号

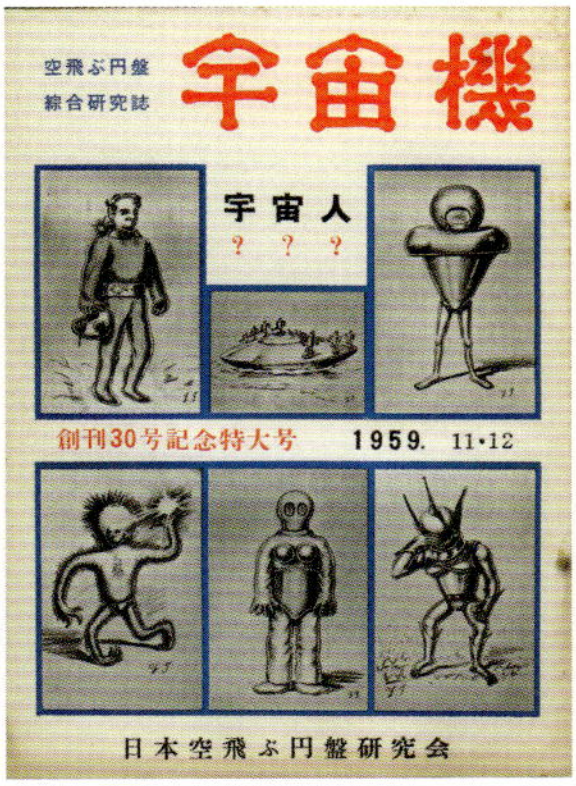

h　30号

g　29号

写真9　宇宙機23号〜31号　表紙

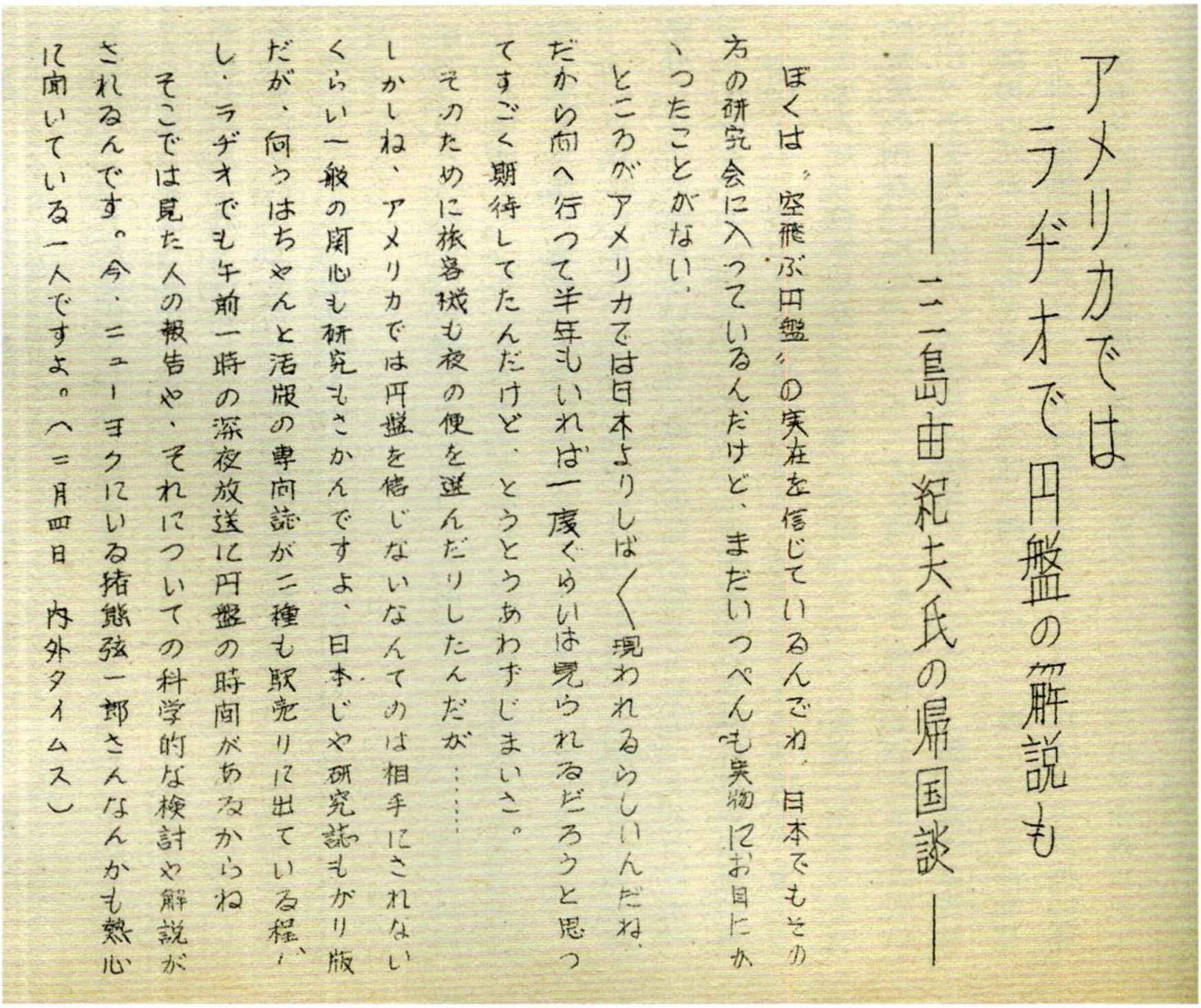

アメリカではラヂオで円盤の解説も
—三島由紀夫氏の帰国談—

ぼくは〝空飛ぶ円盤〟の実在を信じているんでね、日本でもその方の研究会に入っているんだけど、まだいっぺんも実物にお目にかゝったことがない。

ところがアメリカでは日本よりしばしば現われるらしいんだね。だから向へ行って半年もいれば一度ぐらいは見られるだろうと思ってすごく期待してたんだけど、とうとうあわずじまいさ。

そのために旅客機も夜の便を選んだりしたんだが……

しかしね、アメリカでは円盤を信じないなんてのは相手にされないくらい一般の関心も研究もさかんですよ、日本じゃ研究誌もガリ版だが、向うはちゃんと活版の専門誌が二種も駅売りに出ている程だし、ラヂオでも午前一時の深夜放送に円盤の時間があるからね

そこでは見た人の報告や、それについての科学的な検討や解説がされるんです。今、ニューヨークにいる猪熊弦一郎さんなんかも熱心に聞いている一人ですよ。(二月四日　内外タイムス)

写真8　宇宙機18号　三島由紀夫氏の帰国談

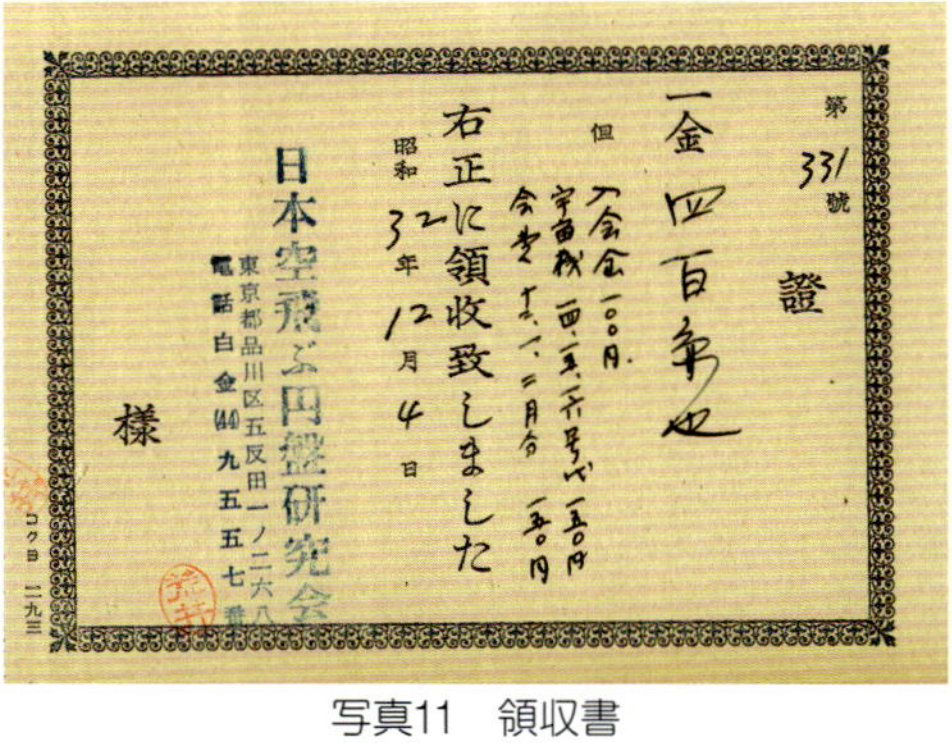

第 331 號

證

一金四百円也

但 入会金 一〇〇円

右正に領収致しました

昭和 32 年 12 月 4 日

日本空飛ぶ円盤研究会
東京都品川区五反田一ノ二六八
電話 白金(44)九五五七番

様

写真11　領収書

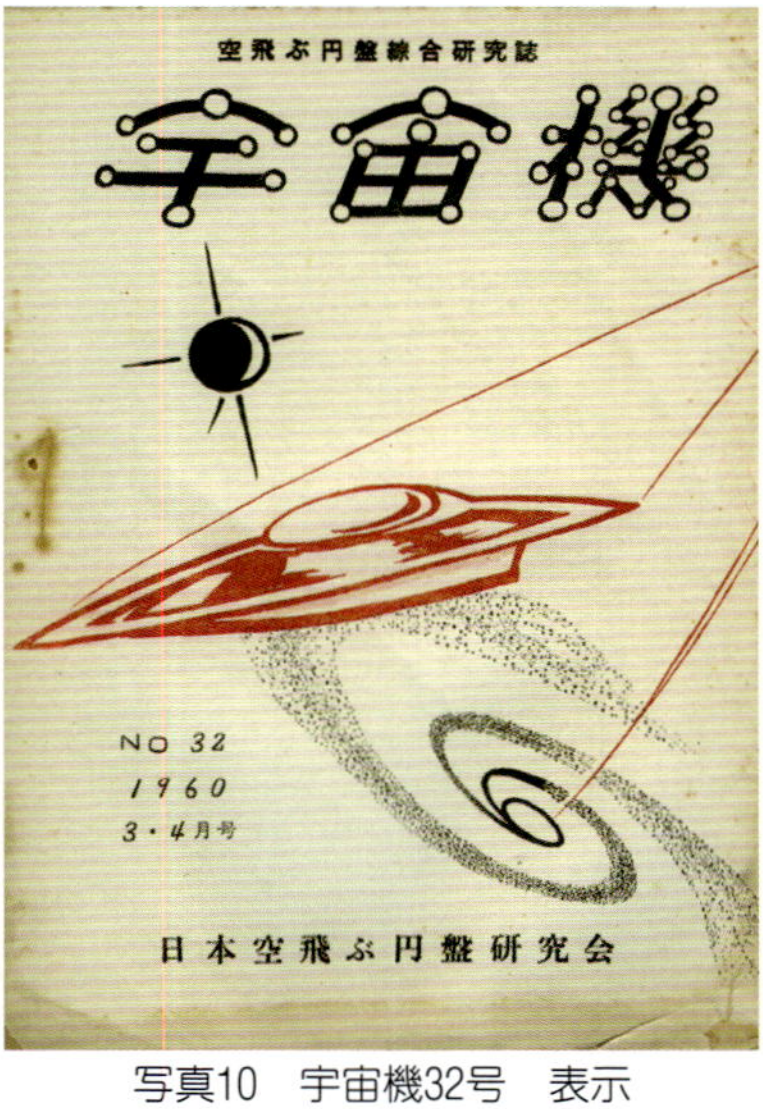

写真10　宇宙機32号　表示

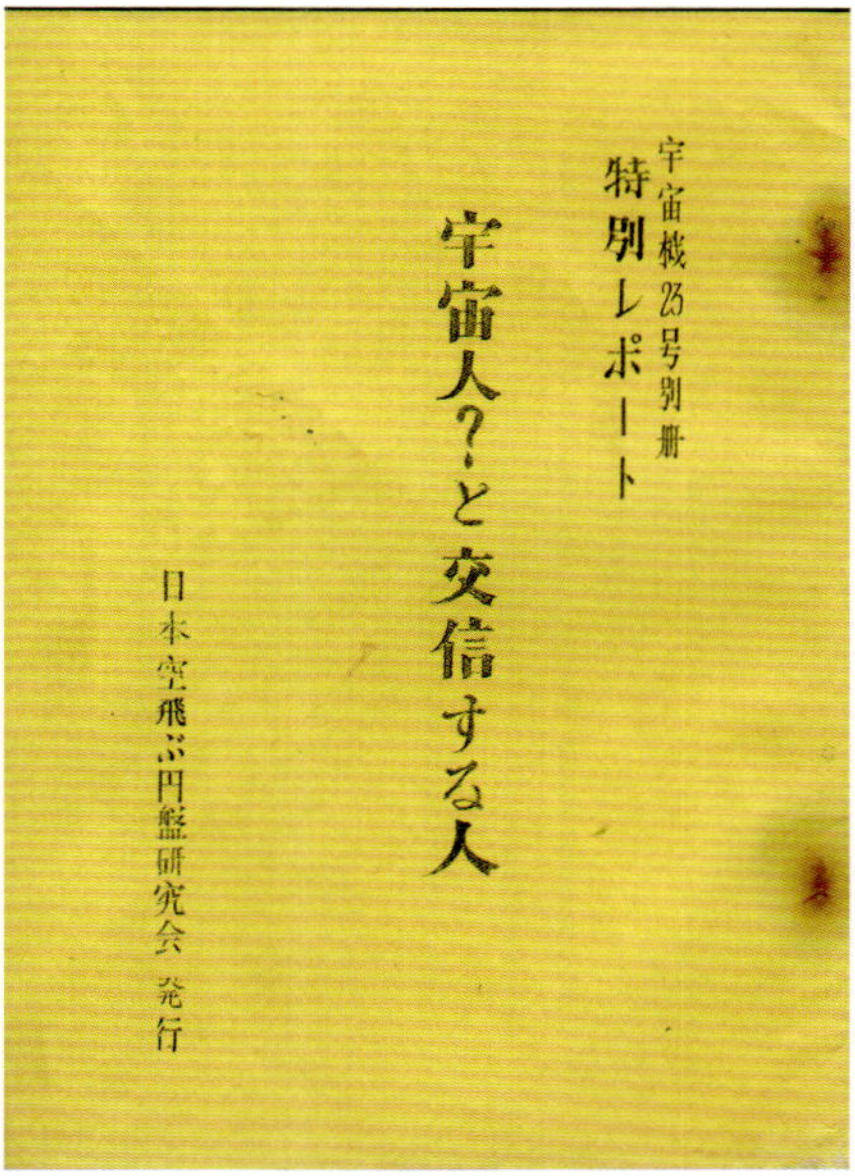

写真12ａ　宇宙機23号　別冊

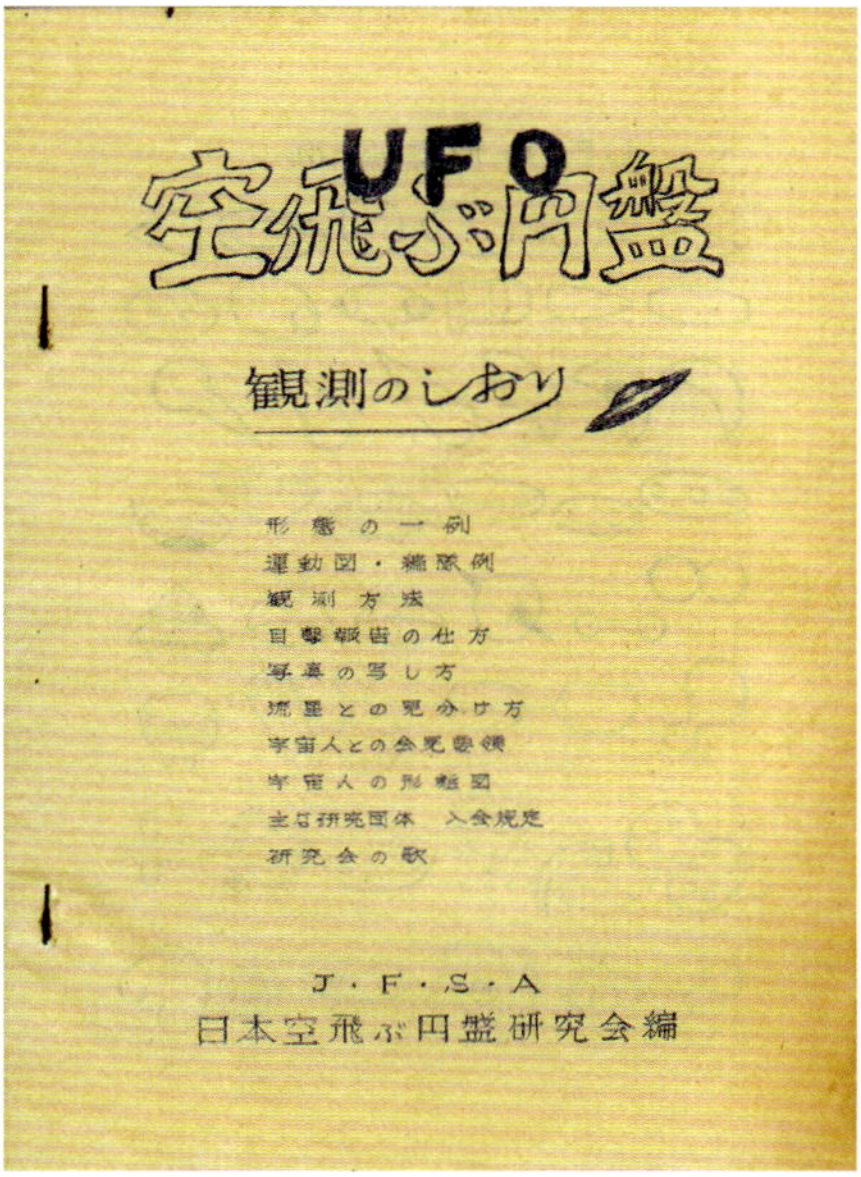

写真12ｂ　宇宙機25号　別冊

ラヂオでも午前一時の深夜放送に円盤の時間があるからね。そこでは見た人の報告や、それについての科学的な検討や解説がされるんです。今、ニューヨークにいる猪熊弦一郎さんなんかも熱心に聞いている一人ですよ」

宇宙機・19号　１９５８年４月７日発行
宇宙機・20号　１９５８年５月７日発行
宇宙機・21号　１９５８年７月21日発行
宇宙機・22号　１９５８年９月10日発行

宇宙機・23号〜31号（写真９ａ、ｂ、ｃ、ｄ、ｅ、ｆ、ｇ、ｈ、ｉ）

宇宙機・23号　１９５８年10月20日発行。別冊として「観測のしおり」が付いている。
宇宙機・24号　１９５８年11月25日発行
宇宙機・25号　１９５９年１月20日発行。別冊として「宇宙人?と交信する人」が付いている。
宇宙機・26号　１９５９年３月15日発行
宇宙機・27号　１９５９年５月20日発行
宇宙機・28号　１９５９年７月25日発行
宇宙機・29号　１９５９年10月１日発行
宇宙機・30号　１９５９年11月25日発行
宇宙機・31号　１９６０年１月31日発行

終刊号　１９６０年４月１日発行（写真10）

宇宙機は32号をもって終刊となった。会誌の発刊は１９５６年７月１日から足かけ５年に及んだ。

昭和32年12月の日本空飛ぶ円盤研究会の領収書（写真11）が残

宇宙機 号外

只今到着した最新ニュース

遂に日本にも「聖母の糸《エンゼル・ヘヤー》」降下か！

十月四日午前十時〜十二時の間、岩手県一の関市一帯に降下、上空に円盤を目撃した人多数ある模様。詳細は目下問合せ中（報告者・一関桜町中学教師）

東京都品川区五反田一ノ三六八
日本空飛ぶ円盤研究会
TEL（49）九五五七・六八二三・六〇七〇

写真13a　宇宙機15号　号外

宇宙機 号外
日本空飛ぶ円盤研究会・発行

「UFO警戒態勢」発令
国際空飛ぶ円盤観測隊本部より連絡

人工衛星が打ち上げられてから全世界に亘って円盤の出現が非常に激しくなってきたので、ロンドンにある「国際空飛ぶ円盤観測隊本部」では、全世界に七日、UFOの警戒態勢につくよう指令を発した。

当研究会も極東本部の松村氏より連絡を受けたので、会員の方は空の監視を怠らないようお願い致します。また、異常を認めた場合は直ちに当会までご報告下さい。

今后の状況については、新刊発表をするかも知れません故、新聞、ラジオ等に充分ご注意下さい。

熊本県に円盤着陸か？

本部についた未確認情報によると、熊本県に於いて十月中旬、相当大きい円盤形の物体が、五〇〇米位に降下し、約四〇分間滞空ののち着陸した。現場には外国での例にもある通り、周囲は黒く焼け焦げていたと云われる。

尚、最初の発見者は山林監視員

岡山市で又もUFO

十一月七日の月食の晩、観測中の岡山県就実高校地学部（部長 畑野房子氏）の人々十名は、九日十四日、両田先生と会員芳賀氏が観測した（前十五号紹介）のと全く同様の多数の光体を発見、しかも、停止、ジグザク運動などの各種の行動をし、数回に亘って出現した由の報告があった。

詳細は次号に発表の予定である。

とのことである。（本誌才16号26頁の詳報か）

宇宙機 才十六号 号外 十二月号
一九五七年十一月十五日
発行所
東京都品川区五反田一ノ三六八
日本空飛ぶ円盤研究会
編集兼発行人　荒井欣一

写真13b　宇宙機16号　号外

特報

空飛ぶ円盤を撮影
大阪貝塚市の中学生が

毎日新聞は、十一月十一日（大阪）十二日（東京）の社会面で相当のスペースを割いて大阪貝塚市で一中学生によって撮影された空飛ぶ円盤の写真を掲載した。最近はこのような大写真が少なかったので研究部は、早速撮影者にその写真や当時の観測記録を送って下さるよう連絡すると共に、高梨氏と長距離電話でその真相をたしかめた。

二十日、漸く高場君から写真二葉とUFO目撃報告書がとどいたので、これらの資料をもとに当時の状況をお知らせしよう。

十月三十一日　その日は薄曇で僅かばかり北東の風が吹いていた。気温は比較的あたゝかであった。

午后2時30分乃至40分頃、貝塚市新井町の高場君（中学三年生14才）は、自宅二階で近所のカメラ店主佐藤民雄さんと南側の窓をあけて、佐藤氏が高場君にカメラの写し方を教えていた。丁度高場君がカメラ（二眼レフトリマフレックス）のファインダーをのぞいていたとき、スリガラス面上に楕円形の物を発見して、驚いて目を窓の外に向けた。そのとき眼の位置より一寸高いところを円盤状のニブイ灰色の物体が音もなく、南から南東方向へ向ってとんで行くのが見えた。高場君はいそいでシャッターを切ったが、あとで調べたら絞り8、タイム1/100秒であった。

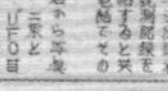

その物体の大きさは、写真の左端にある約80米はなれた鉄塔の上空あたりで、単発小型機よりも大きいように見えた。

しかしその速さは、普通の飛行機の数倍と思われる速さで、続いて撮った二枚目の写真には小さな点としてしかうつらなかった。形は図のごとく、楕円形で下部が突出しているように見えた。輪郭ははっきりしていた。目撃時間は十秒から十五秒ぐらいで、雲の中に入って見えなくなってしまった。

以上が高場君の目撃報告の大要であるが、この目撃報告はカメラ店の佐藤氏から産業経済新聞社へ送られたのである。

産経ではたゞちに高梨純一氏と同道してネガを調査に行く一方大阪管区気象台高層観測課長を訪ねて、当日の風向、天気図などを調べたが、当日は高層で西南西、下層で北東の風だから、この物体は風にさからって飛んでいたことになり、ゾンデの類ではないことがはっきり判ったのである。

とすると、これは極めて信憑性の高い円盤の写真ということになりそうだ。

写真13c　宇宙機24号　号外

宇宙機 28号 号外

最新情報

太平洋上で機長等が目撃

サンフランシスコ—ホノルル間

タイムス（ニューヨーク）7月12日紙

UPI　サンフランシスコ7月11日発＝　7月11日の早朝、太平洋上を猛烈なスピードで飛ぶすばらしく明るい光の一群が五機の太平洋航空のパイロット達によって目撃された。

パン・アメリカンのスポークスマンの語るところによると、このUFOについての最初の報告はサンフランシスコからホノルルに向けて飛んでいたDC17Cの機長ジョージ・ウイルソン大尉よりもたらされたものである。

ウイルソン大尉のいうのには「それらの光体は素晴らしく明るい光りであり、周わりにも小さな光があった。

それらは7000米の高度でわれわれに近づき、ものすごい早さですれ違って行った。　光体は南に進んでゆき十秒後にはなんにも見えなくなってしまった。その時刻は、午前6時2分であった。

この時大尉の機はホノルルから840マイルの上空にいた。その後同じ様な報告がホノルルに向けて他の航空機から送られて来た。　（UIS通信静約）

UFOの目撃数半減

7月24日　米空軍当局は「今年度上半期（1月〜6月）におけるUFO目撃報告の総数は143件で昨年下半期の296件にくらべると約半減している」と発表した。　尚この目撃数における未知の物体についての件数は不明

ニッポン放送　7月24日

註　昨年下半期の『未知のもの』は総数の2％であった。
詳細は宇宙機26号参照のこと。

写真13d　宇宙機28号　号外

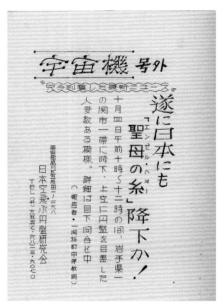

されている。入会金は100円、会費は一月50円、14号、15号、16号の会誌は一冊50円と記載されている。

宇宙機・別冊

宇宙機・23号には、「観測のしおり」(写真12a)という別冊が附いている。また、宇宙機・25号には「宇宙人?と交信する人」(写真12b)という別冊が附いている。

宇宙機・号外

いつ、どこにUFOが現われるか、という具体的なものではないが、これに類する情報が号外として日本空飛ぶ円盤研究会会員に届けられた。この例として15号、16号、24号、28号の号外(写真13a、b、c、d)を提示する。16号(写真13b)には「UFO警戒態勢発令　国際空飛ぶ円盤観測隊本部より連絡」との見出しがあり、「人工衛星が打ち上げられてから全世界に亘って円盤の出没が非常に激しくなってきたので、ロンドンの『国際空飛ぶ円盤観測隊本部』では、全世界に七日、UFOの警戒態勢につくように指令を発した。当研究会も極東本部の松村氏より連絡を受けたので、会員の方は空の監視を怠らないようにお願い致します。また、異常を認めた場合は直ちに当会までご報告下さい。今后の状況については、特別発表をするかも知れません故、新聞、ラジオ等に充分ご注意下さい」と記されている。

「美しい星」と「宇宙機」

荒川は、「美しい星」には「随所に当会の影響がみられます」と記している。荒川は「UFOこそわがロマン」で、「美しい星」の第二章を提示し、「上記は三島由紀夫原作の『美しい星』の序盤の一部だが、氏は日本空飛ぶ円盤研究会の初期からの会員であった。この小説には当会の『宣言文』(写真14a、b)をより分り易く文学的な表現をしてある。この小説の一部は荒川をディフォルメしたものといわれている。三島氏と私は昭和22年より数年間大蔵省に在籍していたのも奇縁。氏は銀行局。私は印刷局主計。(略)[2]」と説明している。

日本空飛ぶ円盤研究会々員名簿(写真15a、b、c)

日本空飛ぶ円盤研究会の会員が500名に達した記念に会員名簿が作成された。会員名簿は住所別に分類されている。三島由紀夫の会員番号は「十二」[7](写真15b)住所は「東京都目黒区緑ヶ丘」で職業は「文筆業」である。ちなみに石原慎太郎の会員番号は「一六九」で住所は「神奈川県逗子市」で職業は「文筆業」である。

友誼団体(国内)として「日本宇宙旅行協会(JAS)」「近代宇宙旅行協会(M・S・F・A)」「日本UFOクラブ」「京大円盤研究部」「宇宙友好協会(O・B・A)」「宇宙クラブ」「宇宙平和協議会」「宇宙協会」「宇宙船研究会」「日本未確認飛翔物体研究会」「吉田町円盤研究会」「日本天文クラブ」「紀伊天文同好会」「科学創作クラブ」の14団体が記載されている。またこの中で「機関誌」を発行している団体は9団体であった。

この名簿には奥付けがなく、正確な発行年月日は不明である。しかし、「附録宇宙機既刊号総目録」が掲載されていて、昭和33年10月20日発行の「宇宙機23号」まで載っていること、「宇宙機バックナンバー在庫品　昭和三十三年十一月一日現在」と記され

昭和三十二年（一九五七年）十月

宇宙平和宣言全文

全日本空飛ぶ円盤研究連合

全日本空飛ぶ円盤研究連合
本部　東京都品川区五反田一丁目二六八ＪＦＳＡ内

日本空飛ぶ円盤研究会（ＪＦＳＡ）
代表　荒井欣一
東京都品川区五反田一丁目二六八番地
ＴＥＬ㊹九五五七・六〇七〇・六八二三

空飛ぶ円盤研究グループ（ＦＳＧ―Ｊ）
横浜市磯子郵便局私書函十八号
代表　松村雄亮

日本ＵＦＯクラブ（UFO CLUB―J）
浦和市岸町一ー四
代表　仙波順一

近代宇宙旅行協会（ＭＳＦＡ）
大阪市西成区長巳通一ノ三
理事長　高梨純一

京大空飛ぶ円盤研究会
京都市左京区北白川東平井町九
代表　川瀬保孝

写真14ａ　宇宙平和宣言全文（昭和32年10月）

宇宙平和宣言

一九四七年以来、俗に「空飛ぶ円盤」と呼ばれる謎の飛行物体が地球上空に頻々と出没し、世界各国の政府或は民間研究機関はたゆまざる調査研究の努力をつづけてここに十年を経たのであるが、今日に至るも未だその真相の全貌は白日の下にさらされていない。しかしながらこの間、世界各地に於ける夥しい数の目撃、レーダー観測、航空機の遭遇、はては戦斗機による追跡その他の実例を慎重に検討の結果今日では「空飛ぶ円盤」と呼ばれるものが人類文明の所産、或いは自然現象等でなく恐らくは他の天体より飛来する宇宙機であろうことはもはや疑いの余地がなくなつてきた。

ひるがえつてわが地球上の現状を見るに、飽くなき貪慾と猜疑心による大国間の対立は偏狭なる国家意識と民族感情を支えとして次第に尖鋭化し、核兵器及びミサイルの発達はこの傾向にます〳〵拍車をかけている。かゝる状況下に於いて一たび全面戦争の勃発を見れば、これらの大量殺戮の兵器によつて地球の文明は崩壊し、人類は絶滅の危機に瀕するであろうことは火を見るよりも明らかであるしかもこれらの予行演習としての核爆発の実験が人類の生存に及ぼすであろう影響には予測を許さないものがあり、われ〳〵を不安と恐怖におののかせている。

未知の世界より未知の物体がわれ〳〵の頭上に日夜飛来しつゝある現実を思うとき、地球人類の醜状は誠に寒心に堪えない。もとより空飛ぶ円盤の塔乗者がわれ〳〵に友好的であるか否かは現在の段階では知るよしもないが、いずれの場合にもせよ対立混迷を続ける人類の現状では、彼等に応接する準備もできていない。今や人類は一国家、一民族の立場をのり越えて、汎宇宙的な地球人としての立場よりすべてを考え、行動せねばならぬときであることを確信する。

また人類は今世紀半ばに於いて原子力解放の偉業を成し遂げ、今また人工衛星の打上げに成功し、宇宙旅行の実現に向つて巨歩を進めつゝあり、まさに人類文明の一大躍進期に直面しているとの感を深くする。このときに当りたま〳〵他の世界よりの訪問者を迎えんとしつゝあることは故なしとしないではないか。

よつてわれ〳〵空飛ぶ円盤の研究者は、この世紀の謎の解明に全力を挙げることを通じて全人類に広大なる宇宙の実相に目を向けさせ、より大いなる人類意識に目覚めさせて世界の平和を実現し、さらには人類文明の一大転機に対処しつゝ宇宙全体の平和確立に向つて邁進するものであることを、こゝに宣言する。

一九五七年十月二十日

全日本空飛ぶ円盤研究連合

写真14ｂ　宇宙平和宣言全文

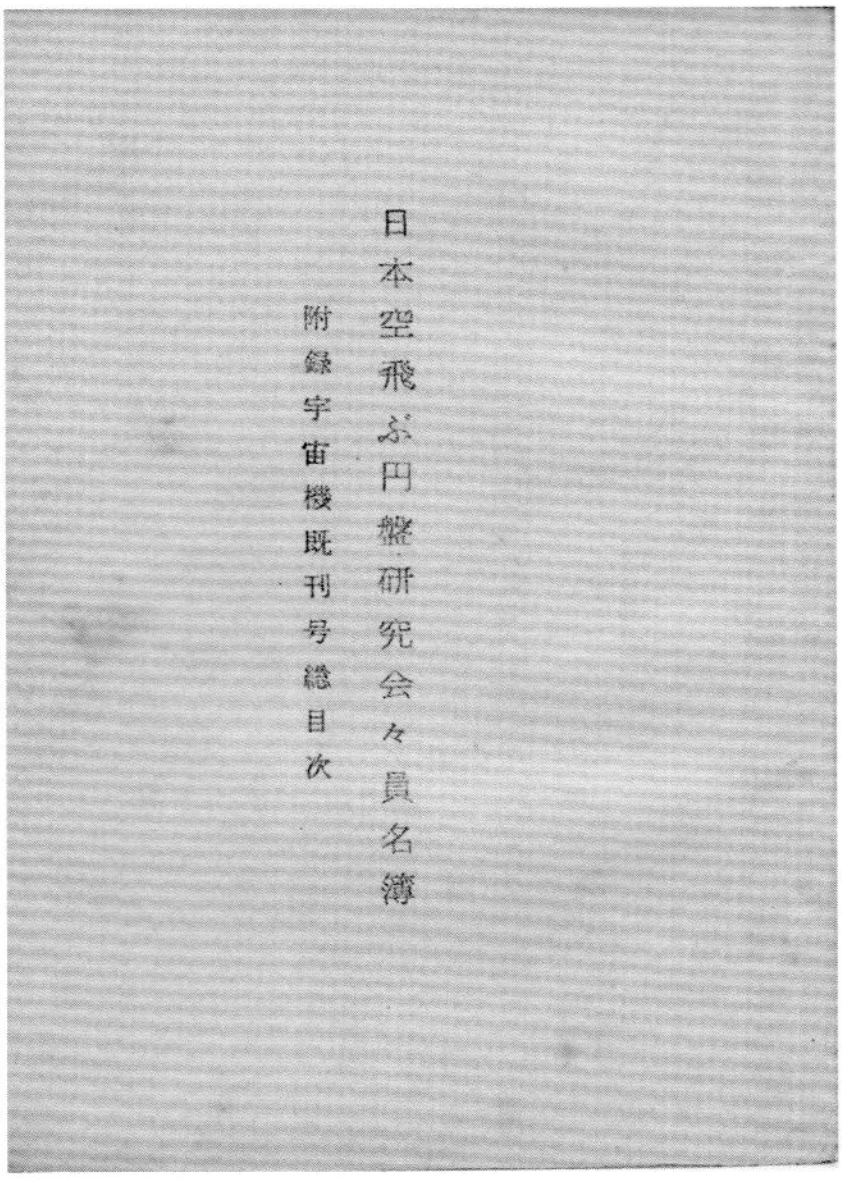

日本空飛ぶ円盤研究会々員名簿

附録宇宙機既刊号総目次

a　表紙

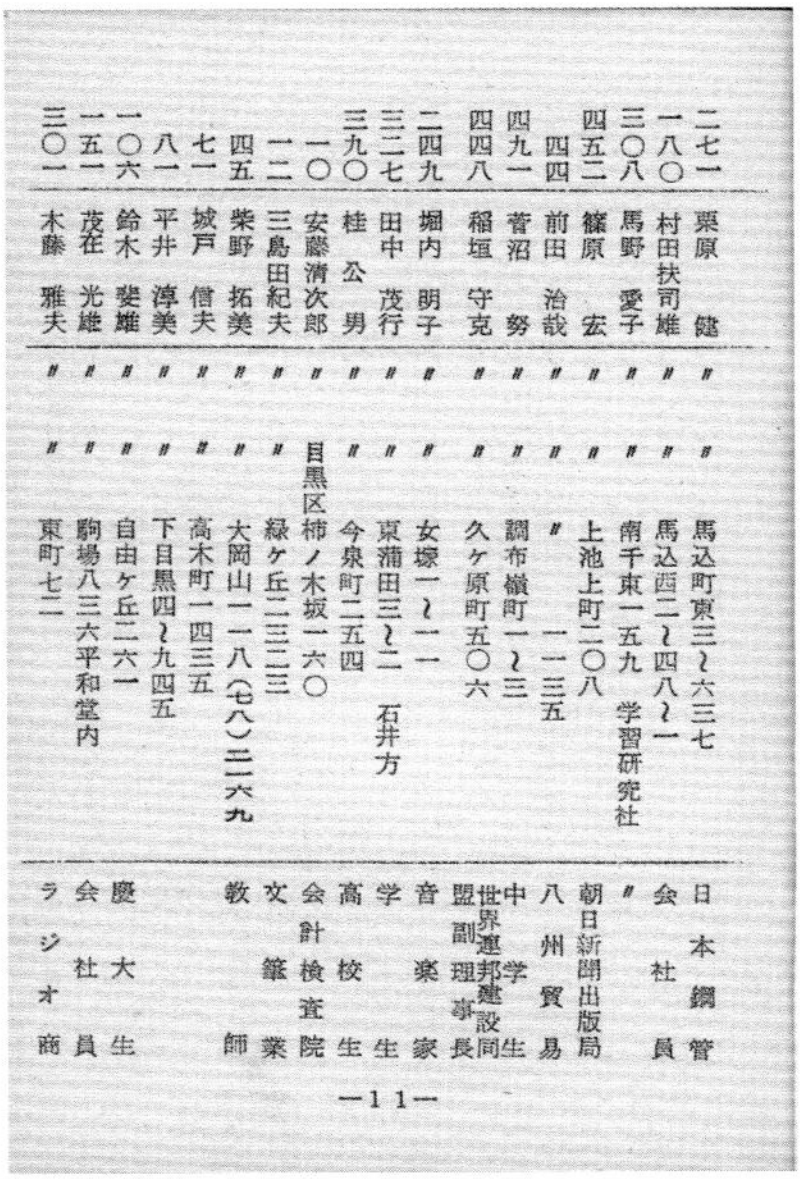

二七一	粟原　健	〃　〃　馬込町東三ノ六三七	日本鋼管
一八〇	村田扶司雄	〃　〃　馬込西二ノ四八ノ一	会社員
三〇八	馬野　愛子	〃　〃　南千東一五九　学習研究社	〃
四五二	篠原　宏	〃　〃　上池上町二〇八	朝日新聞出版局
四四	前田　治哉	〃　〃　〃　一一三五	八州貿易
四九一	菅沼　務	〃　〃　調布嶺町一ノ三	中学生
四四八	稲垣　守克	〃　〃　久ヶ原町五〇六	世界連邦建設同盟副理事長
二四九	堀内　明子	〃　〃　女塚一ノ一一	音楽家
三二七	田中　茂行	〃　〃　東蒲田三ノ二　石井方	学生
三九〇	桂　公男	〃　〃　今泉町二五四	高校生
一〇	安藤清次郎	〃　目黒区柿ノ木坂一六〇	会計検査院
一二	三島田紀夫	〃　〃　緑ケ丘二三二三	文筆業
四五	柴野　拓美	〃　〃　大岡山一ノ一八（七八）二一六九	教師
七一	城戸　信夫	〃　〃　高木町一四三五	
八一	平井　淳美	〃　〃　下目黒四ノ九四五	
一〇六	鈴木　斐雄	〃　〃　自由ケ丘二六一	慶大生
一五一	茂在　光雄	〃　〃　駒場八三六平和堂内	会社員
三〇一	木藤　雅夫	〃　〃　東町七二	ラジオ商

—11—

b　会員名簿

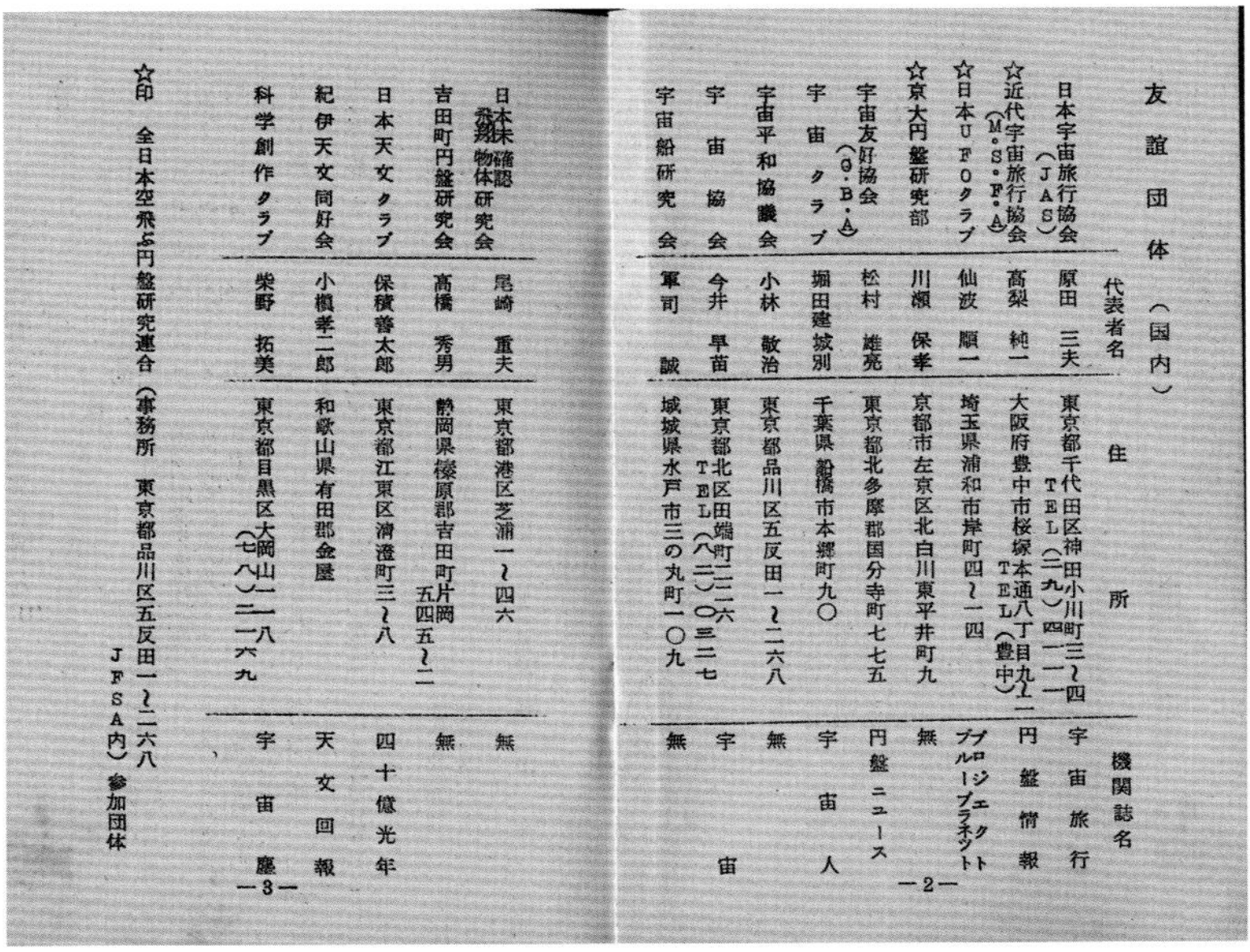

友誼団体（国内）

	代表者名	住所	機関誌名
日本宇宙旅行協会（JAS）	原田　三夫	東京都千代田区神田小川町三ノ四 TEL（二九）四一一一	宇宙旅行
☆近代宇宙旅行協会（M・S・F・A）	高梨　純一	大阪府豊中市桜塚本通八丁目九ノ一 TEL（豊中）	円盤情報
☆日本UFOクラブ	仙波　順一	埼玉県浦和市岸町四ノ一四	プロジェクト ブループラネット
☆京大円盤研究部	川瀬　保幸	京都市左京区北白川東平井町九	無
宇宙友好協会（C・B・A）	松村　雄亮	東京都北多摩郡国分寺町七七五	円盤ニュース
宇宙クラブ	堀田建城別	千葉県船橋市本郷町九〇	宇宙人
宇宙平和協議会	小林　敬治	東京都品川区五反田一ノ二六八	無
宇宙協会	今井　早苗	東京都北区田端町二二六 TEL（八二）〇三二七	宇宙
宇宙船研究会	軍司　誠	城城県水戸市三の丸町一〇九	無

—2—

日本未確認飛翔物体研究会	尾崎　重夫	東京都港区芝浦一ノ四六	無
吉田町円盤研究会	高橋　秀男	静岡県榛原郡吉田町片岡五四五ノ二	無
日本天文クラブ	保積善太郎	東京都江東区清澄町三ノ八	四十億光年
紀伊天文同好会	小槇孝二郎	和歌山県有田郡金屋	天文回報
科学創作クラブ	柴野　拓美	東京都目黒区大岡山一ノ一八（七八）二一六九	宇宙塵

☆印　全日本空飛ぶ円盤研究連合（事務所　東京都品川区五反田一ノ二六八 JFSA内）参加団体

—3—

c　友誼団体

写真15　日本空飛ぶ円盤研究会名簿（1958年）

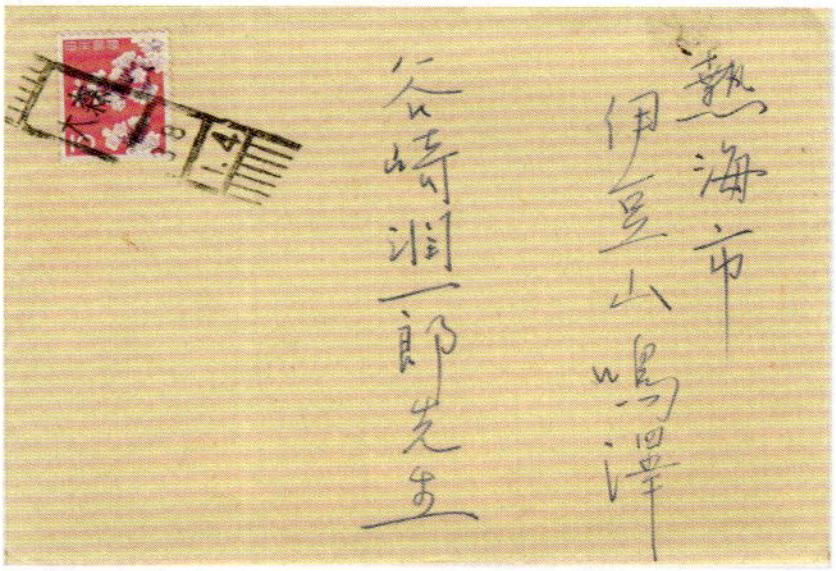

a

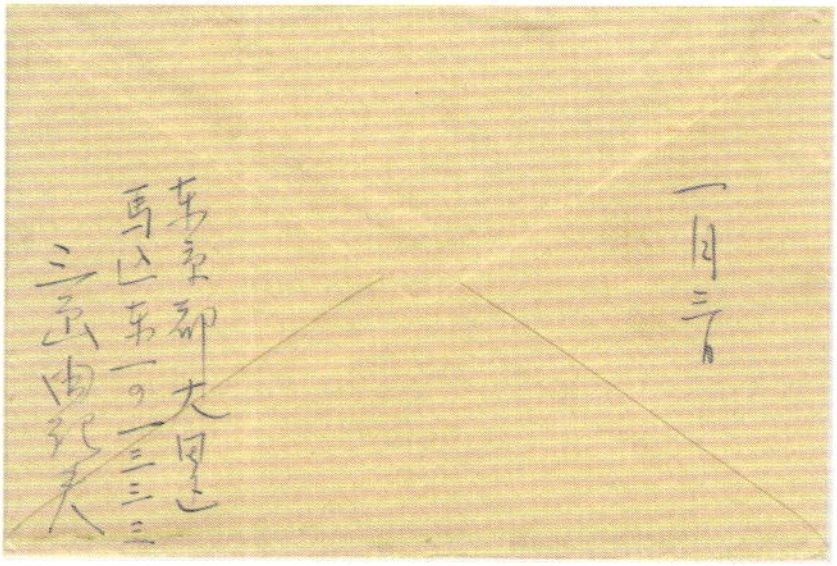

b

ていることから、昭和33年11月上旬の発刊と考えられる。宇宙機バックナンバー在庫品には、

「No.1 ～ No.14　品切
No.15 16 19 22　各五十円
No.17 18 20 21 23　各百円

いずれも残部僅少品切の節は御容赦下さい。送料不要」と記されている。

谷崎潤一郎宛三島由紀夫書簡（写真16 a、b、c、d、e）

1963年1月3日の谷崎潤一郎宛三島由紀夫書簡に、三島は「新年おめでたうございます。さて早速乍ら、本日、嶋中鵬二氏より電話がございまして、思ひもかけぬことに先生が拙著『美しい星』をお読み下さっている由。それればかりか、望外のお言葉を

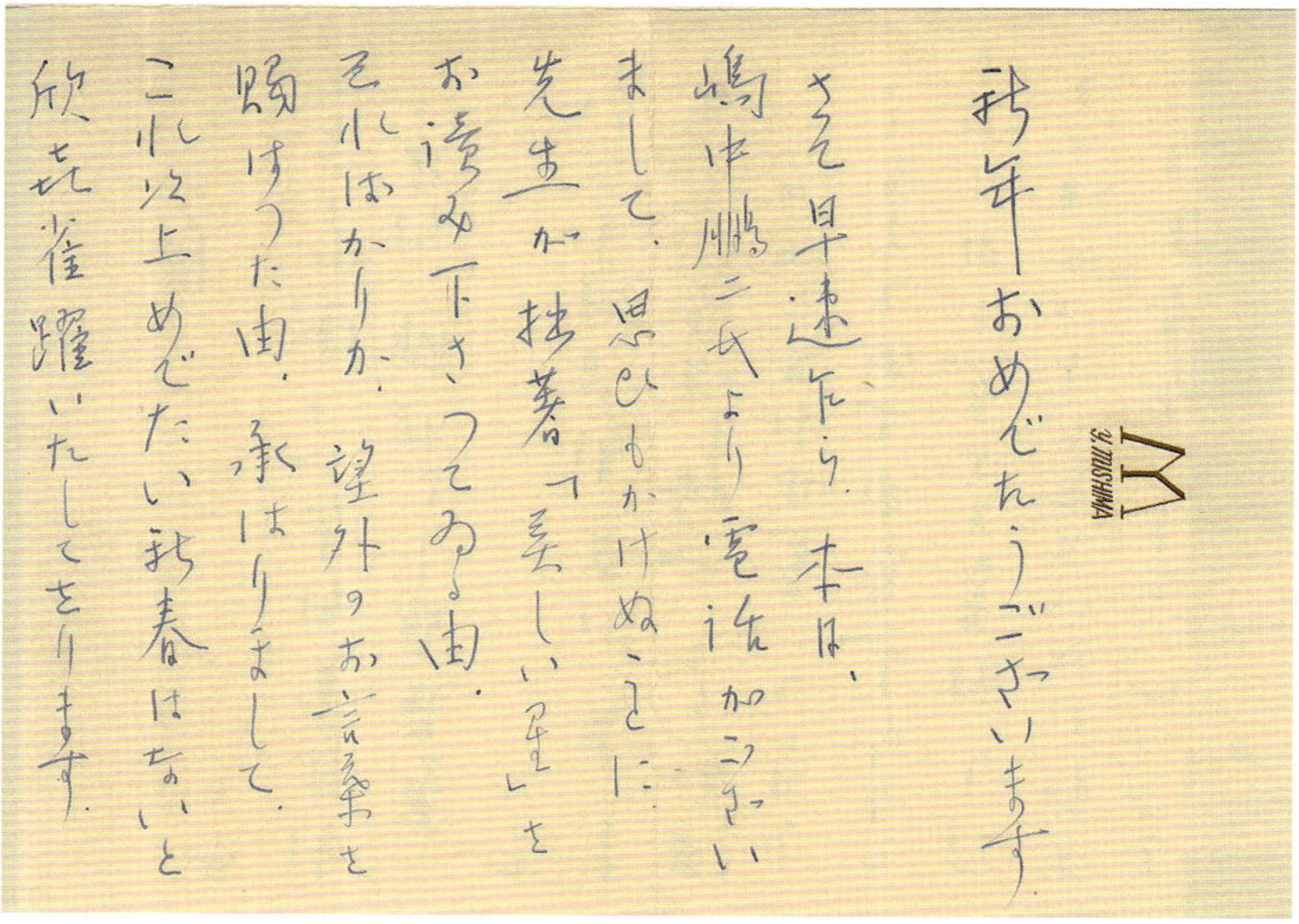
Y. MISHIMA

新年おめでたうございます
さて早速乍ら、本日、
嶋中鵬二氏より電話がござい
まして、思ひもかけぬことに
先生が拙著「美しい星」を
お読み下さつてゐる由、
それはかりか、望外のお言葉を
賜はつた由、承はりまして
これ以上めでたい新春はないと
欣喜雀躍いたしてをります。

c

写真16　谷崎潤一郎宛三島由紀夫書簡（1963年）

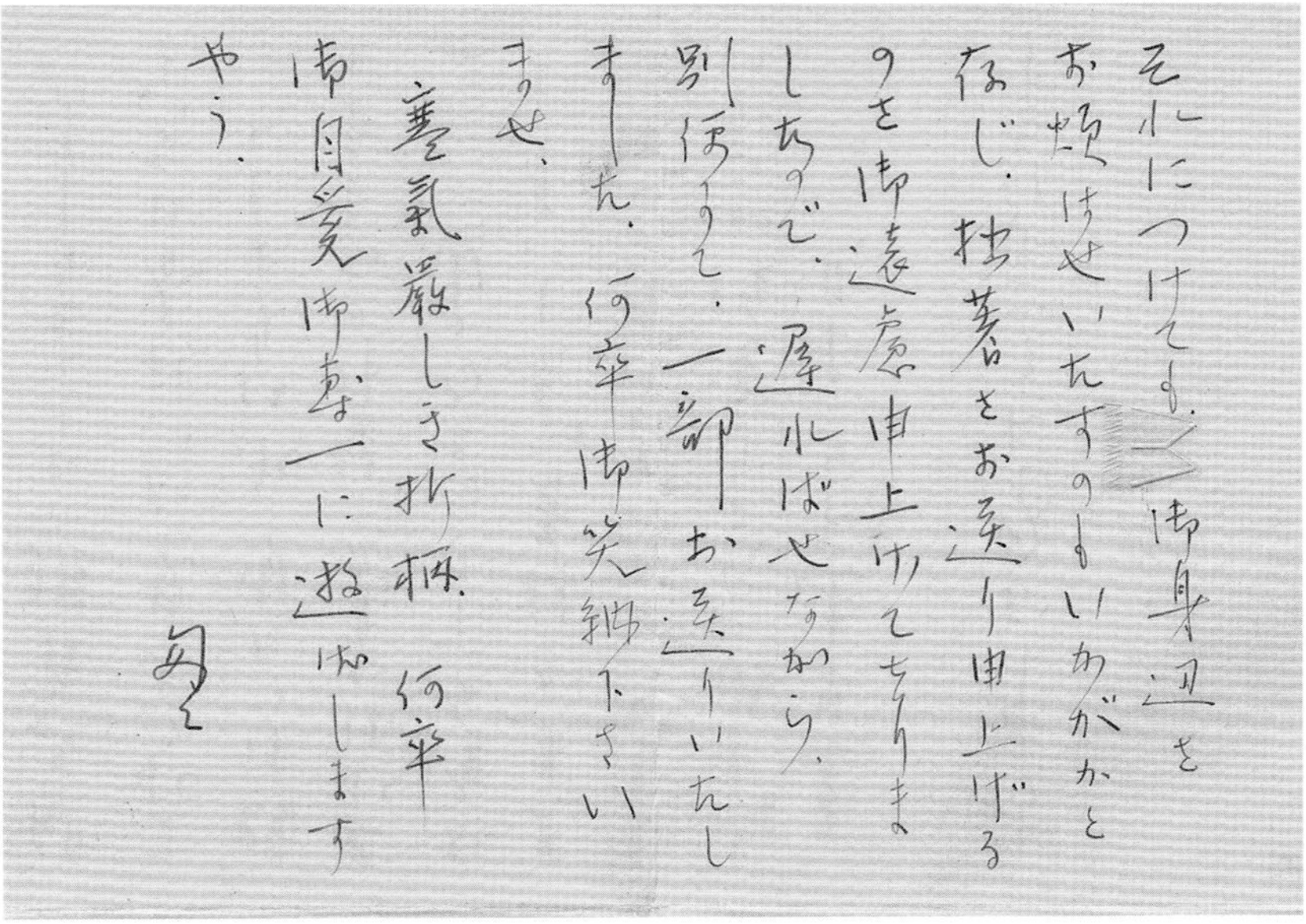
それにつけても御身辺を
お煩はせいたすのもいかゞかと
存じ、拙著をお送り申上げる
のさへ御遠慮申上げてをりま
したので、遅ればせながら、
別便にて、一部お送りいたし
ました。何卒御笑納下さい
ませ。
寒氣厳しき折柄、何卒
御自愛御専一に遊ばします
やう。
匆々

d

三島由紀夫
一九六三年一月三日
谷崎潤一郎先生

e

写真16　谷崎潤一郎宛三島由紀夫書簡（1963年）

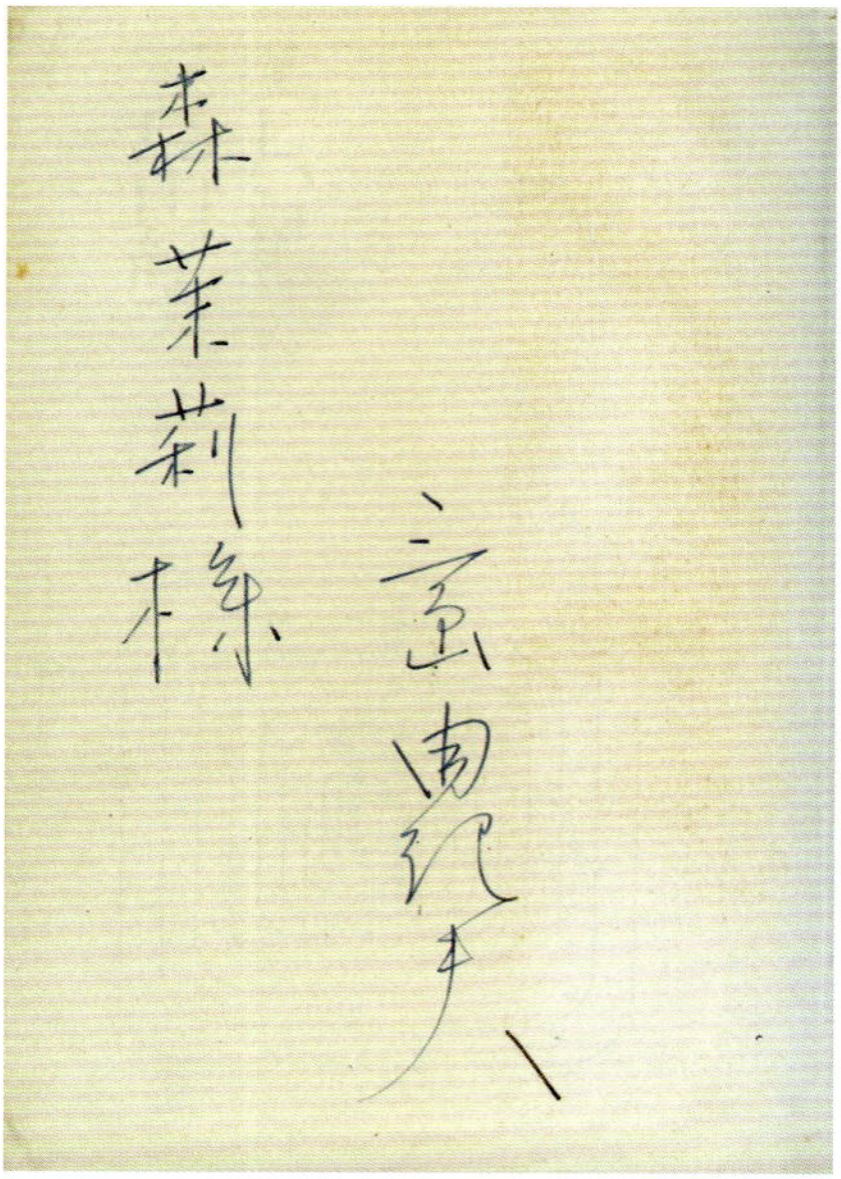

写真17　森茉莉宛献呈署名

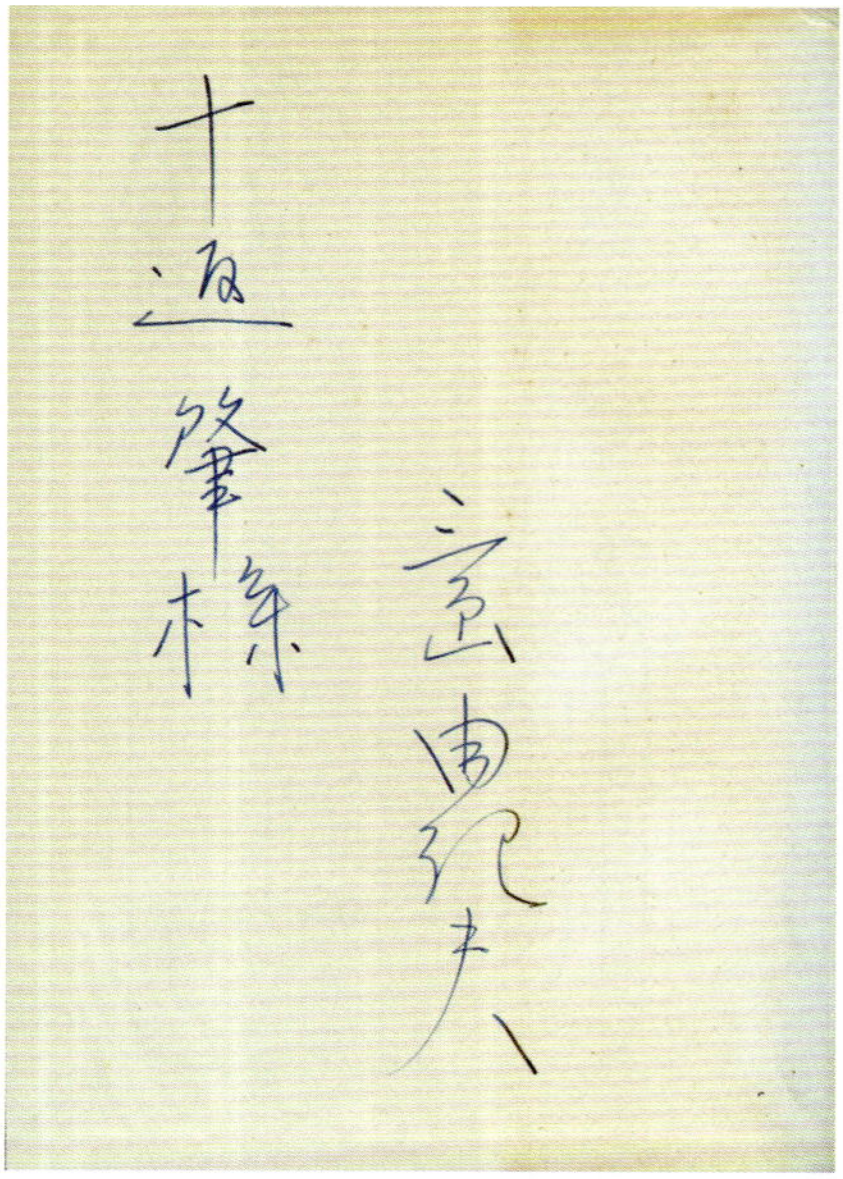

写真18　十返肇宛献呈署名

賜はった由、承はりまして、これ以上めでたい新春はないと欣喜雀躍いたしてをります。それにつけても、御身辺をお煩はせいたすのもいかがかと存じ、拙著をお送り申上げるのを御遠慮申上げてをりましたので、遅ればせながら、別便にて、一部お送りいたしました。何卒御笑納下さいませ。（略）[8]」と記している。三島は、イニシャル入りの特別注文の便箋と封筒を使用し、丁寧な文字で綴っている。

献呈署名本

森茉莉（写真17）、十返肇（写真18）、堂本正樹（写真19）に宛てた献呈署名本が残されている。森茉莉と十返肇には「様」が使用されているが、堂本正樹に対して「大兄」を使用していることに注目したい。堂本に対する献呈署名本は、私が渉猟し得た範囲では「美しい星」以外、敬称はすべて「様」であった。三島は、何故、堂本宛献呈本に「大兄」を使用したのだろうか。

三島は、楯の会会員に著書や書を進呈する際に、「君」「様」「兄」「大兄」を使用したが、昭和44年発刊の「文化防衛論」[9]を初めとして多くは、「大兄」を用いている。森田必勝宛の献呈署名本（写真20）にも「森田必勝大兄」の文字が認められる。昭和37年の時点で、「大兄」の文字が使用されたのは、既にこの時点で三島に昭和44年と同様の気持ちの在り様があったからではないだろうか。

「美しい星」と「行動の河」

ボディビルと剣道で身体を鍛えた三島は、細江英公撮影の写真で評論集「美の襲撃」[10]のカバーと扉を飾った。さらに写真集「薔

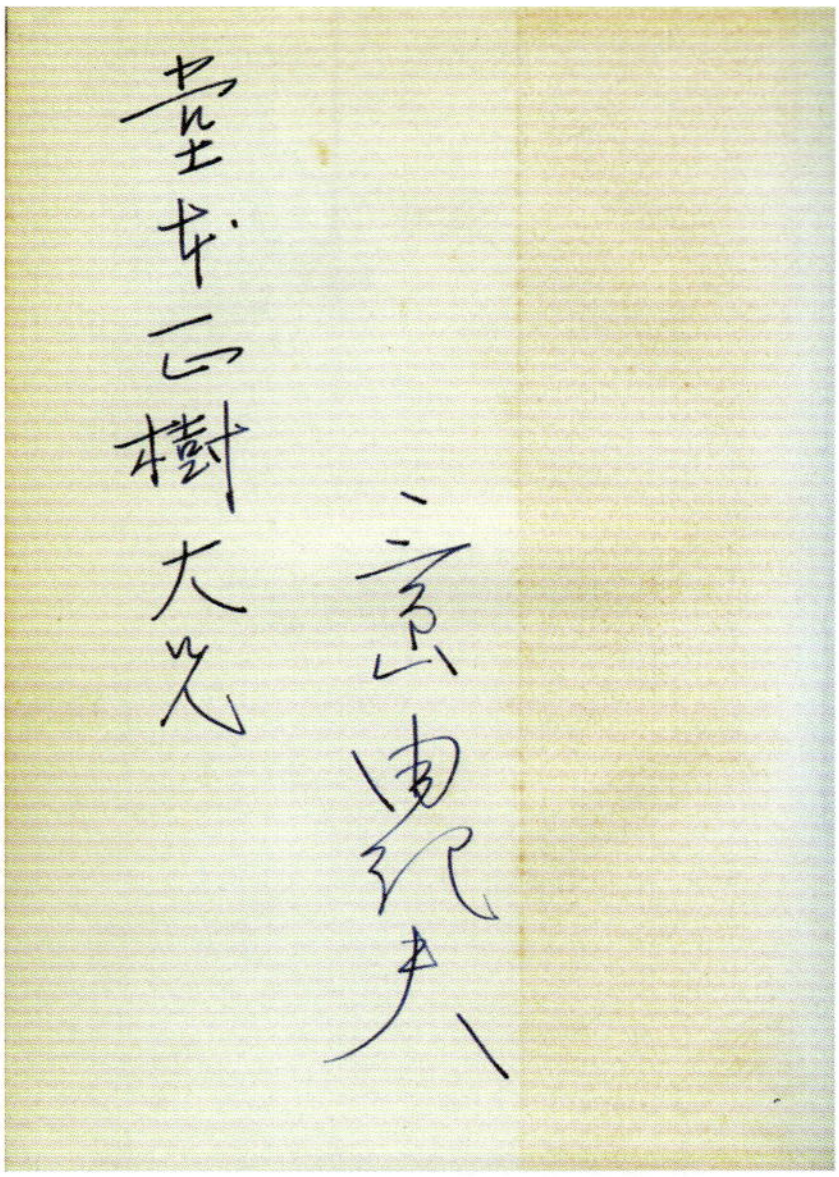

写真19　堂本正樹宛献呈署名

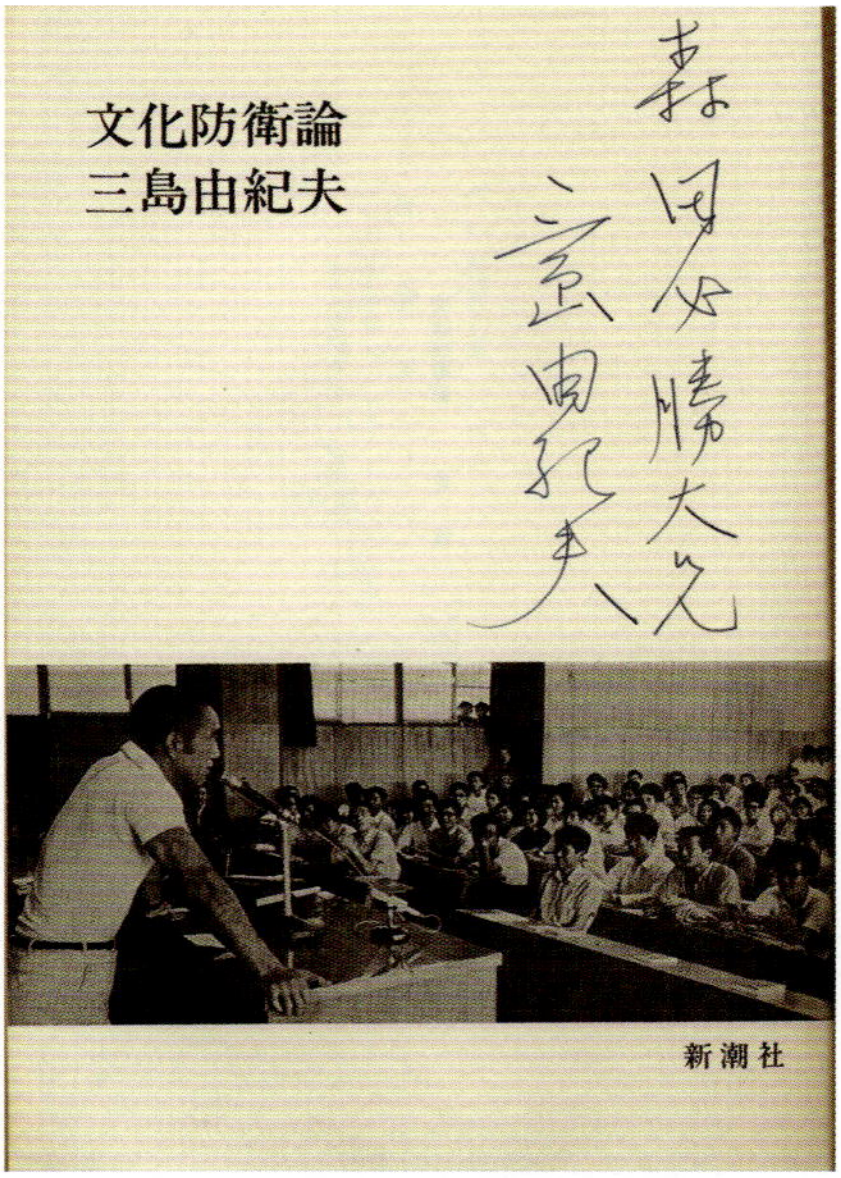

写真20　森田必勝宛献呈署名

薇刑[11]」で「肉体の河[12]」（写真21）の流れを確立した。三島は「この河は、その水路を、人生の途中から私にひらいてくれた新らしい河であった。私は精神といふ目に見えないものが、目に見える美を作りつづけるといふことに飽き足りないでゐた。自分も目に見えるものになってどうしていけないのか？　しかし、そのための必要な条件は肉体である。（略）肉体には、機械と同じやうに、衰亡といふ宿命がある。私はこの宿命を容認しない。それは自然を容認しないのと同じことで、私の肉体はもっとも危険な道を歩かされてゐるのである」と記している。また、三島は「肉体の河は、行動の河を自然にひらいた。女の肉体ならそんなことはあるまい。男の肉体は、その本然に性質と機能によって、人を否応なしに、行動の河へ連れてゆく。（略）いくら『文武両道』などと云ってみても、本当の文武両道が成立つのは、死の瞬間しかないだろう。しかし、この行動の河には、書物の河の知らぬ涙があり血があり汗がある。言葉を介しない魂の触れ合ひがある。それだけにもっとも危険な河はこの河であり、人々が寄ってこないのも尤もだ。この河は農耕のための灌漑のやさしさも持たない。富も平和ももたらさない。安息も与えない。……ただ、男である以上は、どうしてもこの河の誘惑に勝つことはできないのである[13]」（写真22）と記している。

細江は、三島由紀夫文学館の「私の好きな作品[14]」に「金閣寺」「潮騒」と共に「美しい星」をあげ、「三島さんの作品はいづれも好きだが、とりわけ『美しい星』は今までとはまったく異なる不思議な世界を描いていて、ただならぬ戦慄を感じたことを覚えている。そして、氏が割腹自決したときに書き残した檄文をみて、私はとっさにこの小説を思い浮べた」と記している。

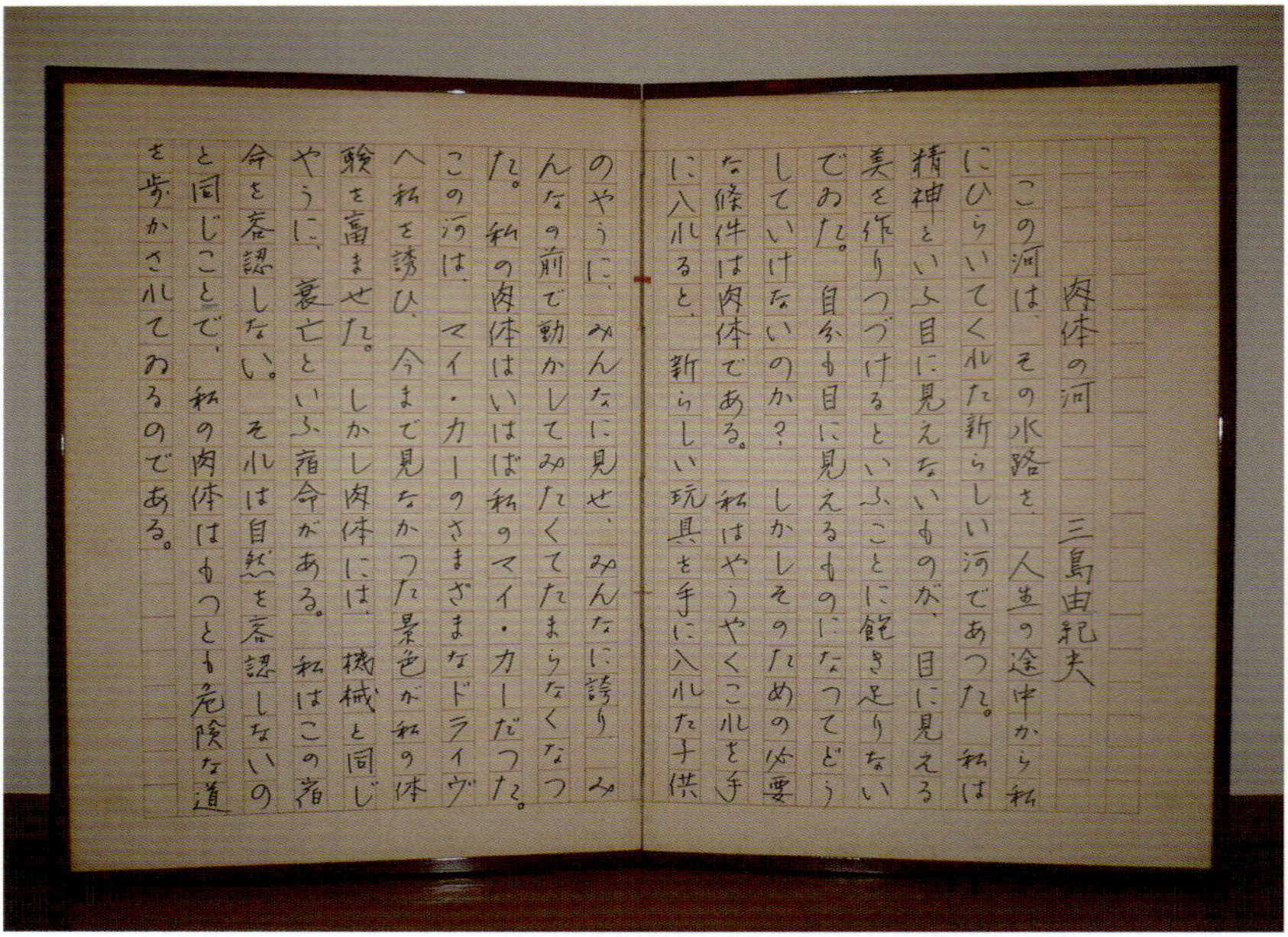

写真21　肉体の河

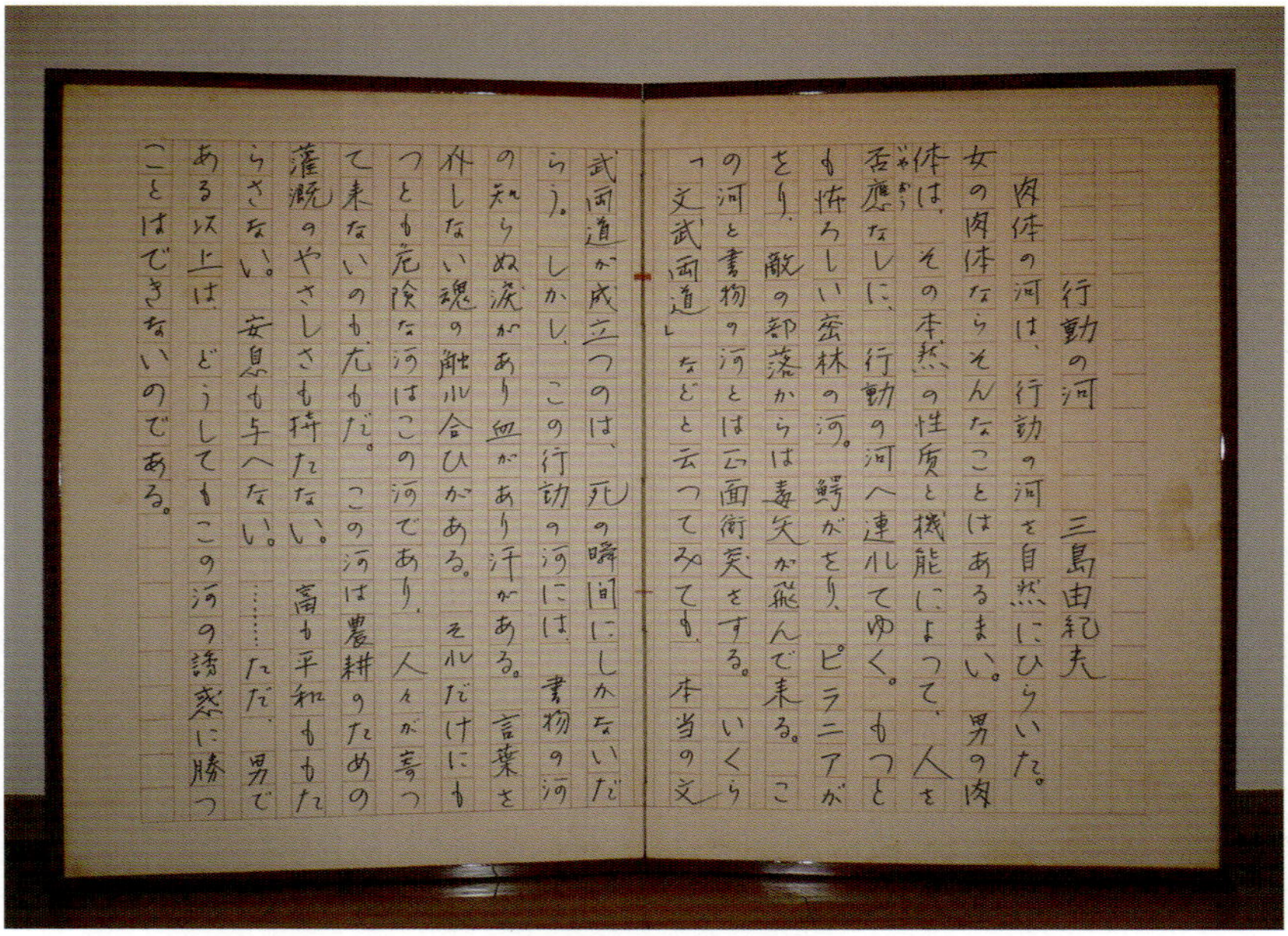

写真22　行動の河

「美しい星」の中から、晩年の作品に附合する文章を抜粋してみる。

美しい星「東京へ遊びに出かけるたびに、つぎつぎと新築される巨大なビルの、昼間から蛍光燈をともしている窓々が、重一郎に恐怖を与えた。人々は声高に喋りながら、確実にそれらの窓ごとに働いていた。何の目的もなしに！」

英霊の声⑮「大ビルは建てども大義は崩壊し
その窓々は欲求不満の蛍光燈に輝き渡り」

美しい星「冷戦と世界不安、まやかしの平和主義、すばらしい速度で愚昧と偸安への坂道を辷り落ちてゆく人々、にせものの経済的繁栄、狂おしい享楽慾、世界政治の指導者たちの女のような虚栄心……こういうものすべては、仕方なく手に委ねられた薔薇の花束の棘のように彼の指を刺した」

檄⑯「政治は矛盾の糊塗、自己の保身、権力欲、偽善にのみ捧げられ、国家百年の大計は外国に委ね、敗戦の汚辱は払拭されずにただごまかされ、日本人自ら日本の歴史と伝統を瀆してゆくのを、歯噛みをしながら見てゐなければならなかった」

美しい星「重一郎は世界がこんな悲境に陥った責任を自分一人の身に負うて苦しむようになった。誰かが苦しまなければならぬ。誰か一人でも、この砕けおちた世界の硝子のかけらの上を、血を流して跣で歩いてみせなければならぬ」

果たし得ていない約束⑰「それよりも気にかかるのは、私は果して『約束』を果して来たか、ということである。否定により、批判により、私は何事かを約束して来た筈だ。政治家ではないから実際的利益を与えて約束を果たすわけではないが、政治家の与えうるよりも、もっともっと大きな、もっともっと重要な約束を、私はまだ果たしていないという思いに日夜責められるのである。その約束を果たすためなら文学なんかどうでもいい、という考えが時折頭をかすめる」

「美しい星」には「英霊の声」、「果たし得ていない約束」や「檄」と同質の日本を憂う三島由紀夫の叫びがある。

三島は「私は昭和二十年から三十二年ごろまで、大人しい芸術至上主義者だと思われていた。私はただ冷笑していたのだ。或る種のひよわな青年は、抵抗の方法として冷笑しか知らないのである。そのうちに私は、自分の冷笑・自分のシニシズムに対してこそ戦わなければならない、と感じるようになった⑰」と記している。抵抗の方法として冷笑しか知らなかったひよわな青年だった三島は、昭和37年にいよいよ「自分の冷笑」「自分のシニシズム」を克服し行動を開始した。

「美しい星」の第一章に「朽ち欠けた籬子塀の外れに、青いペンキを塗った車庫の扉ができた。これはこの家が永い沈滞を破って活動期に入ったしるしであった」とある。「美しい星」の堂本正樹宛の献呈署名に「大兄」が使用された。これは三島由紀夫が永い沈滞を破って活動期に入ったしるしであった。「美しい星」は「行動の河」の源泉のひとしずくであったのかもしれない。

（三島由紀夫研究家）

註1 三島由紀夫：美しい星、新潮社、1962
2 荒井欣一：UFOこそわがロマン　荒川欣一自分史、2000
3 三島由紀夫とUFOの意外な出会い：サンデー毎日（12月5日号）、1993
4 三島由紀夫：現代生活の詩、宇宙機13号、日本空飛ぶ円盤研究会、1957
5 平野威馬雄：それでも円盤は飛ぶ！、高文社、1960
6 三島由紀夫氏の帰国談、宇宙機18号、日本空飛ぶ円盤研究会、1958
7 日本空飛ぶ円盤研究会々員名簿、日本空飛ぶ円盤研究会、1958
8 犬塚潔：三島由紀夫の手紙、三島由紀夫研究④、鼎書房、2007
9 三島由紀夫：文化防衛論、新潮社、1969
10 三島由紀夫：美の襲撃、講談社、1961
11 三島由紀夫・細江英公：薔薇刑、集英社、1963
12 三島由紀夫：肉体の河、三島由紀夫展　カタログ、1970
13 三島由紀夫：行動の河、三島由紀夫展　カタログ、1970
14 細江英公：私の好きな三島作品、三島由紀夫文学館、1999
15 三島由紀夫：英霊の声、文藝、河出書房新社、1966
16 三島由紀夫：檄、1970
17 三島由紀夫：果たし得ていない約束、産経新聞、1970

書評

山内由紀人著『三島由紀夫の肉体』

山中剛史

その作品のみならず、作者その人自身と骨がらみで論じられる小説家として三島由紀夫ほどの人は戦後ないといってよい。そのスキャンダラスで多彩な活躍、そして壮絶な自死と、こと改めて述べるまでもなく、三島由紀夫の存在は、その作品のみならず、作家としてのあり方そのもの、つまり「三島由紀夫」それ自身が作品でもあった希有な存在だといっても過言ではない。三島とは、この戦後という時代において、自らの文学的課題そして思想を、文学のみならず身を以て追求した存在だったともいえる。毎年夥しい数の三島論が出版されるのも、三島の文学が「文学」という〝解釈と鑑賞〟のための知識と教養といった衛生無害な、戦後作家のなかでもユニークな位置を占めている「文学」作品であるからでは断じてない。それは、常に既に「文学」のみにジャスティファイされないものとしてあって、三島の文学が血と肉を持ち、確固たる思想の表現としてまことに魅力的な毒を孕んだものとしてあるからであり、三島がいまなお、作品を執筆しながら全身を以て時代と格闘した強烈な存在感を失わないからでもある。

　この度の山内氏の新著はそのタイトルも直截に『三島由紀夫の肉体』という。三島の肉体について語ったものは少なくないが、タイトルもそのままに三島の肉体に焦点を絞って三〇〇頁になんなんとする一本をなした三島論は今までなかったのではあるまいか。管見によれば、山内氏は『三島由紀夫の時間』より三島の肉体に注目し映画などと絡めながら多角的に三島を論じてきたわけだが、この度の著書では三島の肉体概念がいかように形成され、それがボディビルや剣道、または映画出演などを契機にして楯の会の行動へといたったかを綿密に追いかけて、その死の謎へと肉薄する。

　全集だけからでは見えてこない当時の細かな雑誌、新聞記事の三島談話やゴシップなどにも目を行き渡らせながら、三島が活躍していた当時の空気をも掘り出しつつ論じていくというスタイルは前著から引き続いてのものである。時代を追って三島の成り行きを、その肉体と思想のありようを丹念に跡づけていく記述は、いわゆる研究論文とは異なり、肉体という視点から網羅された三島のもう一つの評伝のようにも見える。といっても、本書は評伝的事実をただ列挙したようなものではない。三島の肉体にかかわるあれこれの事象や思想が、随所に光る著者の批評眼によって鋭く裁断され、意味づけられ、まずは戦後空間における「三島由紀夫」というあり方自体が改めて問い直され、そこで肉体がどのような意味を持ち、その肉体から形成された思想がいかにして自裁への道をたどったのかを、明瞭に浮かび上がらせていく。

　まず山内氏は「はじめに」で、ボディビルと剣道こそが一九六〇年代の三島の思想形成に関わり、晩年にいたる行動家としての三島を形作ったのだとして、三島における肉体の思想とは何かという問題設定が示される。以後全二部六章にわたって展開されるそれは、三島の文学以外の営為に関して網羅を極め、その点も本書の大きな特徴といえる。

「第1部　宿命のボディビルダー」は、「第1章　肉体の飢渇」「第2章　肉体のめざめ」「第3章　肉体のゆくえ」の三章からなり、昭和三十年の週刊誌報道や対談記事などから三島がボディビルを始めた状況証拠を押さえつつ、ボディビルというものがいかに決定的に三島の肉体の思想を呼び覚ましたかを論じる。終戦後、三島は詩を捨て小説家として一本立ちするが、詩と対極の肉体こそ三島が欲して得られなかったものだと指摘、後藤貞子との恋愛とボディビルとの出会いが、三島が新たな人生へ踏み出したステップだったとする。確かに著者がいうように、ボディビルによって三島が得たものは、筋肉による存在感覚の変化であり、それはまた必然的に御輿担ぎにおいて感じた集団の感覚に接続するものであったろう。著者は「太陽と鉄」他の三島の文章を参照しながら、それこそが「武人」としての死を用意したのだと見る。そうした見立ての中で、著者は「英霊の声」が言葉による自己革命であるなら、映画「憂国」主演は肉体による自己革命であるとして、三島の主演は二・二六事件の将校達の肉体、あり得べき肉体を手に入れたことでもあったと見る。こうして体現されたあり得べき肉体は、共同幻想を生んで、学生達との出会いからあり得べき集団・楯の会へと結実し、肉体の思想がいかにして死を目指すことになったのかを跡づけていく。そして「癩王のテラス」の精神と肉体の対話に三島自身の葛藤を重ね合わせ、そこに三島の死の告白を聞く。

続く「第2部　体験的スポーツ論」では、「第4章　ボクシング─血の優雅」「第5章　剣道・居合い・空手─文武両道」「第6章　東京オリンピック─肉体の無力」で構成される。第一部が三島の肉体の思想の本質に迫った論とすると、第二部はそれらを下支えしているところの、肉体と直に関わる各種スポーツへの三島の視線を、「実感的スポーツ論」やボクシングへの共感をメインに改めて検証し、三島が肉体を思想化するにあたって何を見て何を感じていたのかを明らかにしていくものである。

なかでもボクシングについては細部にわたって追求、今まで見過ごされがちだった三島におけるボクシングの意味を改めて突きつける。ボクシングを辞めた三島が、剣道と出会ったことによって思想的美意識に目覚め、日本の歴史と文化の源流と自らの精神史を一つに重ね合わせ、自身の存在証明としたとする著者は、その後の居合や空手といった武道が、三島の肉体の思想をいかように裏付けていったのかを一つ一つ跡づけていく。

最後の「おわりに」で、山内氏は吉田松陰の思想と陽明学における「帰太虚」をベースにして、三島がなにゆえにその文武両道が結実したところの最期の行動を決したかの謎に迫っていくのだが、おそらく著者自身も「おわりに」の枚数だけではまだまだ食い足りないと考えているのではないか。あるいは出版上の物理的時間的制約があったのかもしれないが、山内氏には今後是非、この肉体の思想が到りつかざるを得なかった行動については、時代状況も絡めつつ改めて十二分に論じていただきたいし、その意味で、次の著書を大いに期待するものである。

（二〇一四年八月、河出書房新社
二八九頁、定価二、八〇〇円＋税）

書評

南相旭著　三島由紀夫における「アメリカ」

井上隆史

著者の南相旭《ナム・サンウク》氏は、一九七二年韓国京畿道生まれ。生前の三島のことも、三島が生きた時代の日本のことも直接知ることがない。それも一因となってか、「三島由紀夫は、韓国人にもっとも理解し難い最後の日本人」（324頁）であり、「一生かけてもわからないかもしれない」とまで言う。それにもかかわらず三島文学に魅了され、これを「理解しようとした努力の痕跡」として本書を著わして、優れた成果を挙げた。この情熱は、いったい、どこに由来するのだろうか。決して理解し得ない何ものかに少しでも近づこうとする苦しみのみが、私たちに生の可能性をもたらしてくれるに違いない。そんな信念が、著者の思いの底に潜んでいるようにも思われる。

本書の目的は、三島由紀夫（中略）の小説作品にあらわれているアメリカ表象を分析することを通じて、戦後日本文学における「アメリカ」という問題を把握し、考察してゆくことである。（10頁）

なぜ「アメリカ」かと言えば、「『アメリカ』を如何に認識するかということは、戦後を生きる日本人にとって非常に重要な問題」（325頁）であり、それは「韓国人にとっても同じ」ことだからという。

本書の方法論的特徴については、

本書は、テクストが表象する「アメリカ」を、その作品の外側にある、社会的・文化的な文脈を強く意識して読もうとする意味においては、方法論的には、文化研究に属すると言える。しかし、作品の内側をあらかじめ前提とするものではなく、作品における「アメリカ」というイメージの意味を、明らかにしていく過程のなかで必要となってくる「外部」を取り入れていくという手続きによって、文学研究の方法を放棄しないように努力したという点を断っておきたい。（38頁）

と言う。本書は確かに文化研究の方法を採用するが、しかし、文学研究に裏打ちされない文化研究には意味がない、というのが著者の考えなのであろう。事実本書には、優れた文化研究と文学研究が見事に融和した見解が随所に読まれる。本書が好著である理由の一つはここにある。

その具体的内容を、以下に掲げよう。

序章　三島由紀夫と「アメリカ」

第一〜五章（「花ざかりの森」『金閣寺』『鏡子の家』『美しい星』『音楽』を扱い、それぞれ「貴族の瞳」から眺められる「アメリカ」と「アメリカ」の「日本」／占領期の「アメリカ」表象という問題／「日本」のなかの「アメリカ」から「日本」の外の「アメリカ」へ／米軍基地の「跡」としての「日本」に残された「アメリカ」／「精神分析」を通して変わっていく

「アメリカ」と「日本」、という副題を持つ）

終章　三島由紀夫の「アメリカ」から見えてくるもの

右の作品選択は、ユニークである。『仮面の告白』『豊饒の海』といった『金閣寺』と並ぶ代表作を取り上げる章が無い。かわりに、『美しい星』『音楽』が扱われるが、『音楽』などは三島作品の中でも軽く書かれた部類に属することを考えると、このラインナップは、やや均衡を欠く。しかし、「戦後日本における『アメリカ』が、どのように変化したのかということを系統的に眺める」（36頁）という目的に照らすと、これは極めて有効な選択であるようだ。

その結果、何が明らかになるか。

太平洋戦争前の時点で、アメリカ文化は既に世界中に強い影響力を及ぼしていた。だからこそ、対抗して「『日本』が求められなければならない」（80頁）。このことが、「アメリカナイズ」されたとされる「花ざかりの森」の語り手の母と、語り手自身との関係の中から浮かび上がる。

だが、溝口に女を蹴らせて煙草を与える米兵と、金閣に放火し煙草（それは米兵から貰ったものではないが）を喫む溝口の関係は、平和をもたらすかに見えて、その実、暴力的なアメリカと、その呪縛を逃れようとしながらも、結局のところ、アメリカをまるごと引継ぎ、むしろ進んで受け入れるしかない日本の関係を象徴する。

ところが、『鏡子の家』に描かれるニューヨークのセックス・パーティーの場面は、日本（実は米国もそうなのだが）社会が足を踏み入れようとする新たな段階を、逆説的に示している。セックス・パーティーは、「たとえ瞬間的なパフォーマンスであれ、禁忌を越えようとする」（175頁）。しかし、今、日本が向かっているのは、その種の『暴力』や『野蛮』なもの」を「市民的な幸福」に反するとして排除することであり、しかしそれは、結局のところ、藤子（清一郎の妻）が陥ったのと同じ孤独地獄をしか、人々にもたらさない、というのだ。

ついで『美しい星』は、「『アメリカ的な生活』（「市民的な幸福」の一変奏と言えよう―井上註）が完全に定着する直前の『日本』に残された可能性を模索しようとした物語」（218頁）として読むことが出来る。

アメリカ的生活―残された可能性、という対比は、『音楽』において精神分析―山谷の対比として反復されるが、山谷の実情は単なる「動物的な悲惨」でしかなく、そうだとすれば、簡易旅館の二帖部屋の壁に貼られた「外国の元首を迎へた皇太子夫妻の燕尾服とデコルテの色彩写真」（268頁。これも「市民的な幸福」の一変奏）にすがるしか、救いは無いのかもしれない。

著者の主張を大胆に抽出すると、右のようである。作品解釈としても三島文学全体の理解としても、まことに斬新で刺激的だ。

同時に著者は、次のように述べて、日本の読者を挑発する。三島文学の価値は「『民主主義』の理念が排除しようとした『暴力』を、『文化』の一部としてそのなかに刻み込もうとしたことにあるのにもかかわらず、それが『民主主義』における表現の自由として軽く受け入れられる傾向にあった」（279頁）。

これは著者の真意ではなかろうが（事実、直接確かめたところ、私の「誤読」だったが）、私はここで、著者から刃を突きつけられる思いがした。テロリズムとしての三島文学を、お前はどう受け継ぐのか？　そう問われているように思ったのである。

（二〇一四年五月、彩流社、三三六頁）
本体二、八〇〇円＋税

紹介

ヴォルスカ・ヨアンナ著

『空虚の顕現―三島由紀夫「豊饒の海」における美しい死の概念』

山中剛史

かつて本誌七号（平21・2）に「作家、知識人、パーソナリティー」というエッセイを寄稿されたヴォルスカ・ヨアンナ氏の三島論がポーランドで上梓された。題して『空虚の顕現―三島由紀夫「豊饒の海」における美しい死の概念』（Joanna Wolska-Lenarczyk : *Epifania pustki Wizja pieknej smierci w Hojo no umi Yukio Mishimy 1925-1970,* Wydawnictwo Uniwersytetu Jagiellonskiego, Krakow, 2014)。サブタイトルにあるように、「豊饒の海」全四巻を通じ、三島由紀夫の美しい死の概念（夭折の美学）と輪廻転生を中心に論じたもので、氏は本書の元になった博士論文によって二〇一二年度に博士号を

取得し、現在はポーランド・クラクフの国立ヤギェウォ大学講師および同地にある日本美術技術センターマンガ館で講師を務めている。

現在、ポーランドにおける三島の受容状況というと、未だ「豊饒の海」の翻訳はされていないようだが、他の東欧諸国に比べて「金閣寺」「仮面の告白」「憂国」「真夏の死」などが翻訳刊行されており（前掲のヨアンナ氏エッセイを参照）、近年話題になったところだと、一九九四年のアンジェイ・ワイダ演出による「近代能楽集」上演（詳細は本誌十号西野常夫氏による紹介を参照）が知られていよう。改めて考えてみると、東ヨーロッパ、特にその中でもポーランドは、一種独特な歴史的宿命の下にある。即ち、ポーランドは地理的にドイツとロシアに挟まれ、ナチスドイツやソ連などによる占領、分割、そしてそれらからの独立といった歴史的に複雑な過去を持っており、だからこそナショナリズムに対する特殊な宿命を背負っていると言えるのだ。そうした歴史を持つポーランドにおいてこそ、三島の思想の意義は改めて問われるであろうし、それが日本という特殊を超えた普遍性を持ちうるのかも試されることにな

ろう。

　英文サマリーを頼りにして本書の構成と大まかな内容を紹介すると、本書は、序章、第一章（タイトルの意味論）、第二章（小説の歴史的背景）、第三章（小説における美的・倫理的規準）、終章によって構成されている。第一章では、各巻個別のタイトルと小説内容および個別タイトルと全体のタイトルである「豊饒の海」との有機的な関係を考察。第二章では、各巻に即しながら歴史における個人の意味を考察し、絶え間ない構築と脱構築のサイクルとしての「豊饒の海」の〝歴史〟をそこに見る。またそうした〝歴史〟というものそれ自体に、更に天皇の人間宣言以後における三島のあり方自体を重ねる。

　第三章では、「春の雪」における〝死の神格化〟、「奔馬」における恋闕や知行合一、「暁の寺」「天人五衰」における倫理などを考察しながら、それぞれの巻に〝神の顕現〟を見つつ〝夭折の美学〟が四巻通しての重要な主題であると位置づけ、〝夭折〟と唯識哲学を軸にして、三島が「豊饒の海」を通して提示した〝輪廻転生〟の意味を浮かび上がらせていく。最後に、そうした三島はプラトンのいう atopos として現れ、「豊饒の海」ラストシーンの〝記憶も何もない庭〟は作者自身の最終的な到達点でもあったと論ずる。

　もちろん、ごく短いサマリーからはその詳細は知られず稿者による誤解もあるとは思うが、〝恋闕〟や〝唯識〟などにも邦語文献を駆使して適切に目を配り、そこから三島の思想に迫っていく点を見ても、おそらく東欧における本格的な三島論の嚆矢といってよいであろう。ヨアンナ氏には、本書刊行後にも「ネクロフィリアの芸術—三島由紀夫「豊饒の海」の構成と能のドラマ構成との間のアナロジー」という、古典能と「豊饒の海」の構成を比較検討した意欲的な三島論があり、ポーランド、東欧における三島研究の第一人者として今後の研究が期待されている。本書についていえば、英語版も近々刊行される予定であると聞く。

　先にも触れたように、ポーランドという複雑な過去を持つ国において、三島の思想がいかように問われ、また論じられていくか、ということは、ナショナリズムが新たな局面を見せる二十一世紀の世界状況において、三島文学に、いまだ明かされぬどのような可能性が潜むかを占う、刺激に満ちた試みである。ヨアンナ氏という三島研究者を得て、三島の思想のより深いところに新たな光が照射されていくことであろう。

（ヤギェウォ大学出版局　二〇一四年一月、二六〇頁）

編集後記

特集となると、どうしても長篇小説中心になりがちである。そこで今回は短篇に絞った。それに際して、これまで三島文学を扱ったことのない方々にも、書いてもらうように努めた。なにしろこういう雑誌の通弊として、専門研究者に片寄り、研究自体を先細りさせる結果になる恐れがある。そのところを打破しようと考えたのである。専門でなくとも文学に関心がある以上、短篇の一つ二つ、読んでいて、言いたいこともお持ちだろうと考えたのである。

　それに加えて、最近では、文学研究も「科学」でなければならず、それらしい装いをしなければと考える人がいて、専門家でなければ立ち入りかねる論が増えている気配がある。しかし、文学は基本的に広く開かれていなくてはならず、そこにこそ本来の価値があるはずだから、いわゆる専門領域を越えて広く参加していただくことが大事だと考えた。

　その結果、十五本の論稿が集まった。寄稿して下さった方々に深くお礼申し上げる。予定ページ数を越え、積み残した論もあり、次号も引き続いて短篇論を掲載する予定である。

　三島由紀夫文学館所蔵、未発表資料の復刻は、「オリンピック取材ノート」である。昭和三十九年（一九六四）に開催された東京オリンピックでは、新聞社の特派記者となって取材、記事を書いた際のノートである。開会式の詳細なメモ、スケッチから始まり、重量挙げは三宅選手が世界新記録で優勝、金メダルを受け取り、手を振る様子も記されている。女子バレーボールは、ソ連と対戦、両軍選手の見事な技、河西選手の冷静、余裕のある表情、大松監督を取り囲む全選手の様子などが捉えられている。これだけでも興味深く読むことができよう。再度の東京オリンピックも近いことだし、いろんな分野の人々にひろく見て頂きたいと思う。

　夏の『近代能楽集』リーディングについては、田中美代子さんが、山中剛史氏の論への批判というかたちでだが、書いて下さった。そこではこの催しについて高い評価をして頂き、嬉しい。昨年秋のレイク・サロンは、細江英公氏に来て頂いた。もっぱら映像を使ってのお話しであったので、大変面白い内容であったが、活字では伝えるのが難しく、誌上では見送らざるを得ず、残念であった。

（松本　徹）

三島由紀夫研究⑮

三島由紀夫・短篇小説

発　行――平成二七年（二〇一五）三月二〇日
編　集――松本　徹・佐藤秀明・井上隆史・山中剛史
発行者――加曽利達孝
発行所――鼎　書　房　http://www.kanae-shobo.com
〒132-0031　東京都江戸川区松島二-一七-二
TEL・FAX　〇三-三六五四-一〇六四
印刷所――太平印刷社
製本所――エイワ

ISBN978-4-907282-20-2　C0095